弘前城址
（青森県弘

下北・津軽の旅

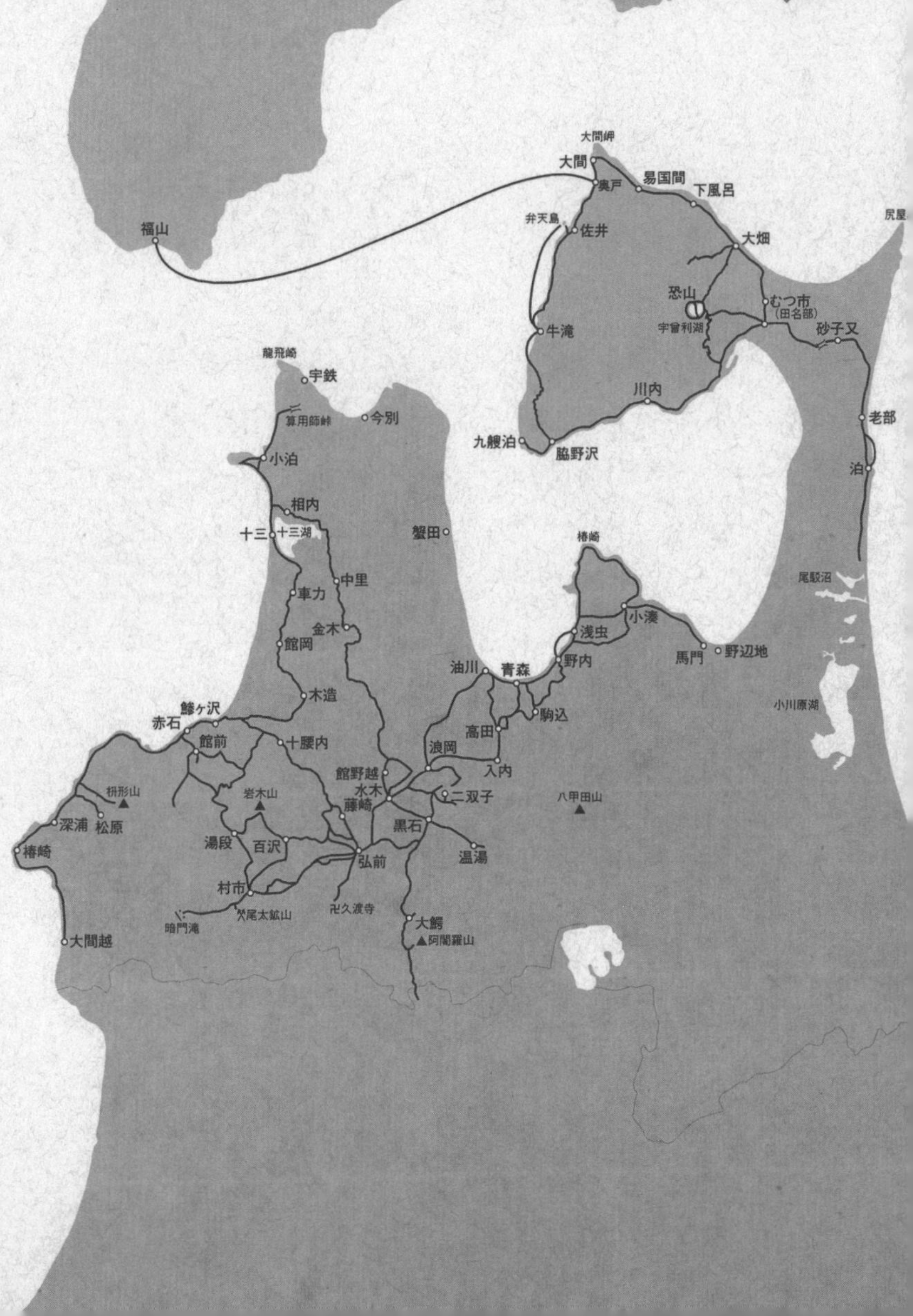

なぜ和歌《うた》を詠むのか

菅江真澄の旅と地誌

錦 仁
Nishiki Hitoshi

笠間書院

菅江真澄の肖像。秋田県立博物館蔵。晩年の風貌がうかがえる。机の上の書物は『雪の出羽路』か、それとも書きかけの地誌か。「春雨のふる枝の梅のしたしづく香かぐはしみ草やもゆらむ」は自筆。春雨が梅の花の咲く下枝を伝って地に落ちてくる。香しい雫ゆえに緑の草が萌えるだろうか。雫は藩主の慈愛、草は人々および自分をさすか。

上ノ郷村（秋田県大仙市鑓見内。旧中仙町）。総鎮守祇園牛頭天皇宮境内。中央に「天王清水」を描く。最後の地誌『月の出羽路・仙北郡二四』より。秋田県立博物館蔵。この村には、春日清水、麿清水、小清水、中ノ清水、雷清水もあり、「是もて千町を作るといへり」。

椿の浦（秋田県八峰町。旧八森町）。『雪の道奥《みちおく》雪の出羽路』より。享和元年（一八〇一）一一月三日、青森県深浦町を出発し、一二月三〇日、秋田市の歳末風景で終わる旅日記。秋田県立博物館蔵。本文に、小家が並ぶが中は清潔。磯辺の厠は萱を厚く葺き、上に板を敷く。浪が打ち寄せ、風情ありげに見える、と記す。真澄は真冬の旅を数多く書いた。

薄井村と付近の村（秋田県横手市大雄阿気。旧大雄村）。中央に「丸沼」を描く。『雪の出羽路・平鹿郡六』より。秋田県立博物館蔵。真澄はみずからを「清水狂い」と称し、数多くの清水を記録・写生した。

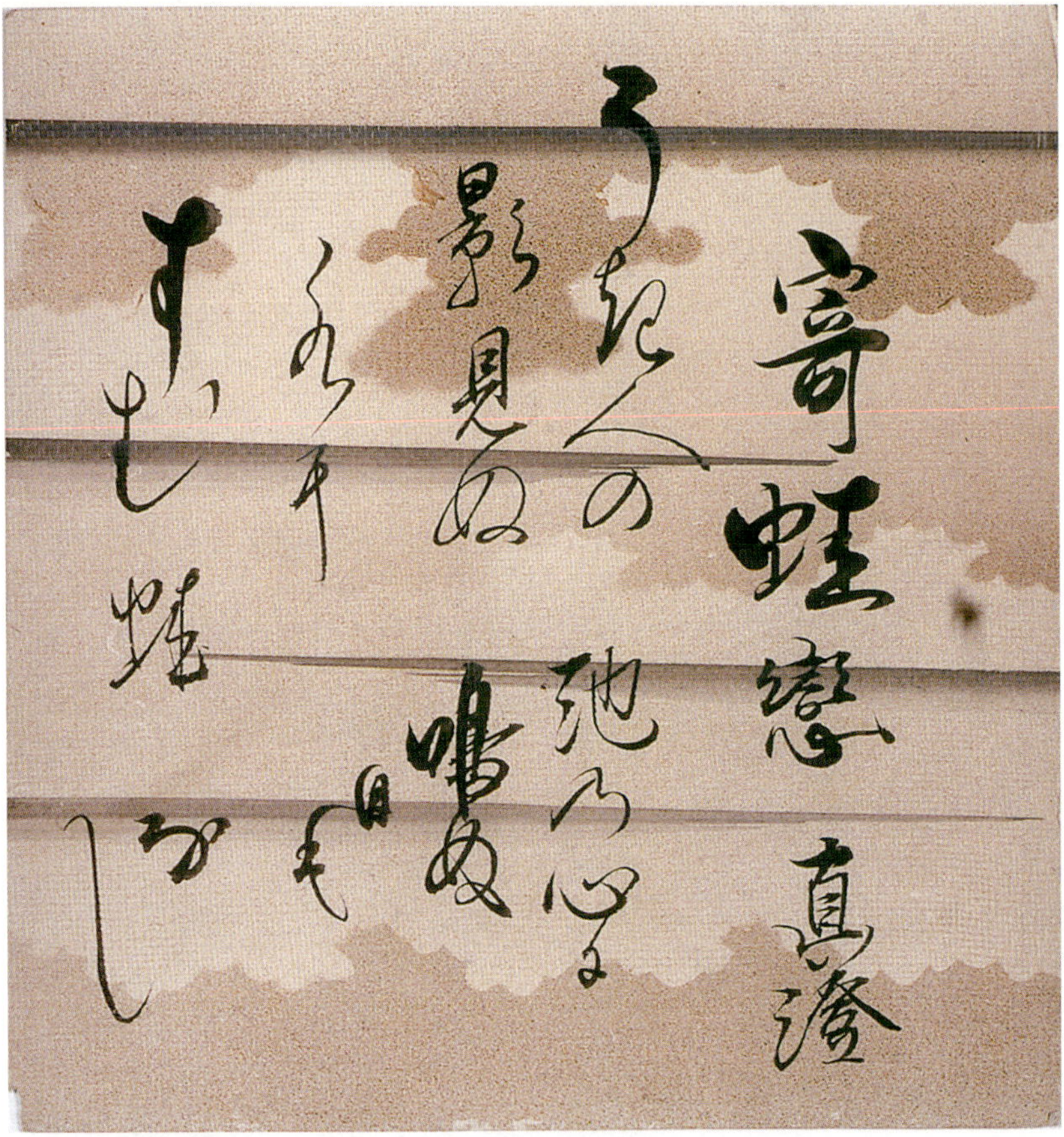

真澄の直筆色紙。秋田県立博物館蔵。「寄蛙恋　うき人の影見ぬ水にすむ蛙池の心に鳴ぬ日もなし」。足繁く通っていたのに、あの人の姿が池に映らなくなった。池の心がわかるのか、蛙が悲しげに鳴いている。巧みな趣向、手練れの歌である。

目次

はじめに　9

I　新しい眼で真澄を捉える

国文学の姿　16
菅江真澄の旅日記——虚構性　18
和歌の機能　21
真澄の方法　23
真澄の地誌——〈逸脱〉と〈過剰〉　25
〈日本論〉としての国文学へ　35

II　真澄の旅——なくてはならない和歌

第一章　和歌の帝国

天明飢饉の描写　42
和歌の力—場面転換　49
古典和歌の想起　54
和歌の帝国　58
真澄の和歌　60

第二章　旅と風土
真冬の北国へ　62
古歌をふまえて歌を詠む　63
遊女のこと　66
古歌を思い浮かべて　69
和歌の力　72
第三章　和歌を引けば本当の真澄か
故郷を背にして　77
旅日記と地誌　78
異邦人だから記す　82
和歌を削除した現代語訳　85
真澄の〈語り〉　90
「清水」へのこだわり　95

III　なぜ地誌を書いたか――藩主とのかかわり

第一章　旅日記から地誌へ
さすらう人々への関心　100
和歌を詠み歩く探訪記　107
旅日記から地誌へ　108
「真澄の考証、他国の見聞」　114
〈逸脱〉〈過剰〉〈愉楽〉　121
藩主のために　128

第二章　モノガタリの位置

旅の始まり　134
柳田國男の真澄観　136
資料（史料）の区別　139
『前々太平記』の手法　141
『雪の出羽路』の構成　143
〈歴史〉叙述の方法　146
藩主の意向　152

第三章　和歌を詠みながら巡覧する藩主

文芸的観点　155
「常民」のための記録か　162
「書記《フミ》」と「モノガタリ」　169
秋田藩における〈歴史〉の再構築　172
真澄以前の〈歴史〉認識　182
「清水」から書き始める地誌　185
秋田藩主の領内巡覧（鷹狩）　190
和歌を詠みながら巡覧する　199

Ⅳ　地誌を生みだす和歌

第一章　藩主の地名変更——歌枕・名所へ

旅日記と地誌の違い　204
地誌を書き始めた時期　209

漢詩・和歌に詠める地名へ　214
名所を見立てて報告せよ　224
「妻恋山《つまこい》」と「琴の海」　230
藩主の文化意志　236

第二章　藩主の和歌観――和歌と歴史と神社

第一節
『奥羽観蹟聞老志』（仙台藩）と「出羽旧記」（秋田藩）　241
第二節
藩士の紀行文に見る和歌と歴史（秋田藩）　254
地方歌人、茂木知亮の歌論　263
第三節
藩主の《領内名所和歌集》編纂と和歌観（仙台藩・津軽藩）　267
和歌の〈歴史性〉〈領土性〉〈万民性〉　276
仙台藩主の和歌観　280
和歌の神は子孫繁栄の神　284
和歌に包まれた日本　287

第三章　真澄を求めて――まとめ

柳田・内田の定説を疑う　292
名所の見立て　300
秋田藩主の名所づくり　306
和歌にも漢詩にも詠める地名　310
歌枕・名所の意義　313

おわりに　325
初出誌一覧　329
巻末注　333

前見返し地図：「蝦夷地の旅」「下北・津軽の旅」
後見返し地図：「出羽・陸奥の旅」「信濃の旅」

四点とも『真澄紀行』（秋田県立博物館・菅江真澄資料センター図録）より転載。実線は、旅日記などから判明するコース。点線は、その他の資料によって確認できるコース。

なぜ和歌《うた》を詠むのか——菅江真澄《すがえますみ》の旅と地誌

はじめに

和歌は、いかなるものなのだろうか。人は和歌に何を託し、和歌は何を秘めて続いてきたのだろうか。古代から今日にいたるまで、いまだに和歌は日本人の表現の器であることをやめようとしていない。これから先も永く続いてゆくだろうと思われる。

『万葉集』以前からウタはあった。やがて五七五七七の和歌が主流になり、平安時代が百年を過ぎたころ『古今和歌集』が編まれた。紀貫之・紀淑望《よしもち》によって仮名序・真名序が書かれ、和歌とはいかなるものか、かなり明確に示された。この歌論を八百年後、仙台藩の五代藩主、伊達吉村（一六八〇〜一七五一）が自分の編んだ家集『隣松集』『続隣松集』に引用している。吉村の和歌観は『古今和歌集』の仮名序を学んだものだった。

吉村は領内の歌枕をめぐり歩いて和歌を詠み、その歌枕を京都の公家歌人たちに詠んでもらい、臣下の武士たちにも詠ませて《領内名所歌集》を編んだ。名所のちらばる領内を臣下とともに巡覧し、和歌を詠んで名所歌集を編み、また和歌を織り交ぜた優雅な和文で旅日記を書いた。

こうした領内巡覧は、秋田藩九代藩主の佐竹義和《さたけよしまさ》（一七七五〜一八一五）も行った。藩主に就いた二〇歳のころから鷹狩をしながら歩いた。かれは菅江真澄《すがえますみ》（一七五四〜一八二九）に命じて、領内に和歌や漢詩に詠める「みやび」な名所をたくさん設けようとした。美しい国づくりにつとめ、やはり吉村と同じように和歌を詠み、優雅な和文で旅日記を書いた。

とすれば、真澄の書いた旅日記や地誌は、藩主の文化意志をなにほどか反映したものであるはずだ。それ以上に、強く、濃く反映されている、と考えるべきである。

しかし、これまでの菅江真澄の研究史をひもとけば、柳田國男以来、真澄の旅日記や地誌は、額に汗して働く農民たちの生活を優しいまなざしで観察し、事細かに記録したもの、という捉え方が圧倒的に多い。こうした見方を必ずしも間違っているとは思わない。真澄の本質のある部分を捉えていると思う。だが、もう一つ別の見方、捉え方が必要なのではないか。それは、和歌の観点から真澄を見るということだ。

真澄の旅日記と地誌は、和歌とは何か、を考えるための絶好の、実に豊潤で貴重な作品である。『古今和歌集』以来、人は和歌に何を期待し、和歌でもって何をしてきたのかを知るための良き資料である。このことに気づいている和歌の研究者はどれだけいたであろうか、そして、いるだろうか。大切な宝が衣の裏に縫いつけられているのに、気づかずに着ているようなものではないか。

民俗学の祖、菅江真澄はなぜ和歌を好んだのか、なぜ詠んだのか。この問いは民俗学と国文学とを競わせ対立させるものではない。それは俗っぽい捉え方だ。民俗学と国文学は研究の方法は別としても、対象と問題を共有しあえることが多い。真澄の和歌好みは真澄の民俗誌を形成した一つであり、阻害している不純物ではない。私には、本格的な国文学研究者が真澄にほとんど関心を示さないできたことがまことに惜しいことだと思われる。そこに、なんとか小さな穴を開け、光を注いでみたい、という思いで本書を書いてみた。

＊

秋田の民俗研究者、齊藤壽胤によれば、真澄はありとあらゆる物事に関心をもち、書き続けた（「『真澄遊覧記』――膨大な旅日記」〈『解釈と鑑賞』一九九〇年三月号〉）。

風物、歴史、民俗、伝説、民具、考古遺物、石造物、建造物、本草木、物産、人物、人情、薬草、医術、食物、衣、社会、度量、鉱物、交通、交易、文学、行事、俚謡、書画、骨董、地質、諸職、芸能、宗教、信仰、自然景勝など、ほとんど分類できないぐらい広範囲で、雑然とはしているものの、異なる地方で育った真澄の耳目に触れたものを、ほぼ細大もらさず記録していったといってよい。

雑然としているように見えて、整然と分類されることを拒んでいる世界、それこそ人間の暮らす地上の実態であり、真澄はそれと向き合って生きたのではないか。

真澄の著作から引用された古典籍を拾いだせば、枚挙にいとまがない。齊藤も試みているが、『古事記』『日本書紀』『続日本紀』、『万葉集』『新古今和歌集』『歌枕名寄』、『今昔物語集』『源平盛衰記』『太平記』、『漢書』『史記』、『江家次第』『江源武鑑』、『中山世鑑』、地方資料では『奥羽永慶軍記』『享保郡邑記』…、どこまでも続いてゆく。自分の眼で見た観察と考察に加えて、無数の古典籍と地元資料を読破した幅広い関心と詳細な記録。真澄の内面はこうしたものが複雑に、しかも有機的に、同居・共存している。真澄の著作はそういう類い希な人間の築き上げた世界である。それはむしろ多くの人々の協力による集団的な営みによるものであったのかもしれない。

なかでも和歌に関する真澄の教養は深い。関心もすこぶる強い。真澄を捉えようとするならば、和歌を無視したり排除することはできない。一九六〇年代の後半、「真澄遊覧記」の現代語訳が刊行されたが、和歌について真澄が書いた記事は多くが削除されてしまった。その代わりに、村の生活誌を書いた部分があざやかに浮かび上がった。真澄の魅力を多くの人々に伝えるための工夫であったが、その分だけ、真澄にとって和歌とは何であったのか、という問題が見えにくくなってしまった。

真澄は生涯に数え切れないほどの和歌を詠んだ。だが、柳田は一首として感心する歌はないと切り捨てた。その影響力によって、和歌の記事が排除された。柳田の批判が真澄の和歌を見えにくくした最大の原因である。

今日の常識は「真澄の歌は下手くそだ。とても読めたものじゃない」であるが、本当にそうだろうか。同時代の村田春海（一七四六～一八一一）の歌とくらべたら、どうだろうか。春海の歌は男性的で漢文調の匂いがする。真澄の歌は女性的で優美な詠みぶりである。趣向の巧みな歌も多い。一言で「下手だ」と決めつけるわけにはいかない、と私は思う。

和歌の研究者なら、江戸や京都に住む当代一流の歌人たちと比較するのもよいのではなかろうか。真澄は二九歳の春、郷里の三河国（愛知県）岡崎を去り、信濃国（長野県）塩尻へ向かった。そこで長興寺一五世住職、洞月上人に会い、『和歌秘伝書』を授けられた。資慶、宗好、寂光、貞徳、洞月と伝授されてきた秘伝書で、真澄はその後の旅先でこれを見せ、書写させるなどしながら土地々々の文人たちと風雅の交わりをした。こうした秘伝書を携えて旅をする人は真澄のほかにいたであろう。当時の和歌のありかたを知るうえで興味深い。真澄は和歌の研究にとって貴重な人物である。

＊

本書では、歌枕・名所の問題をあちこちで取り扱っている。これまでの常識を大雑把にまとめれば、都の人々は遠い異国の歌枕にあこがれて歌を詠んだと考えられてきた。みちのくには、都にはない荒々しさと新鮮な美が息づいている、というふうに。だが、歌枕を最も必要としたのは、地元の文化人、とりわけ室町・江戸期の地方領主たちとそれに仕える文人たちではなかったか。著名な歌枕を領内にもつことは、風流という次元をはるかに超えた深い意味があったのではないか。一国を預かり治める領主として、領内に歌枕がいくつもあることが重要なことだった。和歌をたしなむ真澄はこのことがよくわかっていたから、秋田藩主は名所探し・名所づくりを命じたのではないか。真澄の地誌は、名所や歌枕のような場所を見つけると敏感に反応し、詳しく調査をし、細やかに書き記している。

それと同時に、真澄の地誌で忘れてならないのは、歴史継承の問題だ。佐竹氏は常陸国から転封されて秋田にやってきた。その前は小野寺氏や安東氏が治めていたが、真澄の地誌では、そうした前代の領主とさらにそれ以前の古代の坂上田村麿、源義家などの事績に関する記事が重点的に盛り込まれている。この地の歴史は源氏の嫡流によって築かれ、継承されてきたという思いが込められている。志立正知氏によれば佐竹氏は源義光の子孫であるが、秋田ではその兄義家の嫡流であると標榜していたという。真澄は、そうした前史を継承し新しい国づくりにとりくんでいる秋田藩の意志を、それとなく代弁するようなつもりで書いたと思われる。地誌というスタイルの中に、秋田藩の〈正史〉を構想して書き込んだと考えられる。

本書は、和歌研究の対象を民俗資料にまで拡充し、新たなる研究視界を見いだそうという意図で書いた。

この一〇年ほど、同じ資料を何度も引き出しては考え、考えては確かめるというやり方で書いてきた。それゆえ、しつこい書き方になった。あえていえば、本書は地方から見た新しい国文学的分野の開拓、提唱のつもりである。

柳田國男は、東北という地方を南の沖縄という地方と対比的・連鎖的に捉えて、日本とは何か、を考えたという。そのひそみに倣《なら》うわけではないが、もしも〈国文学〉というものが実体として存在するものであるならば、どこに存在しているのか、どのような地域に存在するものなのか。京なのか、鎌倉なのか、江戸なのか。どうも私には、『古今和歌集』の仮名序は、都を中心に遠心的に広がってゆく日本という大地の、どこにでも和歌は存在する、という理念を述べているように思われる。和歌は日本という大地の上にあり、その全体を覆い包むように存在している。真澄が地方を歩き、書き、詠む、という営為を続けたのは、仮名序の語り込める和歌の思想にひそかにつながっているのではなかろうか。

私は、無謀な試み、危険な冒険をしているのかもしれない。恐れながら、それでもやはり必要な問いではないか、と思うのである。

＊

真澄の言説の引用は、『菅江真澄全集』（未来社）によった。江戸時代の表記によく見られる現象だが、濁点が付いていたりなかったりする。読みやすくするため、濁点を付け、割注を（　）や〔　〕に入れ、新たに段落を付けるなどをした。ほかの資料にもそういう処置をしたところがある。真澄の旅日記・地誌の名称は全集「目次」の表記に従ったが、『雪の出羽路・平鹿郡一二』というように表記を換えたところがある。脚注に尽くせなかった注は「巻末」に一括した。

I

新しい眼で真澄を捉える

国文学の姿

月刊『GYROS』③（勉誠出版、二〇〇四年六月）の編集部から依頼された論題は、「民俗学は国文学の救世主たりうるか」。責任編集者は諏訪春雄氏である。現在の国文学は疲れ果てて、自力では再生できなくなっている。民俗学の力を借りて救うことはできないか、というのである。「国文学の死と再生」がテーマなのだという。一三人の執筆者がさまざまな角度からこのテーマに答えることになっている。

テーマはともかく、この論題は挑発的すぎる。国文学が溺れる者で、民俗学が救済する者だという印象を与えかねない。対立を煽《あお》るような問いはいただけない。

私は国文学（日本文学の研究）はもうダメだとは思っていない。民俗学が国文学を救ってくれるとも思っていない。ただし、これまで民俗学が扱ってきた地方資料にもっと目を向けるべきだ、と思っている。もうダメだと見る人が多いのだろうか。答えてみよ、という挑発には乗らずに、国文学はどうあればよいのか、日ごろ考えていることを私なりに述べようと思う。

以下、菅江《すがえ》真澄《ますみ》をとりあげて考えてゆく。

菅江真澄を国文学の研究者はごく一部の人を除いてとりあげない。なぜだろうか。真澄は江戸後期、東海地方から北海道まで旅して歩き、各地の地誌・風俗・歴史・産物・民俗などを事細かに記録した。その仕事は一二巻の全集にまとめられている。これを研究してきたのは主に民俗学者であり、地元の愛好者たちである。最近は歴史学・考古学の専門家も大いに関心を示すようになった。しかし、国文学者の多くは目を向けようとしない。その傾向は大学にいる国文学者たちに強く見られる。

各地に真澄の研究会がある。専門家から愛好者まで会員がたくさん集ってさかんに活動をしている。真澄の歩いた道を歩くグループもある。真澄は、地域の民俗・歴史を知るための知的財産なのである。こうした地域を基盤とした組織・活動は国文学の世界にはそれほど多くはない。国文学がどんな姿をしているか、わかるだろう。

たしかに、どこでも『源氏物語』などの古典文学の講座が行われている。地方出身の近代作家についての学習会も盛んである。そこへ出かけて話をするのは、主に大学の教師たちである。だが、民俗学・歴史学が多大な関心を寄せる菅江真澄に対して国文学の教師たちはほとんど関心を示さない。なにも真澄に関心を寄せなくともよいのだが、自分の住む地域とかかわりのないところに国文学は存在する。とりわけ古典文学の世界はそうだ。

やがてそれは、文化の総合体である日本というものに対する意識の希薄さへとつな

†真澄を知るための著書・参考書は多いが、

1、『菅江真澄全集』（未来社）全一二巻・別巻一

2、『菅江真澄遊覧記』五巻（平凡社ライブラリー）

3、内田武志『菅江真澄の旅と日記』（未来社）

4、宮本常一『菅江真澄―旅人たちの歴史2』（未来社）

5、菊池勇夫『菅江真澄』（吉川弘文館）

6、『真澄学』（東北芸術工科大学東北文化研究センター）第一〜五号（続刊中）

などが基本図書。『全集』は日記（紀行文・旅日記）、地誌、民俗・考古図、随筆、雑纂、に分けて編集されている。別巻は一冊丸ごと内田の菅江真澄研究。3、4を読んで興味を覚えた日記を2の解説で確認し、全集または2を紐解き実際に読んでみる。地図を見ながら真澄の旅をたどる。次に地誌、随筆などへ読書を広げる。真澄が

がっていく。大学の国文学のカリキュラムに、地域および日本に対し強い関心を誘《いざな》うものはほとんど用意されていない。国文学は、民俗学・歴史学を隣人とせず、地域からも切り離された孤独な存在である。大げさにいえば、そういう一面が指摘できる。

　日本史や民俗学関係の学会にゆくと、参加者の多様さに驚く。国文学はあいかわらず専門家だけの集合体にとどまっている。参加者が多様だからよいとはいえないから簡単には批判はできない。しかし日本の根幹ともいうべき伝統文化を研究する学界が、社会と縁が薄くて影響力が少ないという状態ならばよいことではない。これはなんとかしなければならない。

菅江真澄の旅日記—虚構性

　菅江真澄の著作は、はたして民俗学・歴史学の一級資料だろうか。通説のように、庶民の生活をありのままに記録したと信じてよいのだろうか。私は、物語や和歌を分析するときの国文学の研究法で再検討すべきだと思っている。

　天明五年（一七八五）八月一〇日、青森県つがる市森田を通ったときの一節をとりあげて考えてみよう。

　　卯之木、床前といふ村のこみちわけ来れば、雪のむら消え残りたるやうに、草むらに人のしら骨あまたみだれちり、あるは山高くつかねたり。かうべなど、まれ《（る）》

何を見て、何を考え、何を書いたかに注意。2は日記の現代語訳で豊富な地図と内田の解説があり、周到な入門書。もちろん優れた研究成果である。5は多方面からの最新の研究論文を集め、現代語訳と詳細な注釈も載せる。

　なお、秋田県立博物館・菅江真澄資料センター編『真澄紀行』、同『平成十年度企画展図録　菅江真澄』は、真澄の全体像を過不足なく教えてくれる必読文献である。

†最近、大学の取り組みが急激に変わりつつある。地域の歴史・芸能・文化・産業・海外交流などに関する研究プロジェクトが盛んになり、市民公開のシンポジウムや研究報告集の刊行などが行われるようになってきた。全国の大学に共通する動向だが、国文学とりわけ古典文学の分野は残念ながら〈地域〉という枠組みの中に溶け込めないものがある。この動向を傍観・放置してよいのだろうか。

びたる（＝丸くなった）穴ごとに、薄、女郎花の生出たるさま、見るこゝちもなく、あなめ〳〵とひとりごちたるを、しりなる人の聞て、見たまへや、こはみな、うへ死たるものゝかばね也。過つる卯のとし（天明三年）の冬より辰の春までは、雪の中にたふれ死たるも、いまだ息かよふも数しらず、いやかさなりふして路をふたぎ、行かふものは、ふみこへ〳〵て通ひしかど、あやまちては、夜みち夕ぐれに死むくろの骨をふみ折、くちたゞれたる腹などに足ふみ入たり。きたなきにほひ、おもひやりたまへや。

（『楚堵賀浜風《そとがはまかぜ》』全集第一巻）

総身を入れて参入すべきとは思わないが、何かしら参入できるものがあるのではないか。

飢えて死んだ人々の髑髏《どくろ》がころがり、目からススキやオミナエシが伸びている。真澄は小町髑髏譚さながらの野原を歩いて行った。「しり（尻）なる人」の話によれば、三年前の冬から春にかけて、野原に倒れ臥した人の中にはまだ息をしている者もあった。暗がりで腐った死体を踏んでしまい、腐乱した腹の中に足をとられたこともあった。今はみな白骨と化し、「雪のむら消え」のように夏草の中に点在している。九相《くそう》絵《え》さながらの風景だ。

村人は話を止めようとせず、口からあふれるままに語り続けた。

死につつある人間を殺して肉を食《く》った。人肉を食った者の目は「狼などのごとに光きらめ」いた。生きた馬の耳に熱湯を注いで殺して肉を食った。そういう者たちは

†九相絵。（嵯峨天皇の皇后・橘嘉智子（七八六〜八五〇）の死んで白骨になるまでのありさまを描いたといわれる絵。小野小町のそれを描いたとも）参考、山本聡美・西山美香編『九相図資料集成』

「なべて面色黒く、いまも多くながらへて村〳〵に在けり」と語った。この村人はさまざまな出来事を「ない（泣い）つゝ」語り、真澄の前から去って行った。

天明年間（一七八一〜一七八九）に東北地方を襲った飢饉は地獄のさまを呈したが、真澄の旅日記ほど人々の心情にふれて克明に記録したものはない。苦しむ人々のありさまが手に取るように伝わってくる。真澄の旅日記は、客観的で精緻な観察記録である。第一級の資料として評価されてきた(1)。

真澄を高く評価することは基本的に間違っていない。だが真澄は、村人と別れたあとに「此ものがたりはまことにや」と記す。飢饉を体験したという村人の話を本当かと疑い、それを「ものがたり」、すなわち某人の語ったこととして書きとめた真澄との間には、見逃しがたい裂け目がある。真澄は、複数の村人の語る話を総合的に検討して事実として書き記しているわけではない。村人に同情しているわけでもない。「信じられない話」という保留をつけており、その筆先には〈文芸の人〉としての面影がちらついている。

この人物は真澄の後ろを歩き、三年前の地獄のようなありさまを語った。だが、旅日記を書くために真澄が作りあげた虚構の人物ではなかったか。あれほど生々しく語ったのに、なにゆえに真澄の前から去って行くのか。

真澄はこの村人と、こんなふうにして出会った。「あなめ〳〵とひとりごちたるを、しりなる人の聞（き）て、見たまへや、こはみな、うへ《（飢ゑ）》死（に）たるものゝかばね也」。

（岩田書院、二〇〇九年三月）。

1、天明年間の飢饉の惨状を描いた絵巻はいくつも残っている。私は、太宰治が幼少のころ見たという地獄極楽図の調査のために青森県五所川原市金木の雲祥寺（曹洞宗）を訪れたとき、ご所蔵の絵巻を見せていただいたことがある（現在、散逸）。穏やかな色彩であったが、展開される光景はまさに真澄の描いた状況と同じであった。その意味で事実の客観的報告者といってよいが、その叙述法・執筆法はいかなるものであったかを根本から解明しなければならない。

真澄の独り言を聞きつけて語り出した。だが、「ことみち《（異道）》に去ぬ」とあるように、語り終えると場面から消えてしまう。行きずりの旅人なのか。食べるものがなくて村から出てゆくのか。それにしては話ができすぎている。

　真澄の旅日記を読んでいると、こういうことにしばしば出会う。理由もなく村人があらわれ、真澄に語りかけ、理由もなく消えてゆく。真澄に話をするために登場する人物だ(2)。

　その人物の語る話は旅日記の中で重要な意味をもっている。こうした人物は真澄が創作した虚構の人物ではないか。村人に会って話を聞いたことは事実だが、その話をこのような人物を仕立てて書いてゆく。これが真澄の方法ではないか。体験したとおりに書いた旅日記ではなく、〈文芸〉作品を構築する方法を取り入れて半ば創作した旅日記と思われる。

和歌の機能

　さらなる疑問は、あれほど陰惨な野原を見てきたのに、次のような記事で八月一〇日の日記を閉じることだ。なんの脈絡も感じられないと思うが、どうだろうか。

　森田、山田、相野（つがる市）、木作（造）、岩城川《（ママ）》になりぬ。綱曳たるわたしなり。

†虚構の人物ではなく、実在の人物が真澄に直に語ったとする説がある。宮本常一『菅江真澄』→一七頁脚注。

2、拙著『浮遊する小野小町―人はなぜモノガタリを生みだすのか』（笠間書院、二〇〇一年五月）の「菅江真澄の執筆方法―『小野のふるさと』の場合」（第V章「伝承の変容と定着」）。

わたしもりよばふにやがてくる舟やつな手も細きわざにひかれて
こよひは五所川原（五所川原市）といふ所に宿る。

岩木川の渡し場で向こう岸の船頭を呼ぶと、綱を手繰りながら舟がやってきた。夜は五所川原に泊まった。

真澄の筆は、墨絵のような日本的情緒のただよう世界に早変わりしてしまった。先ほどまでの地獄の話はどこに消えたのだろう。それは再びくりかえされることはない。このあっけなさ、亡失の早さ、真澄の筆運びに何一つためらいの跡がない。それを具現したのは和歌にほかならない。歌を詠んで書きつけてしまうと、あっさりと風流の世界に一変する。前のことが忘れ去られてしまう。

これは真澄一人にかぎったことではあるまい。和歌という伝統的な表現に依拠すると、おのずと可能になってしまう。和歌は汚く、醜く、苦しい現実を受けつけない。反転し、風雅の世界をもたらす。歌人たちがなにげなく利用しているのは、こうした和歌の力である。わたしたちは、古典和歌が現実無視あるいは離脱の性質をもっていることに注意を向けるべきだ。和歌のもつ呪力、つまり美の制度がそこにあるといってよい。

真澄の旅日記は、和歌とは一体いかなる機能をもっているのか、その根本に潜む問題を垣間見させてくれる。それは、平安時代の和歌も本質的に同じだったはずだ。

真澄の旅日記は、和歌を詠み込み、場面を転換しながら書き進められる。もちろん、実際の旅とは同じならざる〈文芸〉としての表現世界である。私たちは、現実に対していかなる世界を創りあげているのかを考えてみるべきなのである。実と虚の差を計測する必要がある。

真澄の旅日記は、近代的な意味における純粋でリアルな観察記録・資料とはいえないことは明らかだ。江戸期の文人日記の特質を色濃くたたえた、独特な表現世界を構築していることを知らなければならない(3)。

真澄の方法

真澄は『楚堵賀浜風《そとがはまかぜ》』と同じ年に、『小野のふるさと』と『けふのせばのゝ』という旅日記を書いた。前者は秋田県湯沢市小野（旧・雄勝《おがち》町）の小町伝説とその遺跡、後者は秋田県鹿角《かづの》市十和田の錦木塚《にしきぎづか》伝説とその遺跡について書いている。その文章を冷静に分析すると、真澄は村人に会って話を聞いたはずだが、しかし村人の語った話をそのまま書いたわけではない。実はその土地に残る古文書を入手し、そこに記されている内容を、さも幾人かの村人に会って直接聞いたというように作り替えて書いている(4)。いつもの真澄のやりかたである。

現代の私たちは事実尊重の立場にたつ。自分の体験した出来事を正確に書き記すことを求める。だから、このような書き方は一種の捏造《ねつぞう》だと見なす。あるいは古文書か

3、和歌で織り成す旅日記は、明治期の政治家、井上毅（一八四三～九五）の「常総紀行」（『井上毅伝　史料篇第六』所収）も同じ。『土佐日記』のような旅日記の形式は近代まで続いた。

4、真澄が旅をしていると、村人があらわれ、あるいは村人が農作業をしており、その人物が村の歴史や伝説などを語るという

らの盗作だと見なす。純粋な観察記録とはいえないから、一級の資料とは見なさない。だが、真澄はそうは考えない。古文書に記された話を今も村人が語っているのだから、少し書き直しても不都合はない。古文書をふまえて書いたのだから、より古く、より正確ではないか、と考えるだろう。

真澄は、たとえ村人が古文書と同じ話を語っていなくとも、おそらく古文書にもとづいて書くであろう。昔は古文書のように語られていたのだから、よいではないか、と考えるに違いないからだ。

真澄の旅日記を読んでいると、そこまで疑わなくてはならないと私は思う。真澄の旅日記は、実際の旅をそのまま再現したものではない。最終的に机上において完成したのであった。

私たちは、真澄の言い分を認めてよいだろうか。真澄の旅日記を、民俗学・歴史学の一級資料と見なしてよいのだろうか。こうした評価を生みだしたのは、真澄の旅日記を、見聞した事実や体験した出来事を正確に記録したものと信じてきたことにある。そこに欠落していたのは、旅日記の表現とその構造を科学的に分析する目であった。〈文芸〉的な手法で半ば創作されたものであることに、私たちはこれまで気がつかなかった。

私は真澄を権威の高みから引きずり降ろそうとしているのではない。真澄の著作は民俗学や歴史学にとって貴重な資料であることは疑えないが、そのまま単純に一級資

場面は、『小野のふるさと』に記す小町伝説の場面も『けふのせばの、』の錦木塚伝説の場面も同じ。後者では、錦木塚伝説の遺跡を管理する寺院の由来文書を入手し、それをもとに机上において旅の一風景のごとく場面を構成したものと考えられる。なお、旅人の前に村人があらわれて土地の話を語るという構造は『風土記』などにもよく見られる。また、『古事談』などの小町伝説の場面にも見られる。伝説の基本構造といってよいだろう。拙稿「小町遺跡への旅」(『國文學』第四八巻一一号、二〇〇〇年九月)参照。

料として活用できるわけではない。その科学的な明察に国文学の方法が必要なのだといいたいのである。写本や活字化されたテキストを比較し、作品世界を分析し、執筆意図、表現の方法、視点人物の創出、表現の中に仕組まれた虚と実などを鋭くえぐりだす国文学の方法を応用しなければならない。その結果、真澄の著述は、これまで知られてこなかった本当の姿をあらわにする。真澄の著述のもつ真の特色と限界が明らかになる。どれだけ資料として使えるかは、そのうえで見極めなければならない。裏返せば、なによりも先に批判・検証されるべき資料として存在している。最初から民俗学の一級資料として存在しているわけではない。

与えられた論題にこだわれば、民俗学が国文学を救うのではなく、両者はお互いに助けあう関係にあるのである。初めから二極に区分し、そのどちらかにわが身を置いて研究する必要はなにもない。一方だけを肯定してしまう対立的な選択はかえって道を誤る。問題を発見し、その実態に即して適切に研究すればよい。本質的にいえば、国文学も民俗学も歴史学もそれぞれ独自に存在するが、私たちを束縛するためにあるのではない。資料・対象に合った適切な研究法を一人ひとり選択すればよいだけだ。

真澄の地誌―〈逸脱〉と〈過剰〉

国文学は、これまでこうした地方資料にあまり手を染めてこなかった。もう一つ、真澄の地誌について検証してみよう。

†真澄の著作の諸本比較は今後の課題である。細かいことだが、

真澄は地誌の作成者として知られる。かれは秋田藩のために藩内をくまなく調査して歩いた。地元の協力者に助けられながら地理・歴史・民俗などの資料を探し出し、かつ村人たちの話をていねいに聞き、数多くの地誌をあらわした。『花の出羽路』『雪の出羽路』『月の出羽路』など、いずれも大部の著作である。今は失われた地域資料の宝庫としても価値が高い。まさに超人的な仕事ぶりだ。

真澄の地誌を手に持って歩くと、江戸時代の情景がまざまざとよみがえる。山や川は昔のままであり、地名が残っているから、真澄になったような気持ちで歩くことができる。しかも、膨大な量の資料が収録されているから、それをもとに歴史や民俗などについて調べたり考えたりすることができる。

真澄が地誌や旅日記を残してくれた土地には、こうした知的な楽しみがある。私は長いこと秋田に住んでいた。今は新潟に住んでいるが、こうした楽しみから縁遠くなってしまった。人はなんといっても自分の住んでいる土地を愛して生きることが楽しい。それは調べることから始まる。その喜びを真澄が与えてくれる。

だが、真澄の地誌についても、旅日記について述べたことをくりかえさなければならない。私たちは、真澄の地誌を客観的で正確な観察記録であり、資料的価値がすこぶる高いと見なしてきた。この評価は当たっているが、そう単純なものではない。

真澄研究の開拓者であった内田武志（一九〇九～八〇）は、真澄が秋田藩お抱えの地誌作成者になるために、厳しい条件が突きつけられたという。藩内の資料を用いよ、

『増補雪の出羽路　雄勝郡三』（全集第五巻）、『雪の出羽路雄勝郡小町の七里』（全集第一一巻）は、「向野寺《カウヤジ》」となる前の「小野寺《コヤジ》」を「もとは天台にして禅宗となり」と記すが、写本の『雄勝郡　小野の七里』（羽後町歴史民俗資料館蔵）は、「もとは真言《天台》にして禅宗となり」とある。わずかな異文だがこれも翻刻したいところ。なお、「小野寺」を「真言宗の古ル寺」と記すところもある。諸本の比較が必要であることを示唆する。

【出羽・陸奥の旅】

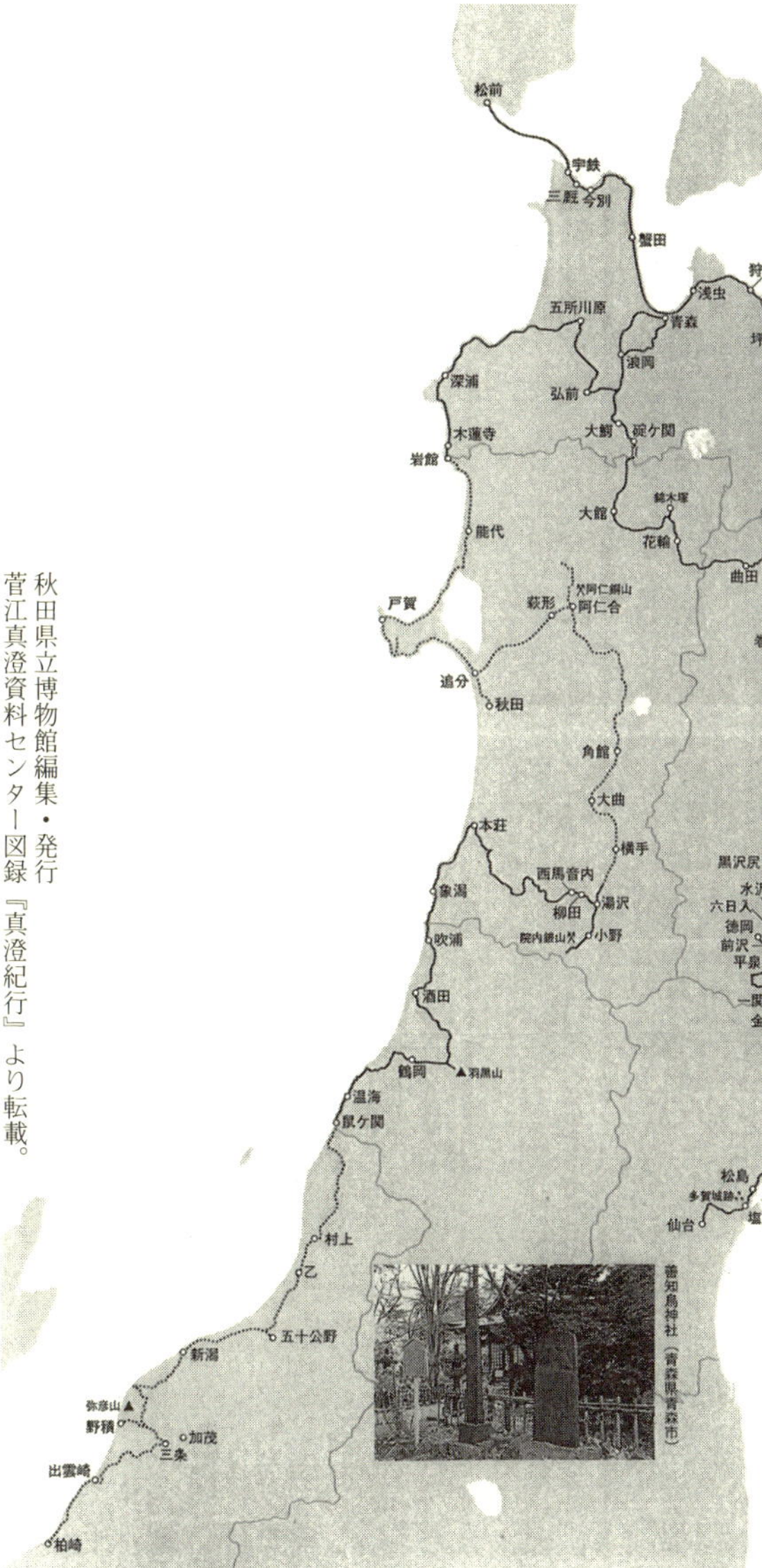

錦木塚（秋田県鹿角市）

北上川（岩手県盛岡市）

善知鳥神社（青森県青森市）

秋田県立博物館編集・発行
菅江真澄資料センター図録『真澄紀行』より転載。

藩外の資料は使うな、こうした条件を厳守することによって、外《と》つ国からきた異邦人の真澄は、ようやく秋田藩の地誌を書かせてもらったというのである。

内田はこう述べる。「紀行日記の執筆は許してくれても、他国の旅人に領内の地誌を依頼することはできないという藩士らの強硬な意見にさまたげられて容易に進捗しなかった」（全集別巻一「解説」。以下同）。「記載に当っては、藩内資料だけに限定し、真澄の考証、他国の見聞はできるだけ避けることなど、順平（岡見氏。父知愛《ともなる》とともに秋田藩の地誌を作成。筆者注）からの要望は多々あったであろうが、ともかく順平の提案を真澄は承知することにした」。岡見順平（知康。一七六二〜一八三二）から出された提案を飲んで地誌の作成にとりかかった、というのである(5)。

その証拠に、作成された順に真澄の地誌を見てゆくと、歌などを織りまぜて自分の主観を書くことがなくなったという。その結果、地理・産物・風俗・歴史・寺社・伝承といった広範な分野に関する膨大な資料と精密な考察を書き記した地誌が完成した。真澄は、主観的で個人的な旅日記の書き手から、客観的で公的な秋田藩の地誌作成者へ変貌した、と内田はいう。私たちの抱く真澄像は、こうした内田説によって形づくられたのである。

だが、真澄の地誌を見てゆくと、どの地誌も「藩内資料だけに限定し、真澄の考証、他国の見聞はできるだけ避けること」という条件を守っていない。その例は枚挙に遑《いとま》がないが、いくつかあげてみよう。たとえば、『雪の出羽路・平鹿《ひらか》郡一四』（全集第六

5、岡見順平は真澄を支援した一人。秋田藩の地誌の家に生まれた。国学者、文化人。境目奉行、財用奉行。文化元年（一八〇四）五月、異国船騒動で函館へ行った。野上陳令、那珂通博と藩校明徳館に和学方（国学部）を実現させた。本居太平（一七五六〜一八三三）、平田篤胤（一七七六〜一八四三）なども知己。『秋田人名大事典』による。本書Ⅲ一「旅日記から地誌へ」）。

†この問題は本書Ⅲ一「旅日記か

巻）の秋田県横手市山内についての記述。その中の「内淵《ないぶち》邑」の項は、次のような話で埋められている。

> 内淵は近江国片田の浦あたりにもある。「内介《ないすけ》が淵」を略したものだ。むかし内介という琵琶湖で漁をする若い男がいた。大きな鯉をとった。背中の鱗が一枚落ちて巴《ともえ》の形に似ていたので「一つ巴」と名づけて飼っていた。この鯉は水槽を離れて出歩くことがあった。やがて女に化けて内介の妻となり三年暮らしたが、行方不明になったので内介は新しい妻を見つけた。そうしているうちに、片田の浦に大波が押し寄せ、「一つ巴」が七尺（約二・一メートル）ばかりの魚になってやってきて、その口から人の形をしたものを吐き出した。そのとき内介も波に飲まれて湖に入ってしまったので、そこを「内介が淵」というようになった。片田の浦の老人たちがこのように語っている。これは西鶴の物語本にも見える。本当にあったことだろうか。

これは秋田県横手市山内の「内淵邑」の地誌とはいえない。『西鶴諸国ばなし』（一六八五）巻四「鯉ちらし紋」の引用である。秋田県の「内淵邑」とまるで関係がない。これでは西鶴文学の紹介である。

真澄の地誌には、こうした縁もゆかりもない記事がたくさん見つかる。使ってはな

ら地誌へ」で、重複するが更に詳しく検討する。

らないとされた「藩外の資料」の引用であり、「真澄の考証、他国の見聞」である。真澄はこうした記事をたくさん使って秋田の地誌を書いた。この点のみを取りあげれば、固有の土地を忘れた空虚な地誌なのだ。秋田藩の領地を純粋に書いた地誌とはいいにくい。

もう少し例をあげよう。『花の出羽路・秋田郡』（全集第八巻）の「小袴邑《こばかまむら》」（大館市）は、次のような尾籠な記事で埋められている。要約してみる。

珍しい村名だ。『玉勝間』に「片衣《カタギヌ》小袴《コバカマ》」についての説明がある。これは今の「肩衣半袴」のことだ。この地域に「小褌破《コバカマキ》れて、ふぐり出川《イデカハ》」という諺がある。近くに出川という地名があるからだ。「小褌」はふんどしのこと、むそうふんどしは「半犢《ムサウ》鼻褌《コバカマ》」という。このような地域の諺・方言によって村名がついたのである。伊勢貞丈《ていじょう》の『四季草《しきぐさ》』（一七七六～七八年成稿）にふんどしの種類について説明がある。どれも絹一巾《ひとはば》をもって前陰をおおうものだ。武具の故実を書いた『義貞記』に「手綱《(たづな)》」とあるのは、ふんどしのことだ。『曾我物語』の相撲の場面に、「たづな」「とうさぎ」とある。昔の人は「とうさぎ」を穿いて「はだばかま」を着た。「はだばかま」とはふんどしのことで「犢鼻褌」と書く。形が牛の鼻に似ているからだ。

真澄は、このあとも『和名抄《わみょうしょう》』『源平盛衰記《げんぺいじょうすいき》』から用例をあげて、ふんどし談義を続ける。そして最後に、「以上、村名の由来は「小褌《こばかま》」、すなわちふんどしのことだろう。古めかしい村名だ」としめくくった。

もしも村人が、秋田藩の公的地誌と思われる『花の出羽路』を読んで、自分の住んでいる村が「ふんどし村」だと知ったなら、どう思うだろうか。今ならば、きっと問題になる。土地の問題ではないからだ。しかも、本当に「小袴村」が「ふんどし村」の意味なのか証明されていない。おもしろい話を連想で書きつけているだけだ。やはり地誌としては認めがたい。

おそらく村人は読まないだろう。読者はだれか、藩主というほかない。藩主にとってもおもしろい記事を載せて土地の地誌としている。藩主は村名から西鶴の小説を思い浮かべて楽しむ。領内にこのような村があることを知り、同時に文学的教養を楽しむ。秋田藩の文人たちも良き読者であったろう。

真澄の地誌はあまりに不純物が多い。〈逸脱〉と〈過剰〉が横溢しており、それを楽しみ読める人が読者なのである。その読者こそ秋田藩主なのだった。地誌とは、「王」である藩主の愉楽に寄与するものである(6)。客観的な地誌の成立は近代を待たねばならない。

江戸期の地誌は、藩主の読み物として成立した。真澄は、常陸国（茨城県）から転封されてきた先祖をもつ佐竹氏の藩主に、領地を詳しく説明するとともに、こうした

†真澄は、この「ふんどし談義」を何度も書いている。→一一九頁脚注。

6、本書Ⅲ一「旅日記から地誌へ」、同二「モノガタリの位置」。前者を錦仁・小川豊生・伊藤聡編『「偽書」の生成—中世的思考と表現—』に収録したのは、真澄

九代秋田藩主佐竹義和　秋田市・天徳寺蔵

〈逸脱〉と〈過剰〉を書き記して教養の世界に誘い込み、楽しませている。そして、佐竹藩の先祖に関する記事を忘れずに書いている。

『月の出羽路・仙北郡《せんぼくぐん》』の白岩村（角館町）では、「八幡太郎義家将軍」がこの地を通ったという伝承を記している。「長刀《なぎなた》」や「槻弓《つきゆみ》」で草を薙《な》ぎ払い源義家（一〇三九？～一一〇六）を進ませた者がいた。義家はその者たちに「草長《くさな》刀《ぎ》」「草薙」という氏名を与えた。子孫たちが今も住んでいる、と。

それればかりではない。九代藩主の佐竹義和《よしまさ》がやってきて、老人たちを集めてこうした「古き物語」を語らせたことを紹介している。佐竹家は、八幡太郎源義家の弟新羅《しんら》三郎義光（一〇四五～一一二七）を先祖と仰ぐ一族である。その佐竹家が常陸国から転封されてきたのだから、秋田と関連が深いことを強調しなければならない。藩主が村

の執筆方法とその叙述を中世的な〈偽書〉にもどこかしら通じる親近性があると考えたから。真澄は客観的で正確な事実の観察者・記録者といわれているが、すべてにおいてそうであるわけではない。真澄に張り付いた常識を打ち破るねらいもあって収録した。真澄は古老の語る伝説を地誌の編纂ではあまり重要視していない。それは、地誌編纂の方法としてであって、必ずしも低く評価したわけではない。

人を集めて義家伝承を聞いたのはそのためだった。佐竹氏は江戸藩邸では新羅神社を建てて先祖を拝み、秋田の久保田城には八幡神社を建てて礼拝した。矛盾したやり方だが、秋田では先の支配者である小野寺氏が崇めた八幡神社を大切にする姿勢を示した。自分たちより前から住んでいる領民をなだめる一種の統治政策である。義家を敬う地域民と力を合わせて新しい国づくりに励んだのであった(7)。真澄は、そうしたことへの気配りをしながら藩主のための地誌を書いたのである。

地誌の中の和歌についても述べておこう。『雪の出羽路・雄勝《おがち》郡』(全集第五巻)の「野中村(羽後町)」について、次のように記す。

野中村はどこにでもある地名だ。「野中《のなか》の清水《しみず》」という名所がある。『和訓栞《わくんのしおり》』にも載っているし、『歌林良材抄《かりんりょうざいしょう》』には播磨国(兵庫県)印南野《いなみの》にあるという。また『古今和歌集』の顕昭注にも見える。『続《しょく》古今和歌集』には「野中の清水」を詠んだ俊成女の歌がある。彼女は越部《こしべ》の禅尼《ぜんに》というが、播磨国越部荘に行く途中、詠んだのであろう。だが、「野中の清水」は布留野《ふるの》(奈良県)にもある。『貫之集』にそれを詠んだ歌がある。寂超《じゃくちょう》法師の歌にも「ふる野の沢の忘水《わすれみず》」と詠まれており、『堀河院初度《しょど》百首』『続後撰和歌集』にも同じ用例がある。『綺語抄』は野中にある清水をいうと説明するが、『能因歌枕』には元の妻をいうとある。『後撰和歌集』に元の妻に戻った男を恨む歌がある。というわけで、ごく近い世

7、志立正知『〈歴史〉を創った秋田藩―モノガタリが生まれるメカニズム―』(笠間書院、二〇〇九年一月)。同書は秋田藩の意向に沿って真澄が新たなる公的歴史を創造したことを解明した画期的な書。見解は本書と一致する。

に成立した村であるけれど、古い歴史のある村名だと言い伝えている。

これも秋田の「野中村」の地誌とはいえない。特に最後の一文は意味をなしていない。村の成立は新しいが村名は古い、とはどういうことなのか。村の説明になっていない。地誌というより歌を詠むための説明と見たほうがよいだろう。「野中村」といえば古典和歌を想起するような人が読者だろう。一般庶民たる住民のための地誌ではない。「野中村」から「野中の清水」という歌枕を連想できる人のための地誌である。この村を通りかかり清水の流れるのを見て、古典和歌をふまえて和歌を詠むような人である。

こうして見てくると、真澄の地誌に対してよくいわれる、庶民の生活を庶民の立場に身を置いて柔軟な目で観察しありのままに記録した、といった評価は単純すぎる。考え直さねばならない。こういう評価が生じたのは、従来の評価をそのまま受けとめて科学的な分析をしなかったからだ。

真澄の地誌は、執筆意図、表現の方法、表現された世界、そのいずれにおいても複雑・多様であり、多くの闇を抱えている。真澄を評価してきた研究分野では、これらの問題をあまり追究してこなかった。いや、その方法をもっていなかった。別の分野からの分析が必要なのである。私なりの言い方をすれば、国文学的な検討を経なければ、民俗学の資料としても歴史学の史料としても使えない。その性格と限界を明らかにしなければ使えない代物だ。

自分を国文学者、民俗学者などと決める必要はまったくない。新しい研究対象を発見し、それに合った適切な研究法を見いだすことが大事だ。国文学は、民俗学が扱ってきた地方資料に対しても積極的に手を伸ばすべきなのである。

〈日本論〉としての国文学へ

昭和五五年一一月、神職で民俗研究者の齊藤壽胤氏とともに秋田県横手市大森町の波宇志別《はうしわけ》神社に伝わる霜月神楽を見た。本田安次の『霜月神楽之研究』（明善堂書店、一九五四年一月。著作集に復刻・収録）などによって予備知識は得ていたが、一度も見たことがなかった。私たちは朝早くから出かけ、最後の準備にいそしむ村人のようすを間近に見た。

夕方から祈祷が始まり、さまざまな神楽が夜通し演じられ、朝方まで続いた。そして神楽が終わると、楽人たちは紋付・袴に着替えて、神主を中心にコの字形に居並んだ。盃が三度めぐり、神主がおごそかに声を発した。「本日は、明けまして、おめでとうございます」。窓の外を見ると、うっすらと白い霜が降りて薄明るくなっている。黒い闇夜が明けて、真新しい朝がやってきた。なにもかも更新されて、まったく別の世界に変わった。わが身が底から新しくなるような感覚を味わった。

夜から朝へ、闇から光へ、死から生へ、人の世に新しい神が宿り、世界は一新された。ホイジンガの『中世の秋』（中公文庫に、堀越孝一の翻訳がある）に描かれたような中世的世界が、今ここに現出している。それは村人たちが遠い昔から尊んできた感覚なのだった。そうした感覚の中に神々はあらわれ、村人たちはその恩恵を受けながら暮らしてきた。

この神祭りを中心とした村の生活は、中世の昔から存続してきたのではなかろうか。古代からというのは無理だとしても、数百年前からあったことは確かだ。しかも、全国いたるところに見られるものだったといえよう。

とすれば、そういう村人の感覚や思惟が、私たちの研究している中世人の書いた文学作品の中に少しは浸透しているに違いない。村人の祭りとはいえ、その中に参加し体験することは、古典文学を研究する者に大切なものを与えてくれる。

あれから私は、秋田はもちろん東北各地の民俗を見てまわるようになった。また、秋田県の民俗芸能緊急調査委員や祭り行事調査委員となり、県内の民俗芸能を見て歩くことができた(8)。

大学では美学を基礎学問とする文藝学を専攻した私は、それまでは考えたこともない世界に足を踏み入れた。しかし、文藝学と民俗学に興味をもつことはけっして矛盾しない。矛盾すると思うほうがおかしい。

私たちには囚《とら》われてきたものがあった。国文学の対象は、おのずと都であり、貴族であり、上流階層の表現世界であった。それこそ日本の誇るべき文化遺産であり、そ

8、『秋田県の民俗芸能』（秋田県民俗芸能緊急調査報告書・第二二七号、秋田県教育委員会、一九九三年三月）に研究成果がまとめられた。

れを研究するのが研究者のアイデンティティなのだった。いってみれば、そこには純化された美的伝統の細い縦軸しか存在しない。それを支えて広がっている土地・空間への認識がない。グラフでいえば、縦に伸びるY軸だけがあって、横に広がるX軸がない。ゆえに、横へ、左右へ広がる土地・空間が存在しないところで研究している。それでは日本の文化を全体的に見つめようという学的な認識と姿勢が生まれにくい。

極単なことをいえば、国文学の対象を離れるとそこは民俗学の世界だから、国文学者は手を着けてはならないと。そういう常識がまかり通っていることがおかしい。だが、これが国文学のスタイルではなかろうか。

国文学は〈地方〉を扱わない。扱うのは、都の貴族や上流階級の人々であり、かれらの書いた美的に優れた作品である。より広く〈地方〉をも包摂した日本を対象とするというくらいの気概があっていい。

もう少し述べておこう。東北各地の村人たちが古くから演じてきた民俗芸能の縁起書の中に、『古今和歌集』仮名序に記された和歌の思想が書きとめられている。また、中世期の歌学思想が引用されている(9)。村人たちは高邁な和歌の思想を理解することなく民俗芸能に興じていた、とする見方は半ば当たっているが、根本において間違っている。

死者の霊を慰めるためにうたう民俗芸能の歌は、やはり仏教思想を深くたたえたものでなければならない。そうでなければ仏たちが戻ってくるお盆のときに、その仏前

9、拙稿「中世文化と古今集―東北における民俗芸能の縁起書と和歌の思想―」(『古今和歌集研究集成』第三巻、明治書院、二〇〇四年四月)。また、拙稿「伝播する和歌」(和歌をひらく・

で舞い踊り、声を発し歌をうたう意味がない。また、神仏を喜ばす力が歌にないのであれば、そして大きな呪力がないのであれば、神仏に向かって歌をうたい五穀豊穣や悪魔退散を祈ることはできない。村人たちも昔から和歌の力を必要としてきたのである。

小野小町にしてもそうだ。平安の昔から日本人の最も親しみ愛してきた女性であるが、人々は全国各地で小町を伝説化することによって、その和歌に、その人間に親しんできたのである。そういう地域およびジャンルを異にする大きな地理的広がりがあってこそ、小野小町の〈文学〉は日本の古典となった。

また、秋田・山形を中心に番楽という民俗芸能がある。演目は驚くほど多いが、『平家物語』『曾我物語』あるいは謡曲・歌舞伎などに取材した演目がずらりと並んでいる。日本の古典は、このような形で東北の隅々にまで浸透していたのである。日本全体が国文学の範囲である。

「和歌を考える」ということは、こうした村人の世界にまで視野を広げて研究することではないのか。民俗芸能の縁起書に『古今和歌集』以来の和歌の思想が流れ込んでいることを見ただけでも、そういえるだろう。

菅江真澄は、歌を詠みながら旅をした。その歴史をさかのぼると、東北を旅した西行がいることはいうまでもない。藤原実方、能因法師、西行法師、芭蕉、そういう歌人・俳人を受けて菅江真澄という表現者があらわれた。真澄もそのことを十分に意識

第一巻『和歌の力』岩波書店、二〇〇五年一〇月）にも述べた。

していた。これが国文学の対象でなくて何であろう。『土佐日記』のスタイルで真澄も旅日記を書いたのである。

私たちには、なぜ東北は平安の昔から歌を詠みながら旅をしなければならない土地だったのか、ということさえよくわかっていない。国文学の対象・範囲の中に〈東北〉を入れなければならない。真澄の旅日記・地誌も、各地の伝説も、民俗芸能の縁起書も入れなければならない。

もちろん、〈東北〉以外の土地についても同じことがいえる。〈東北〉にこだわる意味はそれほどない。どの土地・地域であれ、これまでの国文学を相対化し、研究対象をより広く日本全体へと変えてゆくための実験場になりうる。そういう視座を身に付けて実践に踏み出すとき、私たちの眼にアジアへ通じる道がおのずと見えてくるだろう。

Ⅱ

真澄の旅——なくてはならない和歌

第一章　和歌の帝国

天明飢饉の描写

江戸時代最大の紀行家といえば、菅江真澄であろう(1)。その足跡は故郷の三河国(愛知県)に発し、信州(長野県)を通って東北に長く住み、北海道へと及んでいる。事細かに記した旅日記、地誌の類が注目されてきたが、かれはまた歌人でもあった。各地の人々と楽しげに歌を詠み交わし、目新しい風景に接すると好んで歌を詠んだ。記録者である真澄の中で、和歌は一体いかなる意味をもっていたのだろうか。

真澄の著作は、主に民俗学的な関心・立場からアプローチされてきた。国文学では説話・伝承ジャンルの人々が注目することがあるが、まだまだ少ない。ましてや、和歌ジャンルの人々のアプローチとなると皆無に近い。それは、真澄が地方に生き、地方を著述したからで、都で生産された伝統文芸とは隔絶したものと見なされてきたか

1、『菅江真澄全集』(未来社、一九七一年三月〜八一年一〇月)がある。内田武志『菅江真澄の旅と日記』(未来社、一九七〇年五月)を座右に置き、これに導かれながら、制作順に編まれた全集を第一巻から読み進めてゆくのが真澄に近づく最も良き方法であろう。

らだ。

しかし、真澄を研究すると、私たちが美しくあわれなものと思っている和歌が、どんな性質を隠しているのか、重要なヒントが得られる。例をあげて述べよう。

天明年間（一七八一〜八九）、東北地方は猛烈な飢饉・凶作に襲われた。なかでも青森県津軽地方の被害がひどかった。真澄は、天明五年（一七八五）八月一〇日、つがる市森田（旧・森田村）を通りかかり、飢死した者たちの白骨が散乱する小道を歩いている。

卯之木、床前（つがる市森田）といふ村のこみちわけ来れば、雪のむら消え残りたるやうに、草むらに人のしら骨あまたみだれちり、あるは山高くつかねたり。かうべなど、まれびたる穴ごとに、薄、女郎花の生出たるさま、見るこゝちもなく、あなめ〳〵とひとりごちたるを、しりなる人の聞て、見たまへや、こはみな、うへ死たるものゝかばね也。

（『楚《そ》堵《と》賀《が》浜風《はまかぜ》』全集第一巻）

小町の髑髏《どくろ》譚を思い出させる惨状だ。村人は話を止めようとせず、口からあふれるままに、死につつある人間を殺して食ったこと、人肉を食った者の眼は「狼などのごとに光きらめき」、馬を食らった者は「面色黒く、いまも多くながらへて村〳〵に在

†飢饉の場面の叙述法は、本書Ⅰ「新しい眼で真澄を捉える」で考察した。以下、重複が多いが、少し異なった角度から論じてみる。

†異本系『小町集』（全六九首）の六八番目の歌。

あはでかたみにゆきける人の、思ひもかけぬ所に歌よむ声のしければ、おそろしながら、寄り聞けば

•秋風の吹くたびごとにあなめあなめ小野とはなくて薄《すすき》おひけり

（流布本ナシ）

ときこえけるに、あやしとて、草の中を見れば、小野小町が薄のいとをかしうまねきたて

けり」と語り続ける。そのあたりを詳しく見てみよう。

過つる卯のとし（天明三年）の冬より辰（同四年）の春までは、雪の春までは、いまだ息かよふも数しらず、いやかさなりふして路をふたぎ、行かふものは、ふみこへ〱て通ひしかど、あやまちては、夜みち夕ぐれに死むくろの骨をふみ折、くちたゞれたる腹などに足ふみ入たり。きたなきにほひ、おもひやりたまへや。

先ほど出てきた「しりなる人」はだれだろうか。真澄の後ろを村人らしき人が歩いていたらしい。その人が村での体験談を次々と語り出す。一昨年の冬から春にかけて、まだ息をしている者もたくさんいたが、すでに死んだ者と折り重なって路を塞いでいた。路を行く人は避けながら通ったが、日が暮れて暗くなると、どこに足を降ろせばよいかわからなくなる。腐乱した死体の骨を踏み、腹の中に足をとられ、腐臭がわきたつことがあった。想像してみてくださいよ。まさに地獄絵だ。

このうへたすからんとて、いき馬をとらへ、くびに綱をつけてうつばりに曳あげ、わきざし、或小刀をはらにさし、さきころし、血のしたゝるをとりて、なにくれの草の根をにてくらひたり。

りける。それと見ゆるしるしはいかがありけむ。（片桐洋一『小野小町追跡』笠間書院より引用）

文意不明なので意訳する。「愛しあうことなく別々に旅に出たあの人の歌声が、意外なところから聞こえてきたので近づいてみると、「秋風が吹くたびに、薄が目に擦れて痛い」とうたっている。「おかしいな」と思って草の中をのぞき込むと、小野小町の髑髏あるいは小町を葬った塚からススキが生え、手招きするように風に揺れている。小町のそれだとわかる証拠はあったのだろうか」。院政期、『古事談』『和歌童蒙抄』『無名草子』などの説話集・歌学書に小町髑髏譚が記載された。業平が奥州を旅したときの話ともいう。片桐によれば『小町集』の成立は流布本系も「十世紀のごく末期、あるいはどんなに遅くても十一世紀のごく初期」であろうという。

空腹に耐えられず、生き馬の首に綱をかけ、梁《はり》に吊り下げた。脇差《わきざし》、小刀を腹に突き刺して、裂き殺した。血のしたたる肉をとりだして、その辺に生えている草と一緒に煮て食った。これも地獄の光景だ。

あら馬ころすことを、のち〳〵は、馬の耳にたぎり湯をつぎいれてころし、又頭より縄もてくゝり、いきつきあへず、すなはち死うせ侍りき。其骨どもは、たき木にまぜたきてけぶりをたて、野にかける鶏犬をとりくらひ、かゝるくひものも尽て侍れば、あがうめる子、あるははらからつかれしに、亦、ゑやみに死行侍らんとするともがらあまたあるを、いまだ、きの（生の緒）を（絶）たえざなるを、わきざしをたて、又はむねのあたりくひやぶりて、うへ（飢）をしのぎぬ。

荒馬の耳に熱湯を注ぎ入れ、縄で首を絞めて殺したこともあった。骨は薪に交ぜて焚いた。鶏も犬も食った。食う物がなくなると、自分の産んだ子ども、衰弱した父母、疫病で死につつある仲間のまだ生きている者を刺し殺し、胸のあたりを食った。そうして飢えを凌いだ。

人くらひ侍りしものをば、くにのかみ（藩主）に命めされ侍りき。人の肉はみたるものゝ、眼は狼などのごとに光きらめき、馬くらひたる人は、なべて面色黒く、

†宮本常一は『楚堵賀浜風』に記された飢饉の惨状は弘前藩の「恥

いまも多くながらへて村〳〵に在けり。

人を殺して食った者は藩主が死刑にした。しかし、人肉を食った者、馬を殺して食った者が生き長らえて村々に住んでいる。

弘前から見舞にきた娘を見て、実の母親が食欲を起こしたことがあった。戯れて言ったのだが、娘はその夜、ひそかに逃げ帰った。

弘前ちかきところに娘をおきたる女ありて、此むすめ、あが母は、このとしのうへにいかゞしてか侍らん、見てんとて、みちは一日のうちにあゆみつくところなれば夕近く来つきて、ともに、ことなきことをよろこびてのち、母のいふは、ましか、つぶ〳〵と、はだへこへたり。たうびたらば、うまさ、かぎりあらじかしと戯てけるを、あがはゝの空ごとながらこゝろおぼつかなく、母のいねたるをうかゞひ、みそかに戸おし明て、夜のまににげかへりたることも侍る。

娘はふっくらと太って、健やかだった。「食べたら、どんなにうまかろう」と母親はいう。冗談だとはわかったが、母親が寝入った隙《すき》を見て逃げ帰った。冗談が本当になってしまう限界状況に母親はいたのである。

こういう話を、真澄の後ろを歩く村人らしき人物は、すべて自分の体験した事実譚

じ」であり、都合の悪いものなので、役人に見つかれば必ず没収されたであろうと考えている。見つからず没収されなかったのは、弘前に戻らないで辺鄙なところを歩いて盛岡に出たからだという。

しかし真澄は盛岡のあと再び弘前藩領に入っている。そして北海道に渡ったが、また弘前藩領に戻って一〇年近くも暮らした。宮本のように考えるなら、このとき役人に見つかり没収されるだろう。それとも真澄はどこかに隠していたのか、他人に渡してあったのか、飢饉の惨状を書くことが、そんなにタブーであったのだろうか。宮本説も成り立つと思われるが、今一つ決め手に欠く。→七七頁脚注。

†宮本常一は、飢饉の惨状を真澄に語った人物を実在する村人と見ている。(『菅江真澄』)。はたして、そうか。村人は食う物がなくなり流民となって地逃げしたという。

として語っている。そして、次のようにいう。

かゝる世のふるまひのおそろしさ、みな、人のなすわざともおぼえず、さながら、らせち（羅刹）、あすら（阿修羅）のすむ国なども、かゝるものにやとおぼえ、しなば死てん、いきて、うきめみんくるしさとおもひ捨しかど、あめのたすけにや、わがたちは藁を搗て餅としてくらひ、葛蕨の根をほりはみて、いままでのいのちをながらへ侍る。此とし（天明五年）も、過つるころのしほ風にしぶかれて、なりはひよからず。又もけかち（飢饉）入こんと、ない（泣）つゝかたりて、ことみちに去ぬ。

天明三年から四年の飢饉は、地獄さながらの状況を呈した。生きて苦しむよりは、いっそのこと死んでしまおうと思ったが、天の助けだろうか、自分たちは生き延びた。藁《わら》を搗《つ》いて餅にし、葛《くず》や蕨《わらび》の根を食べて、どうにか死なずに済んだ。今年も潮風が吹いて農作物が悪い。また飢饉になるのではないか。村人らしき人物は泣きながら語り、真澄と別の路を歩いて行った。

地獄さながらの状況と生き延びるためのカニバリズム（共食い）。村人らしき人物は重苦しい体験を泣きながら語った。真澄はそれを詳しく書きとめたのだが、その深刻な話のあとに、

ならば、もとから住んでいる人物ではなかったわけで、少し疑問が生じる。真澄は、村人から話を聞いたが、それを旅日記に書くとき、表現上の工夫をしたのではないか。

> 此ものがたりまことにや、あるとある家みなたふれ、あるは、ほねのみたち、柱のみたてりけるを見つゝ、しのびたり。

という一文で締めくくってしまう。荒れ果てて骨組みだけの、柱だけが残る家屋を見て、村人が語った一年前の飢饉を偲んでいるが、「あの話は本当だろうか」とどこかいぶかっている。目の前に証拠があるのに、なぜ「事実に違いない」と書かないのか。「あの話は本当なのだろうよ、目の前に飢饉で死んだ人々の家が倒壊している」というが、なぜ「事実だ」と書かないのか。常民の立場にたち事実を書き記した記録者、報告者というからには、そういう疑問を呈したくなるのである。

　しかも、飢饉の惨状は津軽平野にまだ広く見られたであろうに、真澄は主に右の八月一〇日と一九日に書いている。なぜ日にちを尽くしてもっと描かないのか。一〇日と一九日以外は惨状の残る風景を見なかったのか。なかったのか。それとも人々の話を聞かなかったのか。

　語る者の意識と、それを本当かと疑い「ものがたり」として書きとめる真澄の意識との間には、見逃しがたい裂け目が広がっている。偶然に出会ったのだろうか、村人らしき人物は自分たちは藁《わら》の餅と葛《くず》・蕨《わらび》の根を食べて生きたという。それで生き延びられるものなら、ほかの人々も同じようにして生き延びられなかったのか。天候が悪くて穀物がとれない、馬に食わせるものがない。役立たずの馬を殺して食うのはしか

†真澄の〈いぶかる〉ポーズに注目すべきである。『雪の出羽路・雄勝郡三』（全集第五巻）は小町伝説を詳細に採集している。それを読み終えると、間違いなく小町は雄勝出身だと信じたくなるのだが、その末尾は「猶しれる人にとひてたづねて記しまほしき事こそありけめ」と締めくくっている。「史実・真実はどうなのか、よく知っている人に問うて尋ねて記したいものだ」とはぐらかした言い方をしている。その初めに「世に小野といへる地いと多し、信濃国に小野あり、小野の宮あり」云々というように、各地に小町伝説があることを紹介しているのと符合する。真澄は在地伝説の多くを歴史的事実として紹介したわけではない。こういう書き方は当時の伝

たがないとしても、わが子、父母兄弟、仲間まで殺して食ったというのは事実なのか。食べる物を失い、やむなくカニバリズムに陥ったのだろうか。そういうこともありうると思われるが、虚構が交じっているような匂いがする。どこからともなくあらわれた村人がとりわけ匂う。語り手として登場させたのではないか巻末注（2）。

飢饉に苦しむ村人から話を聞いたのは事実だ。行く先々で聞かされたことだろう。だが、そのことと、それをどういう方法で表現するかは別の問題だ。実際に村人が出てきて、真澄に語ってくれたように場面を構成したのではないか。もしかしたら、飢饉について書いた地元の文書をふまえて書いたのかもしれない。そういう可能性も否定できないだろう。

目の前に村人があらわれ、ひとしきり語り続け、去って行く。あるいは場面から消える。こういう人物を真澄は『小野のふるさと』や『雪の出羽路・雄勝郡』の小町伝説を記した場面でも使っている。また、『けふのせばのゝ』の錦木塚伝説の場面でも使っている。ともに、地元の文書をふまえての叙述である。

和歌の力―場面転換

私たちは、真澄の記録によって天明飢饉の実態を知るが、その筆先に〈文芸の人〉としての面影がちらついているのを否定することができない。注目しなければならないのは、飢饉を書いた直後の場面で、真澄における和歌の意味が露呈することだ。真

説を記録した知識人の書物に広く見られる。一例、福島県安達地域の地誌である大鐘義鳴『相生集』（一八四一）も、「大凡、名所といふも始めより其名あるにはあらず、たまたま高貴の人や風流男や見め愛でて歌や詩に作りいでしより、やうやう其名の広まりて、果ては名所といふものになりたるは誰も知ることならずや」と述べている。絶対的な事実、半分事実、そのどちらでもないもの、といった三種類くらいの分類があったようだ。真澄はこうした〈いぶかる〉ポーズを保ちつつ伝説を記録しているのである。参照・拙著『浮遊する小野小町』（笠間書院、二〇〇一年五月）。

澄は、家々が倒壊し廃墟になった村々を歩いて岩木川に出た。すると、眼前の「綱曳《ひき》たるわたし」場の風景を眺めわたすや否や、いとも優雅な歌を詠む。

わたしもりよばふにやがてくる舟やつな手も細きわざにひかれて

真澄の日記は、一挙に、墨絵のごとき情調のただよう美の世界に転換してしまう。このあっけなさ、亡失の早さ、これを具現したのが、真澄にとっての和歌なのである。

和歌は真澄の意識を、地獄のほとぼりの冷めない現実から風流の別世界へ転換させてしまった。しかし、これは真澄だけに限ったことではあるまい。和歌を詠めば、地獄のような現実から風雅の世界への転換がいとも簡単にできる。歌人たちが何気なく利用しているのは、こういう和歌に秘められた力である。古典和歌が少なからず現実離脱の性質をはらんでいることに、私たちは注意を向けるべきだ。和歌のもつ効能といってもいい。

実は、飢饉の野原を通る直前、真澄は言葉遊びの歌に興じている。同じく八月一〇日のことである。

十日、朝とく出る。高きやのうへのすまゐにならび居て、戯れうた唄ふ女あり。この里のケムホといふ、あそびくゞつなりと人のいふに、

川竹の世のうきふしやしらべけんほのかにうたふ声聞ゆ也

路しばしへて浮田（鰺ヶ沢町）といふ処に来けり。

朝露は払ひ捨てもいかゞせんものうきたびにぬるゝ袂は

「ケンホ」は賤業にたずさわる女のこと。彼女がうたう「戯《ざ》れうた」に合わせて真澄は和歌を作り、「ケンホ」を「調べけん、ほのかにうたふ」に詠み込んだ。物名《もののな》の技法である。次の歌も「憂き旅」に「浮田《うきた》」を掛けている。こうした言葉遊びに興じたあと、半日もしないうちに反転して人骨の転がる凄惨な野原を描くわけだ。この落差は何であろうか。

そもそも『楚堵賀浜風』の冒頭、八月三日の記事がそうであった。深浦町岩崎（旧・岩崎村）を通ったとき、「鴛鴦石《がおうせき》とよぶ岩」見て、

さゞれ石の幾世契てをし鳥のなれる巌《いはほ》のすがたなるらん

と詠んでいる。鴛鴦《おしどり》が目の前の大きな岩石に身を変えたのであろうかと詠んでいる。旅先で出合った風景や事物を和歌に詠み入れるのは地元への挨拶であり、古代から旅する人の務めであった。この調子で真澄は和歌を詠んで旅するのであり、『楚堵賀浜風』はそういう手法で綴られた旅日記である。

†真澄は賤業の女性に強い関心を示した。随筆「うかれめ」（『布伝能麻迩万珥』）に、全国各地の呼び名を集めている。その中に「津刈の深浦（西津軽郡深浦町）にて、水麻漬《ミツツケ》、また、見帆《ゲンボ》といふ」とある。「ゲンボ」と発音したとすれば、「調べゲン、ボのかにうたふ」となってしまう。濁点をとって表記したか。

深浦町黒崎に泊まったとき、海の水を汲んで筧《かけい》に流し、「貝釜」に落とし入れて潮焼く男を見た。見馴れぬ手法なので、

しほがまにむすぶけぶりの行衛《ゆくへ》なみ空に吹とく外がはま風

と詠んだ。「貝釜」とは「粘土に貝殻を割ってまぜてねりかためた釜」（全集「註」）で、明治まで瀬戸内海地方などでごく普通に使われていたが、能登・越後では鉄釜を使っていた。しかし青森では「貝釜」であったという。

同じく深浦町の轟木《とどろき》という浜辺では、子どもたちが黄色い花をつけた草を折って、寄せては返す波間に投げ入れて遊んでいた。それを見て、

うなひ《（ママ）》子にひかれてめぐる小車《をぐるま》のなみにいくたびとゞろ木のはま

と詠んだ。和歌を知る人なら、西行の「うなゐこがすさみに鳴らす麦笛の声におどろく夏の昼臥し」（『聞書集』）を思い出すだろう巻末注（3）。襟首《えりくび》のあたりで髪を切りそろえた子どもたちが麦笛を吹いて遊んでいる。その音で昼寝から覚めたというのである。真澄の歌では、「小車」（キク科）の花を摘んでは波間に投げ入れて子どもたちが遊んでいる。「すさみ」は戯《たわむ》れという意味。子どもたちの戯れ遊ぶ姿を見ている真澄は、

†宮本常一『菅江真澄』に、「貝釜」の詳しい説明がある。（六五～六八頁）。製塩には「貝釜」「石釜」「鉄釜」が用いられた。河内国から能登半島へ「鉄釜」を作る鋳物師たちが移り住み、海辺に住む人々に貸与し、米を得て生計をたてた。富山県あたりまで「鉄釜」を用いたが、青森県では「貝釜」であった。鋳物師の移動と地元産業の関係が知られ、興味深い。

†西行。歌人。俗名は佐藤義清《のりきよ》。元永元年（一一一八）～文治六年（一一九〇）二月一六日没。七三歳。鳥羽院の下北面に仕える武人であったが二三歳の若さで出家。

西行に似ている。

先の歌は、やはり西行の「風になびく富士のけぶりの空に消えてゆくへも知らぬわが思ひかな」(『西行上人集』)と似ている。潮焼く煙が「行衛なく」空に消えてゆくとあるが、西行の詠んだ富士の煙を青森の塩焼きの煙に移し替えて詠んだのであろう。

古典和歌の印象を土地の風景に重ねる。その眼で見つめて和歌を詠むのが真澄の旅する方法であった。実景を見たまま感じたまま表現する素朴リアリズムではない。

真澄はわが身を西行に重ねて旅をしている。みちのくを旅した西行のように歌を詠んでいるふしが見受けられる。西行の歌に限らず、古典和歌の世界に思いを馳せ、発想をつかみとり、旅の風景や事物に重ねて歌を詠む。真澄の旅日記は、その底に古典和歌とのシンフォニーが鳴り響いている。そういう〈文芸〉の精神と技法が目立つのである。

前に戻ると、白骨の散らばる地獄さながらの野原から、場面は一挙に反転して美的情調たっぷりの墨絵のような風雅の世界に転じた。それは和歌の力によるのだった。真澄は古典和歌にどっぷりと浸かっており、その発想が心にあるから、風雅から地獄へ、地獄から風雅へ、いとも簡単に往来してしまう。

日記という形式もそれを助長させた。日記は日にちが変われば前の日と別のことを書いてかまわない。日ごとにカーテンが締まり、日ごとにカーテンが開く。そういう自在な表現形式だから、日ごとに違ったことを書き入れて旅して行けたのである。日

陸奥《みちのく》には三〇歳頃、六〇歳頃の二度、旅をした。その没後五百年にあたる元禄二年(一六八九)、西行を慕う松尾芭蕉(一六四四〜九四)がやはり僧形に身を変えてやってきて、『おくのほそ道』を書いた。真澄の心中に西行・芭蕉、特に西行があったはずだ。

†東北・北国を旅した人は、ほかに能因法師、藤原実方、順徳院、親鸞上人、日蓮上人、京極為兼、世阿弥などがいる。能因以外は配流だが、いずれも新しい文学・思想・芸能を創始した。真澄もそういう旅人の系譜を引いている。荒々しい風土への旅〈北回路〉を経て新しいものが創出されるのである。参考、拙稿「「北」の再発見」(『文学・語学』第一九五号、二〇〇八年七月)。

記という形式でなかったら、できなかったであろう。それにくらべて後半生にとりくんだ地誌は、定住者にならなければ書けない形式だ。

だが、日記の形式は、地誌の形式と必ずしも矛盾しない。地誌もまた村から村へと違ったことを書いてゆけるからだ。旅日記の形式をふまえて地誌を書くことは可能だ。真澄の生涯は、旅日記を書く旅人から地誌を書く定住者へ大きくカーブしたが、真澄の個性を活かした自然な発展だったといえよう。真澄はやはり旅人という本質をもっており、それを土台として旅日記も地誌も花開いたのである。

古典和歌の想起

真澄は、なぜ和歌を詠んだのか。かれは地方の風景を見るとき、しばしば古典和歌を思い出す。『率土《そと》が浜《はま》つたひ』（全集第一巻）から例を引こう。天明八年（一七八八）七月一〇日の夕暮れ、青森県東津軽郡今別町の「浜名の浦」に着いたとき、藤原為家（一一九八〜一二七五）の、

風渡る浜名の橋の夕汐《ゆふしほ》にさゝれてのぼる海士《あま》の捨舟《すてぶね》

という歌を思い出し、「おなじ名なれば、為家のたまひしふるごとをずんじて、遠つあふみの名どころをおもひいづ」と述べている。ここも「浜名の浦」だから、為家の

†『率土が浜つたひ』は、天明八年（一七八八）七月六日〜一三日までの一週間の旅日記。青森県平内町から津軽藩領に入り、外ヶ浜町三厩から小舟に乗り北海道へ渡るまでを記す。旅中の歌をいくつかあげる。どれも無理のない平明な歌いぶり。

●秋たちていくかもあらねどたびごろも袖にすゞしき外がはま風（六日・浅虫）

●ときもいまかじか鳴（く）らしころ〳〵と名にたててゆく秋の川波（一〇日・平館）

●野山へてつかれし夜半はくさまくらかりねのやどにゆめもやすまず（〃・松ヶ崎）

●真北なるうごかぬ星をしるべにてふねのゆくゐもしらぬ遠方

詠んだ歌を口ずさみ、遠江国（静岡県）の名所に思いを馳せたというのである。ちなみに、この歌は『続古今和歌集』雑下にあり、結句が「あまのつりぶね」である。『歌枕名寄』に「あまのすて舟」で採られているから、真澄はこれから引用したのであろう。

そして、浜辺づたいに三厩村《みんまや》（外ヶ浜町）の「松が崎」まで歩いてきたころは、とっぷりと暮れていた。凝り固まった闇の奥から、くぐもった鶴の声が聞こえてくる。すると、清原元輔（九〇八〜九九〇）の、

　千年ふる松がさきにはむれゐつゝ鶴さへあそぶこゝろあるらし

という歌を思い出し、この「歌のこゝろにもかなへりと、その名どころをおもひやり、しばし聞たゝず」んでいた。「松が崎」は近江国（滋賀県）の歌枕。安和元年（九六八）の大嘗会で披露された風俗歌で、『拾遺和歌集』の神楽歌に入り、『歌枕名寄』に採られている。やはりこれから引用したのである。

私たちは、このような場面に接すると、「真澄は辺鄙な場所にきて寂しかったから、古歌を思い出してみずからを慰めたのだろう」と考える。能因も西行も、そんなふうにしながら東北を旅したと思ってしまう。

だが、それは違う。真澄は、近江国から遠く離れた陸奥国に、為家の歌と同じ地名

（一三日・舟の上で）

†下北半島の今別町浜名（字浜名沢）の海岸を見て、歌枕であるかのように「浜名の浦」と呼んだ。和歌と結びつけて歌枕・名所化したのである。本書Ⅳ一「藩主の地名変更―歌枕・名所へ」。

†真澄は青森の風景を見て、元輔

を見つけ、また元輔の歌と同じ情景に出合って感動したのである。「こんな田舎に、和歌に詠まれているような場所があるのは変だ」と思っているわけではない。為家の歌をくちずさんで風景をながめ、元輔の歌を思い出して鶴の声に聞き入ったのは、そういうことだろう。都を遠く離れた〈東北〉だが、ここもまた和歌という巨大な帝国の内部である。和歌を味わい、和歌を詠むのにふさわしい風景がここにもある、と実感しているのである。

もう一つ、例をあげておこう。同じく『率土《そと》が浜《はま》つたひ』（全集第一巻）七月九日、野田村（青森市左堰か）の小川を見たときの記事である。

> 今津を過て野田の村に泊をさだむ。村中に小川のふたつながれたり。そのひとつをいひて、「しほ風こしてみちのくの」と、もはらこゝにながめたりし歌といひながし、仙台はさらなり、南部路にいふすら、うたがはしと、うら人のいへれど、いかゞあらんか。こゝともこゝろゐ（ママ）ざれど、月のかげおちてすゞしうおかしければ、見たゝずみて、
>
> 　ゆふ月のかげこそみつれしほかぜの越てふ野田の玉川の水
>
> しほ風こして氷る月かげ、と、ずんじて更たり。

「しほ風こしてみちのく」は、西行に先んじてみちのくを旅した能因の「ゆふされ

が詠んだ風景と似通っていると思い、かつ元輔の詠んだ歌枕・名所の風景を思いやる。そして、古典和歌の世界を通して地方の美を発見し、ここもまた和歌に詠める風景だと定位している。『率土が浜つたひ』全編こうした和歌による〈地方美〉の発見・認識であり、初期の旅日記によく見られる。真澄はなぜ東北にきたか。実方、能因、西行、芭蕉にわが身を置き換えて旅をしているようだ。とりわけ西行に対する思いは特別なものがあったようだ。和歌を詠みながら歩く旅日記は一因としてそうして生まれたと思われる。

ば潮風越してみちのくの野田の玉川ちどり鳴くなり」（『能因法師集』）をさしている。『新古今和歌集』冬、『続詞花集』冬にも採られた有名な歌だ。「しほ風こして氷る月かげ」は、能因の歌を本歌取りした順徳院の「みちのくの野田の玉川みわたせばしほ風こして氷る月影」（続古今集・冬）の下句である。この歌もやはり『歌枕名寄』に採られている。大部の書物だから真澄は出羽国・陸奥国の部分を書き写して携帯していたのであろう。

真澄は能因と順徳院の歌を思い浮かべて、「ゆふ月の」の歌を詠んだのである。二人の歌から詞をとり、自分の眼で風景を捉えて詠んでいる。「しほかぜの越てふ」は、能因が「しほ風こして」と詠んだのはここだろう、という意味である。そして、能因も見ただろうが歌に詠まなかった〈夕月が水に映る玉川〉を詠んでいる。順徳院の詠んだ〈玉川の水の上に月が映る〉冬景色は、秋の季節に合わないので採用していない。巧妙な工夫である。

真澄の歌は、二人の歌とくらべて、上・下句の照応と下句の言葉の流れに少し無理が感じられる。だが、劣っているというほどではない。二人の歌を活かして、しっとりとした情感を醸している。古歌と新歌のシンフォニーが聞こえてくる。柳田國男以来、真澄の歌は拙劣だといわれるが、訂正されてよい。

こうした歌を見てゆくと、真澄はただ単に〈地方〉の風景を眺めて詠んだのではないことがわかる。地元の人が能因来訪を疑わしいと述べている。仙台（宮城県）、南部（岩手県）にきたというが信憑性がないと語った。真澄もそうだと納得したのに、夕月の光が涼しく感じられて一首詠んでしまう。そして、能因の歌をふまえた順徳院の「しほ風こして氷る月かげ」という歌を口ずさむ。能因や順徳院の詠んだ風景とそっくりではないか、というわけだ。能因がきて詠んだという事実よりも、能因の歌と似ている風景に出合ったことが大事なのだ。真澄は古典和歌のフィルターを通して〈地方〉の風景を発見する。そういう眼で見つめるとき、田舎の風景は美しい映像となって心に焼き付く。和歌の大きな世界に、田舎の風景がすんなりと収まる。真澄は歌を詠み、日記に書き記すのである。

和歌の帝国

真澄は各地をくまなく歩いた。人々の生活を観察し、地理・歴史・風俗などを細密画のごとく書き記した。同時に、各地で出合った風景や出来事を歌に詠んだ。いわば、歌に詠みうる場所であることを確認しながら旅日記を書いている。真澄の旅を支えたのは、行く先々が和歌の帝国の内部であることを証明するようなエネルギーであって、それこそ真澄の旅の方法だったといってよいと思う。

寛政元年（一七八九）夏、真澄は北海道の松前町から江差町まで、怪しまれないように修行者の格好をして往復した。『蝦夷喧辞辨《えみしのさえき》』（全集第二巻）がそのときの旅日記だが、誉田別尊《ほんたわけのみこと》（応神天皇）をまつる神社では同行した地元の歌人松逕《しょうけい》（この人物につ

†折句・物名は当時の流行。伊達

いては詳細不明という）と、「てんかたいへい、こくかあんぜん」（天下太平、国家安全）を一字ずつ歌の冒頭に詠みこんだ一四首（二人合わせて二四首）を献納している（六月一五日）。旅の余興といえばそれまでだが、もう一つ別の意味が隠されているだろう。それは、次のような歌がいくつも見られることからも類推できる。

四《よつ》の海浪のたちゐもしづかなる御代はたのしとうたふふな人（四月二九日）
蝦夷人《えぞひと》の立《たて》るけぶりの末までもにぎはひなびく御代のかしこさ（〃）

前の歌は、相沼（八雲町）から「祁爾宇地《ケニウチ》が嶽」（遊楽部岳《ゆうらっぷだけ》、一二二七メートル）を遠望しつつ、船乗りたちのうたう民謡に合わせて詠んだもの。後の歌は、「久刀布《クドフ》」というアイヌの集落を通ったときに詠んでいる。「御代はたのし」「御代のかしこさ」は、ここもまた日本であり、その恩恵に浴しているという意識であろう。

こうした旅日記に書きとどめられた真澄の歌を読むと、ここもまた和歌に詠みうる場所であることを確認しているといえるようだ。和歌という歴史的・伝統的な基軸によって成り立つ日本という国の内部であることを確認するべく歌を詠んでいるのではあるまいか。

真澄の歌は評価されない。平凡で個性に乏しく、のっぺりとした印象を与える、と酷評されることが多い。だが、それほど低く見てはならない。平凡で穏やかな歌風は、

吉村（五代仙台藩主）、佐竹義和（九代秋田藩主）も詠んでいる。松の根に「霊芝」（きのこの一種。漢方薬）が生えたのを見て、「常盤なるまつの木陰のさざれ石こけむしそひて千代や重ねん」（義和。『玉韞集《うんぎよくしゆう》』）。

†アイヌの言葉を聞いて、「アキノヤタ、キモロヲシマケタ、ニイヤノニ、ノチケリアンベ、レタヌゥカラ」と詠んでいる（五月二日）。「アキノは蝦夷、ヤタは磯、キモロは山、ヲシマケタは物の陰、ニイヤは桜、ニは木をいひ、ノチケは盛りを、リアンベは近き磯の浪、レタルは白きをいひ、ヌゥカラは

和歌という普遍的な価値体系に素直に従う鷹揚《おうよう》な心構えが感じられる。おのれを際立たせず、和歌に同調することが平安時代からの変わらぬ詠み方なのである。先ほど見たように、真澄は能因、順徳院の歌に寄り添いながら、おのれの眼で風景を見つめ、美的心情をうたう技量を身に付けていた。

真澄の和歌

これまで菅江真澄とその著作は、和歌研究者にとって研究の対象でも資料でもありえず、無縁のものとして切り離されてきた。国文学研究者の目の前に存在していなかったといってよいだろう。強弁が許されるなら、それは古典文学の研究分野に、〈地方〉が存在しなかったことを示すのではなかろうか。

だが、見てきたように、真澄において優美を重んずる和歌は、村人がまさに体験した地獄の現実から遊離し、遊離することによって和歌たりえているのであった。優美を重んずる和歌は地獄の現実がうたえない(4)。和歌を研究する以上、こうした和歌の特質に目をつぶってはならないのではあるまいか。真澄は、和歌という普遍的価値の世界を〈地方〉へ押し広げる。伝統的和歌の内部に〈地方〉を包み込ませるようにして風景を詠み、地誌を記し、旅を続けた。かれの旅日記は和歌なくしてありえなかった。これもまた見逃してはならないことだろう。

見るといふこゝろもて、しかいはば、ゐぞのすむいそ山かげのさくら花さかりをなみの寄るとこそ見れ」。アイヌの言葉で和歌が詠めて、日本語の和歌に言い換えることができるという遊び。

4、和泉式部の「刀葉林」を詠んだ歌、西行の「地獄絵を見て」の連作などがあるではないか、という向きもあるかもしれないが、そういう観点は本論文の文脈から外れている。

和歌は、都という領域を脱して外へ向かう。そして、いつのまにか外部の世界をおのれのうちに組み入れて同化させてしまうから、比喩を弄すれば日本全土が和歌の帝国になってしまう。真澄の旅は、そういう和歌のシステムを具現する旅になっている。新しい和歌研究を望むなら、和歌に潜むこの特有のシステムに眼を向けるべきである。

日本は和歌に包まれた国である。地方の藩主は領内に歌枕・名所を設け、歌を詠みながら巡覧した。それは自分の領地を和歌の国の内部であり、その一員たることの証明であったと思われる。藩主の任務と自覚して実行したのではないか。本書Ⅲ三「和歌を詠みながら巡覧する藩主」・Ⅳ一「藩主の地名変更――歌枕・名所へ」。

第二章　旅と風土

真冬の北国へ

北国に向かう真澄の旅は、天明三年（一七八二）二九歳のときに始まった(1)。五月に木曽路を歩き、翌年一月ふたたび信濃（長野県）を訪れ、翌々年の夏は越後国（新潟県）を通り抜け、冬も間近い九月に出羽国（山形・秋田県）に入った。続いて陸奥《むつ》国（青森・岩手・宮城県の一部）をめぐり、天明八年七月津軽海峡を越えて北海道へ渡った。

北海道から戻った真澄は六、七年間、津軽藩の薬物係をしていたが追放されたらしい。秋田に定住したのは四七歳のころだから、約二〇年ほど東北・北海道を旅していたことになる。その間のようすは、『委寧能中路《いなのなかみち》』『齶田濃刈寝《あきたのかりね》』『楚堵賀浜風《そとがはまかぜ》』『蝦夷《えぞ》迺天布利《のてぶり》』『知誌麼濃胆岨《ちしまのいそ》』といった約三〇を数える旅日記に詳しい。

真澄の旅日記は誇張のないリアルな文章で書かれている。読んでいると、人々の生

1、内田武志『菅江真澄の旅と日記』の「真澄の年表」によった。以下同。年齢は満で数えた。

活がありありと浮かんでくる。独特のやわらかい感受性が、村々の生活、風習、伝承、信仰、産物、地理、歴史などを捉える。真澄の視線は低い。中央から地方を蔑視するような眼差しが感じられない。村人の心の中に溶け込んで、そのありさまを活写している。

注意すべきは、どの旅日記も基本的に〈和歌で綴る旅日記〉であることだ。真澄は、どこへ行っても、なにを見ても和歌を詠む。餓死した人々が転がっていた野原を見たあとでも、美しい風景を見れば優雅な歌を詠むし（本書Ⅱ一「和歌の帝国」）、海辺で働く人々を見たときも歌を詠む。古歌を想起しながら風景を見つめ、また人々の暮らしを詠むこともある。

真澄の旅日記は、なにゆえに和歌を点綴するのだろうか。民俗事象をリアルに記録する行為に、はたして和歌は必要なのか。真澄はそこをどう考えていたのか。このことを解明せずに真澄の深部に降りてゆくことはできない。以下、考察してみよう。

古歌をふまえて和歌を詠む

信濃を出て越後を通ったころはまだ夏だった（『来目路《くめじ》の橋《はし》』）。だが、真澄はたちまちに厳しい冬を味わう。真澄は北国の冬を意識して、それを目指してやってきたのではないかとさえ思われる。

『齶田《あきた》の刈寝《かりね》』（全集第一巻）の一〇月条から、伏見村（秋田県由利本荘市鳥海町）で過ごしたときの歌をとりあげてみよう。

七日　けふも霙ふれば、ふねいださじなどいひあへるに、雪のいたくふりて、往来たゆばかり、は（わ）づらひとなりてければ、

けふも又おなじやどりに呉竹の伏見の郷にふたよ明なん

八日　きのふより雪をやみなくつもりて、わらやの軒にひとしくなりて、竹の林など、岡のごとくふしかくれたりけるに、

みどりなるいろこそ見えねおしなべて雪にふしみの里のたかむら

九日　やの上より雪のくづれ落るが、つちのふるひうごくがごとし。日のほのかにてれば、梢の雪すこしちりて、むら雀など、かなたこなたに、すみかもとむ。

雪の降る季節に入っていた。三日は矢島（旧・矢島町）で「霜すさまじ」き風景を見、四日はハタハタを売る市を見、五日は鳥海山（二二三六メートル）から流れ落ちる谷川の「奈曽白橋」を見てきたという商人の話を羨ましく聞いた。そして六日、「里過ぎ山越」え、伏見村（旧・鳥海町）に泊まった。そして右の七日になるのだが、降り続いた霙《みぞれ》が雪に変わり、歩くのも難儀なほど積もった。八日は藁屋の軒の高さまで積もった。竹の林は雪に隠れて小山のようになった。降り始めだから湿り気の多い雪だろう。一晩で一・五メートル以上も積もったようだ。九日は屋根の雪が崩れ落ちて

地面を揺るがした。

その恐ろしい音を、雪に閉じこめられた家の中で聞いている。だが、嘆くわけでもない。淡々と描写している。七日の歌は、「今日も伏見の里で日が暮れて、夜が明けるのだろう」と詠んでいる。「呉竹」に「暮れ」、「伏見」に「伏し身」を掛け、三日めもこうして過ごすことになるだろう、という。八日の歌は、雪に倒されて小山のようになった竹林を眺めている。視界はすべて白一色、人々は半年以上、雪の中で暮らすことになる。真澄の歌は、あきらめて冬を受け容れる心境だろうか。

こういう心境には、なかなかなれない。昨年の冬は信濃で過ごしたが、その前までは東北から見れば南国ともいうべき三河に住んでいた。三日の象潟では急に空が暗くなり、雷が鳴り海が荒れ、ハタハタが浜に押し寄せた。「南の国とことなる空也」と書いている[2]。たった二日で軒先まで積もる雪の中で過ごす恐ろしさは、南のほうからきた異邦人には耐え難い。嘆きの言葉を吐かずにはいられまい。真澄は不満の一つも漏らさない。

ここに、北国を旅する真澄の覚悟があらわれている。その歌は和歌の伝統的表現をふまえている。「伏見」は現地の地名だが、「夢通ふ道さへ絶えぬ呉竹の伏見の里の雪の下折れ」（新古今集・冬・有家）などを本歌にして詠んだことは明白だ。「伏見の里」は、平安時代から知られた歌枕であり、「身を伏す」を言い込める歌語である。真澄は、古典和歌の美の世界を思い浮かべながら、雪国の厳しい現実を見ている。

2、真澄の冬の体験、冬の描写に私は心惹かれる。たとえば、『齶田濃刈寝』一〇月一九日の西馬内（羽後町）の記事。家の周りを「雪垣」で囲い、雪は軒まで積もり、雪下ろし・雪踏み（藁沓を履いて雪を踏み、道をつける）をする。近所に行くときも「雪袴」「藁帽子」で重装備。屋根・木々から落ちる雪の音のすさまじさ。硯の墨は氷っ真澄の和歌は、目の前の風景に対する感動とおのれの内なる古典和歌との衝突である。あるいは、調和によって成立している。これが村々を訪ね歩く真澄の態度であった。よくいわれるような、土地の人々の心に寄り添いリアルに描写するだけの記録者ではなかったのである。もう一つ別の世界をもっていた。

旅行く風景を見つめる真澄の心は、和歌に染まっている。観照主体は和歌にあり、和歌に詠まれたのと同じ地名を見つけると、たちまち関連づけて歌を詠む。かくして和歌に詠まれたことのない東北の風景は、和歌の体系に登録される。都の貴族のように古歌の知識をもとに想像裡にみちのくの風景を創り上げて詠むのとは違う。みちのくにきた歌人はたくさんいたが、かれらとも違う。実方、能因しかり、西行でさえ都への郷愁を消し去ることはなかった。かれらは、都と鄙のせめぎあう揺れる意識の中で詠んだ。真澄はまるで違う。

遊女のこと

少し述べてみよう。『齶田濃刈寝《あきたのかりね》』（全集第一巻）は天明四年（一七八四）九月一〇日、山形県庄内の念珠ヶ関《ねずがせき》（鶴岡市）で聞いた庄内方言から書いている。「こゝより、なにさ、かさと、言葉のしりへに、さもじつけて、ものいふことはじまりぬ」。続いて、弁財天の祠がある小島に浪が砕けるさまを「滝」のようだと述べ、「しろがねの糸すぢを、あまたみだ《(乱)》しかけたらんがごと」だという。一一日は、小岩川（鶴岡市）の西

て筆が使えない。そういう中で村人が元気よく暮らしている。真澄は、方言で語り合う村人の会話を活写しながら記録している。真澄も厳しい冬の生活を嘆いていない。村人も生活の中に真澄を受け入れている。南の方角からやってきて東北を旅した人の中に、こういう人物がいたであろうか。夏の一番よい季節にやってきた芭蕉と大違いだ、といえば失笑を買うであろうけれども。↓グラビア2頁、真澄みの描いた風景画。

光寺に天真上人を尋ね、一緒に夜の海を照らす月を見て歌を詠んだ。

　旅日記はこうして始まるが、そのあと温海《あつみ》では源義経伝説を採集した（一五日）。同じ日、「鳩」（波渡）では西行がここにきて、「山はだの岨《そば》のたつ木に居る鳩の友よぶ声のすごきゆふぐれ」（『山家集』、『新古今和歌集』雑では初句「古畑」）と詠んだという伝説を採集し、昼食をとった宿では女あるじがうたう民謡を書きとめた。羽黒山（鶴岡市）では「西行戻し」というところがあり、案内の翁が「西行はどうして戻って来なさったのだろう」と真澄を見て微笑《ほほえ》んだ。続いて羽黒山の遺跡見物を記す。山を下りて「尾落伏《おちふし》邑」（遊佐町）の永泉寺では玄翁（能照）伝説や手長・足長の伝説を詳しく書いた（二三、四日）。

　伝説や名所ばかりではない。宿のあるじの語る、鯨、とど、あざらしが飛び上がる海のようすや「だし」（東風）、「山ぢ」（北風）、「ぢみなみ」（南風）といった土地の用語を書きとめた（二六日）。「有耶無耶関《うやむやのせき》」にまわり、象潟にゆくとやはり古歌に詠まれた名所であるだけに能因・顕仲の歌や西行の伝承歌をあげ、風景を叙し、真澄も歌を詠んでいる。注目すべきは、そういう象潟の雅的な叙述の中に、「かみ長」（髪長）、「こもかうむり」（薦被り）といった「くゞつ」（遊女）について書いてあることだ。「人にひめしのびて、夜更て戸ぼそ叩く」という。また、「なべといふひと夜づま（妻）もありと、相やどりの旅人の集りて、むつがたりにせり」とある（二九日）。

　このように、ありとあらゆる風物・情景が旅日記に記される。真澄の眼は柔軟で多角的である。和歌の観照的方法で風物を眺めたかと思うと、それをみずから切り換えて民俗的な事柄に関心を向ける。真澄の見る方向には、土地とそこに住む人々がいる。これもまた真澄の基本である。大きくいえば、その二つの眼が交差し融和しつつ書き進められてゆく。二つの眼を切り離すことはできない。

『酒田市史』史料編第七集（一九七七年三月）に、酒田を通った江戸期の文人たちの旅行記が抜粋されている。書名だけあげてみよう。『日本行脚《あんぎゃ》文集』（大淀三千風、一六八三年五月）、『負剣録《ふけんろく》』（頼春水。一七七〇年六月）、『奥游《おうゆう》日録』（中山高陽。一七七二年五月）、『東遊《とうゆう》記』（橘南谿。一七八四年三月）、『東国旅行談』（松井寿鶴斎。一七八七年）、『東遊雑記』（古河古松軒。一七八八年六月）、『北行日記』（高山彦九郎。一七九〇年八月）、『酒田往復記録』（莅戸《のぞきど》善政。一七九四年七月）、『飛嶌《とびしま》日記』（岩間安友ほか。一八〇四年四月）、『橘　由之《たちばなよしゆき》日記』（橘由之。一八二一年五月）、『筆満可勢《ふでまかせ》』（藤原衆秀。一八二九年一一月）、『神習紀行・辛亥《しんがい》紀行』（鈴木重胤。一八四三年一〇月一七日、一八五一年八月）、『東北遊日記』（吉田松陰。一八五二年二月）、『酒田膝栗毛』（寿栄堂左永。一八五二年）、『荘内紀行』（雲井龍雄。一八六六年六月）。収録されていないが、このほかに『大泉行』（高橋克庵。一八五七年九月）などがある。

真澄は酒田を通らずに、羽黒山から下りたあと鳥海山へ続く山脈の西麓を歩いて秋田に入った。右の旅行記の中に実は『齶田濃刈寝』も抜粋されているのだが、いかに異彩を放っていることか。それを一言で述べるのは簡単なようで難しい。しいていえば、ほとんどの旅行記が自分の目的意識から風景・名所や街のようすを眺め、おのれの心に浮かんだことを書いている。あるいは、おのれの判断を振り下ろすような姿勢で書いている。

一方、真澄は土地の世界をさまざま角度から眺めて書いている。目の角度と心の角度が柔軟に組み合わされる。そして、和歌の観照方法をふまえて、土地の世界を一首の歌の中に包み込むようにうたう。対象とおのれが対話し、絡みあい、融和しつつ、土地が記録されてゆく。わかりやすくいえば、和歌と民俗の両方に同時に関心を向けることが真澄の個性を際立たせている。

古歌を思い浮かべて

真澄は地方の風景を見ながら古歌を想起することが多い。前章で述べたが、真澄の旅日記の特色であった。民俗の記録者という観点で捉えることの多い現状において、この特色はいくら特筆されてもよいだろう。『齶田濃刈寝』一〇月一九日の記事を見よう。段落を付けて途中を省いて引用する。割注は［　］に入れた。（　）は漢字を示した。

たまたま、近き里の、なにがしがやに行とてこゝ（湯沢市柳田）を出るに、野も田づらも、ひとつの真白に波のより来るやうにゆき吹わたるは、たゞ、海のうへなど行かとおぼふ。田はたけ、岨、河つらなどを真すぐにいかんには、かんぢき［又かち木ともいふ］とて杉のさえだ（小枝）おしわがねて、くつのごとくさしはきたり。（中略）

人のり、よね（米）つみたるなど雪車あまたひくなかに、くすし（薬師）などは、とみ（疾み）なるやまひにやいそぐならん、雪のいたくかゝりたる、ものみより［そりに、こしのごとくつくりのせたり。是をつねの旅籠のごとく作りて、かごそりといひ、又箱そりといふ］つら（面）、いさゝかいだして、ひかれ行ありさまを見つつ、「初みゆきふりにけらしなあらち山こしのたび人そりにのるまで」といふ、ふる歌のこゝろおもひあはせたり。

行かふ人は、めすだれ、又めあてともいひて、うすものをぬか（額）よりおほひかけたり。こは、眼のやまう（病）なきためなり。

田も道も川もすべて雪に覆われて大海原のように見える。かんじきを靴のように履

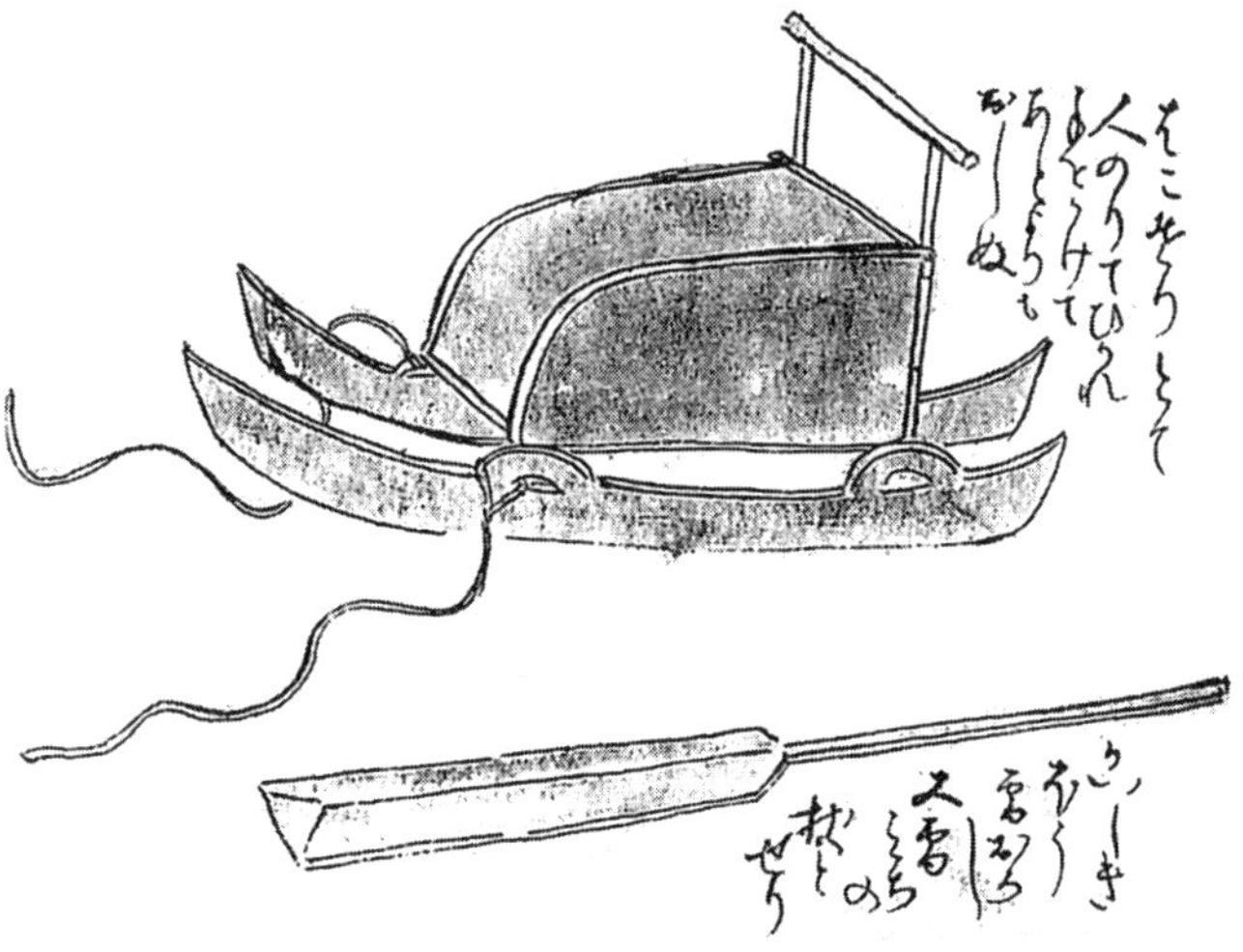

「はこぞり」「かいしきばう」。真澄『粉本稿』より。大館市立中央図書館・真崎文庫蔵。「はこぞりとて、人のりてひ（引）かれ、手をかけてあと（後）よりも、お（押）しぬ」。「かいしきばう（棒）、雪おろし、又雪のみちの杖とせり」。雪国の必需品。

† 『布伝能麻迩万珥《ふでのまにまに》』（全集第一〇巻）に、「雪のめすだれ」について詳しく書いている。

いて人々が歩いている。これを履けば雪の上を真っ直ぐに行くことができる。米俵を積んだ雪車《そり》などが通る。雪車の上に輿《こし》のような箱を乗せて、その中に人が入っている。「物見」（窓）から顔を出しているのは、急病人の家へ往診に行く「薬師」のようだ。人々は雪から目を守るために「めすだれ」「めあて」という薄布で顔を覆っている。

真澄はこうした雪国の風景を眺めて、

初みゆきふりにけらしなあらち山こしのたび人そりにのるまで

という古歌を思い浮かべた。この歌は『永久百首』（一一一六）の源兼昌の作で、鎌倉期の『歌枕名寄』『夫木和歌抄』に採られている。真澄はこれらの私撰集を読んで知っていたのである。『歌枕名寄』は、出羽国のところを書写して持ち歩いたようにも思われる。

しかし、古歌の情景は、真澄が見ている風景と異なる。「有乳山《あらちやま》」は越前国（福井県）の歌枕であって、出羽国（秋田県）の歌枕ではない。しかも、雪車に乗っているのは旅人ではなく、地元の「薬師」らしき人物である。まるで違う地元の風景を見て、古歌が思い浮かんできたのは、「こしのたび人そりにのるまで」にヒントが隠されているだろう。

「めすだれ、又めあてともいふ。うすもの（薄物）也」。

↑有乳山。滋賀県高島郡と福井県敦賀市の県境にあったという。奈良時代に近江国守護のため愛発《あらち》の関が置かれた。『万葉集』から詠まれた。「雪」「浅茅」「越し」などが詠み込まれる。『歌ことば歌

「こしのたび人」とは「有乳山を越えて、越の国からやってきた旅人」という意味であり、越の国に「来し」が掛けられている。真澄は本草学の専門家で医者でもあった。雪車に乗る地元の「薬師」に越後国（新潟県）を通ってやってきた自分を重ねて見ているようだ。というより、自分が乗っていたのかもしれない。

伏見村の風景を眺めて、源兼昌の古歌がすっと浮かんでくる。真澄は地の文に土地のようすを描写しているが、それとはかなり異なる古歌を思い浮かべている。現実の風土体験と古歌による情景想起、このダブル・イメージこそ真澄の個性だろう。こういう対象の捉え方が真澄の旅日記にはいくらでも見いだせる。和歌と民俗の複眼的な精神によって書き進められているのである。

和歌の力

真澄は、しばしば古歌を通して北国の風景を捉える。あるいは、古歌をもちだして、この土地の伝説を詠んだのだろうと想像したりする。たとえば『率土《そと》が浜《はま》つたひ』七月七日に、次のような記事がある。(3)

「乃南以《のない》」（青森市野内）という地名について、土地の人が「もとはアイヌの言葉で、鷲《わし》の尾の港という意味だ。昔ここに鷲が羽を落としたと伝えられている」と語った。この伝説を聞いた真澄は、

枕辞典』（角川書店）、『歌枕歌ことば辞典』（笠間書院）。真澄は『歌枕名寄』から歌を引くことが多い。万治二年（一六五九）の版本があり流布した。写本も多い。真澄は記憶により引用、部分的に書写して携行、旅のあと参照して引用のいずれか。

●あらち山雪ふりつもる高ねよりさえてもいづる夜はの月かな（金葉集・兼房）

●吹く風のあちらのたかね雪さえて八田の枯れ野にあられふるなり（同・家良）

3、『率土《そと》が浜《はま》つたひ』七月九日、「十三森をへて十曲川をわたり、田沢、夏井田を過て飛鳥という浦」にきたとき、伴人が「きのふといひけふとくらして」と口ずさみ、その場に佇んでいた。

人とはぬ太山《みやま》の鷲も哀なり誰にむくひの羽おとすらん

という藤原光俊（一二〇三〜七六）の古歌を想起し、「歌のこゝろにも、かなひつらんかし」と述べている。この歌は『夫木和歌抄』雑に入っている。これを読んで知っていたか、あとで調べて書き足したのであろう。

　はたして光俊は、青森の伝説を詠んだのであろうか。不明というほかない。そうかもしれないし、ほかの土地の伝説を詠んだのかもしれない。そんなことを気にせず古歌の知識をふまえて詠んだ、と考えるのが自然だろう。だが真澄は、歌の内容が合致していることに強い興味を示す。こうしたことが真澄の旅日記や地誌に無数に見られる。

　伝説を聞くと、記憶の中から内容の似通う古歌が呼び覚まされ、この土地の伝説を詠んだのではないかと考える。美しい風景を見たときは、類似の情景がうたわれている古歌を思い出す。そして、おのれの感動を古歌をふまえて表現する。これは何を意味するのか。

　真澄は、各地の風景や伝説を和歌という表現体系の内部に登録し位置づけようとしているのではないか。和歌と関連のある土地であってこそ、価値ある土地と見なしうる。そういう機能が和歌に秘められていると考えていたのではないか（本書Ⅳ一「藩主の地名変更―歌枕・名所へ」）。そして、これは旅する歌人たちが普通に行う和歌の詠

この歌は『古今和歌集』春下、春道列樹《はるみちのつらき》の作で、下句は「あすか川流れて速き月日なりけり」である。そして、小川で洗い物をしている女に声をかけた。それを見て真澄は、「飛鳥川せゞの玉藻もうちなびきこゝろは妹によりけるものを」と唱えたところ、「はとわらふ」とある。情景にぴったりした歌だったので、二人で笑い合った。

　この歌は『万葉集』巻一三の歌で、『袖中抄』『歌枕名寄』にも採られている。そして真澄も佇んで、「これも又うらの名におふあすか風ふくにまかせてふちせとぞなる」と詠んだとある。本歌は、『古今和歌集』雑下の「世の中はなにか常なるあすか川昨日の淵ぞ今日は瀬になる」（読人不知）である。

　目の前の風景や状況を、古典和歌を思い起こしながら解釈し、歌を詠み、二人で楽しんでいる。地方の風景を見る二人の基盤は

み方であり、楽しみ方であった。

『楚堵賀浜風《そとがはまかぜ》』（全集第一巻）八月一七日の挿話は、そのことを暗示していると思われる。宝暦（一七五一～六四）のころ、白沢村（鰺ヶ沢町）で「毛見武士《けみぶし》」を接待する宴会が開かれた。「毛見武士」は「稲が実る頃武士が稲のでき具合を見て」歩き、「それによってその年の年貢の高をきめた」（全集「註」）という。歌を唱えて歩く三人の女がいたので、連れてきてお酌をさせた。その歌声はきれいだった。やがてみな酔い痴れ、女に歌をうたえと命じたところ、声も高らかに「白沢は出風入風あさあらし、下はひへたち実もとらず（稗断ち実も採らず）、ひいてたもれやとの、けみ（殿の毛見）」とうたった。

白沢に朝から嵐が吹いて穀物が実らない。下の者の食べる稗《ひえ》も実らない。年貢を引いてくだされ、というのだろうか。私を誘ってください、という性的な含意があったのかもしれない。村長《むらおさ》が止めたが、何度もくりかえす。だが、毛見武士は「歌はあめのをしへなれば」といって、そのままうたわせた。しかも、聞き終わると村から徴収するはずの年貢を軽くしてくれた。結局、女たちは村長から誉められ、藩主からも誉められたという。

「歌は天《てん》の教へ」という思想が息づいていた。民衆のうたう歌に民衆の心が率直にあらわれる。それは天意のあらわれである。それをうかがい知って、対策を講じるのが民をあずかる君主の務めであるというわけだ。中国の聖帝から始まる「諷喩」の精

古典和歌にある。ブッキッシュな即興である。この場合も、真澄の観照主体が和歌を基盤とするものであったことが明らかだ。こうした知的な楽しみに相興じることができる者こそ歌人であったのである。民俗を見るリアリストの真澄とそれを古典和歌から捉え直して楽しむことのできる真澄が同居している。

神である。当時の藩主たちは「民は国の本《もと》」を肝に銘じて民政にあたったのである（本書Ⅳ三「真澄を求めて―まとめ」）。真澄もまたそう考えていたから、この挿話を書きとめたのではないか。江戸時代にも、天と地は歌を通して結び合っている、という思想が活きていたのである(4)。

和歌は単なる抒情の道具であったわけではない。深い思想を伴っていた。和歌に詠まれたことのない鄙びた風景を詠んで旅することは、それなりの思想を伴う行為であったろう。和歌にうたわれてこそ、その土地は天と結び合う。和歌の表現体系に位置づけられてこそ、価値のある土地としての保証を得る。そういう考え方がどうやらあったらしいのである。だから、土地を和歌に詠むことはおのずと祝意が籠もることになる。和歌を詠みながら、古歌を想起しながら、村々を記録して歩く真澄の心底には、こうした和歌の力に対する信頼があったと思われる。そういう信頼が当時はまだ残っていたと考えてよいだろう。

誤解を恐れず思い切って言えば、和歌の力を実践して歩く真澄という記録者を秋田藩士および藩主が発見して地誌を書かせたのではなかったか。穿った見方ではあるが、少しは心に留めてよいことだろう。

真澄が旅した日本海沿岸の東北地方は、縄文後期の遺跡が高い密度で分布する。この帯状に広がる地域には、たとえば「薬師」という名を冠する山々が高い密度で分布

4、拙稿「宗教テクストとしての和歌―ウタは、なぜ必要か、なぜ詠むのか―第4部会メンバーへの私の提案」（阿部泰郎編『日本における宗教テクストの諸位相と統辞法』名古屋大学大学院研究科、二〇〇八年七月）に述べた。四代弘前藩主津軽信政（一六四六～一七一〇）は幕府神道方の吉川源十郎従長（一六一六～一六九五）を呼んで、『古今和歌集』仮名序などの和歌思想の講釈を受けている。

その中に、草木も人も「天地同体」であるゆえに、天の哀しむものを人も哀しみ、天の悦ぶものを人も悦ぶのであり、それが和歌であるということが説かれている。和歌は天・地・人が一体であり一如であることを示

している(5)。縄文時代から江戸時代までずっと変わることなく個性的な文化を形成・醇化してきた地域なのだという。今では見えにくくなってしまったが、日本の古層が分厚く滞積する世界に真澄は分け入ったのだった。そこは京や江戸を中心軸とする世界とは異質な地域なのだ。だからこそ、都で育まれ日本の歴史・文化を体現する和歌の体系に土地を関連づけながら記録して歩く真澄の意図が注目されるのである。それは、ほとんど無意識のように行われていた。

す。これは仮名序の和歌思想を敷衍したものである。すなわち、神のものであるウタが人間のものとなり定型の和歌に継承・発展してきた。かつ、この世に生きるものすべてがうたう。よって和歌は天・地・人が共有する感情表現の器である、ということになる。→阿部泰郎・錦仁編著『聖なる声』（三弥井書店、近刊）参照。

5、生田滋「海の道と日本列島史」（『海から見た日本文学』第三章。小学館、一九九二年一〇月）

第三章　和歌を引けば本当の真澄か

故郷を背にして

天明三年（一七八三）二月末、真澄は故郷の三河国（愛知県）に背を向けて、信濃国（長野県）へと旅立った。このとき二九歳、「長閑《のど》け春もきさらぎの末つかた、たびごろもおもひたち父母にわかれて、春雨のふる里をぬれていで、……やよひの半《なかば》に飯田（長野県飯田市）のうまやにつきぬ」と、やや感傷的な美文調で書きだしている。現存する最初の旅日記『委寧能中路《いなのなかみち》』（全集第一巻）の冒頭である。中略した部分には、故郷を出てから旅日記を綴ってきたが今は所持していないと書いている。「しら波にうちとられたればすべなし」。旅の途中「白波」に、つまり盗賊に奪われたというのである。

三河国から信濃国までの旅日記を失ったというが、本当だろうか。これは、故郷と

†宮本常一『菅江真澄』は、旅日記が藩の役人に没収あるいは誰かに奪われたとする。『伊那の中路』を書き始めるその前の部分は泥棒に盗られた」。「信濃国を出て越後国を通って行く間の記録」は「ど

おのれを切断し、異郷の記録を立ち上げるための仕掛けなのではあるまいか。故郷から連続する旅として書いたなら、そうはいかない。背を向けて故郷を断ち切ってこそ、これから始まる異郷の世界がくっきりと立ち上がる。

書名もまた暗示的である。〈伊那の中路〉は、伊那を通って信濃国の奥へ分け入るという意味である。旅日記にふさわしい書名であるが、真澄をよく知る私たちは、やがて長野から秋田・岩手・宮城・青森・北海道へと歩いていった真澄の後ろ姿が浮かんでくる。〈中路〉は、〈伊那から果てしなく続く旅の途中〉という意味を含んでいるのではなかろうか。伊那を歩く旅は、これから始まる大きな旅の、そして真澄の生涯の、ほんの一部にすぎない。北へ北へと歩いて行く真澄を象徴するような書名である。

これは私の恣意的な解釈である。しかし、真澄が二度と故郷の地を踏んだ形跡がないことを思えば、まったく許されない想像ではあるまい。故郷を断ち切った人間は故郷に還れない。始発点を消し去った道の途上に、真澄のはるかなる旅と生涯があった。二九歳のかれが選択したのは、そういう生き方であったと思われる。

旅日記と地誌

「真澄遊覧記」とは、一体、何であろうか。真澄は各地を歩くたびに絵入りの旅日記をものし、秋田に居住してからも領内をくまなく歩いて絵入りの詳しい地誌をあらわした。『明徳館書籍目録』（秋田県立公文書館蔵）に、「真澄遊覧記　五十一冊、真澄

こかで誰かに奪われた」「新発田か村上領辺りで、失《な》くした」。「津軽にいる時の日記」の「ある部分が欠落している」のは「藩に取り上げられて、その重要部分は抜かれてしまった」という。はたしてそうか。再検討を要する。たしかに真澄は泥棒に盗られたと書いているがそのときの状況は何も書いていない。「奪われた」と「失くした」ではまるで違うのに、直後に言い換えるのは疑問。なぜ藩が没収したのか。宮本は藩に都合に悪いことが書いてあったからというが具体的でない。尊重すべき説だがやはり推測である。真澄は実は書かなかった。書いたがだれかに進呈した、とも考えられる。宮本がいうように旅中の記述はメモ程度で、宿舎か旅後に完成させたとするなら、どんなものが没収ないし盗まれたのか。やはり不明とするほかない。

なお、『笹ノ屋日記』に「人のためにあきの木の葉とちりうせて」

遊覧記後編　三十八冊　雪の出羽路　十四冊　月の出羽路　二十四冊」とある。文政五年（一八二二）一二月に収蔵されたそれらと真澄が没した文政一二年七月以後に収蔵された三八冊を「真澄遊覧記」と呼んでいるのである(1)。

前者について真澄は、『笹ノ屋日記』（全集第一〇巻）の文政六年二月六日に、「去年、おのれかき集めたる五十冊《イソマキ》あまりの書を奉るとて、おのれいとわかかりけるころより、見しと見し、聞しと聞し事を、筆のまに〱に書あつめたるもの」を人に勧められて藩校の明徳館に献納したと書いている。すなわち、「そうして書いた本がたくさんあったが、人にあげたりしているうちに残り少なくなった。それを見た人が残念がって、明徳館に納めれば、後世の人が何かを編纂したり研究するとき貴重な資料になるだろう、という。自分としては書き間違いなどがあり恥ずかしいと思ったが、人々が強く勧めるのに負けて献納した。昨年一二月のことである」と書いている。そして数多くの書名をあげている。

献納本の中に、旅日記の『委寧能中路』も地誌の『雪の出羽路』なども含まれているから、当時の人々は両者をまとめて「遊覧記」と呼んでいたのである。旅日記と地誌を区別する意識はそれほど深いものではなかったといえよう。

内田武志によれば、真澄は異邦人から定住者へと変貌したという。旅日記（紀行文）を書きながら歩く孤独な風流人から、秋田藩お抱えの地誌作成者へ変貌した。内田は、自分のために書いた旅日記と秋田藩のために書いた地誌とを区別し、根本的に異なる

とある。人に借して、あるいはあげたりして無くなったものが多かったのである。

1、内田武志・宮本常一編訳『菅江真澄遊覧記』全五巻（平凡社、東洋文庫、一九六五年一一月～六八年七月）第一巻「菅江真澄というひと」（内田武志）。以下の引用は「平凡社ライブラリー」版による。なお、松山修氏（秋田県立博物館菅江真澄資料センター主任学芸員）のご教示によると、『明徳館書籍目録』は秋田県立公文書館のほかに大館市立中央図書館にも所蔵されており、部分的には記述内容に相違があるので、参照する際は比較する必要があるという。

ものと考えた。民俗事象を捉える態度、叙述する方法が異なるというのである(2)。
　内田の見解には、いささか柳田國男への批判がこめられている。柳田は次のように述べているからだ。内田はもちろん読んで知っていた。長くなるが引用しよう。

斯ういふ奇抜な又詳細な村誌を作るには、たゞ行きずりに村役人と問答したり、もしくは旧記文書を写し取つただけでは足りない。どうしても親しい知人を見つけ、且つ何日かの滞在をしなければならなかつたらう。さういふ便宜のある土地を求めるとすれば、結果は斯ういふ風に各郡を来住することになり、それが又本人に取つて、必ずしも迷惑至極な任務でも無かつたらうと思ふ。この意味から言ふと、雪月花の出羽路は未完成の風土記ではなくして、寧ろ今までの遊覧記の継続であった。単に旅程が限られ意外な遭遇が少なく、従つて逸事挿話に乏しいといふだけで、その観察点と考証態度、乃至は表現の方式までが、中年以後の幾つかの旅日記と、さして変つたところも無く、或は吟詠に懐古の情を托したり、又は各巻にやゝ事を好んだ標題を付して、独立した一書の形を与へようとした点までがよく似て居る。真澄集（「秋田叢書」をさす。筆者注）の中に列ねてある高松日記・駒形日記なども、書名だけを見ると紀行のように見えるが、実は皆「雪の出羽路」の資料の一部分を抄写した自筆本であつた。乃ち行く先々の友の家に、土地に関係した日記を留めて去る習慣も、晩年までなほ続いて居たのである。

2、全集第五巻（一九七五年一一月）「解題」、同・別巻一（一九七七年一〇月）。本書Ⅲ一「旅日記から地誌へ」。

（『柳田國男全集』第一二巻。傍線筆者、以下同）

「白井秀雄と其叙述―「紙魚《しみ》」といふ名古屋の雑誌に、昭和三年十一月―」の「追記」である。『菅江真澄』（創元社、昭和一七年三月）に収録するにあたって、昭和一六年に解説・補足をしたものである。

柳田は二点をあげて述べている。旅日記（紀行）と地誌は「観察点」「考証態度」「表現の方式」までが「よく似て居る」、そして、旅日記には地誌の資料を書き抜いたものがあり、両者はそもそも形を変えた同一物であると考えられる。旅日記で養われた観察・考証・表現が地誌の内部に生きており、異質なものではないと柳田は見ている。内田の分類によれば、『来目路《くめじ》の橋《はし》』は「日記」（全集「目次」）に入る。それは一応、正しいとしても、柳田は「農民の感覚、山の陰・野の果に家する人々の思慮や自然観を、書いて百年後の我々に残してくれたもの」（「信州と菅江真澄―「来目路の橋」活字本の端に、昭和四年七月―」）である地誌と変わらないと考えている。内田は「日記」（旅日記）と区別して「地誌」と呼んでいるが、柳田は「風土記」「風土誌」と呼ぶこともある。

内田の真澄像は、柳田のそれと異なっている。旅日記を書きながら旅する孤独な異邦人から、秋田領内に定住し藩主の覚えめでたい地誌作成者へ変貌した、と捉えている。真澄の人生も表現も変化したことを内田は見いだしたのだが、はたしてそう捉えてよいのか。それとも柳田の真澄像が正しいのか。

この問題はどうすれば解決できるのか。おそらく、真澄の地誌をえぐるように〈作品分析〉するほかないだろう。従来の研究にはこの視点が少し不足していたと思われる。

異邦人だから記す

真澄は自分が国外からきた異邦人であることを隠そうとしていない。柳田もいうように、むしろ積極的に出す。故郷や父母のことをなつかしみ、幾度も書き記している。それは、次のような秋田の地誌にも別な形で顔をのぞかせている。たとえば、『雪の出羽路・平鹿郡一二』（全集第六巻）の「接骨《ホネツギ》薬《グスリ》水虎《カツパ》相伝」について、「仙北ノ郡河口村の鷹嘴《タカノハシ》太右ェ門が制ス飛竜散寄方なり。もとも正骨、接骨ノ医術あり、尾張の浅井家の如し」（「大屋寺内邑」）と書いている。秋田の河口村の鷹嘴家は製薬業のほかに正骨（整骨）・接骨もしているが、それは故郷に近い尾張国の浅井家と同じだというのである。カッパから伝えられた薬の由来を語る伝説は全国にあるが、自分の住んでいた遠方の地と比較して見ているのである。

「見入野《みいりの》」という地名について、「田の実入《ミイリ》良《ヨキ》地《トコロ》を祝《ホギ》言て云ひ初《ソメ》し名ならんか。三河、尾張、遠江などの田地《タドコロ》の字《ナ》にも、良田《ヨキタ》をさして実取場《ミドリバ》といへるがいと多し」（「見入野新田邑」）と述べている。旅をして得た知識なのだろう。三河・尾張・遠江の国々

†和田寛編『河童伝承事典』（岩田書院、二〇〇五年六月）が全国の伝承を網羅している。

では収穫の多い田を「実取場」というが、やはり「実入り」の多い田のことだろうという。また、三河国に古歌に詠まれた「翠野ノ池」という名所があるが、もとは「実《ミ》採場《ドリバ》」で風流な地名に替えて「翠野」としたであろうという。真澄は、和歌に詠める美しい地名に変更したと考えている（本書Ⅳ三「和歌を詠みながら巡覧する藩主」）。

　また、こんなことも述べている。

　○羽根山　家員〔古十三軒今六戸〕
　沼山の西に在り、羽山、羽根川なンどいと多し。また羽禰《(はね)》といふ名三河、尾張にも信濃にも、其外の国にも在り。土佐日記に、「まことにて名にきく処はねならばとぶがごとくに都へもがな」と見えたり。（中略）此羽（根《(欠)》）山邑に長者あり、そは金山《カネヤマ》長者をしか謬リとなふといへる人あり。うべならむか三河《(ママ)》ノ国にも金高《カネタカ》、真福《マフク》、真高《サネタカ》とて三戸《ミタリ》の長者あり、

「羽禰」（羽根）という地名が三河・尾張・信濃の国々にあること、『土佐日記』にも出てくること、三河国にも長者伝説があることを紹介している。

　こういうわけだから、真澄はただ純粋に秋田の地誌を書こうとしたわけでない。自分が見てきた国々の知識や教養をふんだんに採り入れて書いている。地元の文献にあること、村人が話してくれたこと、自分の目で確認したことはもちろん「微細にかつ

明確」（柳田）に書くが、そのほかに真澄が自由に書き記す領域があった。真澄の骨頂はそこにも発揮されている。柳田もいうように、国外の知識を豊富にもつ真澄だから秋田藩は地誌を書かせたのに違いない。

真澄の〈自由領域〉について少し見ておこう。真澄の地誌のどこを切り取ってもいい。次のような文がときおり挿入されているのは、どういうわけだろうか。

○長泥《ナガドロ》邑〔また長瀞とも書り〕　家員十二戸

○羽根山の南に在り、此邑亨保郡邑記には見えざる也、近きに新墾《ヒラケ》たる地《トコロ》ならむかし。外にことなる事もなき川の辺《ベ》の一村《ヒトムラ》也。

「外にことなる事もなき川の辺の一村也」、すなわち新開地だから記すことはなにもないという書き方は、そこに住んでいる村人を軽く見たような感じを与える。古い歴史などがあれば書けるというのだろう。しかし、「農民の感覚、山陰・野の果てに家する人々の思慮や自然観」（柳田）を書こうとしたのであるならば、そもそもこのような書き方はありえない。真澄の関心は農民の生活とともに、別のものにも向いているようだ。

この記事の前は「羽根山」で、三河・尾張・信濃の国々の地名伝説を紹介していた。秋田の地誌を離れて、国外の知識を披露していた。右の記事のあとの「矢櫃《ヤビツ》邑」でも、やはりそうした知識を披露している。村人は「矢櫃村」という地名を、「靫《うつぼ》」（弓矢を入れる道具）の形に似た「古柵」（城）に由来するという。だが真澄は、それは間違いでアイヌ語の「ヤムベツ」が訛ったものだと自信をもって語る。「古柵のあり《（ママ）》をもて宋《ウツボ》の如《サマ》に村号《ムラナ》を説《イヘ》るは強言《シヒゴト》也。やびつはヤムベツの転言《ウツリ》たる蝦夷《エゾ》語なるべし」と。「羽根山」と同様に「新墾の村」と思われるのであり、古い歴史はないと述べている。

これらは各地を旅をして蓄えた見聞、数多くの書籍を読んで蓄えた知識であろう。それをもとに地元民の説を批判している。真澄は知っていることを語りたくて語っているように見える。客観的に地誌を記すだけではないし、村人の肩を持って書いているわけでもない。

和歌を削除した現代語訳

真澄の後半生における大規模な地誌の作成は、やはり柳田のいうように前半生の旅日記を土台に発展したものであった。地誌と旅日記は本質的に別物ではないだろう。根底には常に変わらぬ真澄が生きている。作品の形態は異なるが、態度・方法は共通している。それらを区別したくなるのは、旅日記を個人的な意味をもつ主観的作品、地誌を公的な意義を担う客観的作品と見なしたいからである。

そういう意味で、真澄の和歌と和歌についての思想はかなり不当に扱われてきたのではなかろうか。内田によれば、和歌は真澄の個人的な心情の表現だから、民俗の客

†最初の旅日記『委寧能中路』（全集第一巻）では、全歌数一八六首のうち真澄の歌は一三〇首。現代語訳（平凡社ライブラリー）はその中の一七首をとりあげたに

観的な記述であるべき地誌から排除されたという。秋田藩から私的感懐は書き入れてはならないと制限されたので、和歌を記さなくなったというのである。

はたしてそうだろうか。二つの観点から検討してみよう。内田武志・宮本常一編訳『菅江真澄遊覧記』（平凡社・東洋文庫、一九六五年一一月～六八年七月→平凡社ライブラリー）をとりあげてみる。同書は、旅の途次に詠んだ大量の和歌をほとんど削除して現代語訳している。和歌を消せば純粋な地誌が残る、といわんばかりだ。それこそ民俗学の世界だ、と考えているのではないか。これは多分に柳田の考え方でもあった。

内田は、巻一の「まえがき」に次のように書いている。

> この紀行文には、あまり上手でない歌が多数に挿入されており、また晦渋な擬古文が今の人たちの感覚にあわず、かえってわずらわしい思いを抱かせたことも、この書物をとりつきにくいものにして、一般への普及をおくらせていた。

よって今回、東洋文庫に収録するに際し、「遊覧記」から「和歌の多くを除き、資料として価値のあるところを現代文になおし、また菅江真澄についての詳細な研究と、その足跡および著書の解説を加えて読者の理解をたすけることにした」とある。真澄の詠んだ歌だけでなく、和歌に関する知識や記事もその多くが除かれたようだ。

真澄の和歌は「資料として価値」がない。また、「擬古文」(3)で書かれており、難

すぎない（約一三％）。真澄以外の歌は五六首中二〇首（約三六％）。長歌・反歌を二首、連歌を二首、発句を一首として数えたので歌数は概数。民俗的な記事を重視して訳しているが、どの歌をとりあげるかは恣意的といわざるをえない。一種の抄訳といえよう。真澄をより多くの読者に届けるための工夫である。

3、「擬古文」が何をさすのかわかりにくい。真澄の到達した本格的な地誌『雪の出羽路』『月の出羽路』ではあるまい。和歌的修辞（和歌・枕詞・掛詞・縁語・律調など）を用いた情調たっぷりの旅日記や随筆のことだろう。『水ノ面影』（文化九年〔一八一二〕頃）の「…野くれ山くれと、くま〴〵たづねめぐりもてゆけば、菅の根のながき春日も真日くれて、見（る）べきあたりも見やられず、つきたちご

しくて現代人の感覚に合わない。これらを削除すれば、これまで気づかれてこなかった価値のある世界が残る。だから和歌を省略し、擬古文をわかりやすい現代語に直す。

引算されて残ったものが、真澄が築いたわが国最初の民俗学的記録である、と考えている。真澄の和歌は民俗学にとって必要のない不純物と見ていたことは否めない。

真澄は江戸時代の人であり、平安時代以来の言葉がまじるのは当然だ。擬古文で書いたことを批判しても意味はない。文意の通りにくい「晦渋」なところがないわけではないが、それほど難解な文章ではない。真澄は地元の人々と和歌を詠み大いに交流して楽しんだ。主に村々の富裕・知識階層であるが、心温まる交流は旅のエネルギーとなったし、村人は地誌作成のための情報をたくさん提供した。

真澄の歌をきちんと読むと、それほど下手だとは思わない。鑑賞に値する優れた歌がたくさんある。でなければ村人から武士階級そして藩主まで、さまざまな人々と和歌を媒《なかだち》にして交流できるわけがないだろう。現代語訳したことは高く評価できるが、真澄の和歌を切り捨ててはならなかったのである。

柳田も真澄の歌に厳しかった。「思い切つた私の批評を申しますと、真澄翁の歌には殆と一首として名歌がありません。単に凡庸だといふのみで無く、其吟詠の態度にも、文章の方に現はれて居るやうな真率味がありませぬ。当地にも大分短冊などを珍重して居られる人が多いやうですが、手跡までは彼是申さぬとして、其歌が些《すこ》しでも感服しないのであります。この程度の歌よみならば、あの頃江戸にも京にも実はあり

ろの月もおぼろに影うすく…」のような文章。初期の旅日記に見られる。随筆『いほの春秋』（天明四年〔一七八四〕）はその典型。こうした文章は秋田に定住してから影を潜める。いつまでも書き続けたわけではない。

†真澄の歌をあげる。漢字をあてるなど表記を変えた。

•としたちてみす《（御簾）》吹く今朝の春風にわらや《（藁屋）》の軒もなびくしめ縄（貴賎迎春）

•あさ日川夕日の色も堰き入れてくれなゐふかき梅のした水（↓二二一頁）

•春雨のふるの中道なかく〵に濡れずは知らじ萌ゆるわかくさ（野春雨）

•さめて又ゆめ路をたどるほと〻ぎす月ぞまくらに有明のそら（夢中時鳥を）

•うぐひすの羽風も匂へ行く袖に花ぞこぼる〻梅のした路（梅落袖）

•青柳の糸の影見し水の面にむす

過ぎる程ありました」（前掲「秋田県と菅江真澄」）と述べている。「凡庸」で「真率味」がないという。ひどい評価である。歌人を標榜して生きているわけではない真澄を、江戸や京の専門歌人とくらべて、下手だ、劣ると批判しても意味があるとは思われない。

　ただし、評価する一面もあって、「強ひて感心するならば即興の軽捷、千首万句口を突いて出るといふ点で、之を要するに唱和の雄でありました」と述べる。真澄にとって和歌は旅先で出会う人々との対話・交流の道具であって、真率な心の表現ではない。村人と親しくなれば旅が円滑に進む。宿も提供してもらえるし、旅日記・地誌を書くための情報が得られる。だから、「難が無いといふだけ」の歌を詠めば事足りる。「今の人を感動せしめるやうな歌」を作る必要などまったくない。「雅語を五七五七七に排列する技能」さえあればそれでよかったという。これほどひどいこき下ろしもないだろう。地元の人々と交流するなら下手な歌で間に合う。現代人まで感動させる優れた歌など要らない。そもそも真澄にはそんな歌を詠む発想も能力もなかった、と酷評している。

　昭和一六年に書いた「追記」に、「ながめすてゝ帰らんもをし中々に霧たち隠せ松島のうら」を「我々には一向感銘の無い歌である」（前掲「白井秀雄と其著述」）と酷評している。この厳しさ、この遠慮のなさ。詳細な地誌を完成したことは高く評価できるが、和歌はダメだ。和歌を詠まず、書き入れなかったら、どんなによかったことか、

びかへたる池のうすらひ《薄氷》（余寒氷）

●帰り来む日数かぞへて松島やなごりをしまのけふのわかれ路（茂木茂利ぬしのみちのおくところ〴〵を見てむとおもむきけるに）

●朝夕に君がめぐみし民艸《くさ》のつゆはなみだと袖にこぼるゝ（大殿かくれさせ給ふ）

真澄の歌は、柔らかく優美である。柳田が酷評した歌はうまくはないが、そんな歌ばかりではない。

『菅江真澄』（秋田県立博物館・平成一〇年度企画展図録）所収の真澄自筆の短冊から引用した。「あさ日川」の歌のみ真澄の随筆集『布伝能麻迩万珥』から。↓グラビア4頁、自筆色紙。

✝同時代の専門家人の歌もあげてみる。真澄の歌がほんとうに拙劣か、くらべてほしい。

●寄る波もにほふ入江の梅柳いづれの陰に舟はつながん（江上春

と思っているようだ。柳田は昭和三年からすでに一三年も過ぎたのに、低い評価を少しも変えようとしていない。

柳田の評価は、おそらく同時代の与謝野晶子、北原白秋、斎藤茂吉のような生命力あふれる短歌とくらべたからだろう。江戸時代の和歌に近代の短歌観を投げつけたようなもので、時代錯誤といってもよいのではなかろうか。

内田は、こうした柳田の見方を引き継いだ。「晦渋な擬古文」という批評も柳田の見方をふまえている。柳田は「あの文章が今の時代に向かぬ」、「文章には癖があり、又学殖が現はれ過ぎて居ります。故事といふよりは出典ある用語法、読んで聴かせて更に註釈をしてやらぬと、相手には解らぬといふ類の言ひ現はしをして居たことは、確かに大なる欠点と言つてよろしい」と述べる。和歌と擬古文が真澄の理解を妨げているというのである。

ただし、真澄の本質を見抜いていることも見逃せない。真澄の歌は凡庸だから、かえって村人と自然な交流ができたと考えている。平凡な歌を詠み交わしながら旅する真澄は「孤独」であったが、それに耐えて旅を続けた。「今日遊覧記の巻々を通読して見まするど、どこでも同じやうな風月の興、人の情のうれしさと旅人の愁ひを、定まつた様式格調をもつて五十年間繰返さなければならなかつたことが、如何にもこの孤独の人の気の毒さを思はせるばかりであります」（前掲「秋田県と菅江真澄」）。真澄のふるまいと内面との亀裂を見逃さないところは、さすがに柳田である。

興多）
- ほの〴〵と霞む河門《と》の朝風に春立ちかへる波の初花（春色浮レ水）
- 梅柳春にいり江の南には初鶯の音《ね》も待たれけり（南枝暖待レ鶯）
- 吹く風はあるかなきかの梢よりおのれと香る梅の初花（梅花風静）
- 水上《みなかみ》の里やいづこぞ訪ねみん梅が香おくる春の川波（落梅浮レ水）

『古今集』などの古歌をふまえて優美にうたう、これが和歌を詠む基本だが、古典的教養、詞続き、修辞、いずれにおいても真澄の歌は遜色がない。有名な村田春海（一七四六～一八一一）の『琴後集』（明治書院）から選んでみた。春海の歌は、真澄にくらべて男性的な調べがある。

真澄の歌は「凡庸」で「真率味」がない。そう言い切って終わりにできるのだろうか。真澄の旅も旅日記も、歌なくして成立しなかった。これはなぜなのか、新しい観点から考え直さなければならない。柳田・内田に始まった低い評価を鵜呑みにせず、江戸時代の同じころの歌と比較して評価すべきだろう(4)。

真澄の〈語り〉

真澄の地誌には〈自由領域〉がある、と先に述べた。真澄の楽しい〈語り〉が随所にちりばめられている。『雪の出羽路・平鹿郡一二』には、清水の記事が六箇所もある。その中から引用してみよう。

○野中村、野中も多き名也。古ルき名所にも播磨国稲見野といふ処に清水あり、野中の寒泉《シミツ》といふ。いにしへの野中の清水ぬるけれどもとの心をたづねてぞくむ。此ものがたりくさ〴〵のいはれあり、能因歌枕にもいへり。よしなきもの語《がたり》ながら、野中の名によりておもひ出し《ママ》まゝしるしぬ。（「杉目村」）

真澄は、「野中」という地名を聞いて、播磨国（兵庫県）の有名な歌枕「野中の清水」がすぐ頭に浮かび、思い出すまま書き付けた、という。土地離れの知識を書かずにいられない記録者なのである。

4、佐伯和香子『菅江真澄の旅と和歌伝承』（岩田書院、二〇〇九年二月）の「第二章　古歌引用と詠歌の方法」（初出誌『國學院雑誌』第一〇五巻三号、二〇〇四年三月）がヒントを与えてくれる。

「いにしへの」の歌は、『古今和歌集』雑の読人不知の歌。「ものがたりくさ〴〵のいはれあり」とは、この歌にまつわる伝承話である。平安後期の『奥義抄』に、昔は「めでたき水」であったが、尋ねてみると「あさましくきたなげ」であった。しかし、飲まずにいられなくて飲んでみたという話がある。また、中世の『古今和歌集』注釈書には、桓武天皇の御代、美作守の秦下丸《はたのさがりまろ》がかつて播磨国印南野《いなみの》を通ったとき飲んだ清水を取り寄せて飲んだところ、すでに温《ぬる》くはなっていたが病気が治ったという話がある（片桐洋一『古今和歌集全評釈』）。

　真澄は、こうした秋田とは関係ない話を書きたくてたまらない性格なのである。ただし、『能因歌枕』には「野中の清水」についてなにも記されていない。したがって、真澄の記憶違いであった。

　次の記事は、どうだろうか。「〇長者寒水《シミヅ》、村の南の川辺に在る清水也。〇姫が墓、長者清水の東に在り、長者（の）女《ムスメ》たるよしをいへり」（「羽根山」）。清水にまつわる長者伝説が語られようとしている。また、「〇静町は閑寂《モノシヅカ》なる地にてしか名附たる処《トコロ》か。思へば、さるよしならず。按ルに、小野寺時世の町にてそこに清水やありしならむ、此あたりに清水をもはら寒水《シツ》と方言《イフ》、そを以て清水あるてふ肆《マツ》なれば清水《シツ》が町といへる事を静町《シツカ》の字《モジ》に作るなるべし」（「静町村」）という記事もある。

　この地では「清水」のことを「シズ」というから「シヅカマチ」になったのだろうと真澄はいう。だが、それならば「シヅマチ」となるのが普通だろう。やや無理な附会というべきで、想像の域を出ない。また、「静町」は小野寺氏が治めた中世期からの古い町で、もとは「清水町」であったろうともいうが、なにゆえに「按ルに〜なるべし」という想像の構文を用いてまで、客観的事実の記録であるべき地誌の中に、一つひとつ「清水」をとりあげて紹介するのか。

ほかにも清水の記事が見いだせる。今は一戸しかない「館泉村」について、「むかし館ありて泉某《タレ》といふ城主《ヌシ》の居館《スメリ》とも、またよき真清水のありしとも、ゆゑよしさだかならねど、泉氏はところ〴〵に在り。中古《ナカムカシ》は家八戸とありといふ」と述べて、昔の清水にこだわっている。また、鈴木三郎重家の「末弟」が横手市の「旭岡」に逃れてきて寺院の婿に収まった話をもちだし、「酒の泉ありしは（旭岡の）天狗館の麓あたりにこそあらめ」（「旭岡ものがたり」）という。さらに、岩手県の平泉に「泉酒《イツミザケ》」というところがあり、正月に「泉酒が涌《ワク》やら、去年《フル》酒の香《カ》がする」（同）とうたいながら家廻りをする正月行事を紹介している。さらに畳みかけて、文化年中、東鳥海山（湯沢市）の麓で杉の根元より酒が涌きだしたが、修験者（別当）が秘密にしたため近隣の人でさえ知ることがなかったという言い伝えを記している。

真澄は、異常ともいうべき情熱をもって各地の「清水」をとりあげて解説する。『花の真寒水』（全集第一〇巻）という各地の清水を紹介した一冊を書いているほどだ。清水に特別の関心があった、というほかあるまい。夏の暑い盛り、旅の途中で冷たい清水を飲み干したことがあったのだろうか。序文に「ところ〴〵にてむすび試みし寒《シ》

†鈴木三郎重家は源義経の郎党、平泉の衣川で戦死。『義経記』に詳しい。重家の子孫という伝承をもつ家が各地に見られる。錦仁「義経と弁慶—秋田の鈴木三郎説話を視座に—」（『在地伝承の世界【東日本】』三弥井書店、一九九九年九月）。

泉《ミツ》どもを書ｷ集めた」と書いている。芭蕉が『おくのほそ道』に記した、西行の「道のべに清水ながるゝ柳かげしばしとてこそ立ちとまりつれ」（新古今・夏）のような体験をしたのかもしれない。

「清水」へのこだわりは、おおかた和歌との関連で記されている（本書Ⅲ三「和歌を詠みながら巡覧する藩主」にも述べた）。和歌と関連が見いだせそうな地名に出合うと、真澄は必ずといってよいほど蘊蓄《うんちく》を傾けて書き出す。秋田の地誌とは関係のないことまで書き連ねる。

この蘊蓄は一体、何であろうか。もう一度「見入野」の記事に戻ると、三河国の「翠野」にふれたあと、次のように畳みかけている。だが、連想仕立てというべきで、必ずしも論理の辻褄が合っていない。

> 好事《スキビト》の雅名をなして実取《ミドリ》を緑《ミドリ》に作《ナシ》てみどりのゝ池とやいはんか、外山《ソデヤマ》、外浦を袖山、袖ノ浦に作るが如し。緑野の池は大池にして、八郎湖の赤鮒《モミヂフナ》の形《サマ》せし大鯽《フナ》すめり、その池を俗《ヨニ》岩堀の池といふ。古柵《フルダチ》の跡あり、岩堀の城主某の後胤《スヱ》は出羽の秋田に在り、久保田ノ家士《トノヒト》岩堀宗六某は其家也と云ひ伝ふ。（「見入野新田邑」）

まるで連想ゲームにように次から次へと秋田離れの話が綴られる。三河の「翠野ノ池」が名高い歌枕なので連想を呼びおこす。真澄の意識はそこから始まって、「実取」

から「緑」（翠）に転化したと述べ、それで終わらずに、三河の「翠（緑）野ノ池」に秋田の八郎湖に住む「赤鮒」と似た大きな鮒が泳いでおり、人々は「岩堀の池」と呼んでいると語る。さらに話が発展して、その近くにあった「古柵」の城主の後胤がいま秋田に住んでいる、というところまで広がってしまう(5)。

はたして、これが地誌のオーソドックスな書き方であろうか。地誌とは何かを簡単に定義できるとは思えないが、まさに真澄の〈自由領域〉が展開されているといえよう。和歌を核に呼び覚まされる知識・見聞が、真澄もみずからいう「もの語《ガタリ》」にほかならない。「よしなきもの語《がたり》ながら、野中の名によりておもひ出し《ママ》まゝしるしぬ」（「杉目村」）と述べていた。『雪の出羽路』という地誌は、そういう真澄の知識・見聞を豊富に蓄えた一種の〈語り〉の書でもある。村の様子、村人の生活、行事、産物、伝承、歴史、地理などを書いているのだが、それだけを対象にして客観的に記した、いわば近代的な意味での地誌ではない。真澄の地誌のもつ、そういう豊かさに注意を払うべきである。

もとに戻そう。「真澄遊覧記」から真澄の詠んだ和歌や和歌に関する記事を削除すると、資料として価値の高い純粋な地誌が残る。もし本気でこのように考えるならば、真澄の本領まで削除してしまうことになるだろう。私たちは、和歌を削除して残ったものこそ真澄の本領であると考えてきたのではなかったか。だが、それは大きな間違いであった。和歌を削除しないで新しい光をあてれば、真澄の著作はまた別の世界を

5、「古柵」の城主の子孫が今も秋田に住んでいることに興味をもつのは、だれよりも秋田藩主ではあるまいか。真澄の地誌は、藩主を意識して書いている節が感じられる。なお、本書Ⅲ一「旅日記から地誌へ」で詳しく論じる。

見せてくれるはずだ。

「清水」へのこだわり

私もしつこく「清水」にこだわってみよう。もう一つ指摘しておく。『雪の出羽路・平鹿郡一三』（全集第六巻）は現在の横手市を中心とする広い地域を扱っている。冒頭に「横手郷」の古代・中世史を歴史書で概観したあと、「横手の五泉」をかかげる。なんと横手の地誌は、郷内五つの清水から実質的な説明に入るのである。「梅野寒水《ウメノシミツ》」「蒲蘆妙美井《ヒヨウタムシミズ》」「柳清水」「独鈷《（どっこ）》清水」「岩間《イハマ》ノ清水」、そのほか「雎鳩《ミサゴ》清水」「一盃《イッパイ》清水」「たかうな清水」「鍋子《（なべこ）》清水」「七清水」「藤根清水」「犬子《（いぬこ）》清水」「清水町」があるという。

真澄はなぜ「清水」をとりあげるのだろうか。要点だけを書き抜いてみよう。「梅野寒水」は「年旧《トシヒサシ》く埋れて誰れ知れる人《モノ》もあらざりしかど」、地元の俳人、国谷金馬《くにやきんば》（一七四五〜一八二六）が発見した。梅の花が咲くころ小野小町がきて、この清水で化粧をし、花が散るころ雄勝に還った。「蒲蘆妙美井」は天正（一五七三〜九二）のころまで小野寺氏の鷹匠が夏のあいだ清水の上に「夏鷹舎《ナツトヤ》」を作って飼っていた。鷹匠家の故実では、これを「氷室山《ひむろやま》」という。餌は清水で冷やしたものを与えた。「ひむろ山下《シタ》行ク水の涼しきに鷹に飼ふ餌《エ》をひたしてぞおく」という「古き歌」がある。「柳清水」は小野寺氏の時代、柳をたくさん植えてあった町で、清水のほとりにも植えてあった。「独鈷清水」は『撰集抄』（巻七第五「仲算佐目賀江ノ水堀出ス事」など）に記された「仲算大徳」と同じように、行者が独鈷で掘った清水である(6)。真澄は「岩間ノ清水」を、西行が「とく〳〵と落る岩間の苺《（とこ）》清水汲ほすほどもなき住居《スマヰ》かな」と詠んだ「芳野山の真清水のさまに似たり」という。

真澄はこんなふうに「横手の五泉」を説明してゆく。しかし、「独鈷清水」は『撰集抄』と関係がない。西行の歌も『山家集』などにないから真作ではない。西行の歌として伝承されているすぎない。しかも、この地方に伝えられているわけではない。自分の判断でそう述べたのである。「ひむろ山」の歌も伝承歌だ。故事・伝承・和歌をもってきて、いずれも古い歴史・由来をもつ名所だと強調したのである。というより強弁したのであって、そこに真澄の意図が透けて見える。「梅野寒水」は小野小町と関連づけて、「蒲蘆妙美井」と「柳清水」は中世期の小野寺氏と関連づけて説明している。真澄によって認定された新しい名所といえよう。関連づける部分に真澄の創作がある。一種の名所づくりである。

真澄は、古老などの語る伝説を記すとき、「〜といへり」という構文を用いることが多い。これが用いられていないところを見ると、「横手の五泉」の由来は村人から聞いた話ではなかったようだ。真澄が調べて、考えて、記述したと思われる。

「横手の五泉」は、たしかに存在する。真澄がそれらに新たに「由来」を付けて説明するとき、佐竹以前の古い歴史が感じられ、和歌的情緒のただよう名所として立ち

6、「此寒泉は撰集抄に在る仲算大徳の由来《ユヱヨシ》にことならず」とある。真澄は「ユヱヨシ」を正史あるいは正史に準じるものというような意識で用いている。本書Ⅲ二「モノガタリの位置」に詳しく論じた。→グラビア2、3頁、真澄の描いた清水の風景画。

上がってくる。そういう名所を「横手郷」の冒頭にあげて、というより自分で意味づけて土地褒めをしたのである。真澄の地誌は、所々に和歌の美意識が顔を出す。それが特色である。

柳田國男、内田武志の業績を継承しつつ、しなやかに乗り越えてゆく視点と方法を模索すべきときではなかろうか。

III

なぜ地誌を書いたか——藩主とのかかわり

第一章　旅日記から地誌へ

さすらう人々への関心

菅江真澄は、信越・東北・北海道その他への旅を通じて、各地に伝わる民間説話を異常ともいうべき情熱をもって拾い続けた。おびただしい数の民間説話が、旅日記・地誌・随筆その他、真澄の書いたあらゆる著作に書きとめられている。なぜ、あくことなく採集し続けたのだろうか。

真澄は、各地に伝わる民間伝承や伝説の類をどのように見ていたのか。真澄が採集したそれらを調べると、歴史・事実に取材した真実の話もあれば、信じるに足らない話もかなり多い。総じて、それらは疑いの目をもって検証すべきものである。

真澄研究の先駆けで確立者の内田武志は、真澄が各地のそういう類を集めて「御伽草子風の物語本編集の意欲を、後々まで持ち続けていた」ことを、真澄の書きつけたメモをもとに推測している。そして、随筆集の『筆能《ふでの》しがらみ』（文政七年〔一八二四〕）。全集第一一巻）に、次のような話が拾われていることをその証拠と見ている。

父の死後みずから身を売って母を養ったという岡崎（愛知県）の遊女の話。また、久保田（秋田市）の町中に捨てられた志免《しめ》という女の話……。志免について述べると、彼女は養父母のもとで美しく育った。やがて心ある男たちに愛されたが、次々と死に別れ、独り身となり、悲しい歌を詠んで息絶えた……。

こうした切なく哀れな女たちの話を書きとめたのは、「物語本作製」の執念をもっていた証拠なのだという（全集別巻一「第一章　白太夫の子孫」）。結局、実現しなかったが、真澄はそういう計画を早くからもっていたらしい。

真澄は、哀れな女たちに関心を示したが、芸能を携えて歩く旅人などにも強い関心を示した。内田はその理由を、真澄の心の底に、自分は「白太夫の子孫」であるという一種の下層民的な意識があったからだと考えている(1)。たしかに真澄の著作を読んでいると、おのれの内部を流れる血への意識が根底にあり、そこからそっと外部を見つめているような、ひそやかなまなざしを感じるときがある。

たとえば、次のような場合。真澄は、天明三年（一七八三）二月末、故郷三河の父母のもとを離れて信濃国（長野県）へ赴いた。そのときの旅日記『委寧能中路《いなのなかみち》』（全集第一巻）の冒頭に、宗良《むねよし》親王の子である尹良《ゆきよし》親王が、父の死後、下伊那《いな》郡阿智《あち》村の浪《なみ》合《あい》に流れてきて亡くなった、という応永（一三九四～一四二七）のころの話が記されて

1、全集別巻一。同書は内田の真澄研究書。真澄が遊女に関心があったことについて、次のように述べる（「第一章　白太夫の子孫」）。

真澄にとって、「うかれ女《め》」は終生の関心、課題であった。永年の諸国の旅先にお

いる。その中で尹良親王は、

さすらへ《（ママ）》の身にしありなば住《（すみ）》もはてんとまりさだめぬうきたびの空
おもひきやいくせ《（幾瀬）》のふち《（淵）》をのがれ来てこの波あひにしづむべしとは

（傍線筆者）

と詠んで身罷ったというが、おのずと「浪合村」の由来を語る歌になっている。二首めは、「かような運命とは知らなかった。いくつもの危うい事件を逃れてやってきて、今ここで波間（浪合）に身を沈めて死んでしまうとは」という意味。真澄はこの話を閉じるにあたって、村人は尹良親王を手厚く葬り、今もなお良翁権現として祭っている、と書いている。

各地をさすらってきた貴種は、『浪合記』（改訂史籍集覧・古典文庫などに翻刻）に、信濃国の守護である小笠原一族の手によって殺されたとある。真澄は地元の人々がそう語るのを聞き、『浪合記』も読んで書いたのだろう。この直後に、少年のころ「更級や姨捨山月見んとて」この地にきたことがある、と述べているが、尹良親王には関心はなかったのであろう。再びここにきて遺跡をしみじみながめ、『委寧能中路』の巻頭にとりあげた。日記の日付を示さず（三月半ば、とある）、信州の旅の最初に置いたのは何か理由があるからだろう。真澄の心を捉えたものは、空しくこの世を去った人

いても、この課題を忘れてはいない。それは、おのれを「白太夫の子孫」としての自覚から発した平等感、「うかれ女」も同じ人間とみられねばならないとする人間観をもって、この「歌物語」を書いたことが推察される。真澄が終生を通じて追究した命題は正《まさ》しくこれだったのである。

「歌物語」とは、『筆能《ふでの》しがらみ』に収録されている「花のちり塚　うかれめなど女の詠歌どもあり」と記された草稿の類をさす。真澄は差別的身分であるゆえに同種の存在に平等意識をもち、「同じ人間」であることを見いだそうとして、このテーマを生涯を通じて追究したという。内田の真澄観である。

間だったのではないか。哀感に満ちたその姿に真澄は心惹かれる。後ろ姿を静かに見送る視線が感じられる。

『委寧能中路』には、次のような出来事も記されている。一〇歳あまりの少年が母馬の背に乗って家へ帰る途中、仔馬が乳を求めて擦り寄ったので母馬の背がゆらりと動いた。そのはずみで少年は谷川に転落してしまった。しばらく激流の中をもがいたが、姿が見えなくなったと、三日前にあった出来事を書いている（五月五日）。

また、歌人として知られる洞月《とうげつ》上人(2)を訪ね、本洗馬《もとせば》（塩尻市）の青松山長興寺で再会したとき、上人からこんな話を聞いた。武蔵国の寂好法師がみちのくを見ようと旅に出たが、塩竈《しおがま》（宮城県）に着く前に病気にかかり、「身はとてもたびに消《きえ》なばしほがまの浦のとまやのけぶりともなれ」という歌を残して息の緒が絶えてしまった、と甲斐国（山梨県）の人が知らせて寄越した（五月二五日）。これもまた、思いを遂げられずに空しく世を去った人への関心といえよう。こういう話を書き記すところに真澄の本心があらわれていると思う。

それは、旅に生きた西行（一一一八～八九）の歌や、西行がきて歌を詠んだという各地の伝説（九月二一日など）への関心にも見られる。また、「今西行」と称された旅の歌人似雲《じうん》法師（一六七三～一七五三）が来訪した土地への関心（七月八日）なども同じである。かれらをとりあげるのは、故郷を離れて見知らぬ土地をさすらう自分の姿を重ねているからだろうと思われる。

2、洞月上人は、真澄に『和歌秘伝書』を伝授した。「信濃本洗馬（塩尻市大字洗馬元町）の曹洞宗長興寺の住職で、角翁恵瑞和尚、洞月は歌号である。享保二（一七一七）年、松本藩主水野氏の家臣酒井甚七の次男として生まれ」、「文化元（一八〇四）年四月一六日没した。八八歳」（全集別巻一「第五章　和歌秘伝書」）。

このあとの旅日記『すわの海』（天明四年〔一七八四〕。全集第一巻）の三月二五日にも同じような話が見いだせる。

曾我兄弟が父のかたき工藤祐経《すけつね》を討ち果たしたあと、弟の五郎時致《ときむね》が縄で縛られて頼朝の前に引きずり出された。その顔を、祐経の子の犬房丸が扇でしたたかに打った。それを見た頼朝が「武士のふるまひにあらじ」と怒った。「貞永（一二三二〜三三）のころとかや、こゝにながされ給ひしが、つゐにこのところにて身まかりけるとなん。寺に犬通院殿覚翁常輪大居士としるしのこりぬ」と記している。

「小出嶋」（伊那市）で採集した話である。父を殺した男を殴った気持ちはわかるが、頼朝は武士らしくないという理由で犬房丸を流刑に処した。犬房丸は、父を殺され、未来のしあわせを奪われ、小出島に流され、空しく死んでいったわけだ。真澄がそういう人間を見逃さず記すのは、さすらう運命の人に強いこだわりがあるからだろう。自分の姿を重ねているように思える。

翌二六日、真澄は井野岡某《なにがし》という神職の家に泊まった。そして、源平の戦乱がまだ収まらないころ、小松重盛の甥の「刑部大輔《ぎょうぶのたいふ》なにがし」が伊那市高遠町に落ち延びてきたという話を聞いた。「いまも太刀、鉾《ほこ》、よろひなど持つたへ侍ると、ところのもの、かたりき」と結んでいる。こうした落人伝承への関心にも同じような意識が流れている。

さらにあげておく。真澄は天明四年（一七八四）六月三〇日、信濃国の洗馬《せば》（塩尻市）を出て長野市とその周辺を歩き、やがて北国街道を越えて七月末に越後国（新潟県）に入った。そのときの日記が『来目路の橋《くめじ》』である。七月一四日に、上杉憲実（一四一一～六六）が上野国（群馬県）から越後国に行くとき細野（須坂市松川町）で詠んだという、

科埜（信濃）なる有明山を西に見てこゝろ細野の路を行かな

という歌を拾いあげている。真澄は、西行の歌とも伝えられていると述べ、憲実《のりざね》と西行の俗名、佐藤憲《のり》（義）清《きよ》が混同されたのだろうと記す。そして、上杉憲実は足利持氏《もちうじ》（一三九八～一四三九）の家臣であったが、幕府に反旗を翻した持氏を足利義教《よしのり》（一三九四～一四四一）の命令で滅ぼした。その後、出家して「長棟《ちょうとう》」と名乗り、西行のように諸国を旅して歩いた、と日記の余白に記している。

戦国武将上杉憲実の明るい部分ではなく、主人を討った罪に苦しみ出家して修行の旅をした、という暗い部分に注目したのである。出家者で旅人の西行と混同されたのは、こういう陰の部分に原因があると考えているようだ。

やがて越後国に着いた真澄は、日本海沿いに北上した。庄内（山形県）では羽黒山を訪ね、羽後国（秋田県）の由利本荘市から右に折れて内陸部に入り、雪深い湯沢で年を越した。『齶田濃刈寝《あきたのかりね》』（天明四年〔一七八四〕九月一〇日～一一月末）がそのときの

日記である。

真澄は羽黒山に行き、大僧正行尊（一〇五五〜一一三五）の塚（墓）があると聞いて興味を覚えた（九月二〇日）。案内人が、「むかし病気が流行した。行尊大徳は桃の実をとってきて水に入れ、加持をして人々に飲ませた。人々は熱が下がり治ったという。桃清水は今も流れている。行尊はこの羽黒山で没した」と語ってくれた。しかし、案内人は、塚のある場所を知らなかった。行尊の墳墓はなかったようだ。そこで真澄は、路傍の木にこう書き記した。紙に書いて枝に結んだのであろうか。

世に匂ふ花の言の葉残りてもありとやこゝにとへる人なき

歌人として知られる行尊がここまで旅をしてきて、土地の人々に慈悲を施して没したことへの追悼である。「行尊の美しい歌は今も知られているが、お墓の在処《ありか》を訪ねてくる人はいない」。これも、さすらう人へのこだわりといえよう。しかし、ここには墳墓もないし、記録もない。史実とはいえない伝説だと知っていたに違いない。

あげれば切りがない。最初の旅日記から民間説話がふんだんに記されているのである。真澄はこれらが史実を超えた伝説であることを知っていたであろう。だが、否定したり、批判的なことを書きつけたりしない。かれらの放浪の運命にわが身を重ねて、何かを感じているように思われる。旅をする真澄の原点があるといってよいだろう。

和歌を詠み歩く探訪記

『来目路の橋』に、長野県北安曇《あずみ》郡の「相道寺《アイトウジ》」（池田町）に伝わる二人妻の話が記されている（八月一五日）。これにも注目しておこう。現代語に直して要約する。

　ある男が二人の女のもとに通っていた。女たちは男を争っているようには見えなかったが、内心は憎みあっていたのであろう。片方の女がもう一人の女を谷川の橋に連れてきて、この涼しさを満喫しようと語りかけた。そして、蚤《のみ》をとってあげるといって裾《すそ》を返して後ろにまわろうとした。

　だが、もう一人の女は、自分を谷川に突き落とそうとしていることを直感した。それで髪に刺した針と糸で、とっさに女の右褄と自分の左褄を縫い合わした。案の定、女はふと倒れたようなふりをして、突き落とした。だが、褄が縫い合わされている。二人とも谷川に落ちて死んでしまった。

　二人の亡魂は「頭ふたつある蛇となりて」今も住んでいる。雨風が荒れる日に出てくるのを見た人がいる、と案内人が語った。私はそれを聞き、歌を詠んだ。

　　うき人はよしとありともかゝりともあだに二人の身をやなすべき

この話は、地獄極楽図に描かれた「両頭《りょうとう》烏蛇責《うじゃのせめ》」の場面を思い出させる。女の顔をした二匹の大蛇が男の首を絞めあげる場面だ。男は生前、二人の女を愛して苦しめた。それゆえ地獄に落ちて苦しめられているのである巻末注（3）。

だが、右の話を読むと、真澄は男には関心を示していないようだ。歌は「女たちを苦しめた男は良い男で、二人で愛し合ったにしても、なんでまぁ、いっしょに頭の二つある蛇になってしまうのか」というほどの意味だろうか。男のために空しい死に方をした女たちに心を寄せているように思われる。これまで見てきた話と趣が異なるが、ここにも哀切な運命への関心がうかがえる。

いずれにせよ、真澄の初期の旅日記に記された民間説話は、真澄の内面的な理由によって拾いだされたものが多いのではなかろうか。各地に行き、こうした話を見つけて歌を詠むのは、そのことを示唆しているようだ。初期の著作は、歌を詠みながら歩く探訪記の体裁になっている。「この土地に、こういう話が伝えられている。よって私はそのまま記した」という記録者の態度と少し異なる。もちろんそれもあるが、「私はここにきて、こういう話があるのを知り、このような歌を詠んだ」という書き方が中心になっている。自分を中心に表現が成立している。地誌ではなく旅日記であるゆえんである。旅の中で見たり聞いたりしたものを、自分の内部を通過した〈真澄の体験〉として表白している。そういうところに特徴があるといえよう。

問題は、その次にある。真澄の著作は、全集の目次によれば「日記」「地誌」「民俗・考古図」「随筆」と、その他メモやノートのごとき「雑纂」とに分けられている。これらの執筆年齢を追うと、二九歳以降、旅に費やした真澄の生涯は、日記から地誌へ表現ジャンルが移ったと見られる。常識的にいえば、日記は主観的な表現、地誌は客観的な記録、といえよう。表現ジャンルが変化したならば、民間説話に対する意識も変化したのだろうか。それとも変化しなかったのだろうか。

内田武志が注目すべき説を立てている。これはすでに定説になっている。かいつまんで紹介しよう。内田はさまざまな資料を読みこんで、真澄の代表的な地誌の一つである『雪の出羽路・雄勝郡』は、藩主の許可をもらわずに編んだ私的なものだ、と断定している（全集別巻一「第一二章　岡見順平と郡邑記」）。

雄勝郡への調査旅行は藩主の許可なく実行しており、そうして編まれた『雪の出羽路・雄勝郡』は、地誌としては習作的なもので草稿にすぎない。これまで「文化一一、二年の「雄勝郡考」（江畑本『雪の出羽路・雄勝郡』をさす。筆者注）をもって、真澄が藩主の命によって編んだ地誌だとみるひとが少なからずあった」(4)。しかし「真澄の個人的な探訪であったことは確実」であり、本格的な地誌に着手するのは、藩主の許可をもらい調査旅費を支給されて巡村調査をしてからであって、『雪の出羽路・平鹿郡』がそれにあたる。したがって、『雪の出羽路・雄勝郡』から『雪の出羽路・平鹿郡』に至る間に大きく変化・発展した跡がはっきり見てとれる、というのである。

4、全集別巻一「第一二章　岡見順平と郡邑記」。内田は、全集第五巻「解題」、全集第一二巻「未発見本・未完成本解題」でも同じことを述べている。

詳しくは内田の論文を参照してもらうが、村々の地理や産物、遺跡や神社仏閣について事細かに記すことは秋田藩の許可と支援なしにできることではなかったという。藩士たちの中には真澄を快く思わない者たちが多かった。「紀行日記の執筆は許してくれても、他国の旅人に領内の地誌を依頼することはできないという藩士らの強硬な意見にさまたげられて容易に進捗しなかった」(傍線筆者)。秋田藩には代々地誌を書いてきた岡見家があったが、その一人、岡見順平は最初、反対していたが、ようやく理解してくれるようになった。かれらの支援を受け、厳しい指導を受け入れることを条件に地誌執筆の許可が藩主から降りたという。村々をくまなくまわれるようになると、地元の協力者が資料を集めてくれたりした。ようやく編纂・執筆がはかどり完成することができた、というのである。

真澄は、日記を書く旅人から秋田の地誌を書く定住者へ変貌した。秋田藩から突きつけられた厳しい条件を守ることによって、ようやく調査・執筆ができるようになった。苦渋の選択を強いられ、おのれの生き方を変え、秋田藩お抱えの地誌編纂者になることができた、というのである。

ただし内田は、だれもが納得できる決定的な証拠資料をあげていない。推測が多くて証明というにはほど遠い。厳しい条件を受け入れて地誌を書くことになったというが、もしそれが事実ならば、真澄はひどく苦しんだことだろう。否、地誌を書くことはできなかったであろう。はっきり言って、内田説は大胆な推測である。

†岡見順平→本書I「新しい眼で真澄を捉える」。二八頁脚注。

内田は、大胆な推測をしながら資料を解釈し、結論を下している。私たちはその説を批判的に発展させなければならない。とりわけ民間説話に対する真澄の意識について述べたところがそうだ。この点について批判を加えよう。長くなるが、内田の文章を引用する。

> いっぽう真澄は、日記、随筆とは違い、いやしくも地誌を編もうとするならば、個人の決意だけでその運びに至るものでないことは、先年来の経験からよくわかっていた。順平の要望する如く、岡見家の権威永続と、藩民政調査に手伝うことになるが、それにあまんじないかぎり、地誌作製を逐行《ママ》できないことは明らかであった。『郡邑記』（岡見順平の父知愛の編纂した秋田藩内の地誌。錦注）を必ず引用した記載形式にするというのも、それまで真澄が考えていた方式とは相違していた。すでに「花の出羽路の目」（真澄が秋田藩に提出した地誌編纂の計画書というが疑問。錦注）で示してあるように、真澄の念願する編集形式は、《みずのおもかげ》《つきのおろちね》のような、日記随筆とでもいうべきものであった。真澄はこの形式に相当の自信と執着をもっていたのであるから、もしそのまま、自由に手腕をふるわせていたならば、さぞ独特な地誌が生まれていたと思われる。しかしそれは佐竹義和（九代目藩主〔一七七五～一八一五〕。真澄を可愛がった。錦注）が生存していてくれないかぎり不可能なことであったろう。

その他、記載に当っては、藩内資料だけに限定し、真澄の考証、他国の見聞はできるだけ避けることなど、順平からの要望は多々あったであろうが、ともかく順平の提案を真澄は承知することにしたのであった。この推測を裏付ける動きが、さっそく真澄にみられるのである。

真澄は当初、得意とする「日記随筆」の形式で地誌を編むことを藩主に申し出たが、反対する藩士が多くて却下された。それで、岡見順平の「意向をいれて、内容を地誌形式に書きかえ」、その父知愛《ともなる》の書いた藩の御用地誌である『郡邑記』を「十分に引載して」書くことにした。また、順平の意見に従って、資料は藩内のものに限定し、「真澄の考証、他国の見聞はできるだけ避ける」書き方をすることにした、というのである。

真澄は、岡見順平の指導を受け入れ、先年著した雄勝郡の地誌草稿「雄勝郡考」（江畑本『雪の出羽路・雄勝郡』をさす）の改編にとりかかった(5)。これを地誌形式に書き直し、『郡邑記』を十分に引用し、装いも新たに『雪の出羽路・雄勝郡』四巻本（秋田県立博物館所蔵本をさす）を書き終えた、という。

しかし、これは完成本ではなかった。「順平に提示するためだけの目的」で執筆したものだった。岡見順平の厳しい指導のもとにとりくんだ地誌編纂の「練習」であり、その成果がよかったので順平に信用されるようになった。藩内の評判も高まり、よう

5、内田は次のように述べている。「江畑本」は、真澄が文化一一年（一八二四）五月から一二年三月、雄勝郡を巡村調査しながら書いた現地資料と、久保田に戻って参考書を抜萃しながら考証した雑葉を未整理なまま綴っておいた草稿であって、その一

やく藩主より地誌作成の許可が降りた。そして、『雪の出羽路・平鹿郡』が執筆・編纂されていった、と内田は考えるのである。

『雪の出羽路・雄勝郡』は、たしかに複雑な経路をたどった。今日、私たちは三種類のテキストに接することができる。この三種類をくらべると、やはり江畑本がもっとも初期に書かれたものと見られ、次に秋田県立博物館所蔵の四巻本が成立し、最後に抄出本である三輪神社所蔵の一巻本が作られたと考えられる。

以上、内田説の要点は、『雪の出羽路・雄勝郡』は、岡見順平に見てもらうだけの目的で書いた地誌作成の練習台であり、藩主に捧げる地誌としてはレベルが低い、ということになる。ゆえに、そののち藩主の許可を得て作成した『雪の出羽路・平鹿郡』とは雲泥の差がある、という趣旨である。岡見知愛の『郡邑記』を引用して書くこと、「真澄の考証、他国の見聞」を記さず、「藩内資料」のみを使って書くこと、これが秋田藩の地誌として認められるための条件だった、というのである。

だから真澄は、おのれの個性を殺し、客観的な記述に徹しなければならなかった。旅日記という得意の表現スタイルを捨て、地誌という未知のスタイルを身につけて実行しなければならなくなった。それは異郷から訪れた旅人真澄が秋田で生きてゆくための苦渋の選択だった。

以上、内田説を要約してみたが、『雪の出羽路・雄勝郡』から『雪の出羽路・平鹿郡』への間に大きな変化・相違を見いだすものである。しかし私は、それほど大きな

葉に「雄勝郡考」と題字されていた（「秋田叢書」第三巻・解説）というから、まだ地誌の体裁を成していなかった当時のものである」（全集第五巻「解題」）。

† 内田ハチによれば、真澄の地誌執筆に反対したのは淀川盛品《もりただ》

変化・相違があるのか、疑問を感じざるをえない。たとえば、次のような疑問がすぐ浮かんでくる。三種類ある『雪の出羽路・雄勝郡』のうち、江畑本を草稿本と考えるのはよいとしても、その後に書かれた四巻本には見られない記事が、江畑本にはたくさん含まれている。その記事は精密で、とても詳しい。とすれば、改編の結果、草稿本よりも記事の少ない粗雑な地誌ができたことになる。

改編のプロセスはそう単純ではなかったであろう。部分的に執筆・編纂・改編の時期が重なっているようだ。結局、『雪の出羽路・雄勝郡』という「地誌」は、完成本に至らずに終了したというべきではないか。あるいは、三種類ともそれなりに完成本といってもよいもので、それぞれ特色のある写本が作られて存在している、ということなのかもしれない。三種類の本を厳密に比較・吟味するテキスト批判が試みられるべきである。

ほかの疑問は省くことにするが、内田説は正しいのであろうか。真澄の執筆方法は旅日記から地誌へ大きく変化したという。その練習過程に執筆された『雪の出羽路・雄勝郡』は草稿本から完成本へ大きく変化したという。はたして実態はどうなのか。以下、民間説話のとりあげ方に焦点をあてて考えてみよう。

「真澄の考証、他国の見聞」

もう一度、内田説の要点をあげてみる。「記載に当っては、藩内資料だけに限定し、

（一七六〇～一八一八）であったという。かれの『秋田風土記』（一八一五）とかち合ったので、「民衆習俗の探求を重んずる真澄を認めようとしなかった」。よって、地誌を書きたいという真澄を「願望は文政七年（一八二四）までに保留されることになった」（『菅江真澄民俗図絵』下巻、岩崎美術社、一九八九年二月）とする。文化一〇年（一八一三）に地誌『花の出羽路』を完成させ、『雪の出羽路』『月の出羽路』の完成を予告したと見れば、この説は成り立たない。また、盛品が反対したという証拠資料は何もない。

真澄の考証、他国の見聞はできるだけ避けることなど、順平からの要望は多々あったであろうが、ともかく順平の提案を真澄は承知することにしたのであった」。真澄が飲んだ順平の提案とは、このようなものだった。したがって、最初の個人的な地誌であるという『雪の出羽路・雄勝郡』には藩外の資料が多く引用され、「真澄の考証、他国の見聞」がふんだんに盛られていることになろう。そして、その後に作成された『雪の出羽路・平鹿郡』ではそれらが排除されていることになる。揚げ足をとるのは嫌いだが、内田の説を整理すればこういうことになる。論理上、これ以外の結論を導くことはできない。

反証となる一例をあげよう。『雪の出羽路・平鹿郡一四』の、次のような書き方を私たちはどう考えたらよいのか。「内淵邑」（横手市山内）についての記事である。現代語に直して引用しよう。

○内淵《ナイブチ》邑　家員［古三軒　今］

「内淵」という地名は近江国の片田（滋賀県大津市堅田）の浦あたりにもある。「内介《ないすけ》が淵」を略したのである。むかし内介という若い漁士がいた。とても大きな鯉をとった。鯉の背中の鱗が一枚落ちて巴の形に似ていたので「一つ巴」と名づけて家で飼っていたが、時として水を離れて出歩くことがあった。この鯉は女に化けて内介の妻となり三年暮らした。行方不明になったので内介は新しい妻を

†この話は、本書Ⅰ「新しい眼で真澄を捉える」でもとりあげた。「他国の見聞」を排除して領内の資料によって地誌を書いたというが、実態は異なる。真澄は「西鶴の物語本」に「モノガタリブミ」

もとめた。ある日、大波が押し寄せ、「一つ巴」が七尺ばかりになってやってきて、口から人の形をしたものを吐き出した。そのとき内介も波に飲まれて湖に入ってしまったので、そこを「内介が淵」というようになった。老人たちがこのように物語っている。西鶴の物語本《モノガタリブミ》にも見える。本当にあったことだろうか。

内淵邑に筬橋《おさばし》がある。隣の二瀬村に通うための橋である。

○二瀬《ニゼ》邑

越後国に「三瀬」という村があって、そこには義経・弁慶の笈《おい》があって、旅人がくると見せる。古い地名だという。「二瀬邑」は『享保郡邑記』に家員三軒とあるが、今は一戸である。ここが土淵一郷の境界である。

いかがであろうか。縁もゆかりもない「他国の見聞」があふれている。横手市の「内淵邑」に女に化けた鯉と結婚した男の話は見いだせない(6)。「二瀬邑」に義経・弁慶伝承は伝えられていない。しかも、越後国の「三瀬村」(長岡市三瀬ヶ谷か)の話を書いている。連想ゲームでもあるまいに、二瀬から三瀬から飛び移り辻褄が合わない。

真澄が記したのは、地名から思いついた他国の話である。事実を記すべき地誌として、これ以上の失錯はあるまい。これでも地誌のつもりなのか、かこつけて他国の話

と片仮名を振っている。確証性の高い史料である「書記《フミ》」ではなく、古老の語る伝説・伝承の類と同じ「モノガタリ」だというのである。本書Ⅲ二「モノガタリの位置」、Ⅲ三「和歌を詠みながら巡覧する藩主」。

6、『西鶴諸国ばなし』巻四の「鯉のちらし紋」(麻生磯次・冨士昭雄夫訳注『対訳西鶴全集』五、明治書院、一九七五年)。真澄の記事に、鯉が口から吐き出したとあるのは、「鯉ちらし紋」では、男のはらませた子どもである。本書の注に、「典拠

を書くつもりなのか、と疑われかねない。危険なことを真澄はやっている。地誌を逸脱している。

おそらく、こういうことだろう。まず準備した料紙のうえに「内淵邑」「二瀬邑」と書いて、地誌を記すスペースをあけておいた。だが、現地調査で行けなかったか資料がなかったかして、書くべき内容が見つからなかった。それで、思いつくまま記憶の中から「他国の見聞」をとりだして書いたのではなかろうか。埋め草に書いたと思われる。

こういう記事は『雪の出羽路・平鹿郡一四』において特殊なことではない。あちこちに見られるから、思わず筆が走ったという類のものではない。いかにも真澄らしいというべき書き方なのである。

次は、文政七年（一八二四）に、書きとめておいた草稿から地域ごとに記事を選んでまとめたという『花の出羽路・秋田郡』の一節。真澄は、前年から「佐竹藩六郡の地誌編集《(ママ)》を本格的に着手できるようになった」ので、久保田（秋田市）の書斎で、草稿を整理し、記事を選びだす作業を始めたという（全集第八巻「解題」）。要点を現代語に直してみる。

○小袴村（大館市）支郷、曲沢

世にも珍しい村名だ。『二水記《にすいき》』に、「片衣《カタギヌ》小袴《コバカマ》」という服装の人が出てくる。

は、『奇異雑談集』二の五「伊勢の浦の小僧円魚（えいのうお）の事」、また『摂陽奇観』一七「鯉塚の由来」に記載する鯉塚の伝説である（近藤忠義氏など）。さらに『河内国名所鑑』六「内助が淵」の中の狂歌、「もし魚に心をかくるものならばあみ内助が淵なのぞい《(ママ)》そ」による（江本裕氏）」という。

右は秋田の「内淵邑」に伝承されている話ではない。真澄の記事では、鯉の吐き出したものが何か、はっきりしない。中途半端な書き方である。記憶によるか。

ほかの文献にも出てくる。今の世の肩衣半袴である。『玉勝間』にそう書いてある。

このあたりに、「小褌《コバカマ》破れて、ふぐり出川《イデカハ》」という諺がある。近くに出川村があるからだ。「小褌」はふんどしのこと、「むそうふんどし」は「半《ム》犢《サウ》鼻褌《コバカマ》」という。こういう諺・方言があるので、「小袴村」という村名がついたのである。

伊勢貞丈の『四季草』(有職故実書)に、その昔「ふんどし」は「たづな」「はだの帯」「下帯」「とうさぎ」といったとある。どれも同じもので、絹一巾をもって前陰を覆う。『義貞記』(武具故実書)には、鎧を着用する作法を記した中に「手綱」とあるが、これはふんどしである。

『曾我物語』巻第一・相撲の条に、一〇人ほどが一かたまりになって、衣服をぬぎ裸になり、「たづな」をつけて、あれこれ技を尽くして戦い、息もつかせず云々とある。同じところに、今も安房国(千葉県)の人はふんどしといわず「とうさぎ」というとある。昔の人は「とうさぎ」を穿いて「はだばかま」を付けた。「はだばかま」はふんどしのことで、「犢鼻褌」ともいう。形が牛の鼻に似ているからだ。

『和名抄』に、「褌(音昆。和名、須万之毛能。一云、知比佐岐毛能)」とある。「すまのもの」「ちいさきもの」とは「犢鼻褌」のこと。「タフサギ」と読むのは誤り。『和名抄』の読み方と違うのである。

「褌」は「はだばかま」ともいう。『源平盛衰記』の「宇治川先陣」に、「はだばかま」とある。

以上、村名の「小袴」は「褌《ふんどし》」のことだろう。古めかしい地名だ。

どこまでも続くふんどし談義をどう考えたらいいのか。村名の由来を説いているわけではない。「こばかま」とは「ふんどし」である、というために精力を傾けている。村の地誌を書くことをすっかり忘れ、「小袴」に関する知識をこれでもかと出してくる。地名の由来ではなく、言葉の表記と意味を論じている。結局、「珍しい村名だ」と述べて終わっている。真澄はそのために長い考証をしてきたのだろうか。

自分の村が「ふんどし村」だと知って、だれが喜ぶだろうか。真澄は確たる証拠を示していない。「小褌破《コバカマキ》れて、ふぐり出川《イデカハ》」という俗諺によって村名が付いたというが、証拠にはならない。村名が先にあって、俗諺があとから作られたと考えるべきではないか。

この記事は村人を傷つける。とても見せられない。しかも証拠が示されていない。「藩外資料」をくりだして述べた知識は正しくとも、「小袴村」の由来にはならない。おもしろく語っているだけで、実は秋田の地誌ではない。かえって矛盾をもちこんでいる。

ちなみに私は、このような愉快な話を読むと、『覚書　多賀茂助《たがもすけ》筆』（大館市立中央

† 『布伝能麻迩万珥』（全集第一〇巻）でも、ふんどし談義をしている。雄勝郡に「赤袴村」、秋田ではないが「大袴村」、また秋田郡に「小袴村」がある。この辺では「特鼻褌《フドシ》を、小袴《コバカマ》」という。「ふンどしより云ひし村名ならんか」。この地域の戯れ諺に、「こばかま破《キレ》て陰嚢《フグリ》出河」という。この諺がよほど気に入ったと見える。『さくらがり』（同）でも繰り返している。

図書館・真崎文庫蔵）に記された義和のエピソードを思い起こす。義和は野老《ところ》を砂糖漬けにした菓子が大嫌いだった。それを知らない御膳番の平沢重左衛門が箱を差し出すと、中から毛だらけの野老が出てきた。義和は怒りだした。困った平沢は狂歌を放った。「君ならでたれにか見せん恥づかしや毛のもつしやりと生えたところを」。自分の陰茎にたとえたのである。義和は大笑いをして事は済んだ。ユーモアを解する藩主であった。狂歌は危険な瞬間を笑いに転換してくれるから、武士の教養として尊重されたのである。

さて、先の記事もそうだった。真澄は秋田の地誌を書くという任務を逸脱し、地誌ならざる〈過剰〉なものをもちこんでいる。〈逸脱〉そして〈過剰〉へ向かうのが真澄の地誌の特色といえるだろう。そうなってしまうところに真澄の嗜好と語り癖がある。

内田によれば、真澄は、岡見順平から厳しく指導された。くりかえせば、父知愛の『郡邑記』など藩内資料を引用して書け、「真澄の考証、他国の見聞はできるだけ避け」よ、と命じられた。素直に従ったから秋田藩の地誌作成者になれた、というのであった。右に引用した『花の出羽路・秋田郡』は、本格的な地誌を作成するために、書きためた草稿の中から必要な記事を抜き出したノートだという。本格的地誌を創るための土台である。ならば、「真澄の考証、他国の見聞」は排除されているはずだ。その工夫が少しはされているはずだ。しかし、片鱗すらうかがえない。

とすれば、禁じられたはずの「他国の見聞」をふんだんに盛りこみ、自由に「考証」し、自由に書くのが真澄の基本姿勢であった、といったほうが当たっている。他国の出来事や民間説話、書籍によって蓄えた知識などを総動員して地誌を書いたのである。このような姿勢は、すでに確認したように、三〇歳代の旅日記にすでに見られた。そして、秋田藩の地誌作成者になってからも変わることがなかった。生涯を通じて続けた態度・方法だったといえよう。

〈逸脱〉〈過剰〉〈愉楽〉

結論を急ぐ前に、もう一つ『花の出羽路・秋田郡』から引用する。地名への関心は秋田藩を代表する知識人、那珂通博《なかみちひろ》(一七四八〜一八一七)にもあった。ごく簡単に要約する。

○竜毛村《リウゲ》(潟上市)

昔、普賢菩薩を祭っていたので、菩薩の乗る「竜牙の白象」から村名を思いついたのだろう。『江家次第』第一巻に「近江ノ国竜カ《リウ》」とあり、名所として名高い。秋田の『郡邑記』に、「竜毛［二十七軒］」とある。『文徳実録』に、「庚寅(八一〇年か)、近江国の相坂・大石・竜花に関所を置いた」とある。那珂通博翁は、「竜池」の俗語だろうという。おもしろい考えだ。

竜毛村は、この村が普賢菩薩を祭っていたので菩薩の乗る白象の竜牙にちなんで付けられた村名だろう、と想像している。では、なぜ「竜牙」ではなく「竜毛」なのか。それにはなにも答えず、『江家次第』『文徳実録』に「竜華（花）」という地名が出てくると話題を転換する。さらに「竜池」が訛ったのだろうとする通博の憶測をおもしろいという。脈絡のない書き方である。

『文徳実録』は文徳天皇（八二七〜五八）の事績を記している。古い歴史書に記された遠方の地名と秋田の小さな村がどんな糸で結ばれているというのか。秋田の地誌として適切とはいえない。

内田によれば、『花の出羽路・秋田郡』は本格的な地誌を作成する前の草稿である。そのため資料集なのだから、厳密な批判はしなくてもよい。だが、その次の「大久保村」（潟上市）ではこんな話をもちだす。『平治物語』に義経が奥州に下る場面がある。伊豆に立ち寄り兄源頼朝に対面したとき、義経に向かってこういったという。現代語に直してみる。

上野国の大窪太郎の娘が一三の歳、熊野参りをしたついでに義朝殿（頼朝の父）に見参し、「父に死に後れて人の妻となるなら、平家方の妻にはならない。同じことなら、秀衡の妻になりたい」といった。そして、この娘を夜、逃がしてやったが、秀衡の住む奥州に下る途中、その郎等で信夫の小太郎という男がこの娘を

† 「竜毛」の由来は、『布伝能麻《ふでのま》迩万珥《にまに》』の「りうげのものがたり」という随筆に詳しい。また、文化元年（一八〇四）の旅日記『恩荷《おが》奴金風《のあきかぜ》』に、大竜寺に竜の毛で作った払子《ほっす》が伝来すると述べたあと、「竜毛」「竜髪」と伝える代物を各地で見たが、「竹生嶋のみたからのうちに在るてふ、七難の陰毛《ソヽケ》といふものにこそあらめ」と性的笑話に転換する。「ふんどし村」のごとく「陰毛村」と説くこともできたであろうが、さすがにしていない。

横取りした。そして二人の子を生ませた。後家の身分で、今も貧しからぬ生活をしているそうだ。それを訪ねて行け、といって手紙を書いて義経にもたせてやった。

義経はその女のもとに着いて、手紙をさし出して対面した。すでに尼になっていた。女は、佐藤三郎嗣信《つぎのぶ》、佐藤三郎忠信《ただのぶ》という二人の母である。

秋田の大久保村について書くべきなのに、『平治物語』を長々と引用する。しかも「信夫」（福島県）の話である。なぜなのか、理由はわからない。いえるのは、大久保村を説明することには興味がないらしく、こうした話に興味があるらしいということだ。大久保村→大窪→大窪太郎の娘へと連想が移り、『平治物語』の引用になってしまった。もちろん、東北地方に関する話だから関連がないわけではない。嗣信・忠信とその母は今の福島市あたりに住んでいたという。

こうした記事は、地元の資料がなかったので、他国の話をもちだして埋め草としたのであって、真澄を責めることはできない、という意見もあるだろう。そうかもしれないが、それでは解決にならない。村人から聞き取りしたことを書けばよいのだから。地誌とはそういうものだろう。

私はこうした記事の中に、真澄の不思議な一面が潜んでいると思う。秋田藩の地誌を書くとき、最も腐心した工夫が隠されているのではないか。このことを考えてみよう。

しつこいが、同じような記事をもっとあげてみよう。次にあげるのは、『月の出羽路・仙北郡二四』の「長野邑」（大仙市）にある「高畑三宝荒神社」についての記事である。同書はこれまでの地誌とくらべて、はるかに本格的なものに仕上がっている。現地に寝泊まりして調査を続け、知的レベルの高い村人の協力を得て資料を収集し（全集第七巻「解題」）、かれらが報告した民間伝承をたくさん載せている。考察は緻密になり、記述が格段に詳しくなっている。読み応えのある、ほぼ完璧な地誌といえよう。真澄の地誌はここにおいて完成したといってよい。現代語に直して要点を引用しよう。

安達家の鎮守である。祭主は総兵衛。祭日は五月二八日。神官の家には素《スサ》戔鳴尊《ノヲノミコト》を祭る。そのゆえは、『諸社根元記』に「神《ジ》ム素戔鳴尊《スサノヲノミコト》、速素戔鳴尊《ハヤスサノヲノミコト》、素戔鳴尊、この御一神三名をもって三宝荒神という」とあるからだ。『和訓栞』に「こうじん」とある。もとは、毘那夜伽《ビナヤカ》の訳称、障碍神《しょうがいしん》であり、如来荒神、麁乱《そらん》荒神、忿怒《ふんぬ》荒神の三身を三宝荒神と呼んでいる。その説は『无障《がしょう》礙経《ぎきょう》』に見える。俗に釜神《かまがみ》を荒神と称し祭るが、仏説にはない。また、興津彦《おきつひこ》、興津姫《おきつひめ》の二神に大土祖神《ミオヤ》を配し、これを三宝荒神などということは古書には見えない。ただ荒ぶる神を『古事記』は荒神と書いている。また、石凝姥《ドメ》、天の目一つ神、金山彦命を一体三面の神魂とあらわしなさる、などというが、甚だしい附会の説である。

摂津国の勝尾寺の荒神、大和国の笠の荒神などは、わが国において釈迦が感得なさった神だといわれている。中世以来、盲人が琵琶を弾き『地神経《じしんきょう》』を唱えて祭るという説があり、『仏説地神経』一巻がある。卑俗な文字で書いてあり、経典の蔵書目録には見られないという。『源平盛衰記』には、荒神が鎮まると財宝を得るといい、また陀天の法ともいう。すなわち、茶枳尼天《ダキニテン》の邪法の神、あるいは貴狐天王ともいう。また、知足院において茶枳尼天の法を行い狐の尾を得て、それを祭っている。福天神といって、その祠《ほこら》があったという話が『古今著聞集』に見える。堀川の西一条大路の南にあるのが、これである。この荒神が、なんの心もなく住み着いた社であるという。

これまた〈逸脱〉と〈過剰〉に満ちている。「高畑三宝荒神社」と関係のないことばかりである。この神は火伏せの神であり、屋敷や村を守る神、牛馬などの家畜を守る神として信仰されている。しかし、引用したのは『和訓栞』『旡障礙経』『古事記』『仏説地神経』『古今著聞集』『源平盛衰記』であり、いわば藩外資料である。真澄はこれらにもとづいて、三宝荒神という全国どこにでもある神社について概説している。地元の神社についての説明は最初の一行だけだから、「秋田離れ」の記事といってよい。

秋田の地誌は「秋田そのまま」を書くべきだろう。藩の正式な地誌である『月の出羽路・仙北郡』に「秋田離れ」を長々と書くのは、どういう魂胆なのか。秋田の地誌を超えた観点から、事細かに教えてくれる書き方だ。そういう記事が時折、顔をだす。読んでいて不自然な感じがする。どうして顔をだすのか、執筆意図について私たちは考えてみるべきだ。

なぜだろう。結論をいえば、〈藩主が読む〉ことを考えて意図的に挿《はさ》んだのではないか。「こういう神社は全国にあるし、秋田にもある。一般にこういう歴史や特色をもっている」という説明である。秋田のことはよく知らないが、これから知ろうと思っている人、知っていることが望まれる人にとって意味のある情報といえよう。真澄はそのために事細かに説明したのではないか。

真澄の地誌は藩主に献上される。常陸国からきて九代目になる佐竹義和《よしまさ》と一〇代目の義厚《よしひろ》が第一の読者である。他国の状況も自国の状況も知っているべき為政者、つまり藩政内部の知識人たちも読むことになる。読者の筆頭に藩主がいる。そう考えれば、右のような記事はすこぶる納得できるものだといえよう。もとより地域民のために地域民の生活誌を書くという発想ではないのである。

真澄は、九代藩主佐竹義和をはじめ、学問のある心優しい藩士たちの援助によって秋田に生活できるようになった。だが、『雪の出羽路・雄勝郡』の草稿を書き終えたころという文化一二年（一八一五）七月八日、江戸から帰った義和は四〇歳の若さであえなく没してしまった。真澄の失意と悲しみは想像にあまりある。約六年の長きにわたって、なにも書かず孤独と無為の日々を送ったらしい（全集別巻一「第一〇章　秋

†八八頁にあげた短冊の、
●朝夕に君がめぐみし民艸のつゆはなみだと袖にこぼるゝ（大殿かくれさせ給ふ）
という歌は、九代藩主義和の逝去を悼む歌。「民艸（草）」は自分であり、領民の一人ひとりをさす。「つゆ（露）」は義和が施した慈愛、情け、憐れみであり、自分や領民の流す悲しみと感謝の涙である。秋田県五城目町、松浦修作氏蔵。

田風俗問状答」)。

やがて岡見順平・大友直枝などに支えられ、『月の出羽路・仙北郡』のための巡村調査と執筆・編纂に、晩年の情熱を注ぐことになる。同書は文政九年（一八二五）五月下旬に筆を起こし、同一二年五月に至るまでの約三年をかけて編まれた（全集第八巻「解題」）。したがって同書は、義和亡きあと一〇代藩主佐竹義厚を第一の読者として書かれたと思われ、同時に岡見順平をはじめとする人々に供覧されることを意識したといえよう。もちろん脳裏には、九代藩主義和の面影がありありと浮かんでいたであろう。

真澄の地誌は内外に公開されるべきものであった。藩主と藩士を通じて藩内はもちろん、江戸へもたらされ多くの人々の目にふれる。それは当初から予想されていたのではないか。地域限定の地誌のありかたを克服し、新しい地誌を創出しなければならなかったと思われる。

たしかに、真澄の著作は他国にはほとんど流布しなかったようで、秋田県以外の個人蔵・図書館などの写本はきわめて少ない。九代藩主義和、一〇代藩主義厚《よしひろ》の時代に真澄は仕事をし、著作が藩校の明徳館に献納され、それ以後はごく少数の人々の関心は引いたが、一般にはほとんど知られなかった。藩主の蔵書となればそれもやむをえない。ようやく近代に入り、真崎勇助（一八四一～一九一七）、柳田國男（一八七五～一九六二）、内田武志（一九〇九～八〇）らの発見・評価に遭遇したのである。しかし、

『菅江真澄』（秋田県立博物館・平成一〇年度企画展図録）より。義和の慈愛に対する感謝の念については一九三頁。

†内田によれば、享和二年（一八〇二）冬、八竜湖（八郎湖）。現在、八郎潟）の漁業を観察した絵入り旅日記『比遠能牟良君《ひおのむらぎみ》』（全集第四巻）を改写・清書し、真宗本誓寺（秋田市）十三世是観（？～一八三二）託して京都の東本願寺に献納したという。仮にもし事実ならば、末尾に「こを人みな見たまはん事もつゝまし」（傍線筆者）とあるので、東本願寺および京都の人々に読まれると思って献納したことになる。

真澄の地誌を秋田だけの地方的なもの、と捉えるならば問題がある。

事実、真澄は文化一一年一〇月二〇日の手紙に、自分の書いた「日記」（旅日記）が藩主義和の意向により、藩校の明徳館に差し出すことになったと述べ、次のように喜んでいる。「館様」（藩主義和）が御覧になるのだろうか。「京都近衛様」などからお申し出があって「公方様など」に献上されるのだろうか云々。秋田藩主はもとより、京都の貴族に供覧されることに自信をのぞかせている。内外に価値が認められることを信じて書いていた節がうかがわれる。

藩主のために

秋田の初代藩主佐竹義宣《よしのぶ》は、関ヶ原の戦いのあと、慶長七年（一六〇二）に常陸国から転封されてやってきた。佐竹氏は異邦人であった。先祖の故郷は常陸国であり、外部から来訪した領主である。もとから秋田に根を張っていた一族ではない。知性・教養、アイデンティティの根っこもまた常陸国にあった。しかも代々、文化・教養の高さを誇ってきた家系である。その美意識は根源において常陸国から江戸へ、そして京都へと向いている。江戸時代後期、日本古来の画法と西洋の画法とを折衷し、「秋田蘭画」という新しい様式を創りあげたのも、秋田藩主を中心とする文人サロンであった。真澄がときどき地誌の中に常陸国の故事を引きだし、また全国的な視野から情報を提供するのは、そのような志向をもつ藩主たちを意識してのことだったろう。

なお、内田は生きた魚をとる罪深い営みを描いて献納したのは、「真澄が全生涯をかけて追究した問題は、氏素性の差別を越えた人間の生き方、在り方」であり、「生れた環境によって最初から上下の差別を設ける封建社会への抵抗の精神からであろう」（全集別巻「第十一章　如是観」）という。例の内田の真澄観だが、再検討すべきだろう。

†秋田蘭画。平賀源内の影響のもと、西洋画の遠近法や陰影法と日本的な画材・風景を折衷し独特の画風を築いた。日本近代絵画の夜明けを示す。秋田藩士・小田野直武、八代藩主義敦（曙山。義和の父）らが有名。

次にあげる話も、そういう目的から挿入されたと考えられる。まじめな話ではなく、奇談をとりあげてみよう。内田によれば藩主義和に読んでもらうことを念願してとりかかったという『雪の出羽路・雄勝郡』巻五の「西馬内村《にしもない》」（羽後町）に、「盗三五郎戯歌」という話が挿入されている。秋田の地誌として適切な記事だろうか。

昔、今景清という盗人がいた。本名は三五郎という。常陸国に行き、主人の女房と通じたのがばれて牢に入れられた。牢を抜け出して松前に渡ったが、盗みで捕まって今度は水牢に入れられた。また抜け出して津軽にきて医師の後家に転がり込んで豊かな暮らしをした。だが、干イワシを盗み、包んだ筵《むしろ》からぽろぽろ落ちるのが見つかり、また牢に入った。その牢も破って西馬内にきた。村の中で百姓の年貢が滞るとこれを調べ、村のために役に立ったので長《おさ》百姓になった。
ところが、盗み心が出て、手あたりしだいやったのが露見して牢に入れられた。またも牢を抜け出た。ようやく湊にいるところを捕まって五月五日に処刑された。
そのとき三五郎は、
いにしへの曾我の流れか月も日も同じ五郎よ我は三五郎
と詠んで、いさぎよく槍に突かれたという。このことは『徳政夜話』(7)に、歌の文句が少し異なって載っている。

7、秋田藩士、山崎徳政の編著。寛政～文政（一七八九～一八三〇）頃の人物。説話集。大仙市立大曲図書館に蔵されている。

なかなかおもしろい話だが、「西馬内」の説明ではない。こうした話が真澄の地誌にはたくさん見つかる。三五郎の泥棒人生は常陸国から始まり、松前、津軽を経て、秋田の西馬内にきて湊（秋田市土崎港）で終わった。これは、常陸国にゆかりのある殿様に笑っていただこう、というつもりで引用したのかもしれない。

だが、次の話は少し異なる。九代目藩主義和のありし日の姿が讃美されている。藩の正式な地誌『月の出羽路・仙北郡二一』に載っている。現代語に直してみよう。

「横沢邑」（太田町）の白幡清水あたりは、かつて白岩街道といって駅程《ウマヤ》があった。中世のころは小野寺禅師太郎道時の子孫が支配していた。その昔、天喜の戦いのとき陸奥国より八幡太郎義家将軍が入ってきた。房崎国総なる男が「水風」、のちに「奥州丸」といわれた長刀《ナギナタ》で、草木を薙《ナ》ぎ払って将軍の進む道を切り開いた。この褒美として義家は「草長刀《クサナギ》」という姓を与え、「草長刀誉五郎利真」と名乗らせた。今の卒田《ソチダノ》小太郎の家がそうである。

また、大茎田《おおくきた》和泉庄司有定は、槻弓をもって高草《タカクサ》を薙ぎ払い、横刀《タチ》で木草を切り払って義家のために道を開いたので、「草薙《クサナギ》」という姓を賜ったという。それは草薙伝左衛門の家だという。横沢村には隣の白岩村からきた旧家が多い。草薙家の分家に、理介、五左衛門などがある。みな白岩村雲岩寺の古い檀家だという。

横沢村には本陣の跡があったが、万治・寛文（一六五八〜一六七三）のころ新道

秋田県立図書館の所蔵本は、その書写本。黒沢三郎氏の翻刻本がある。

が完成したので大曲に移された。今の本陣はこれをいう。国守の天樹院公（源義和朝臣をそう申しあげる）が「いにしえを慕い」、この道を通り、地域の老人たちを召して「古き物語」を語らせ、お聞きになられたと、村人が語り伝えている。天樹院公が御休息なさった跡は柵で囲んである。この村も旧家が多い。

秋田藩主の佐竹家は、八幡太郎源義家の弟義光を先祖と仰ぐ一族である。ゆえに九代義和は、源義家の故事伝承のある横沢・白岩にきて、老人たちに昔語りをさせて聞き入ったのである。そこには、義家・義光から自分に至るまでの源氏の流れを引く佐竹氏の歴史をたどる意識があったろう。そのことを村人に知らしめるためでもあろう。秋田は故郷の常陸国から遠く離れているが、ここもまた先祖ゆかりの土地である。草長刀・草薙の姓をもつ村人たちはその昔、義家から名を与えられたという話を聞いて、義和はいっそう秋田の地に親しみを覚えたことだろう。

土地の歴史と遺跡、老人たちの語る昔物語、藩主の来訪と聴聞などが、地誌の中で見事に融合している例だ(8)。地誌の中に藩主が登場している。藩主を中心とする秋田の世界を構築しようとしたのが真澄の地誌ということができよう。村々・歴史・由来・遺跡・神社・仏閣・産物・風俗、さらに民間説話や伝説の類、あらゆるものを記載しながら、同時に藩主を中心とする秋田という大きな世界を形づくっている。

真澄の地誌は、私たちが読んでもまことにおもしろい。記事の一つひとつがおもし

8、文化四年（一八〇七）三月、秋田県山本郡八峰町岩館の笛滝を再訪した『雄賀良能多奇《おがらのたき》』（全集第四巻）に「八森山不動尊縁起」の全文が引用されている。その中に、「今の国の守佐

ろい。この国を治める藩主が読んだら、いっそう興味が尽きないだろう。藩主だからこそ味わう〈愉楽〉というものがある。真澄の地誌はそれに奉仕すべく編まれた書物である。他国の資料も活用し、地誌とは思えぬ話もふんだんに盛り込み、支配者たる藩主に〈愉楽〉を届けようとしている。地誌にはふさわしくない〈逸脱〉と〈過剰〉の記事は、王の〈愉楽〉のために捧げられる。藩主は領土を内側から知り、外側から知る。そのための工夫がいろいろと凝らされている。

それはまた、他国に対する自国紹介・発信であり、徳川幕府への報告という性格も併せ持っている。藩撰の地誌あるいは藩主の意向を受けて編纂された地誌とはそういうものだろう。

以上、真澄の表現方法が、旅日記から地誌へ変化したかどうかを中心に考えてきた。通説では大きく変化したというのだが、それほどの変化は見いだせない。旅日記の手法を連続的・発展的に活かして新たなる独自の表現世界を開花させたというべきだった。

通説において地誌として中途半端なものだと批判されるのは、あちこちに散見する〈逸脱〉と〈過剰〉に満ちた記事のことだ。なるほど秋田藩の地誌としては不純物のように見える。だが、これもまた藩主のために必要と考えた記事であった。そういう記事も楽しみながら領内の地誌を詳しく知る。そういう類の書物なのであって、事実

竹右京大夫義隅朝臣と申奉るは、忠義上にふかくして、君につかふまつりたまふこと天のごとく、仁恵下にあつくして、民をあはれみ給ふこと子のごとし」（三月二一三日）。という一文がある。真澄は三代藩主義処《よしずみ》（隅）に対する尊敬の念を込めて、この縁起書を引用したと思われる。また、『雪の出羽路・平鹿郡六』の「阿気《あげ》村」（横手市）に、「安家山五穀寺観音中興縁起」が引用されており、義処の母堂である光聚院の寄進を讃える文章が見える。佐竹氏の入部以来、神社・仏閣の縁起が再編・改編されたが、この「中興縁起」はそのことを示す一例といえよう。なお、義和の白岩巡覧の問題は、志立正知『〈歴史〉を創った秋田藩―モノガタリが生まれるメカニズム―』（笠間書院、二〇〇九年一月）に発展的に論じられている。

だけを書き記した地理の教科書ではない。

そこにこそ全国を旅してきた真澄の見聞と博覧強記が活かされる。公的地誌を書くために真澄はおのれを変えなければならなかったとする通説は正しくないだろう。旅日記から地誌へは自然な歩みであった。真澄がみずから育んできたものが土台となって地誌が作成された。違いがあるとすれば、旅日記のように地誌は書けない、という形式上の制約によるものだろう。

第二章　モノガタリの位置

旅の始まり

秋田県で真澄の研究集会が開かれると、少なくとも百人を超える人々が集まる。多いときは二百人を超える。秋田の地域学は真澄を語らずして始まらない。真澄は宝暦四年（一七五四）、愛知県豊橋市に生まれたといわれている。何が原因かわからないが、二九歳の春、故郷を捨てて旅に出た。長野県を旅して日本海側に出て、新潟県、山形県を歩いて秋田県に入り、さらに青森県に行き、岩手県、宮城県をまわり、それから、また青森県にきて、海を越えて北海道へ渡り、また青森県に戻ってしばらく過ごし、四七歳から秋田県に住み着いて、文政一二年（一八二九）年七月、地誌調査に訪れた仙北市角館町で七五歳の生涯を終えた(1)。

真澄は四五年ほどをかけて日本の半分以上を歩いたわけだ。まさに旅に生き、旅に

1、内田武志『菅江真澄の旅と日記』（未来社、新装版。一九九

死んだといえよう。かれの本職は本草学であったようだ。山野を歩いて薬草を見つけ、また薬草を栽培して、薬を作る仕事である。今でいえば、町の薬屋さん、お医者さんである。「金花香油《きんかこうゆ》」という塗り薬を作って販売したこともある。若いころは尾張藩（愛知県）の薬草園に勤め、青森の津軽藩では藩校稽古館の薬物係をしていたし、秋田市郊外の岩野のニンジン畑に住んでいたこともある。「医者ニ候や。人参《にんじん》を製す為ニ、岩野に住居《すみおり》候《そうろう》や」（多賀茂助筆『覚書』）とある(2)。医者なのだろうか、朝鮮ニンジン畑に住んでいるのはそのためだろうか、と思って人々は見ていた。

真澄の知識は本草学ばかりではなかった。かれの特徴は、どこを旅するときでも歌を詠むことだ。歌を詠んでは旅日記を綴った。名所・旧跡、寺社仏閣、地域の伝説・伝承などを見て歩いて詳しく紹介し、人々の生活も詳しく書く。そういう旅日記をたくさん残した。真澄は若いころ、隣の村に住む国学者の植田義方《うえたよしあき》のもとで日本の歴史・文学をかなり本格的に学んで、和歌を詠む作法を身に付けたという。本草学者であり、医者であり、歌人であり、国学者のようでもあり、地域観察者であり、そして記録者でもあった。そのほか鉱物学にも考古学にも詳しかった。書籍から得た知識も広く深かった。こういう人物が各地を旅して歩いたのだった。今ならさしずめ、旅するナチュラリスト、ということになろうか。

真澄は何を見ても、何を聞いても強い好奇心を示した。あらゆるものに興味をもち、よく見つめ、よく調べて旅日記を書いた。随筆も地誌も書いた。膨大な著作は全一二

六年四月）を参照した。

2、真澄の伝記は前掲書および全集別巻一の内田説を参照した。『覚書　多賀茂助筆』（秋田県図書館蔵マイクロフィルム紙焼写真。原本は大館市立中央図書館・真崎文庫蔵）による。佐々木榮孝『多可茂助の覚書』（私家版、一九九六年三月）参照。「多賀」は「多可」とも。以下、『覚書』と略す。

巻・別巻一冊の全集（未来社）にまとめられている。内田武志と宮本常一の編集と謳っているが、ほとんど内田の仕事であろう。別巻一は、内田の真澄研究を集大成したものである。

真澄の視野の広さ、問題意識の鋭さ、膨大な著作、近代でいえば南方熊楠《みなかたくまぐす》（一八六七〜一九四一）と比較すべき偉大な人物ではないかと思われる。

真澄には、地方を見下ろすという江戸時代にはありそうな高圧的な発想がない。ここが真澄の特色であり、読んでいておもしろいところだ。真澄の視線は低く、やわらかい。人々の生活感情に寄り添って記録して、村人の息遣いが聞こえてくるようなところがある。二百年以上も前の、秋田の普通の人々の生活が目に浮かんでくるような気持ちに誘われてしまう。

柳田國男の真澄観

真澄に対する今日の定説は、今述べたようなものだろう。こうした高い評価を批判したり否定した人はこれまでほとんどいない。それを生みだしたのは、柳田國男の言説であった。該当する部分を現代語に直して引用してみよう。

1、村々の生活が、情趣に富んだ四季折々の風景をバックに、活き活きと描かれている。歴史の彼方に埋没して痕跡を留めない人々の生活を、真澄は愛情を込めて観察した。そして百年後の子孫たちのために書き残した。

2、先祖が味わった艱難困苦、窮屈や興奮を、これほど微細に明確に書き伝えた記録は、長い歴史を通じてほかにはない。

3、風景よりも生活を写した。村里や道路河港などを描いているので、郷土の歴史がわかる。真澄は住民と親しみ、かれらのために著述をした。それゆえ後世に残った。

4、山陰や野の果てに住む農民たちの感情や自然観を書いて、百年後の私たちに残してくれた。このような記録はほかにない。

『菅江真澄』（創元社、昭和一七年三月）から要約した。この本は、昭和三年から五年までの講演とエッセイを収録している。秋田にきて秋田の人々に語った講演だから、割り引かなければならないが、柳田は絶賛を惜しまない。真澄の旅日記・地誌は、通常は史料に名を残さぬ農民たちの生活を書いたものだという。真澄は人々と相親しみ、深い愛情をもってかれらのために、かれらの生活を記録した。農民の感覚、山陰や野末に住んでいる名も無き農民の思いや自然観を書いて、百年後の私たちに残してくれたと述べている。

これは本当だろうか。正しいところも多いが、どうも違うのではないか、と思われるところも多い。たとえば、『雪の出羽路』という分厚い地誌を読むと、農民の生活を書いた場面はそれほど多くはない。むしろ意外と少ない。その中の「平鹿郡二」でいえば、沼館邑の藁焼行事、矢神邑の松茸山のことくらいしか見いだせない。しかも村人が松茸を採って文化一二年（一八一五）の秋に、巡覧にきた秋田藩主の佐竹義和に捧げたというのだから、藩主に焦点を当てて書いたことは間違いない(3)。

もう少しきちんと述べないと、誤解を生んでしまう。民俗記事は数多く記されている。田を耕していたら古い鏡が出てきた、獅子舞が行われている、虫送りの祭をしている、鹿島船を流す、豆鼓《ナットウ》祭が行われる、燐火《オニビ》（狐火）が出るなどの七不思議がある、鮭・雑魚・蕎麦がうまい、塩と飴を売る市が立つ、首塚は戦いで殺された人の首を埋めたところだ、竜を操る僧侶が住んでいた。

このような民俗行事や伝承を書いた記事があちこちに見られる。これらを拾い出して読んでゆけば、真澄の地誌は農民の民俗誌を書いたもののように見えてくる。しかし、それらを記録することが唯一の目的だったとは思えない。あとで詳しく述べるが、古代・中世・近世へと継承されてきた歴史を柱にして書いている。

真澄の地誌は、農民の生活だけを特に選別して書き綴った民俗の書ではない。通説のように、柳田の高い評価を墨守して真澄を見る必要はないのではないか。柳田と少し違った見方をすると、別の姿が見えてくる。

3、文化一二年の領内巡覧は、『佐竹家譜』（原武男編。東洋書院、一九八九年八月）に確認できない。義和は、この年の秋七月九日、四〇歳の若さで秋田城にて身罷った。したがって真澄の間違いである。文化八年七月二九日～八月一二日の仙北・雄勝・平鹿・河辺郡の巡覧であろう。義和の旅日記『千町田《ちまちだ》の記』がある。『佐竹義和公頌徳集』（同編纂会、一九二一年二月）その他に収録。また、渡部綱次郎『近世秋田の學問と文化―老人・史跡観―』（古筆學研究所、二〇〇一年八月）に、そのときの資料を翻刻して考察した論文がある。必読すべき文献である。

資料（史料）の区別

真澄の地誌を考えてみよう。旅日記・随筆においてもそうだが、真澄は基本的に資料を三つに等級化して引用しながら書き進めている。最初に引用するのは、『古事記』『日本書紀』『続日本紀』などの歴史書である。真澄は、こうしたものを「書記《フミ》」と呼んでいる巻末注(4)。地域の地誌は、まず最初に、こうした国家の歴史を書いた史料から引用して、当該地域がどのように書かれているかを確認している。

次に引用するのは、『奥羽永慶軍記《おううえいけいぐんき》』『享保郡邑記《きょうほうぐんゆうき》』や『秋田六郡三十三観音巡礼記』『若宮八幡縁起』といった地域の歴史・地誌を書いた史・資料（以下、「資料」に統一）である。真澄はこれらも「書記《フミ》」と呼んでいる。そして引用が終わると、文末を「〜にあり」「〜に見ゆ」「〜と見えたり」と結んでいる。

最後に引用するのは、村の「古老《オユ》」が語る「モノガタリ」である。村に伝わる伝説・伝承の類。これから引用するときは、文末を「〜といへり」と結んでいる。

仮にA級資料、B級資料、C級資料と区別してみよう。真澄は三つをかなり厳格に区別して地誌を書いている。A・Bに対してCを対比・区別していることは明らかだ。これは「由来」に付けられた振り仮名を見ても、はっきりしている。A・B資料によって寺院・人物などの「由来」がわかるときは「ユヱヨシ」とルビを付けて読ませている。それが老人の語る伝承話であるときは「モノガタリ」とルビを付けて、区別している(5)。

5、真澄の旅日記・地誌を見ると、

「ユヱヨシ」は「いわれ、由来、訳」（小学館『古語大辞典』）のことだが、真澄はもっと深い意味を込めている。実際にあった過去の出来事、あるいは史実と見なしうる類の出来事、つまり史実ないし史実性の高いもの、という意味で使っている。

それに対して「モノガタリ」は史実かどうか確認できない出来事、とても史実とはいえない老人たちの語り伝える話、といった類である。真澄の地誌は、この区別をかなり厳しく守って、A↓B↓Cの順序で書き進められている。

先に述べたが、A・Bから引用したときは文末を「〜にあり」「〜に見ゆ」、Cから引用したときは「〜といへり」と結んでいるのが、資料を厳密に区別している証拠である。「〜といへり」には、「史実かどうか信用できないが、村人はそう語り伝えている」というニュアンスが感じられる。少し強くいうと、A・Bの良い資料がどうしても見つからなかったので、代わりにCから引用せざるを得ない、という意識が見え隠れしている。

もしもこの把握が正しいのであれば、真澄の地誌は「古老《オユ》」の語る伝説・伝承（C級資料）を多量に採集して書いた民俗の書、というわけにはいかないだろう。それではどうなのか。A級資料・B級資料を必要とする人々、すなわち日本という国家の歴史のなかで、秋田の歴史を確認すべき立場にある人や、比較的上層部の人々を強く意識して書いた、ということになる。これは間違いないだろう。柳田は、真澄は「農民の感覚」や「思慮や自然観」を書いて百年後の農民たちに残したというが、そのまま

次のような漢字に「モノガタリ」と振り仮名を付けて読ませている。「由来」「談話」「縁起」「説」「話」「事」「話説」「俗説」「雑事」「雑話」「雑説」「話リ」「世説」「物語」「物話」「諺話」「伝説」「伝話」「伝」「縁起」「古老《オユ》の談話」「古老《オヂ》の物語」「古話」「奇談話」など。「妄説《ソラモノガタリ》」という用例もある。また、振り仮名を付けない用例に、「古老の夜話」「古老の説」「古老の伝説」「あやしのもの話」「寝物語」などがある。これらも「モノガタリ」と読ませると見てよい。「俗言《サトビゴト》」も「モノガタリ」である。真澄のいう「モノガタリ」が多種多様であり、差違を意識しながら書き分けたことがうかがえる。

なお、「伝説」に「ツタヘ」、「古説」に「ムカシモノガタリ」と振り仮名を付けた例もある。また「古城由来」を「フルキモノガタリ」と読ませた一例があ

信じていいものか、疑問が湧いてくる。

『前々太平記』の手法

引用する資料を三種に区別し、その順序に沿って地誌を書き進める、これが真澄の基本的手法であった。はたして、真澄独自の手法なのだろうか。私は、江戸時代に広く読まれた『前々太平記』（一七一五自序）などの編纂手法を応用したのだろうと考えている。

著者の平住専菴《ひらすみせんあん》（生没年未詳）は、序文に「実を書紀・実録に採り、遺を野史・雑記に摘む」、凡例に「正説に考へ、野説をも棄てず」と書いている(6)。専菴は、書くべき内容を「実《まこと》」（史実）と「遺《のこり》」（その他）に分け、そのため資料を「書紀・実録」と「野史・雑記」に区別した。著名な歴史書（書紀・実録・正説）を重視して引用するが、それ以外の史書や説話・伝説（野史・雑記・野説）からも引用する。そういう編纂手法によって、聖武天皇から醍醐天皇までの歴史を、普通の人々も読めるように、わかりやすくおもしろく書いたのだった。

資料の区別も編纂・叙述の手法も、先に述べた真澄の場合とほとんど同じである。真澄は江戸時代に流行した歴史物語（通俗史）と同じ手法を用いて秋田の地誌を書いたのである。『前々太平記』を参考にしたのだろうか。そこまではわからないが、真澄の地誌を真澄の純粋な個性的産物と捉える見方には賛成できない。真澄の念頭にあっ

るが、これは「ユヱヨシ」に準じるもの、という扱いである。→巻末注、Ⅲ第三章5参照。

6、『前々太平記』（校訂代表・矢代和夫。国書刊行会、一九八八年八月）により、読み下した。

た一つは、当時よく読まれた通俗史であり、かれもまた江戸期文人の一人であったと考えるべきだろう。

真澄は専菴と同様に、著名な国家的歴史書を重視し、その一方で、雑書や説話・伝説からも引用して書いたのである。この基本原則を守って、村々の歴史や地理、神社・寺院・祭礼・行事・産物などを書いた。まず国家的歴史書のA級資料で地域を全体的にながめ、次に東北・秋田に関する歴史書を引いてより具体的に見つめる。そのあとに「古老」の語る地元の伝説などのC級資料を引いてくることが多い。しかも、それほど数が多いわけではない。

先に述べたように、真澄は村人の生活を記録した人、と一般的に考えられている。それゆえ、村人の語り伝える伝説を熱心に書きとどめたと見られている。真澄の地誌は農民の民俗誌である。たしかにそういう指摘ができるのだが、それは真澄の地誌の全体的な性格ではないし、地誌を書くために貫き通した太い柱でもない。

これまでの傾向をあえていえば、私たちは一般的に、真澄の地誌から民俗的な記事を採集するという方法によって真澄の特色を考えようとする傾向が強かったのではないか。そういう方法によって大きな収穫が得られることはいうまでもない。しかし、真澄の本領、つまり細心の工夫がいささか見えにくくなりはしないか。真澄研究の新しい視界を切り開くためにも、このことに思いを致すべきだろう。

『雪の出羽路』の構成

真澄の本格的な地誌『雪の出羽路』をとりあげてみよう。これは秋田県南部の平鹿郡を書いた地誌で、全集第六巻の一冊。本文だけで五九七ページ、図絵の写真が一二三ページ、図絵に記された説明文の翻刻が三四ページもある。この大部な地誌に、真澄は何を書こうとしたのか。全体的に捉えてみたい。

『雪の出羽路』は「平鹿郡一」「平鹿郡二」というように、全部で一四の巻々で構成されている。巻ごとにページ数を調べると、**表1**のようになる。表には、全集の記されている旧地名を記入した。この表を見ると、○で区別したが、前半と後半に紙数の多い巻を配したことが明らかだ。雄物川町・大森町を書いた「平鹿郡二」「平鹿郡三」と増田町・横手市などを書いた「平鹿郡一〇」〜「平鹿郡一四」の分量が特に多い。そして、中間の巻は紙数がグンと少ない。

これは何を意味するのだろうか。前後の地域は、戦国時代、平鹿地方を支配した小野寺氏の本拠地があったところである。というよりも、小野寺氏の城郭のあった地域について詳しく書いた巻々を『雪の出羽路』の前半と後半に置いたと見るべきだろう。

さらに細かく見てみよう。『雪の出羽路』の巻々は、それぞれ小冊子（帖）を寄せ集めてできている。**表2**に示したが、たとえば「平鹿郡二」の巻は、一一邑《むら》（「邑」はいくつかの「村」を内包する広範囲の地域）を書いた次の一一帖でできている。「ち、たらう」（沼館《ぬまだて》邑）、「ふるえの柳」（今宿《いまじゅく》邑）、「稲鶴《イナヅル》峯《ネ》」（矢神《やがみ》邑）、「小柳《ヲヤギ》のしづく」（下《した》

表１　『雪の出羽路・平鹿郡一』〜『同・平鹿郡一四』（紙数・地名・帖数）

	巻名	紙数	絵図	地名（旧）と帖数
	一	24頁	1図	大曲市・横手市・大森町　５帖
○	二	50頁	10図	雄物川町　11帖
○	三	51頁	44図	大森町　４帖
	四	42頁	38図	大森町　16帖（保呂羽山関係）
	五	31頁	8図	大森町　５帖（保呂羽山関係）
	六	32頁	18図	大雄町　５帖
	七	37頁	22図	大雄村・横手市　10帖
	八	35頁	19図	平鹿町　10帖
	九	30頁	9図	平鹿町・十文字町　12帖
○	一〇	54頁	20図	増田町・十文字町　10帖
○	一一	45頁	29図	平鹿町・十文字町・横手市　11帖
○	一二	61頁	13図	横手市・山内村　18帖
○	一三	59頁	25図	横手市　９帖（但し、目次なし）
○	一四	46頁	40図	山内村　９帖

※ページ数は『菅江真澄全集』による。市町村は地域を細かく見るため旧名で記した。傍線は、紙数の多いことを示す。

表２　『雪の出羽路・平鹿郡二』の帖名・地名・紙数

順序	帖名	地名	紙　数
1	ちゝたらう	沼館邑（雄物川町）	21頁１行
2	ふるえの柳	今宿邑（雄物川町）	９頁０行
3	稲鶴峯	矢神邑（雄物川町）	３頁８行
4	小柳のしづく	下タ河原邑（雄物川町）	２頁５行
5	かみあら田	造山邑　（雄物川町）	２頁０行
6	まないたしみづ	南形邑（雄物川町）	０頁８行
7	やなぎはら	深井邑（雄物川町）	２頁７行
8	きつねがさき	道地邑（雄物川町）	１頁０行
9	かしは野	柏木邑　（雄物川町）	１頁０行
10	しどの池	東里邑（雄物川町）	３頁０行
11	あさひの松	西石塚邑（雄物川町）	２頁０行

河原《かわら》邑）、「かみあら田」（造山《つくりやま》邑）、「まないたしみづ」（南形《なんかた》邑）、「やなぎはら」（深井邑）、「きつねがさき」（道地《どうじ》邑）、「かしは野」（柏木邑）、「しどの池」（東里《とうざと》邑）、「あさひの松」（西石塚《にしいしづか》邑）。このうち紙数が多いのは、最初の三帖である。「ちゝたらう」は約二一ページと抜群に多く、次は「ふるえの柳」で約九ページ、「稲鶴峯」は約四ページと続く。

しかし、「まないたしみづ」は一ページにもならず、「あさひの松」も二ページに過ぎない。

なぜ、こんなに紙数に差があるのか。もしも真澄が農民の生活を書こうとしたのなら、どこにも農民は住んでいるわけだから、どの地域も、どの帖も、ほぼ平均した紙数で書こうとするのではなかろうか。そうなっていないのは、ほかの理由があったからに違いない。

紙数の差は、綿密に調査した地域が厚くなり、調査が手薄になった地域が薄くなった、と考えることもできる。しかし、そう考えると、先に指摘した事実がうまく説明できなくなる。なぜ、前半と後半に紙数の多い巻が配されたのか。中間の巻はなぜ少ないのか。中間の巻の「平鹿郡四」だけがなぜ多いのか。これらの問題が解けなくなってしまう。

中間の「平鹿郡四」は、次のようにいうことができる。真澄は、保呂羽《ほろは》山羽宇志別《はうしわけ》神社の宮司宅（大森町）に寄寓して平鹿郡を綿密に調査することができた。だから、この神社を書いた「平鹿郡四」は紙数が多くなった、と。そのとおりである。しかし、長く住んで調査していたのだから、神社以外のこと、すなわち周辺地域の村々や村民についてもっと詳しく書けたはずだ。

やはり真澄は、小野寺一族の歴史を物語る遺跡や神社・仏閣が多い地域に目を張り付け、資料も多く集ったので、特に念を入れて詳しく調べて詳しく書いたのである。

そういう巻々を『雪の出羽路』の前後に置いたと見るべきだろう。小野寺氏に関する巻々で前後を挟んで、全体の骨組みを整えたと思われる。

「平鹿郡二」の巻頭に置かれた「ち、たらう」（沼館邑）、「ふるえの柳」（今宿邑）、「稲鶴峯」（矢神邑）は、いずれも小野寺一族の歴史や遺跡・神社・寺院を詳しく書き、そのために極端に紙数が多くなっている。沼館邑を書いた「ち、たらう」は群を抜いて二一ページに及ぶ。今宿邑を書いた「ふるえの柳」が九ページ、矢神邑を書いた「稲鶴峯」が約四ページであるが、ほかの帖はいずれもグンと少ない。沼館邑には小野寺氏の居城があり、今宿邑は小野寺氏の城下町であり、矢神邑には小野寺氏にとってきわめて大切な八幡神社の前身があった。真澄の筆は、なによりもこうした古代・中世の歴史を見つめることに向けられている。農民の生活に目を張り付けて書いているわけではない。

〈歴史〉叙述の方法

「平鹿郡二」を少していねいに読んでみよう。二一帖のうち巻頭の「ち、たらう」は、例によって「沼館村」の歴史を全体的に記述してから、「沼柵《ヌマダテ》八幡宮由来《ノユヱヨシ》」「沼館八幡宮御神宝」「末社神《エダガミ》」「八幡宮神官累代」「若宮八幡宮並末社年中行事祭礼社式之次第」といった項目を立てて、個別的に詳しく書いている。全集で二一ページにもなるが、その中に何度も登場する人物がいる。源頼義、源義家、小野寺重道、小野寺輝道、秋田藩初代藩主佐竹義宣、二代義隆、三代義処、四代義格、五代義峯、九代義和、さらに秋田藩家老の梅津半右衛門忠昭、家臣の川上治兵衛、那珂総祐（惣助か）などである。

「平鹿郡一」には、これらのほかに、坂上田村麿、藤原秀衡などが何度も出てくる。また、増田町・横手市を書いた後半の巻々にも同じように登場する。このような人々が『雪の出羽路』の前後の巻々にくりかえし登場することは、この地誌が何を中心テーマとして書かれたものか、雄弁に物語っている。平鹿郡における古代・中世・近世の歴史を人物を中心にたどろうとしていると見られる。

なかでも興味深いのは、「沼柵《ヌマダテ》八幡宮由来《ノユヱヨシ》」である。「ユヱヨシ」だから、真澄は村の老人が語る「モノガタリ」と違って史書の裏付けがある、という前提で書いている。少し長いが要約してみよう。

　康平年間（一〇五八～六五）、源頼義・義家が安倍貞任・宗任を追討するため陸奥国へやって来た。二人は出羽国の最上（山形県内陸部）を通るとき、沼倉七郎某と堀野小源太を遣わして、沼館（柵）に住む庄司治郎に頼んで「箭神山」（矢神山）の神に戦勝祈願をした。その結果、勝利を収めたので、矢神山に一五間四方の神殿を新築し、若宮八幡宮を勧請した。

　後三年の役のときも祈願して勝利したので、弓矢・刀などや神楽を捧げた。

✝最初、源義家が矢神山の神社に戦勝祈願をした。勝利したので若宮八幡宮を勧請し、神殿を新築した。室町時代、小野寺稙道が沼館城内に移した。約百年後、最上氏により神社もろとも落城した。そ

「若宮八幡ノ縁起」にはほぼ同じことが書いてあるが、延久二年（一〇七〇）、義家が兜の中に入れて戦った小さな神像が、若宮八幡宮の本宮から獅子舞の行進とともに運ばれてきて、沼館八幡宮の本尊となった。

元暦年中（一一八四〜九〇）、小野寺重道は平家追討に功績があったので源頼朝より出羽国雄勝郡を給付されて下向し、稲庭《いなにわ》城（湯沢市稲庭町）に住んだ。その後、小野寺稙道《たねみち》は次男の晴道に稲庭城を譲り、沼館城（横手市雄物川町）に移り住んだ。

稙道は、足利将軍義晴の大永年中（一五二一〜二八）上京したが客死。子息は将軍義輝の近習となり、一字をもらって輝道と名乗り、下向して沼館城に住んだ。

明応・文亀年間（一四九二〜一五〇四）、稙道は稲庭城より沼館城の街が栄えたので、矢神山の若宮八幡宮を沼館城内に遷し、神殿を建立した。

慶応六年（一六〇一）、羽前国（山形県）より攻めてきた最上氏によって沼館城が落城した。宝物殿が壊され、神宝も散逸してしまった。

寛永二〇年（一六四三）、根元岡之丞某を願主として一間四方の神殿を再建したが、正保年中（一六四四〜四八）に近くの安養寺から出火して延焼した。本尊・神宝などは救出したが、宝物・神器・古棟札・縁起・古記録の類はすべて失った。

真澄は「沼柵《ヌマダテ》八幡宮由来《ノユエヨシ》」をこのように書いている。文中に「若宮八幡

の後、すぐ近くに再建された。欄間に秋田藩主、佐竹氏の家紋が彫られている。矢神山は、北方二・五キロメートルの丘にある。

ノ縁起」引用したと述べているから、真澄を信用すれば、縁起を記した古文書が存在したことになる。そのほかにも古文書があって、そうした「書記《フミ》」をふまえて書いたように見える。しかし、末尾に記された次の一文は、実は古文書がなかったことを示す。

> 人々火焔《ホノヲ》の中に飛入りからうじて御正躰、神宝《カムダカラ》いさゝかとりいだし奉れども、其外の宝物、また神器《ミテウド》、古棟札《ムネフダ》、縁起、古記禄等みながらうせて、いにしへを見るべきものは草のはつかの露斗リぞ残りたる。さりけれど古老《オユ》の耳に聞《キイ》のこりたるを聞《キイ》て、ひとつふたつとものに書記《シルシ》て、そのむかしたどりて在《アリ》りし世を偲《シノ》ぶのみ。なほ近き世の事はいちじろく、此処《コヽ》にしるしつ。（傍線筆者）

正保年間（一六四四〜四八）に火事で焼けたので、古文書はなにも残っていない。真澄はこう明言しているのに、「若宮八幡ノ縁起」から引用して縷々《るる》書いている。これはどうしたことか。

おそらく、古文書は何一つ残っていなかったであろう。地元の歴史を記すB級資料は焼けて存在しなかった。先に述べた真澄の用語でいえば、「書記《フミ》」はなかった。だから、若宮八幡宮（沼館八幡宮）の「由来《ユヱヨシ》」は書けなかった。あとは、「さりけれど」以下に述べるように「古老《オユ》」の語る「モノガタリ」に頼るほかない。そういう状態であったと思われる。

沼館八幡宮の「由来」は、中世の平鹿地方を治めた小野寺氏について記述するとき、避けて通れない。必ず書かねばならない最も重要な神社であった。なぜなら、秋田藩も初代藩主以来、小野寺氏が大切にしてきた神社・寺院を大切に祀ってきたからだ。小野寺氏は慶長六年（一六〇一）に最上氏との戦いで敗北し、さらに石見国（島根県）に転封されて去って行った。そのあとに、佐竹氏が常陸国から転封されてきて秋田藩を創ったが、平鹿地方には小野寺氏の旧臣たちがたくさん居残っていた。秋田藩は、かれらを取り込んで平鹿地方の開拓事業をしてゆかねばならなかった。小野寺氏に仕えた旧家臣たちに敬意を払い、かれらの信仰した神社・寺院を秋田藩は大切に祀ったのである。

ちなみに、佐竹氏の先祖は本当は新羅三郎義光であるが、秋田に来てからは八幡太郎義家であるというようになった。久保田城の中に八幡神社を建立して祀っているが、城内にも領内にも新羅神社を建てた形跡は見られないようだ。しかし、江戸藩邸に行けば藩主は昔ながらに新羅神社に参拝していた。江戸では本当の先祖である新羅三郎義光を尊崇し、秋田では八幡太郎義家を先祖として尊崇していた。このダブルバインドは、小野寺氏などの旧家臣たちに配慮したためと思われる。地元民重視の姿勢で藩政に取り組んだのである(7)。

さて、B級資料が焼けてないのなら、C級資料を持ち出すほかはない。それが真澄

7、志立正知『〈歴史〉を創った秋田藩—モノガタリが生まれる

の地誌を書く手法であった。しかし、そのまま引用すれば単なる伝説《モノガタリ》だから、信頼できる歴史ではなくなってしまう。そこで真澄は強引な工夫をした。「古老《オユ》の耳に聞《キイ》のこりたるを聞《キイ》て、ひとつふたつとものに書記《シルシ》て、そのむかしたどりて在《アリ》りし世を偲《シノ》ぶ」。古老たちの語る話を聞き取り、それらを「書記《シルシ》」て昔を偲べる「書記《フミ》」にした。それが、ここに書いた沼館八幡宮の「由来《ユヱヨシ》」である、と述べている。

　真澄は、村人の語り伝える「モノガタリ」を集めて整理し、検討を加えて書き直したのだろう。そのような作業を行って、正しい歴史が書かれているといえるような「書記《フミ》」に格上げしたわけだ。つまり、「モノガタリ」（口承文芸）を「書記《フミ》」（歴史文書）に作り替えた。「古老《オユ》の耳に聞《キイ》のこりたるを聞《キイ》て、ひとつふつたとものに書記《シルシ》て」は、伝説を歴史に改編する作業をしたことを意味している。

　沼館八幡宮の「由来」、すなわち「ユヱヨシ」はこうした操作をしてでも完成し定着させねばならないものだった。なぜならば、この八幡宮の創立は源義家に始まり（そもそも義家が矢神山の神域に若宮八幡宮を勧請したという）、それを小野寺氏が崇敬し、続いて秋田藩も崇敬している神社であるからだ。秋田藩は先祖は八幡太郎義家であるとみずから標榜しているのだから、崇敬せずにはいられない。平鹿郡の歴史が古代から現在へと沼館八幡宮を中心に連綿と続いていることを明確に浮かんでくるようにすること、その正しい歴史を「書記《フミ》」にして残すことは秋田藩にとって重要な課題であった。そういう任務をみずから背負って書いたと思われる。

メカニズム―』（笠間書院、二〇〇九年一月）、半田和彦『秋田藩の武士社会』（無明舎出版、二〇〇六年一〇月）などに詳述されている。

†同じことは『月の出羽路・仙北郡一一』にも。「六郷」（美郷町）は「旧社、旧寺、旧家に古記輯録」が多量にあったが、万治三年（一六六〇）の大火で焼失した。わずかに残った古文書と「老の耳に聞《キイ》止《トマ》りたる古語《ムカシモノガタリ》ども聞《キイ》あつめて」この巻の中に書き記したとある。

真澄は、歴史を正しく書いた文書「書記《フミ》」にこだわっている。村人の語り伝える伝説を高く評価して、それを集めて地誌を書いたわけではない。

藩主の意向

真澄の地誌は、だれが読んだのだろうか。当時の農民たちだろうか。かれらの識字率では多くの人が読んで楽しめたとは思えない。ならば、柳田國男のいうように、農民たちに読んでもらうつもりで書いたのではなかったが、結果的に、その子孫である私たちが読むものとして残ったのか。これもまた、いささか無理な推測であろうと思われる。

『雪の出羽路』は、小野寺氏の事績を詳述した巻で前後から挟むような構成になっている。その中間に配された巻々は詳しく書かれているものもあるが、全般に簡略な書き方をしており、かなり散漫な感じがする。真澄は、意識的にこのような構成にしたのではなかったか。中間部の地域を書くことはそれほど目的ではなかった。それよりも前後の巻々に小野寺氏について詳しく書く、という思いが強かったことは否《いな》めないだろう。

別の観点から述べておこう。『雪の出羽路』の「平鹿郡一」に、「板井田村」という項目があり、そのなかに「快蔵院」という修験寺院について書いている。要約すると、快蔵院の先祖は小野寺氏の有力家臣、滝沢彦右衛門某という武士であったが、文禄年間（一五九二～一五九六）に修験者となり、慶長七年（一六〇二）に正覚坊と名乗り、天和元年（一六八一）に亡くなったという。小野寺氏から佐竹氏（秋田藩）へ時代は変わったが、快蔵院は今も存続している、というわけだ。また、板井田村の「八幡宮」は、坂上田村麿が建立し、源義家が再興し、小野寺氏が造営した、とある。坂上田村麿→源義家→小野寺氏→佐竹氏（秋田藩）へと時代を超えて今も大切に祀られて存続している、というわけだ。

『雪の出羽路』という地誌は、このような大小無数の記事を内包している。そこから浮かび上がるのは、小野寺氏にゆかりのある神社や修験寺院を秋田藩は大切に継承し保護してきた、という姿である。坂上田村麿→源義家→小野寺氏→佐竹氏（秋田藩）へと歴史は継承されている。受け継がれ、受け継がれして、今日に至っている。真澄は、このような秋田藩の歴史継承を書こうとしたと思われる。

古代から綿々と続く秋田の歴史継承、とりわけ小野寺氏の事績を顕彰し継承すること、これは秋田藩の政策だったと見てよいだろう。真澄は、こうした秋田藩の政策実践を裏付ける意図も込めて『雪の出羽路』を書いたと思われる。

『雪の出羽路』の一番の読者は、だれか。真澄の胸中にあるのは秋田藩主であったろう。なかでも、可愛がってくれた今は亡き九代藩主佐竹義和《よしまさ》であり、義和の子息で当代藩主の義厚《よしひろ》である。真澄は述べてきたように、農民の生活に限定して、それのみを細やかに描こうとしたわけではない。

†もちろん農民生活を詳しく書いたところもある。歴史政策から農民のようすまで藩内のすべてを包摂しているのが真澄の地誌だ。一方だけを見てはなるまい。「民は

優れた君主は歴史の正統なる継承を図りつつ、地元に残る遺跡を大切にする。とりわけ小野寺氏の事績を尊重し、その旧臣たち（今は武士の身分を認められ農業を営んでいる）を大切にする。真澄の地誌の中に、秋田藩の歴史継承や領民政策が形を変えて書き込まれていることを見逃してはならない。そういうメッセージを読みとるべきである。

もはや、いうまでもないだろう。本稿の初めに柳田國男の真澄観を紹介したが、柳田の説がすべて正しいわけではないのであった。私たちは柳田を尊敬しつつ柔らかに超えてゆかなければならない。

国の本」という江戸幕藩体制の理念のもと、地誌は編まれたと考えてみたい。すべてが記されるのはそのためだ。本書Ⅳ三「真澄を求めて—まとめ」。

第三章　和歌を詠みながら巡覧する藩主

文芸的観点

真澄の書いた地誌は、だれのために、なにゆえに書かれたのか。これまではもっぱら農民の立場にたち農民の生活を描いたといわれてきたが、はたしてそうか。意外なことに、和歌に関する記事がまことに多い。和歌を詠む藩主を意識して書いたのではないか。本稿では民俗学的なアプローチから離れて、和歌および藩主という観点から解き直すことを試みる。

真澄の地誌は、文化八年（一八一一）ころから文政一二年（一八二九）夏に七五歳で没するまで作成され続けた。九代藩主佐竹義和《よしまさ》や家臣の那珂通博《なかみちひろ》や岡見順平などが支援したことは明らかだから巻末注(1)、秋田藩の公的な地誌と見て大きな間違いはないだろう。最初の地誌『雪の出羽路・雄勝郡』は、個人的な旅日記を書いてきた観察態度や記述方法がまだ残っている。次の『雪の出羽路・平鹿郡』ではより客観的な観察と叙述が貫かれている。最後の『月の出羽路・仙北郡』はいっそう本格的な地誌になり、地誌作家として格段の成長を遂げた。

ところで、『雪の出羽路・平鹿郡二』に、次のような記事がある。和歌について書いているのだが、秋田藩の公的な地誌としてふさわしいだろうか。地域の実態を正確に記すのが地誌ならば、通常の地誌概念を逸脱している。

○東里《とうざと》村　　　里長　市左衛門

此邑西に造山《つくりやま》あり、東に樽見内《たるみない》あり、南に木下《キシタ》、北に砂子田《すなごだ》、その村々を四ツの近隣《チカトナリ》とせり。○枝郷あり○新屋村、家数［古三軒今一戸］○北沢村［古二軒今四戸］本郷ノ一里南に在る村也○柄内《カラウチ》［古十一軒今八戸］本郷の南に在り○釘《クギ》貫《ヌキ》田［古七軒今十五戸］むかし中嶋とも云ひし地《トコロ》に在り○東槻《トウツキ》［古十四軒今十五戸］本郷より四五町西に在り○廻《マハ》リ館《ダテ》［古十五軒今六戸］○水里［古廿七軒今廿八戸］この水里は今云ふ東里にして、水里と同郷別名のごとし。また古《ムカシ》は東里の字《モジ》ならねど、遠きといふ字《コヱ》を忌《キラ》ひて、今しか湯桶《ユトウ》よみに東里とはせりけるにこそあらめ。遠里は名処にもあり、浪速《ナニハ》八景の内に、遠里落雁　近くともながれはつきず名には似ぬとほざと小野におつるかりがね。能クもこゝにかなへり。

割注は［　］に引用した。家数を調べて、村が発展したか衰退したかを示している。ここまでは通常の地誌だが、次から異なってくる。「水里」は今の「東里」であり。昔は「遠里」と書いたであろう。「遠い里」と聞こえるのを嫌って「東里」にしたのだろう、という。

真澄は、「樽見内」「造山」「木下」「砂子田」の四村が東西南北にあるのに、その真ん中に「東里」があるのはおかしい、と考えている。方角が変だ。だから、昔は「遠里」であったろうと考えている。しかし、理屈にすぎない。「東里」を東に置いて西南北の村々をあげれば済むことだ。なんとか理由をつけて「遠里」にしたいのである。

なぜなら「遠里」であれば、「近くとも流れは尽きず名には似ぬ遠里小野に落つる雁がね」という歌にぴったり合うからだ。「浪速八景」の「遠里落雁」に似た名所へと早変わりする[巻末注(2)]。

真澄は文芸的関心から地名をいじっている。そんな名所はそもそも平鹿郡にないのだから、真澄が定めた新しい名所だろう。地元の俳人たちが定めた名所かもしれない。真澄は、住民の生活よりも、和歌・俳句・漢詩などに詠める名所を考えている。「浪速八景」の「遠里」のような名所が平鹿郡にあります、と紹介しているのである。

真澄は「遠里落雁」の歌の作者・出典をあげていない。『新編国歌大観』『私家集大成』などで検索してみたが出てこない。何かの歌集に載っていたのだろうか。いずれにせよ、だれもが知っている有名な歌ではない。そういう歌をあげて「能クもこゝにかなへり」と締めくくる。村々の盛衰を記していたのに、名所の話に急変したのである。こうしたことは真澄の地誌ではめずらしくはない。多少の無理をしてでも和歌の話を盛り込もうとしている。

真澄は、だれが読むと思っているのだろうか。和歌に関心のない人にはおもしろくないだろう。農民を考えて書いたとは思えない。秋田藩の教養人、あるいは村の上層部の文芸をたしなむ人々を念頭に置いているのではなかろうか。

こうした記事が真澄の地誌のあちこちに顔を出す。『雪の出羽路・平鹿郡三』の「大森邑」に、次のような記事がある。

○大森八景
○剣花山秋月　○大慈寺晩鐘　○水門ノ夜雨　○柴橋晴嵐　○鏡田落雁　○真山ノ暮雪　○本郷皈帆　○天下橋ノ夕照。

「大森八景」は、和歌・俳句・漢詩を詠むための題材・名所というべきであり、絵を描く画題にもなる。あるいは、旅人を誘う観光のために創られたものかもしれない。農民の生活に直接はかかわるものではあるまい。地元の歌人・俳人が定めたものかもしれないし、真澄が定めた新しい名所かもしれない巻末注(3)。真澄はだれのために八景を提示したのだろうか。

この記事の前に、「大森ノ郷田地字所《タトコロアザナ》」を四六箇所を紹介し、「剣箇岬《ツルギガハナ》」「大慈寺」などの由来も書いている。その中から「大森八景」が選ばれたのだろう。「鏡田落雁《らくがん》」「水門ノ夜雨」「柴橋清風」というように、文芸・絵画の観点から地元の風景が見直され、名所に選ばれたのである。「本郷皈帆《きはん》」は、帆を立てて雄物川を帰ってくる荷船の情景である。

近江八景とくらべると、「石山秋月」→「剣花山秋月」、「三井晩鐘」→「大慈寺晩鐘」、「唐崎夜雨」→「水門ノ夜雨」、「粟津晴嵐」→「柴橋晴嵐」、「堅田落雁」→「鏡田落雁」、「比良暮雪」→「真山ノ暮雪」、「八橋帰帆」→「本郷皈帆」、「瀬田夕照」→「天下橋ノ夕照」である。先に「遠里落雁」があったが、ここでは「鏡田落雁」である。別種の八景セットがあったわけだ。

そもそも地誌とは、領国内の地理・歴史の観光名所を大いに書き記すという特色をもっており、「中国の地方志（総志・方志）の影響を受けた、ある領域の地理および歴史に関する書物と定義できる」ものである(4)。つまり、農民的視点から書き記されるものではなかった。真澄の地誌にも歴史的・観光的な記事がたくさんあって、大きな特色になっている。正統的な地誌の流れを受けているといえよう。

「大森八景」は、文芸に関心のない人には退屈だろう。では、どんな人にはおもしろいのか。『雪の出羽路・平鹿郡三』に、次のような記事がある。「剣花山八幡宮」の神主「照井主税藤原吉雄」の先祖は、初代は天正年中（一五七三〜九二）の野津宮太

4、白井哲也『近世地誌編纂史研究』（思文閣出版、二〇〇二年二月）の「序論　地誌編纂史へのこころみ」。

夫であるという。そして、二代勘太夫、三代若狭守、四代伯耆守吉豊、五代釆女吉政、六代宮内佐吉治、と続いてきたと述べ、吉雄の父吉道を次のように紹介する。

○七代上総吉道、俳名夏吹の句に、
○麗《うるはし》や峯くもらせて桜かな
○涼風のゆり盈《こぼ》したり蓮の露
○置わたす露いろ〳〵や草の花
○きり〴〵す星のふる夜の寒さかな。最上ノ羽長坊の門弟也。

吉道は夏吹《かすい》という俳号をもつ文人だった。四句とも比較的出来映えがよく、「きり〴〵す星のふる夜の寒さかな」などは、平明でメルヘン的な情景が感じられる。

夏吹の師匠「最上ノ羽長坊」は、山形県金山町に住む美濃派の俳人西田李英《りえい》（一七二四〜一八〇二）であった。かれは豪農で商家を営んでいたが、秋田県の俳人たちにも大きな影響力があった。平鹿・雄勝に来訪したとき、地元の門弟たちがその記念に『仙北旧跡記』（一七八八）を編纂した。地域の中から六六箇所の名所を選び出し、門弟たちの俳文と発句を収載している。その中で夏吹は「大森古城」の俳文を書いている。

『仙北旧跡記』の「剣花山」「大慈寺」「天下橋」が、真澄の「大森八景」と共通する。「大森八景」は同書をもとに真澄自身が選定したのではなかろうか。それは大森村の「大納言川」の由来を同書を引用して書いていることからも類推できる。真澄は愛読していたのである。

「大森八景」は、夏吹のような風流人ならば興味をもつだろう(5)。真澄はそのために八景を選定したのではなかろうか。だれが選定したにせよ、労働に明け暮れる農民のためではあるまい。真澄の地誌を常民的視点から見るのはやはり無理がある。

真澄は、天正以前の照井家の先祖について詳しく書いている。要約してみよう。照井家は佐竹氏が入部する前、小野寺氏の家臣であった。先祖は『続日本紀』に見える出羽国鎮撫《ちんぶ》に功績をあげた佐伯《さえき》氏である。平安時代に藤原氏へ姓が変わり、その子孫が岩手県紫波郡に住み着いていたが、羽後国平鹿郡に移り住んだ。慶長年間（一五九六〜一六一五）に小野寺氏から養子をもらい、照井平七剛次と名乗った。その後、母方の高橋氏に姓を替え、六代吉治のときに再び照井氏に改めた。剣花山八幡宮は小野寺氏の重要な神社として大森城内に祀られ、代々神主を務めてきた。佐竹氏の「鎮守御神」となってからも、神主を務めていると記す。

真澄は八代吉雄から話を聞き、家伝の古文書を見せてもらって記したに違いない。照井家は古代から続く神主の家系であり、小野寺氏から佐竹氏へ仕えてきたのだった巻末注(6)。こういう家系をもつ俳人を詳しく紹介していることは、真澄の地誌を考えるうえで大いに参考になる。

5、「八沢木村」（大森町）の保呂羽山波宇志別神社の神官「大友八十尋久麿」（?〜文化元年〔一八〇四〕）は本居宣長・春庭・大平の門下で歌人。『雪の出羽路・平鹿郡五』に、「うちなびく春さりくれば巻向の檜原かすめる此あさけかも」などの歌が載る。地元に読者を求めるならば、こうした知識人や先にあげた俳人などを考えるべきである。

「常民」のための記録か

真澄の地誌に、風流をたしなむ人々の興味・関心を惹《ひ》きそうな記事がたくさん出てくる。『雪の出羽路』『月の出羽路』などのあちこちに見られる。したがって、風流には縁遠い農民のために執筆したとは考えにくい。もちろん、労働の合間に風流を楽しむ農民はいたであろう。今日の民俗学的通説はかれらのために書いたと主張するが、はたして正しいであろうか。

真澄の価値を発見して全国に広め、それを大きな力として日本民俗学を創始・展開したのが柳田國男であった(7)。柳田の真澄観を論じる前に、真澄の著作をごく簡単に見ておくと、秋田に定住する以前に書いた旅日記とそれ以後に書いた地誌とに大きく分けられる。もちろん、秋田に住むようになってからも旅日記を書いた。生涯を通じて随筆・雑稿の類も多量にあり、和歌もかなり多い。

柳田は、大正九年の「還らざりし人」(全集第六巻)を皮切りに真澄について書き始め、昭和三年から五年にかけてとりわけさかんに発言した。それらの多くは大幅な増補・改稿と追記をほどこされ、昭和一七年三月に『菅江真澄』(創元選書)として出版された。柳田の真澄観の特色は、すでに述べたが旅日記と地誌の間に大きな相違を認めず、同質性・一貫性を見いだしていることだ(本書Ⅲ一「旅日記から地誌へ」)。反対に、柳田の弟子であった内田武志は大きな変化・断絶があるという。

7、石井正己「真澄と柳田国男(一)—『雪国の春』から見えてくるもの—」、「同(二)—「真澄遊覧記」刊行の実験—」(秋田県立博物館・菅江真澄資料センター『真澄研究』一〇号、二〇〇六年三月)。→『柳田国男の見た菅江真澄』(三弥井書店、二〇一〇年九月)。本書は新しい真澄研究を提示する注目すべき書。

柳田の説を検証してみよう。重要な問題なので再びとりあげるが、ここでは柳田の原文をあげて特に細かく検証してみたい。

雪月花の出羽路は未完成の風土記ではなくして、寧ろ今までの遊覧記の継続であつた。単に旅程が限られ意外な遭遇が少なく、従つて逸事挿話に乏しいといふだけで、その観察点と考証態度、乃至は表現の方式までが、中年以後の幾つかの旅日記と、さして変つたところも無く、或は吟詠に懐古の情を托したり、又は各巻にや丶事を好んだ標題を付して、独立した一書の形を与へようとした点までがよく似て居る。

（『柳田國男全集』第一二巻。傍線筆者。以下同）

全集の「解題」によれば、右の文章は『紙虫《しみ》』第二六冊（昭和四年一月発行）に掲載された「白井秀雄と其叙述」（昭和三年一一月の執筆）の「追記」であり、昭和一六年九月に書かれた。このとき「大幅な増補・改訂」をほどこし、「さらに長文の「追記」を付して、問題点や疑問点」を列挙した。柳田の真澄観は、昭和三年のそれから昭和一六年のそれへ変化したといえよう。変化のプロセスを明らかにしたくなるが、今はふれないことにする（以上、石井正己氏の教示による）。

「雪月花」とは、雄勝郡・平鹿郡を書いた『雪の出羽路』、仙北郡を書いた『月の出羽路』、秋田郡・山本郡を書いた『花の出羽路』の三つの地誌をさす。膨大な地誌である「雪」「月」とくらべ「花」はきわめて小規模であり、「雪月花」は全体としてアンバランスである。だから「花」は未完成だろうと思いたくなるが、柳田は否定する。「雪月花の出羽路は未完成の風土記ではなくして、寧ろ今までの遊覧記の継続であった」（同）という。三つを取り揃えて完成品（シリーズ物）にしようとしたのではなく、旅日記を書いてきたその延長として書き継がれたものだという。

また、「独立した一書の形」は、「雪月花」が分冊の集合体であることをさす。たとえば『雪の出羽路』の「平鹿郡一」は、「杜《もり》のうき嶋」「布さらしの里」などと名づけた九帖で成り立ち、それぞれが独立した一帖になっている。実地調査で世話になった人などに書写してプレゼントするには、分冊形式は都合がよかったであろう。

さて柳田は、傍線で示したように、旅日記（遊覧記）と地誌は「観察点」「考証態度」「表現の方式」も同じであり、分冊による構成法も変わっていないと指摘する。一方、内田は大きな違いがあるという。個人的で主情的な旅日記を書きながら歩く風来坊が、秋田藩お抱えの地誌作家となり、公的で客観的な地誌を書く人間へと変わったという(8)。

柳田は、次のような真澄の姿を思い浮かべていた。（以下、傍線筆者）。

A

8、全集第五巻「解題」。内田によれば、旅日記と地誌では、何を観察するか、何を書くか、どのように記述するか、などの点でかなり異質であるという。真

私の見た所では様式こそちがへ、「花の出羽路」はこの遊覧記の十幾編によつて、とくの昔に殆と完成して居るのであります。翁の足跡の及ばなかつた区域は仕方が無いが、この大河の流の末、潟を取囲んだ浜辺山辺の村々の生活は、寧ろ情趣に富んだ花月雪若葉の四時折々の背景の中に、是以上如実には描き出せぬと思ふ程度に、活き〳〵と現はれて居るのであります。通例埋没して些かの痕跡を留めないものゝ生活が、特に彼等を愛した人の親切なる観察によつて、今も其後裔の為に百年の後まで保存せられて居るのであります。

B

此地方に於ても恐らくは他日、所謂農民心理の由つて来る所を詳かにする為に、今少しく何か適切なる偶然記録が残つて居りさうなものと、尋ねまはられるやうな時が来ることであらう。真澄翁の著作は文学として決して上乗のもので無く、又本来の対社会的使命といふべきものも無い、至つて自由なる吟詠の旅ではありましたが、元来多感の性が更に孤独によつて尖鋭となつて居たに加へて、言はゞ知識を唯一つの情欲とし、描写を専門の技術として、久しい間この小天地に埋没の生を営んで居たのであります。仮に之を漫遊者の漫筆として軽々に付し去らうとなされても、事実今昔を一貫して羽後人の日常の艱苦、諸君の父祖が曾て経験した退屈と興奮とを、是ほど微細に且つ明確に、世に伝へた記録は他には無いの

澄は地誌を執筆するとき「藩内資料だけに限定し、真澄の考証、他国の見聞はできるだけ避けること」を申し渡され、それを順守して書いたとする見解は、訂正されるべき。真澄の地誌には、「藩外資料」が豊富に引かれ、異国人ゆえの見聞が多く記され、「真澄の考証」もかなり多い。

なお柳田國男は、旅日記も地誌も常民のために書いたという観点から、旅日記から地誌への同質性・連続性・発展性を指摘するのだが、やはり無理というべきである。地誌は純粋に常民のためにというより、秋田藩および藩主のために書いたのであり、また旅日記から発展したという意味で連続性があるが、やはり旅日記とは異質性が際立つ。本書Ⅲ一「旅日記から地誌へ」に詳しく述べた。

であります。

C

勝地臨毫の方は（中略）、寧ろ遊覧記の附録とも名づくべきものだが、其題材が風景よりも生活に力を入れ、邑里の外景、道路渡津などの実状を写さうとして居るので、やはり郷土の為には大切な歴史である。さうして先生が先づ住民と親しんで、彼等の為に著述するといふやうな遣り方は、偶然に其保存の上に大きな効果があつた。

D

真澄遊覧記といふ名称は、（中略）実際は著者の本意とする所では無かつたらうと思ふ。第一に此紀行の大部分は遊覧記を以て呼ばるべきもので無かつた。風景の描写は歌文の末技と共に、寧ろ此旅客の漂遊を円滑ならしむべき一箇の手段に過ぎなかつたことは、心ある読者の直ちに看取し得る所である。そんなら彼としての特長は何に存するかといへば、第一に世に顕はれざる生活の観察である。（中略）しかも一編の「来目路の橋」に、僅かに一端を示したやうな農民の感覚、山の陰・野の果に家する人々の思慮や自然観を、書いて百年後の我々に残してくれたものが、此他にも果して有ると言へようかどうか。

AとBは、昭和九年三月に秋田市で行った「菅江真澄翁百年祭」における講演「秋田県と菅江真澄」の一部で、昭和五年九月発行の『秋田考古会々誌』に掲載された。これにも昭和一六年九月の「追記」があるが、「本文の訂正は最小限に留められている」（全集「解題」）。Cは、先ほどの「白井秀雄と其叙述」（昭和三年一一月執筆）の一節。Dは、昭和四年八月、柳田自身が編集・発行人である『来目路の橋』（真澄遊覧記刊行会）に掲載された「信州と菅江真澄」の一節で、『菅江真澄』への再録にあたって「いくらかの字句の訂正などが見られる」という。

柳田の真澄賛美はまだまだ続く。農民の側に立って、農民の生活を一貫して書き続けた人と見ている。秋田県民に語った講演だから割り引かなければならないが、真澄の地誌は「通例埋没して些《いささか》かの痕跡を留めないもの、生活」（A）、「羽後人の日常の艱苦《かんく》」（B）、「農民の感覚」を書いて「百年後の我々に残してくれたもの」（D）であり、それは「住民と親しんで、彼等の為に著述」（C）したという。真澄の旅を「本来の対社会的使命といふべきものも無い」（B）と捉えていることも見逃せない。上から命じられて書いたのでもなく、社会のためを思って書いたのでもなく、真澄はただひたすらに書きたいから書いたという。「数百年来の所謂《いわゆる》市井《しせい》の生活」、「田家の生活」、「鄙人《ひじん》の実相」（以上、「秋田県と菅江真澄」）を書いたとする言説も目に飛び込んでくる。

純粋無垢の孤独な旅客の目で常民の生活を見つめて書いたとする柳田の論調には、やがて真澄が聖人のごとく絶対化されてしまうだろう気配がただよう。旅日記はもちろん、秋田藩の地誌を書くようになった晩年の旅においても、そういう純粋な精神による表現行為を続けたと見なしているからだ。

柳田は、地誌を含む真澄の著作を偶然に書き残したもの、と考えている。偶然とは、社会的に評価されるものを書き残そうという打算や意図を一切もたずに記録したという意味である。また、権力側からの批判・排撃を予期して書き方を変えることをしなかった、という意味でもある。

引用はしなかったがDには、「遊歴文芸家の稍《やや》おどけたる仮面を被らなかつたならば、或は局に当る者の忌み遮《さえ》ぎる所となつたかも知れぬほどの、小さき百姓たちへの接近である」という文も見える。得意の絵筆や和歌は役人の目をくらまし、異郷の地を円滑に旅するための交友の「手段」であったというのである。柳田は真澄の和歌に対して低い評価しか与えなかった。反対に、「尋常農民の日常の生活」は三百年以上も「紙片」にすら記録されることがなかったが、真澄だけが独特の精神と手法をもって記録したと高く評価する（「秋田県と菅江真澄」）巻末注（9）。

ならば、『雪の出羽路・平鹿郡』に数多い風雅の記事と柳田の真澄観とはどのように関連するのか。合致するのか、対立するのか。和歌や俳諧を含む風雅の記事は、農民たちに縁遠いものではないか。照井氏のような神官や里長クラスならば読んだであろう。庶民たちの識字率や学習意欲が高かったとはいえ(10)、そのまま当てはめることはできない。風雅の道は、村の上層部の知識・教養のある裕福な村人がたしなんだと考えるべきだ。真澄は、そういう人々やそれ以上のレベルを読者に想定して地誌を書いたのではないか。

　真澄の地誌を、もちろんその他の著作も含めて、常民論からのみ読み解くことには無理と限界がある。柳田は、為政者・権力者・支配層・富裕層などに対抗・対立するものとして常民という概念を立てた。かれの胸中には為政者・権力者に与《くみ》しない真澄像が躍動しているようだ。意識的に対立することはなかったが、真澄は権力者から最も遠いところに位置すると考えている。本当にそういう人物なのか、疑問が湧いてくる。

「書記《フミ》」と「モノガタリ」

　真澄は、地誌に参照・引用する資料（史料）を大きく三つに分けている。このことは、これまで指摘されたことがなかった。すでに前章「モノガタリの位置」で述べたが、もっと精密に考察してみよう。真澄が最も尊重するのは、『古事記』『日本書紀』『続日本紀』や『百錬抄《ひやくれんしよう》』『吾妻鏡』といった国家の歴史に関する資料である。この種の文献から引用・参照するときは「記《フミ》」「書記《フミ》」であるとことわり、「続紀《ミフミ》廿六巻」などと記す。「～に書記《シルシ》て」と書くこともある。別格の資料として扱っているのであ

10、鈴木俊幸『江戸の読書熱』（平凡社、二〇〇七年二月）。

† 『月迺遠呂智泥《つきのおろちね》』に、「『秋田の刈寝』といふ書《フミ》に記《シル》したれど」とある。天明四年、三〇歳の旅日記であるが、正確な事実、根拠のあ

る。これをA級資料と呼んでおこう。

次に尊重するのは、『奥羽永慶軍記』『享保郡邑記』『寛文記録』のような秋田に関する資料である。雄物川町（現・横手市）沼館の「若宮八幡縁起」のような神社縁起も、その中に入る。これらもA級資料と同様に「記《フミ》」「書記《フミ》」「記録《フミ》」などと記される。正史に準ずる重要資料として扱っている。これをB級資料と呼んでおこう。

三番目は、「古老《オユ》」の語る「モノガタリ」である。口承・言い伝えの類だが、これらを参照したり引用するときは、文末を「〜といへり」と結んでいる。これをC級資料と呼んでおこう。しかも、「モノガタリ」には大きく二種類があった。たとえば「由来」は、史実性が濃いときは「由来《ユヱヨシ》」、史実性が薄いときは「由来《モノガタリ》」と仮名を振って読ませている。遺跡・寺院・人物などの由来伝承を振り仮名で区別したのである。

真澄において、この区別はかなり厳密であった。たとえば『雪の出羽路』の「平鹿郡一」からあげると、「そのゆゑよしさだかならねど、人のものがたりのまに〳〵（中略）つばらかにいはむ」（「神女境内《ミコヤシキ》」）は、真相がわからないので村人の語るままに詳しく記す、というのである。また、「家ノ古記《フミ》も伝らず、村老《オユ》の物語に八幡宮の由《ユヱ》来《ヨシ》を聞のみといへり」（「八幡宮」）は、「古記《フミ》」が伝わらないので真相は不明だが、「村《オ》老《ユ》」がもっともらしい話を伝えている、という意味である。「ユヱヨシ」と「モノガタリ」を対比・区別していることがわかる。

真澄はかなり厳密に資料を区別した。もちろん差別したということではない。信頼

る事柄を吟味して記した「書《フミ》」だという。若い頃から、主観的で情緒に流れるような旅日記は書かない、という覚悟をもっていたようだ。

できる資料がないときは、代わりに「村老《オユ》の物語」をあげたりするのである。「此村《トコロ》民の話《モノガタリ》」「雑事《モノガタリ》」「古話《モノガタリ》」「奇談《モノガタリ》」と読ませた例があるから、やはり史実性の濃い「ユヱヨシ」とは違うものと見ていたのであった⑾。

真澄は、A→B→C順序で資料をあげて書いてゆく。最初に、A級資料を用いて地域全体の歴史を説明し、次にB級資料を用いて地域史・地誌を掘り下げ、最後にC級資料を持ち出して古老の語った口碑の類を載せる。この順序をほぼ厳格に守って書き進めている。

私たちは真澄は一貫して常民の視点で常民を書いたと思い込んでいる。「古老」の語る「モノガタリ」を聞き集めて地誌を書いたと考えるならば、錯覚である。真澄は情熱をもって「モノガタリ」を集めたが、それ以上にA級・B級資料を大切にした。しかも詳しく記述した。これが真澄の地誌の実態である。

こうした資料の選別は、真澄の発明なのだろうか。かれの念頭には、『前々太平記』（正徳五年〔一七一五〕序）のような軍書・雑史の類があったろう。作者の橘墩（平住専菴。生没年不詳）は、序文に「実を書紀・実録ニ採リ、遺ヲ野史・雑記ニ摘ム」（原漢文）と書いている。「書紀・実録」から「実」を採り、それ以外の記事は「野史・雑記」から拾って書いたというのである。「凡例」にも「正説に考へ、野説をも棄てず」とある⑿。「正説」を尊重するが「野説」も無視しない。これは真澄の地誌と何ら変わりがない。こうした軍書・雑史の書き方に倣ったと思われる。柳田は「或は局

11、本書Ⅲ二「モノガタリの位置」の一二五頁脚注および注4に用例をあげた。

12、引用は『前々太平記』（校訂代表・矢代和夫、解説・板垣俊

に当る者の忌み遮ぎる所となったかも知れぬほどの、小さき百姓たちへの接近」(D)をして書いたという。権力者の思惑をうまくかわし、村人と相親しみ、その生活や語り伝えるところを書き記したというのだが、実際はそういうやり方ではなかった。真澄の地誌は、方法的にも内容的にも、当時の軍書・雑史とそう遠くはない。これまでと違った角度から光をあてなければならない。

秋田藩における〈歴史〉の再構築

真澄は何を書こうとしたのか。書かねばならないテーマは何であったのか。私は、和歌や俳諧などの風雅に関する記事が多いのは、地誌の作成意図と密接にかかわっていると考える。それとも、柳田以来の通説のように、権力の介入を上手に避けて、もっぱら無垢の精神で常民のために常民の生活を書いたのだろうか。

『雪の出羽路・平鹿郡』を検証してみよう。この地誌は全部で一四巻から成る。前章で述べたところだが、簡単にふりかえってみよう。一四四頁の**表1、2**に示したが、四〇ページ以上の紙数は巻頭の四つの巻と巻末の五つの巻である。その中間の巻はどれも三〇ページほどでしかない。「平鹿郡一」は二四ページと最も短いが全体への序論であり、「平鹿郡二」に直接つながる内容が書かれている。『雪の出羽路・平鹿郡』は、分量の多い巻々が分量の少ない巻々を囲むという構造になっている。

意図的な構成であったことは、巻頭・巻末の地域を見ればわかる。「平鹿郡一」〜

一。国書刊行会、一九九四年八月)による。

「平鹿郡四」は、西北部の比較的狭い地域、主に雄物川町・大森町を書いている。「平鹿郡一〇」～「平鹿郡一四」は、横手市を中心とする広い地域を書いている。前者には小野寺氏の居城である大森城、後者には同じく横手城があった。小野寺氏の二大居城である（ほかに横手市平鹿町に浅舞城、湯沢市稲庭町に稲庭城）。そしてそれらの巻々に、源義衡・義家、小野寺重道・輝道、秋田藩初代藩主の佐竹義宣《よしのぶ》・二代義隆・三代義処《よしすみ》・四代義格《よしただ》・五代義峰・九代義和がくりかえし登場する。義和は真澄に地誌を書く許可を与えた藩主である。秋田藩家老職の梅津半右衛門（忠昭。一六七二～一七二〇）などの上級家臣たち、さらに古代の坂上田村麿や藤原秀衡も何度も登場する。

平鹿郡の歴史はこうした人々によって営まれてきたのだった。かれらを結んでゆくと、坂上田村麿→藤原秀衡→源義家→小野寺→佐竹氏（秋田藩）へと続いてきた平鹿郡の歴史が浮かんでくる。中心テーマはこれだろう。とりわけ小野寺氏から佐竹氏への歴史継承を記すとき、真澄の筆は冴える。巻頭・巻末にかれらの活躍した地域を置き、さほどそうでない中間の地域の巻々を挟んだのは、平鹿郡の歴史をあざやかに描きだす工夫である。作品としての結構を作り上げている。調査をして歩いた順路どおりに書いたのではないのである。

何度も出てくる記事の中から、「沼柵《ヌマダテ》八幡宮由来《ノユヱヨシ》」（「平鹿郡二」）をとりあげてみよう。これは「由来《ユヱヨシ》」と読ませているから「書記《フミ》」ではないが、「モノガタリ」でもない。しかし史実としての信憑性は高いという判断が下されている。つまりB級資料にあたる。前章にも要約したが、原文に沿って詳しく書き直してみよう。

若宮八幡宮は、沼館城内（横手市雄物川町）ではなく、ここから少し離れた雄物川添いの「箭神山《ヤガミヤマ》」（矢神山）にあった。康平（一〇五八～六五）の世であろうか、源頼義・義家親子が安倍貞任・宗任を追討するため陸奥国にやってきた。途中、矢（箭）神山の神に家来を遣わし、戦勝祈願をした。その結果、勝利を収めたので一五間四面の若宮八幡宮を勧請・建立した。

寛治三年（一〇八九）後三年の役で再び下向し、若宮八幡宮に戦勝祈願をして安倍一族のこもる金沢城（横手市金沢）を陥落させたので、弓矢・刀・神楽を捧げた。

「若宮八幡ノ縁起」に、次のように書いてある。天喜（一〇五七）源頼義が下向し、康平五年（一〇六二）に戦勝祈願をして勝った。延久元年（一〇六九）沼館庄司藤原友利が出羽国一二郡を賜り、沼館城郭を築いた。同二年、義家が兜に納めて戦った小さな八幡神像（神社の本尊）が届き、都の若宮八幡宮から神主二人が獅子一頭と八乙女を揃えて神楽を奏しながら沼館城に到着した。そして、藤原友利に命じて社殿を建立させた。源頼義公の代に官途を賜り流鏑馬を奉納した。友利の先祖は不明だが、この一族は天喜・康平～文治（一一八四～九〇）まで生存した。

やがて小野寺重道が平家追討（奥州合戦）の戦功により、源頼朝から出羽国雄勝郡を給付されて下野国から移住し、稲庭城（湯沢市稲川町）に住んだ。一六代稙道《たねみち》は稲庭城を次男の晴道に与え、自分は沼館城に住んだ。そして足利将軍義晴の大永年中（一五二一〜二八）に上京し、数年暮らしたが客死した。子息は京で出生し将軍義輝の近習となり、一字を賜って小野寺中宮介輝道と号し、帰郷して沼館城に住んだ。子息の遠江守景道は横手に城を築き、勢力を広げた。

明応・文亀年間（一四九二〜一五〇四）であろうか、稙道《たねみち》の生存中、稲庭城の里よりも沼館城の里が富み栄えたので、矢神山の若宮八幡宮を沼館城内に遷《うつ》して神殿を新築した。獅子舞の幕に小野寺氏の家紋を描かせ、国家安全・武運長久を祈らせた。その「ゆゑよし」により、今も八月一日から晦日まで雄勝・平鹿の村々を舞い歩く。

慶長六年（一六〇一）、沼館城は出羽国から攻めてきた最上氏との戦いで落城した。宝物殿が破壊され小野寺氏の寄付した神宝は散逸したが、寛永二〇年（一六四三）根本岡之丞某が館主となり、一間四面の神殿を新築した。しかし正保年中（一六四四〜四八）に安養寺より出火し延焼した。「御正体」（小さな八幡神像）と神宝は運び出したが、「其外の宝物、また神器《ミテウド》、古棟札《ムネフダ》、縁起、古記録等みながら失せた。

それゆえ、「古老《オユ》の耳に聞《キイ》のこりたるを聞《キイ》て、ひとつふたつとものに書記《シルシ》て、そのむかしたどりて在《アリ》し世を偲《シノ》ぶのみ。なほ近き世の事はいちじろく、此処《コヽ》にしるしつ」。

「近き世」は詳細に正確に書けたが、それ以前のことは、老人の記憶している話を聞き集めて書き記したという。古代~中世の歴史は、確実な資料がなかったので、そうするほかなかった。村の伝承話を検証して、史書に代わるものを創った、というのである。数行前に「緑起、古記禄（録）等」は焼失したとあるから、古文書は現存していなかった。

沼館村の八幡宮は非常に重要だ。この神社は古代からあったという。その後、源頼義・義家が安倍貞任・宗任の征伐にきて戦勝祈願をし、社殿を建立した。やがて小野寺重道が源義家の嫡流である源頼朝に領地を与えられて移住し、稙道・晴道・輝道・景道と支配してきた。この一族はやはり源氏嫡流の足利将軍家と親密な関係にあり、沼館八幡宮を崇敬した。今は佐竹氏が治めているが、やはり源氏嫡流であり（実は義家の弟、義光の子孫。後述）、崇敬を怠らない。

このような沼館八幡宮の「由来《ユヨシ》」は、老人たちの語り伝える「モノガタリ」であってはならない。権威のある「書記《フミ》」として存在しなければならない。という観点から、真澄が「若宮八幡ノ緑起」を創りあげた。これこそ正しい〈歴史〉だ、といわんばかりである。失われた史書を復元し、あたかもそれから引用して書いたような口ぶりである。

真澄の意図が見えてくる。右の縁起から、源義家→小野寺氏→佐竹氏へと継承されてきた平鹿郡の歴史が浮かびあがる。しかも、源氏嫡流の歴史になっている。古老の語る伝説をもとに史実も入れて書き上げたのである。

平鹿郡の先史には坂上田村麿、藤原秀衡なども忘れてならないが、右の統治者の系譜にはある秘密が隠されている。源頼朝と足利将軍家は義家の血を引くが、佐竹氏の先祖は弟の義光である。ところが佐竹氏は、秋田にきてから先祖は義家と標榜するようになった。一方、小野寺氏はもともと藤原姓であり秀郷流に属する。もとは下野国に住んでおり平治の乱（一一五九）以後、小野寺姓を名乗ったというから巻末注(13)、源氏の嫡流ではない。だが、佐竹氏と同様に、源氏嫡流と深い関係があることを標榜していた。

小野寺氏はこの地を頼朝から安堵されたと伝えられ、小野寺輝道という名前は足利義輝から一字をもらったものだという。『雪の出羽路・平鹿郡二』の「沼館村」に、父稙道《たねみち》が上洛して京都の若宮八幡宮に参詣した折、旅宿の主人の娘と契りを結んで、輝道が生まれたとある。おそらく輝道は八幡神から授かった申し子だという主張であろう。八幡神を祀る理由を示すための伝承と見られる。小野寺氏は八幡神および源氏嫡流と深いかかわりがあることを標榜していたのである。

平鹿郡の歴史は、義家創建の八幡宮を中核に、源氏の嫡流とそれに深いかかわりをもつ統治者たちによって営まれてきた。これこそ虚構を含んでいるのだが、真澄は右の「若宮八幡ノ由来《ユヱヨシ》」をもって平鹿郡の〈正史〉としたと考えてよいだろう。常陸国からきた異邦人の佐竹氏であるが、平鹿郡の統治者たる資格を有することを証明しようとしている。

以下、脇道にそれるが述べておく。見逃してはならないことがあるからだ(14)。小野寺氏は隣国の出羽国から攻めてきた最上氏と激しい抗争を続け、慶長五年（一六〇〇）義道の大森城が陥落した。そして石見国（島根県）へ転封されたが、数多くの支城と大勢の家臣が残された。入れ替わりに慶長七年に佐竹氏が転封されてきたが、これまた大勢の家臣団を引き連れていた。平鹿郡は農地が少なく、小野寺氏の旧臣たちと佐竹氏の家臣たちとが競合して住む熾烈な場所になった。秋田藩は初代・二代ころまで先住民を圧迫する政策をとったが、逆に武力攻撃を受けて苦しんでいる。そのため方針を変え、小野寺氏旧臣を武士身分の農民（給人《きゅうにん》）として抱え、里長に任命するなどして藩政にとりこんだ。家老職の梅津半右衛門家は、かれらを傘下に収めて平鹿原野の開拓事業にとりくみ、共存共栄を図った。

こうした事情は、小野寺氏の支配地であった雄勝郡においても同様であった。仙北郡における戸沢氏旧臣、山本郡における安東氏旧臣との関係も同じであったろう。秋田藩が安定するのは、こうした善政が功を奏してからであった。

秋田藩の背負った宿命とは、こういうものであった。先に戻れば、真澄が多量の紙数を費やして書いた巻頭と巻末は、小野寺一族の支配地として栄えた地域である。旧臣たちが大勢住んでおり、ゆかりの遺跡・神社・寺院がたくさんあり、最上氏の旧臣たちも住んでいた。

真澄は旧主に仕えた人々を尊重し、筆を尽くして書いている巻末注(15)。秋田藩はか

14、以下、志立正知『〈歴史〉を創った秋田藩―モノガタリが生まれるメカニズム―』（笠間書院、二〇〇九年一月）、半田和彦『秋田藩の武士社会』（無明舎出版、二〇〇六年一〇月）のほかに、真澄の著書などを参照した。

沼館八幡神社。沼館城内（沼の柵）にあり小野寺氏の最も崇敬する神社であったが、焼失のため近くに立て直された。社内の欄間に佐竹氏の紋章「扇に月の丸」が彫られている。志立正知／撮影

れらを藩政に受け入れるだけでなく、沼館八幡宮を再建し、事あるたびに藩主が参詣した。真澄は幾代にもわたる藩主たちの篤い信仰ぶりを事細かに記している。また、家老の梅津半右衛門家などが末社も含めて再建・維持に力を尽くしたことを詳しく書きとめている。

ところで、前に述べたが佐竹氏の先祖は源義家でなく、その弟義光である。あるとき義光から義家へ変更した(16)。先祖が義家ならば、義家が創建したという小野寺氏の最も崇敬した沼館八幡宮を継承・管理する

16、前掲、志立正知の著書に詳しい。

理由が生まれる。小野寺氏の旧臣たちを慰撫し、領民たちを納得させ、共栄共存を推進する大きな力を得ることになるからだ。

以下、志立正知氏のご教示により、秋田藩の先祖変更について簡単に述べてみよう。江戸で活躍した講釈師・馬場文耕（?～一七五八。一説に四一歳没）の『秋田《あきた》杉直物《すぎなおしもの》語《がたり》』（宝暦八年〔一七五八〕序）に、「羽州秋田の城主佐竹右京大夫義親の家系の儀は、世の人能存《よくぞんず》る所にして、清和源氏新羅嫡流にして、いとも賢き名家の後胤也」（傍線筆者）とある。「新羅嫡流」とは、新羅三郎義光の血を引く子孫であるということだ。この小説は、秋田藩の跡目相続の混乱ぶりを描いているが、虚実が入り混じっている。史実としては信用できないが、佐竹氏が「新羅嫡流」であるというのは正しい。江戸の人々はそう思って読んでいたのである。

だが、その後に成立した『秋田《あきた》治乱《ちらん》記実録《きじつろく》』の冒頭に、「実に出羽国の太守右京大夫義局《よしちか》と申は、往昔清和源氏八幡太郎殿の御正統、元祖より今にいたるまで諸侯の位に居給ひて仮にも列を失ひ給はず」（傍線筆者）と書かれている。先祖は義光ではなく八幡太郎義家だというのである。秋田藩の内情に詳しい地元の人物が安永年間（一七七二～八一）以降に書いたものだという。秋田ではすでに藩主の先祖は義家になっていたらしいのである。

宝暦から安永年間にかけて先祖が変更されたと見られる。より正確にいえば、宝暦以前にすでに変更されていたが、江戸にはなかなか伝わらず、秋田ではすでに定着していたとも考えられる。変更の理由はいうまでもない。小野寺氏の歴史・事跡を継承し、その旧臣たちを尊重してこの地を治めようとした。これが大きな理由であったに違いない。藩主でいえば八代義敦《よしあつ》から九代義和の時代、真澄が秋田藩の地誌を書いていたころだ。

もう少し述べておく。いかなる「佐竹氏系図」にも、先祖は源頼義の三男新羅三郎義光とある。事実、秋田藩の公的史料『佐竹家譜』（原武男編。全三巻。東洋書院）をひもとくと、江戸藩邸には新羅神社を建立しており藩主みずから熱心に拝礼している。しかし、秋田領内に新羅神社を建立した形跡は認められないようだ。一方、久保田城（秋田市）の内にも外にも、八幡神社をいくつも再建・建立し篤く崇敬していた。秋田藩は江戸と秋田で先祖を使い分けていたようだ。かくして小野寺氏から佐竹氏へ領土と歴史が継承される。秋田藩の苦心のほどがうかがえる。

常陸国からきた佐竹氏は、秋田には何のゆかりもないので治国に苦労した。先祖変更はそのために行われた。その昔、我らの先祖である源義家は、沼館村の矢神山の神に戦勝祈願をし、安倍貞任・宗任を征伐した。義家は感謝して矢神山に若宮八幡宮を勧請した。その後、後三年の役でもこの八幡宮に祈願をし、金沢城にこもる安倍一族を征討した。史実レベルを超えた伝承なのだが、そういう伝承をもつ矢神山の八幡宮を小野寺植道は沼館城内に遷した。それ以来、沼館八幡宮を鎮守神として長く祀ってきた。我ら佐竹氏もまた義家の子孫なのだから、その末社も含めて篤く祀ってゆかねばならない、というわけだ。先祖を新羅三郎義光から八幡太郎義家に変更することによって、佐竹氏は小野寺氏から領地を引き継いで領内を統治する内的資格を得たことになる。

秋田藩は、こういう〈歴史〉を創ることによって、統治者としての資格を有する一族であることを証明してみせようとした。真澄は地誌に書き記して、つまり「書記《フミ》」にして秋田藩の意向を受けてその任務を見事に果たした。秋田藩の公的地誌である『雪の出羽路・平鹿郡』の大きな意義は、ここに見いだすことができるだろう。

志立説を要約してみた。これは、平鹿郡内に数多くいた小野寺氏旧臣たちの胸に強く訴えるものだったろう。かれらとともに生きてゆこうとする秋田藩の覚悟が感じられる。真澄の『雪の出羽路・平鹿郡』は、あらゆる事象・事例を書き記しつつ、こうした秋田藩の苦心と努力のありさまを語り込めている。

真澄以前の〈歴史〉認識

真澄の地誌には、秋田藩の治国政策に関する意思表明が語り込められている。その観点から読んでゆくと、次のような記事がたくさんあることに気づく。

「板井田村」の「八幡宮」に、「いにしへ田村麿の建立ありしみやどころ也。また源義家将軍再興あり、そのゝち、また小野寺氏造栄ありたるよしをいへり」(「平鹿郡一」)とある。この八幡宮は坂上田村麿→源義家→小野寺氏へと継承されてきたというのである。

また、「安田邑」の「田所字《タドコロノナ》」に、「○館平ラ　○馬場。　此館はいかなる人の住館《スメリ》とも伝へあらねど、按《カムガヘ》ルに、関根村の伊藤与五右ェ門が十代先キには安田邑に居住《スミタル》よしをいへり。与五右衛門が上祖ハ滝口ノ次官藤原ノ季武にして、後三年の戦の時は将軍義家朝臣に大豆を貢にせし家なるよし、その館なンどに住たらんものか。馬場の跡もありき」（「平鹿郡一二」）とある。伊藤家の先祖は藤原季武《すえたけ》であり、後三年の役では義家に大豆を献上したという。真澄は、地元の義家伝説を拾い上げ、新しい解釈を加え、その家を顕彰している。伊藤家はもと小野寺氏の家臣であろう。この先祖伝承も、源義家→小野寺氏への歴史継承を示唆している。

八幡宮も伊藤家も今は秋田藩の庇護のもとにあるわけで、ともに小野寺氏から佐竹氏（秋田藩）への歴史継承が込められている。真澄の地誌は、こうした佐竹氏以前の歴史・伝承をもつ家や神社を記録しては顕彰しており、先に述べた秋田藩の覚悟・政策と重なる。

こうした歴史の継承という観点は真澄独自のものではない。少なくとも百年ほど前から認められる。先に紹介した天明八年（一七八八）一〇月成立の『仙北旧跡記』の序文（原文は漢文）に、次のように記されている。

羽州仙北三郡ハ、往古、田村将軍東征ノ事跡ヨリ、義家朝臣ノ古戦場ノ如キ、近クハ小野寺家ノ城地・砦柵、在々処々ニ散在シテ、其ノ世ノ軍史ニ載スルモノ、十ニ一二ノ沙汰ニモ有ラザルカ。多クハ古老ノ日記ニ残り、或ハ農叟ノ夜話ニ伝ヘテ、旧跡普ク世ニ知ラレズ。況ヤ、山（ママ）致水景ノ如キ、増シテ仏閣・堂宇ノ如キハ、指ヲ倒スニ遑《いとま》アラズ。余、此秋、通志ノ人々ノ招キニ応ジテ、数箇処ニ杖ヲ曳《ひ》キシ処ノ中ニ、例ノ俳話ノ閑暇ニハ、則チ其ノ所ニ問ヒ、彼ノ処ニ尋ネ、其ノ人々ニ分ケ俯シテ、彼ノ有増《あらまし》ノ略記ヲ看了《みおは》リヌニ、大凡、六十有余ノ箇所ニ及ベリ。（後略）

（高橋友鳳子氏の所蔵本による。傍線筆者）

文中の「余」は最上の俳人・羽長坊（西田李英《りえい》。一七二四〜一八〇二）をさす。俳諧師匠のかれは雄勝・平鹿・仙北に来遊し名所・旧跡を見てまわったが、老体なので「数箇所」しかまわれなかった。門弟たちの助力を得て六〇数箇所をとりあげて俳文を書かせ、『仙北旧跡記』をまとめることができたという。

この地域は、坂上田村麿、源義家、小野寺氏関係の遺跡・旧跡が多いが、昔の「軍史」（『奥羽永慶軍記』などをさす）に記されているのはごくわずかである。知る人はまことに少なく、「古老ノ日記」に書いてあったり「農叟《ろうそう》（年老いた農民）ノ夜話」で語られたりする程度である。よって、俳文を付して広く紹介するというわけだ。

すでに百年も前から、坂上田村麿→源義家→小野寺氏へという流れで認識されていたのである。真澄は地元の歴史認識をふまえて書いたといえよう。

　私たちは通説に縛られて、常民の生活を書いたものと思ってしまう。優しい眼差しで、事細かに、リアルに描いたと考える。それも間違いとはいえないが、真澄の地誌はそれだけを書こうとしたものではない。そういう記事は意外と少ない。多量の紙数を費やして書いたのは、小野寺氏から佐竹氏への歴史継承を語り込める記事であった。『雪の出羽路・平鹿郡』はそういう記事であふれている。それを解剖することから真澄論が始まる。

「清水」から書き始める地誌

　真澄の地誌は、どんなメスで解剖したら見えてくるのか。試みをしてみよう。『雪の出羽路・平鹿郡』には、清水の記事が異常なほど出てくる。真澄は清水を見つけると必ず書きとめる。これはすべての著作に見られる傾向だ。『花の真寒泉』（一八二四年春までに成立か。未完成）は、これまで見てきた清水を書き集めたものだが、「ところ〳〵にてむすび試みし寒泉《シミツ》どもを書ｷ集めたるを、見む人、こは清水狩ならんか、清水にくるふかといへらんもはぢず、やがて此ふみを、《花の真清水》となも名づけゝる」（傍線筆者）と序文に書いている。自分のことを「清水狩り」「清水狂い」だという。これは異常な嗜好なのだろうか、地誌を作成するうえで必要だったのだろうか[巻末注(17)]。

　前に述べたが、重要なので再説することにしよう。たとえば、横手市を書いた『雪の出羽路・平鹿郡一三』は、まず『続日本紀』や『奥羽永慶軍記』『小野寺興廃記』などの「書記《ミフミ》」を持ち出し、それをふまえて「横手郷」の歴史をながめる。全集で八ページに及ぶ長い記事である。その次からようやく横手の説明を始めるのであるが、冒頭はなんと「横手の五泉」である。その次に横手の神社一二社を説明する。私たちの常識をいうなら、神社を先に説明するだろう。清水などは最後に付け加える程度でよろしいと思われる。

なぜ清水から書き始めるのか。「横手の五泉」を現代語に直してみよう。

○梅の清水。地元の美濃派の俳人、国谷金馬《くにやきんば》（一七二五〜一八二六）が発見した。毎年、梅の花が咲くころ雄勝から小野小町がやってきて、清水を汲んで化粧をし、梅の花を見て過ごし、散り始めるころ帰っていった。元禄（一六八八〜一七〇四）のころ三代義処が「御憩館《オホムナリドコロ》」（領内巡覧の休憩・宿泊所）を建て、朝夕、清水を愛飲なさったと「里人」が語り伝えている。

○蒲盧妙美井《ヒヨウタムシミツ》。清水の形が瓢箪に似ている。天正（一五七三〜九二）ころまで小野寺氏の鷹匠《タカヒト》が住んでいた町で、鷹柵《タカヤ》の軒近くに湧いていた。夏は清水の上に「夏《ナツ》鷹舎《トヤ》」を作り、清水に鷹の餌を浸けて冷やして食わせた。これは鷹匠《タカカヒ》の家の故実であり「氷室山《ひむろやま》」という。「氷室山下行く水の涼しきに鷹に飼ふ餌《ゑ》を浸してぞ置く」という古歌がある。この清水は今、寺町となり、西誓寺の境内にある。

○柳清水。小野寺氏のころ、この町に柳がたくさん植えられていた。この清水を汲んで藩主の「御息所《オヤスミ》」に献上したという。法泉寺あたりにあったのだろうか、法泉寺を柳亭と書くこともある。

○独鈷清水。この清水は『撰集抄』にある「仲算大徳の由来《ユヱヨシ》」と同じである。行者が独鈷《とつこ》で穿《うが》ったものだという。

○岩間《イハマ》の清水。鳴見沢にある。水量は少ないが、いつも湧いている。「とく〱と落つる岩間の莓《とこ》清水汲み干すほどもなき住居《スマヰ》かな」という円位（西行）上人が詠んだ吉野山の情景に似ている。

そのほかにも清水が多い。鵙鳩《ミサゴ》清水（大屋邑）、一盃《イツパイ》清水（沼山村）、たかうな（筝）清水（福万村）、鍋子《ナベコ》清水（増田邑）、七清水（馬倉村）がある。藤根清水、犬子清水、清水町などは別に説明する。筝清水は京の芦根の清水、大津の練貫の清水にもひけをとらない。

「梅の清水」は、側に三代義処《よしずみ》の別荘があった。春になるとやってきて、小町を偲んで過ごしたという。「蒲盧妙美井」は、小野寺氏の鷹匠が住んでいた町にあり、鷹に関する古歌が伝わっている。「柳清水」は小野寺氏のころからあり、秋田藩主に水を汲んで奉った。「独鈷清水」は、『撰集抄』巻七第五「仲算佐目賀江《さめがえ》ノ水掘出ス事」と似ている。「岩間の清水」は、吉野山で西行上人が詠んだという歌を想起させる。

ほかに八つの清水をあげているが、右の五泉は、小野寺氏、秋田藩主、鷹匠・鷹歌、歌人伝承にかかわりがあるのが特徴だ。風景がよい、清冽で水量が多いといった理由では選ばれていない。おそらく、小野寺氏から佐竹氏への歴史継承がバックにあって、それをもとに選んだのであろう。鷹狩に使う鷹、小町・西行・仲算の有名な人物を想起させることも選択の理由であったことがうかがえる。

これは、どういうことだろうか。おそらく、藩主の領内巡覧に関係しているだろう。秋田藩主は鷹狩の格好をして、正装した大勢の武士を連れて領内を見てまわった。清水の側で昼食を摂り、地域の家臣や村人と面会した。また和歌や漢詩を詠み、小野寺氏にまつわる遺跡、先祖に関する遺跡を見てまわった。「梅の清水」の別荘は、そういうときにも使われたであろう。「横手の五泉」は、藩主が見てまわる遺跡・名所であり、休憩場所であったように思われる。それゆえに選ばれたのであって、農民の生活に必要だから選んだというわけではない。

実は、藩主の領内巡覧は地誌の作成を促した。秋田藩の事例ではないが、紹介してみよう。仙台藩士の真山清直（一七〇五〜七九）の書いた『仙台風土記』（『領内風土記』とも。明和五年（一七六八）序。一巻。宮城県図書館蔵）の本文冒頭に、七代藩主伊達重村（一七四二〜一七九六）が「近々御領内巡見思召立候ニ付、道筋書付」とある。内容は名所・旧跡の説明である。巡覧にくる藩主のために道筋の名所・旧跡等を書き記したのである。

†藩主義和は、総勢三百人ほどを率いて領内をまわった。義和より七〇〜百年ほど遡るころ、五代仙台藩主、伊達吉村も巡覧記をたくさん書いた。そのありさまは、同じく養老律令・戸令の第三三条に記す国守の巡行と酷似する。古代中国の理想の帝王を憧憬するものか。名君のふるまいを示す。拙論「藩主の巡覧記―仙台藩主と秋田藩主」（近刊の単著に掲載）。

それより三〇年ほど前、寛保元年（一七四一）に『封内名跡志《ほうないめいせきし》』（序文は高橋以敬《もちたか》。三巻。同館蔵）が編纂された。領内の土地・名跡の由来を漢文で記し、『古今和歌六帖』『八雲御抄』『宗久紀行』などから歌枕を引用して平仮名で記している。その後、全文を平仮名まじりに直したダイジェスト版『通俗封内名跡誌』（同館蔵）が刊行され庶民の間にまで流布した。仙台領の地誌として、かなり早い時期のものといえるだろう。

さらに、安永元年（一七七二）に仙台藩の儒者田辺希文《まれふみ》（一六九三～一七七二）が『封内風土記』（二〇巻。同館蔵）を著したが、これは宝暦一三年（一七六三）に七代藩主重村が命じた、『会津風土記』を模範として領内の風土記を編纂せよ、に応えたものである。序文・本文とも漢文で記し、領内の社寺・名所・旧跡および山川・湖沼等を詳述している。項目の選定等には先の『封内名跡志』を参照しているが、その説明は独自なものになっている。また、孝子・忠僕や住人たちへの賞与の記録も載せている。巡覧の折、八〇歳を超えた老人や親孝行の者たちを呼び出し、褒美を与えるのが慣わしだった。

ちなみに、江戸時代も終わりに近い嘉永二年（一八四九）三月、仙台藩内の一関にやってきた国学者堀秀成の旅日記に、同じようなことが記されている。二五代藩主伊達慶邦《よしくに》（一八二五～七四）が二五歳になった御祝いに、「しろしめす国のおほみたから《（大御宝）》の八十あまりよりさきの男女を召て、九十よりハつむぎ一反給り、それより下ニハ御《ぎょ》盃《はい》を給ひしとなり」（一〇日）とある。また、「先日、当国の君、八十以上の人々をめしけるに、気仙郡より百四ツニなる者、江刺《えさし》郡百三ツ、御城下南ニ百六ツなる者、いづるよし」（一四日）とある。おそらく慶邦は巡覧の途次、古老たちを呼び出して褒美の品を与えたのだろう。

時代はさらに下り、明治天皇の全国行幸においても同じことが行われている。たとえば明治元年一〇月の『東巡日誌』（『明治神宮叢書』第一一巻）を見ると、伊豆国（静岡県）三島宿に二三町があり、「九〇歳以上　四人、八〇歳以上　百八人、七〇歳以上　六百拾一人」と記されている。高齢者には褒美の品が与えられたのではなかろうか。こうした記事はほかの地域にも記されている。

天皇・国守・藩主の巡覧は、「養老律令」に示された国守の巡行とまったく同じである（後述）。藩主の巡覧はそれに倣って行われてきたのである。

仙台藩では藩主の巡覧に供される案内記のような地誌から始まり、やがて質量ともに本格的で大部の領内地誌が編纂されるようになった。藩主の巡覧がその途中に鷹狩を伴っていたことは秋田藩でも同じであり、注意を要する。

秋田藩主の領内巡覧（鷹狩）

秋田藩主の領内巡覧は、そもそも鷹狩として始まった。初代義宣からの慣わしであり、最後の一二代藩主義尭《よしたか》（一八二五～一八八四）の明治二年まで続けられている。正月五日の「初野」は重要な儀式であり、久保田城外の目長崎（秋田市）の原野で行われることが多かった(18)。勇壮な鷹狩は武士の世界を象徴するものとして尊重されたのである。獲物はヒバリなどの小さなものから、ヒシクイ、ツル、ハクチョウなどの大型の鳥に及ぶ。一部は内臓を取って塩を詰め保存が利く状態で江戸に運ばれ、幕府に献上された。また、領内の臣下に報賞のために与えられた。鷹狩の獲物は、江戸幕府への恭順と臣下たちへの温情・支配を示す意味をもっていたのである。

『秋田家譜』を見ると、鷹狩は「初野」「狩」「放鷹」「遊《あそび》」「旅行《あそび》」「遊猟」「泊《とまり》鷹狩」「巡覧」「遊覧」などと記されている。秋田郡・河辺郡などの近場での鷹狩は一日であったが、二週間にわたる遠出のときもあった。県北の能代・大館方面、県南の仙北部・平鹿郡・仙北郡・雄勝郡にも、大勢の家臣を引き連れて出かけた。巡覧にかかる藩費をなるべく節約し、地域民の負担を軽減するようにと指示している。各地で家臣・領民と会い、心情・意見を聞き、村の盛衰を見てまわった。歴代藩主の重要な任務だったのである。

ところで、九代義和が三六歳の文化八年（一八一一）から「遊覧」「巡覧」と記されるようになった。しかし、寛政六年（一七九四）の「義和公下筋御巡覧記」（秋田県立公文書館蔵・佐竹宗家文書）という文書があるから、実際はそれ以前から「巡覧」と呼ばれていたことは間違いない。阿仁の銅山見学を書いた『道の記』に「此処にて馬、駕籠を休め」て歩いたとあり、義和は駕籠に乗り、時に歩いた。鷹狩は夏も冬も行われたが、鷹狩の性格はしだいに形式化し、領内巡覧に重きが置かれるようになった。

18、『佐竹家譜』（原武男編。東洋書院、一九八九年八月）を通覧すると、狩場、獲物の種類、その献上先や活用法がわかる。

たとえば、『佐竹家譜』に「今日出駕。仙北諸邑を遊覧す。国相匹田定綱（家老職）扈従す」（文化八年七月二九日。傍線筆者）とある。翌月一二日は「公、前月より出て、仙北及び平鹿、雄勝の諸邑を巡覧し、昨夜女米木《めめき》に寓し、今日船して川口に到り、終に申刻帰城せらる」とある。この二週間にわたる巡覧中、義和は女米木《めめき》（秋田市雄和）で甚之助・吉之丞を報賞している。秋田藩は文化二年(19)から高尾山の領有をめぐって亀田藩と争っていた。秋田藩が差し向けた境目奉行を亀田藩の村人が徒党を組んで入るのを拒んだが、この二人は「一命を抛《なげう》つて」案内したという。義和はそのことを聞き、「境を衛《まも》るの民、其志の奇特なるを賞して、特命して各月俸二口を賜つて其身を終らしむ」（同年九月晦日）とある。

このように巡覧の旅は、藩のために尽力した村人や長寿や親孝行の者を見いだして報賞する旅でもあった。また、二代義隆、三代義処、五代義格などの巡覧した場所に行って、かれらの事績を想起し、源義家伝説に耳を傾け、小野寺氏の遺物を見、家臣の所有する刀剣などの武器や武芸を実見したりしている巻末注(20)。義和の巡覧は鷹狩を伴っていたが、性格が少し変化してきたようだ。義和が指示したのだろうか。仁徳を有する儒教的藩主であることを示す政情視察・村民報賞の旅をしている。

ここで、真澄の著作集「真澄遊覧記」というタイトルに少しふれておく。真澄の旅日記・地誌の類は、文政五年（一八二二）にこの名称で五一冊が藩校の「明徳館」に納入された（全集第九・一〇巻「解題」）。内田武志はこのタイトルを蔑称と見なしてい

19、加藤昌宏「秋田藩における境目方支配」（『秋田県公文書館研究紀要』第五号、一九九九年三月）に詳しい。実際は、享和三年（一八〇三）二月から高尾山の領界をめぐり対立していた（『佐竹家譜』文化元年二月三日条）。『千町田の記』文化八年八月一二日条に、「棹さし下る川岸に亀田領ずる大正寺村あり。岩城隆喜より、旅中を慰めむと贈り物おこせしま丶厚く答謝す」とあり、すでに解決していた。そのことを明示するために書き記したと思われる。

る。絵入りの旅日記などは女や子どもの読み物にすぎないので、秋田藩士が蔑称を付けて召し上げたという。さらに、「このような毎日の詠歌と彩画を挿入した旅日記は、地誌としては価値が低く、これはむしろ婦女子の好む物見遊山の栞として格好だから、「真澄遊覧記」とよぶのが適当であろう」という秋田藩士たちの強硬な意見があったと推測している（全集第五巻「解題」）。

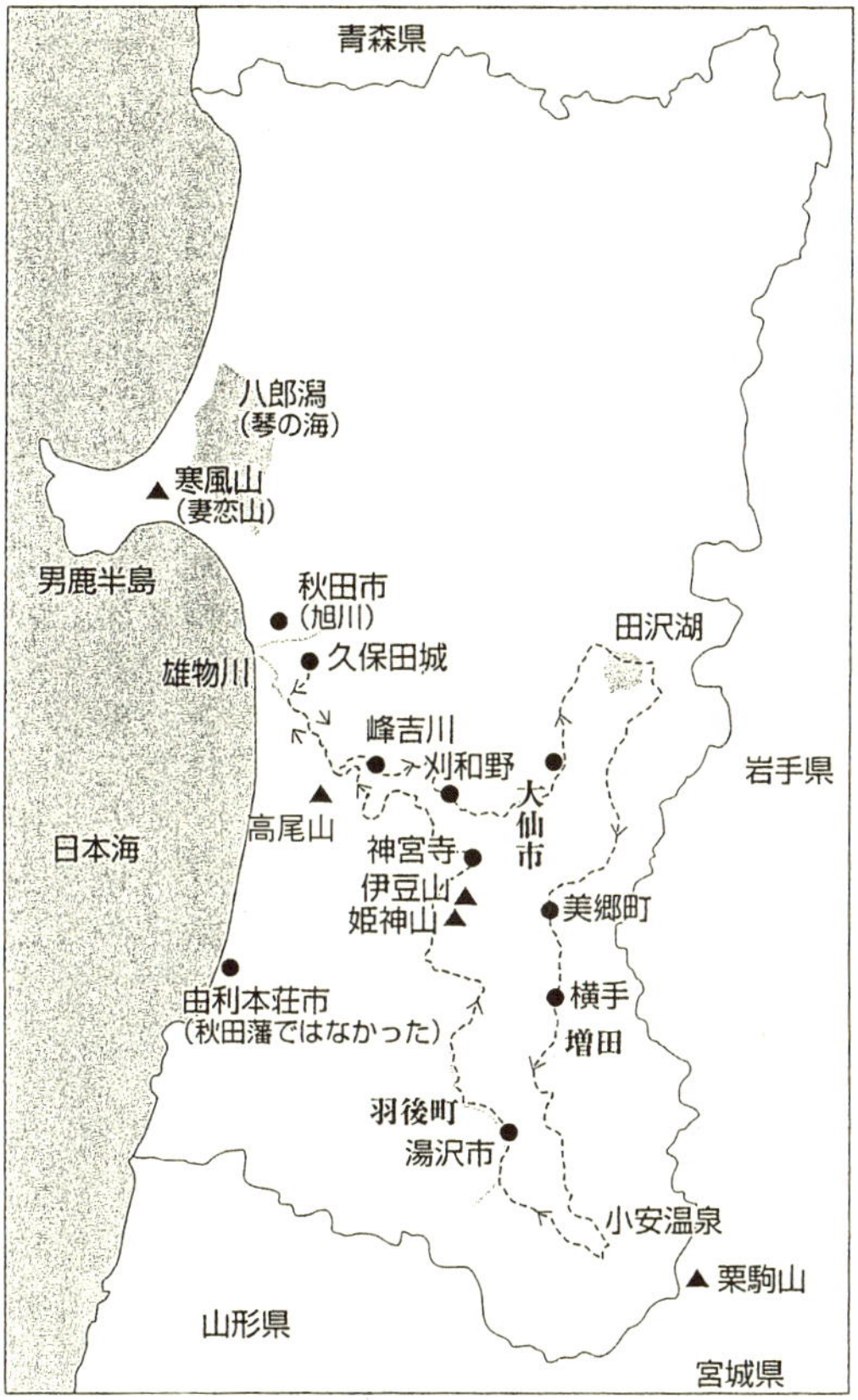

9代秋田藩主佐竹義和『千町田の記』のコース。2週間で領地のほぼ半分を巡覧した。
『まほら』No.61，2009年10月号拙論より転載。

この説は訂正されなければならない。引用したように、藩主の旅は一般に「巡覧」であるが「遊覧」とも記された。地誌作成を許可した藩主の旅が藩の公的記録である『佐竹家譜』にそう記されている。「遊《あそび》」「旅行《あそび》」「遊猟」とあるように、「遊」は旅という意味である。五代仙台藩主の伊達吉村（一六八〇～一七五二）も『宮城野遊覧之記』（一七〇四）という紀行文を書いている（家集『隣松集』和文上に収録）。「遊覧」に蔑称のニュアンスはまったくない。

さて、義和の巡覧記は四つ残されている。秋田県公文書館の東山文庫、大館市立中央図書館の真崎文庫に写本が所蔵されており、『佐竹義和公頌徳集』（大正一〇年〔一九二一年〕一一月、同編纂会）にも翻刻されている。また、宮野吉松氏が翻刻した『佐竹義和公藩内紀行文集』（昭和一六年〔一九四一〕三月。四冊合本。謄写版印刷）もある。四作品をあげてみよう。

『遠山ずり』文化三年（一八〇六）二月五日～一三日、八郎潟。
『すなどりの記』文化六年六月四日～六日、河辺郡岩見村。
『道の記』同年九月一日～一二日、阿仁・山本・比内・河辺郡。
『千町田の記』文化八年七月二九日～八月一二日、仙北・雄勝・平鹿・河辺郡。

義和が三一歳、三四歳、三六歳のときの旅日記である。寛政六年（一七九四）二月、一九歳のとき能代方面に巡覧したが旅日記は残されていない(21)。宮野氏『紀行文集』で数えると『遠山ずり』『すなどりの記』はわずか四～五ページであるが、『道の記』『千町田の記』は一一～三ページに増える。義和は四〇歳の若さで世を去ったが、晩年になるにつれ旅日記の執筆に力を注ぐようになったのである。

寛政元年（一七八九）に藩校明徳館を開校し学問と武芸の奨励に努めたが、領内巡覧と旅日記の執筆はそれと間接的に繋がっているのではなかろうか。藩主みずから領民の徳治に努め、それを家臣や領民に示し、また後世に残すために仮名文の旅日記が書かれたのかもしれない。仮名文の旅日記は多くの人々に読まれ、藩主の思いがよく伝わるからだ。

そのほか、文化三年～一一年の秋田（久保田城）から江戸藩邸までの上京および下向の旅を記した『あづまの記』が九つも残されており、いずれも『佐竹義和公頌徳集』に収められている。奇数の巻が上京の旅、偶数の巻が下向の旅である。第五巻以降は道中の属目詠を並べており、歌集としての傾向が強まる。

『千町田《ちまちだ》の記』は、次のような一文で始まる。

民は国の本也といへば、先《サキ》の年、秋田・山本のふた郡を見巡り、こたびは仙北・平鹿・雄勝・川辺の四郡を巡覧し、農事の勤《ツトメ》・懈《オコタ》り、村々の盛衰をも考へ、その業をつとめ、父母に孝なるを賞して民を善に勧め、将《（はた）》八十に余る老農は男女とな

21、義和の領内巡覧は、『佐竹家譜』を調べると、このほかに寛政五年（一七九三）一〇月一〇日～一七日、同六年二月二三日～三月八日、同七年八月二五日～二六日、同九年六月二七日～七月八日、同九年閏七月二日、同九年閏七月二二日、同九年八月六日～七日、同九年八月一三日～一六日、同年一一年九月二二日～二五日、享和三年（一八〇三）八月二一日～二四日、同四年五月二四日、同四年九月一五日、同六年九月一日～一二日などがあった。以上は、四つの旅日記と一月五日に行われた恒例の「初野」を省いたが、寛政年間に九回と特に多いことがわかる（一八～二四歳）。『佐竹家譜』は四つの旅日記に書かれた巡覧をすべて記録しているわけではないので、これらのほかに未記録の巡覧があったかもしれず、旅日記はほかにあったかもしれない。

く村々に沙汰して、ほど近き道の傍らに出し、筵《むしろ》を敷きならべ、座せしめて、物を取らせ、老を養ふの心を知らしめんと思ひ立ち、駅《うまや》々の労をいとひ、相従ふ従者をも省きて、文化は未の年、文月するゑの九日、朝疾く久保田を離れ、牛嶋にさしかゝる折柄、秋の時雨空さだめなければ、

はるゝかと思ふほどなくふりかゝる　田面《たのも》の秋のむらさめのそら

いとはやも吹く秋風にさそはれて　時雨降り来る山もとの里

など口吟《くちずさ》み行く道の傍らに女郎花の色よく咲けるを見て、

ゆく人も見よとやなびく女郎花　雨に露そふ色はむつまし

茶橋をわたり二ツ屋・仁井田を過ぎ、道々田面を見やりて思ひつづけしは、

千町田を吹き越す風に鳴子をば　まかせてや引く秋の小山田

（秋田県立公文書館蔵の写本三本を校合した）

風景を愛でつつ歌を詠み歩く旅日記である。この形式はほかの巡覧記でも変わらない。右の『千町田の記』では、巻頭に巡覧の目的を明言し、「民は国の本」ゆえに領内を巡覧し、人々は農事に励んでいるか、村は栄えているか、廃れているかを見きわめ、親孝行を勧め、高齢者を称えると述べている。和歌を詠み、領民に仁徳を施しながら旅する君主の姿が浮かんでくる。志立正知氏によれば、古代中国の伝説上の聖帝、尭舜の回国する姿が投影されているのではないかという。また北条時頼の回国

† 『頌徳集』所収本は、「いとはやも」の歌が抜けている。また、「千町田を」の歌の初・二句が「ますらをがふきこす風に」となっている。草稿本、清書本の違いかもしれない。

秋田市女米木《めめき》の高尾山（383メートル）から義和の巡覧した仙北平野を望む。眼下を流れる雄物川は舟に乗った。向こうに伊豆山・姫神山（大仙市）の連峰が見える。左側は栗駒山脈。

伝説、ひいては水戸黄門伝説の生成とも交差しているかもしれないともいう。道端に八〇歳以上の老人を並べて接見し褒美を与えたとあるが、いかにも名君らしい旅である[巻末注(22)]。

当時、全国の藩主たちの中には旅日記を書く者がいた。領地と江戸との往復や領内巡覧の旅を細やかに綴る藩主が少なくなかった。そのほとんどが和歌を詠み入れており、『土佐日記』に始まり『海道記』『東関紀行』『十六夜日記』へと続いてくる紀行文に連なる伝統的なスタイルである。

ちなみに、真澄の旅日記もその伝統的なスタイルをふまえている。

幕府老中の松平定信（一七五八〜一八二九）もこうした旅日記をたくさん書いた。一九歳のとき江戸から領地の白河に赴いた折の旅日記『霞の友』（一七八〇）があり、それには「農民等庶民に対する青年らしい心遣いが随所に見られる」。老中職を辞して白河に帰るときの『甲寅《こういん》紀行』（一七九四）には農民への冷淡な態度や教訓が見られるが、『丙辰《へいしん》紀行』（一七九六）には「自然への愛着」が綴られ、先年の旅で農民の訴えに対し冷淡な態度をとったことへの反省が記されている(23)。定信にはそのほかにも紀行文があるし、五代仙台藩主の伊達吉村も数えきれぬほど旅日記を書いた（「仙台叢書」にいくつか翻刻）。文化教養を身に付けた藩主たちの一種の流行というべきだが、単なる趣味の域を超えた目的があったように思われる。なかでも名君の誉れ高い義和や吉村の領内巡覧は、伝説上の聖帝のふるまいにも、日本古代の天皇や国主の巡行に通じるものを感じさせる。

話題を『千町田の記』に戻すと、「先の年、秋田・山本のふた郡を見巡り」とあるのは、二年前の文化六年九月の「道の記」の旅をさす。それには「馬屋〱もいと稀なれば、人あまた引き具しては殊にびんなし（＝気の毒だ）など聞きふるほどに、自ら見廻る事、中絶えて年過ぎしを」とある。村民に苦労をかけるので巡覧を控えているうちに年月が過ぎてしまったという。右の『千町田の記』巻頭にも、「駅々の労」を避けるため従者を少なくしたと書いている(24)。

23、渡辺憲司『近世大名の文芸圏研究』（八木書店、一九九七年二月）

†定信と義和は親しかった。定信の『花月日記』文化一一年（一八一四）一〇月一九日に、義和が来訪し、屋代弘賢、北村季文、谷文晁と共に会ったとある。義和は三十六歌仙の書画、吉田兼好の『古今和歌集』の注釈書、後醍醐天皇の宸筆の入った珍蔵の品を持参し、庭園を褒め称え、また和歌を詠んだりして帰った。全集第五巻「解題」に詳しい。

24、実際は大人数の旅であった。

領民の労苦を思いやる義和の温情は事実であった。義和は『千町田の記』の巡覧に際し「無益之費用等相省みる」ことを家臣に指示している（「覚」。秋田県立公文書館・佐竹北家旧蔵）。また、八〇歳以上の老人が各村に何人いるかを前もって調べさせている（「覚」。同・菊地文庫蔵）。また、各地で源義家伝説に耳を傾け、小野寺氏の遺物や遺跡をその臣下の子孫に案内されて見、また二代義隆・三代義処・五代義格が巡覧した場所に行って藩祖たちを偲んでいる。実際の旅をそのまま記したに違いない巻末注(25)。

和歌を詠みながら巡覧する

義和の巡覧記を見てくると、真澄の地誌と根底において共通していることがわかる。真澄が多量の紙数を使って『雪の出羽路・平鹿郡』に書いた事柄は、義和の巡覧記に重点的に書き記されたものだった。もちろん、詳細さ、緻密さではまったく比較にならないが、両者はあきらかに通底するものがある。言い換えれば、真澄の地誌が義和の巡覧記を包み込んでいるというべきだろう。藩主の巡覧記を発展させ大規模なものにすれば真澄の地誌になるということだ。両作品は内的な契合関係を有する。義家伝説や各地の八幡宮に寄せる関心、佐竹氏以前の小野寺氏と旧臣たちへの配慮、歴代藩主への敬慕と賛美、領内に住む一般の人々への慈愛、さらには歌枕・名所に対する関心など、いずれも名君の仁徳・教養を示すふるまいであるが、それらは真澄が地誌の

飯塚盛恭が書写した『義和公御道濃記』（秋田県公文書館・東山文庫蔵。江戸後期写）所収の文化六年九月『道の記』の跋文に、「御供之人数弐百人餘と云々」とある。また、同じく所収の文化八年七月『千町田の記』跋文に、「上下共総人数弐百拾八人～上下総勢三百人程ナリ」とある。ともに二週間ほどの長旅なので地元で出迎える郡奉行などを含めると、どちらも総勢二～三百人ほどにのぼる大人数の旅になった。それでも従来の巡覧よりは人数を減らしたというのだろう。文化三年の『遠山ずり』の巡覧は、『佐竹家譜』に「行粧を略して寓り鷹狩に出づ」とあるので、それほどの人数ではなかったであろう。「寓《やど》り鷹狩」は「泊まり鷹狩」のこと。

中に詳しく書き記したものなのである。

以上、真澄の地誌は、〈和歌を詠みながら領内を巡覧する藩主〉の姿を脳裏にありありと思い描きながら、そういう藩主が読むであろうことを考えながら書かれたと思われる。私たちはそういう観点から読み直すべきだろう。従来の〈常民のために常民の生活を書き残した〉という観点から読むことには無理と限界がありすぎる。もちろん、そういう視点と方法から読み解くことがあってよい。さまざまな読み方を試みることこそ真澄研究にとって望ましい。しかし、それが真澄の地誌を解読するただ一つの正しい読み方だというのであれば、大きな誤解をしているというほかはない。

「民は国の本」という藩主の慈愛はすべての領民にそそがれる。真澄の地誌が藩主の意向を受けて作成されたものであるならば、名もなき農民の生活も含めて、さまざまなことが広範囲に多様に記されるのはきわめて当然のことだ。同時に、農民以外の人々のことも、農民には縁遠い風流・歴史・政治のことまで記述されるのは当然すぎることである。

問題は、藩主たちはなぜ和歌を愛好したか、である。蛇足ながら、簡単に述べて閉じることにしよう。『古今和歌集』仮名序に、和歌は天地開闢《かいびゃく》に始まり神世を経て人間の世へと続いてきたとある。それ以後、皇室を中心に和歌はつねに歴史と文化を形成する基盤であり続けてきた。醍醐天皇は和歌の栄える国土を愛し、あまねき御慈愛《おほんうつくしみ》の波、八洲《やしま》のほかまで流れ、ひろき御恵《おほんめぐ》みのかげ、筑波山の麓《ふもと》よりもしげくおはしまして、万《よろづ》の政務《まつりごと》をきこしめすいとま、もろもろの事を捨てたまはぬあまりに、「いにしへの事をも忘れじ、古《ふ》りにし事をも興《おこ》したまふ」とて、「今もみそなはし、後の世にも伝はれ」とて、

紀貫之らに命じて『古今和歌集』（引用は岩波文庫による）を編ませた。醍醐天皇の「慈愛」は国土の隅々に満ちている。そして「いにしへ」を尊重し、それを復興し、後世へ伝えてゆこうとした。そのために古き世の歌と今の世の歌を集めて『古今和歌集』を編んだ。理想の統治者は和歌を尊ぶのである。和歌こそ日本の歴史を形成し伝えてゆくものであるからだ。

そういう天皇がおのれの「政務」を見届けるべく和歌を詠みながら（あるいは代作、つまり歌を詠ませながら）巡覧するのは当然であろう。それは天皇だけではなかった。奈良時代の国守は年に一度、自分の統治する郡を歩きめぐり、「風俗を観、百年（古老）を問ひ」、「百姓の患へ苦しぶる所を知り」、「敦《あつ》く五教（親・義・別・序・信＝『孟子』）を喩し、農功を勧め務めしめよ」と定められていた（「養老律令」「戸令」第三三条。日本思想大系『律令』）。これは、秋田藩主佐竹義和の巡覧記そのままではないか。山上憶良も嘉摩郡《かまぐん》（福岡県）を見て歩き、長歌を詠んで人々に五教を説いた（『万葉集』巻五・八〇〇～五）。天皇ならば、いうまでもないことだ。領内巡覧は、古代復興をめ

ざした江戸時代の藩主たちに引き継がれているのである。幕府の方針を反映するものだろう。

真澄の地誌は、こうした藩主を念頭に置き、藩主に供すべく書かれたと考えられる。古代を仰ぎ見る藩主こそ古代・中世の歴史を正しく継承し、新しい国土を開き、人々を豊かにする。そういう精神が真澄の地誌に認められる。

Ⅳ

地誌を生みだす和歌

第一章　藩主の地名変更——歌枕・名所へ

旅日記と地誌の違い

享和元年（一八〇一）一一月、真澄は津軽を後にして秋田藩領に入り、能代・大館・鹿角・男鹿方面を見てまわり、地誌でもあり随筆でもあるような独特の旅日記をいくつも書き続けた。やがて文化八年（一八一一）に九代藩主佐竹義和に謁見が叶い、地誌作成の内命を受けたという（内田武志『菅江真澄の旅と日記』未来社、新装版、一九九六年四月）。それから約三〇年もの長きにわたり秋田に定住して地誌作成に情熱を傾けたのだが、地誌として認められることはほとんどなかったようだ。

地理学者の岩根保重に「徳川時代地誌の概観」（『岩波講座　地理学』第七　一九三二年一二月）という論文がある。江戸時代の地誌を数多くとりあげ、目的・成立・特色などを整理し、きわめて明快な江戸期地誌の俯瞰図になっている。だが、真澄の旅日記や地誌に一行たりとも言及していない。「国誌や藩封地誌の撰修も中期に入って愈々《いよいよ》本格的になり、藩撰、私撰が続々と行はれ、宝暦から寛政の頃迄には全国各藩殆ど地誌を有せざるはない盛況を呈するに至つてゐる」という。そして、宝永（一七〇四〜一一）以後に成立した地誌を年代順に四三もとりあげているのに、真澄の著作は一つもあげていない。

東北地方では、『奥羽観蹟聞老誌』『仙台封内風土記』『盛岡封内郷村志』などがとりあげられている。そして、「藩主もしくは幕府の援助により完成されたもの、その他全く私撰にかゝるものなど編纂の主体、動機は一様でない」という。東北地方でも江戸中期から後期にかけて多種多様の地誌が編まれたというのだが、真澄の著作は、藩撰の地誌にも私撰の地誌にも入れられていない。

岩根の論文は昭和七年に発表された。折りしも昭和五年から八年にかけて『菅江真澄全集』全六巻（秋田叢書刊行会。代表・深沢多市）が刊行された。真澄の全容が知られる初めての全集である。「解題」では、真澄の仕事は「郷土研究」というジャンルに括られており、著作は「紀行文」「紀行日記」「遊覧紀行文」という呼称で紹介されている。やはり「地誌」とは呼ばれていなかった。

昭和四六年（一九七一）から五年間にわたり『菅江真澄全集』（未来社）が刊行された。「地誌」の部を立てて、『雪の出羽路・雄勝郡』、『雪の出羽路・平鹿郡』、『月の出羽路・仙北郡』、『花の出羽路・秋田郡』、『花の出羽路・山本郡』などを収録している。

1、柳田國男は次のように述べている。「二十年ばかり前に我々

全一三巻（別巻一を含む）のうち四巻を占める。ここで初めて「地誌」という呼称が与えられた。この全集はその意味でも画期的であった。

地理学では地誌として認定されていなかったが、未来社の全集から地誌と呼ばれるようになったのである。これには二つの理由があるだろう。真澄の地誌は、幕府や藩主の援助を受けて作成された公的な地誌ではないと考えられてきた。なぜなら岩根論文があげる地誌とくらべて、内容が特殊であるからだ。真澄という個性的な人間が一人で編纂・執筆しており、旅日記ふうの書き方であり、真澄の感情があらわれている。だから地理学者は通常の地誌とは認めなかった。その無視されてきたものを民俗学者が発見し、地誌として高く評価したというわけだ(1)。

柳田國男は、地誌の作成者となる出発点を、九代秋田藩主佐竹義和（一七七五～一八一五）との出会いに求めている。真澄の価値を発見して全国に広めた人に秋田の真崎勇助（一八四一～一九一七）がいたが、柳田の功績は群を抜いている(2)。発言を引用してみよう。

> 文化の中頃から、所謂菅江真澄翁の名声は漸く高く、藩の学者にも其力を認めた人が多くなつて、多分那珂碧峰《なかへきほう》（通博）といふ人の推薦であらうといふことだが、新たに領内地誌取調方を囑せられ、それから後は公人として仙北以南の村々を巡回した。
>
> （「白井秀雄と其著述」）

が此書物を読み又引用し始めた頃までは、秋田県外の人で菅江真澄を知る者は甚だ稀であつた」。昭和三年に執筆した「白井秀雄と其著述」の一文。「二十年ばかり前」は、明治四〇年（一九〇七）ごろをさす。「私の不審に思ふのは、今まで一向に是ほどの名著を利用しようとした者の無いことであります」。同じく昭和三年に執筆した「秋田県と菅江真澄」の一文。「名著」は「遊覧記」の類をさす。柳田は、こういう認識をもとに、真澄の著述が「尋常農民の生活」「数百年来の所謂市井の生活」「田家の生活」「鄙人の実相」「農民心理」を記録したもので、ほかにまったく類例のない貴重な資料であると強調している。

2、石井正己「真澄と柳田国男（一）―『雪国の春』から見えてくるもの―」、「同（二）―「真澄遊覧記」刊行の実験―」（ともに『真澄研究』一〇号、昭和四年一月『紙魚《しみ》』（第二六冊）という雑誌に掲載されたものである。私人の真澄を地誌作成の公人へ橋渡しをしたのは、那珂通博（一七四八〜一八一七）であったという。かれは秋田藩随一の文化人で、藩校明徳館の助教をしていた。九代藩主佐竹義和の知的ブレーンである。また、次のようにも述べている。

既に数十巻の紀行は世人に認められ、終に一部を浄写して天樹院公（藩主佐竹義和。筆者注）にも献じた後でありますれば、彼が如何なる態度用意を以て、各邑の実情を視察する人であるかは、ほゞ関係者には察せられて居たのであります。即ちその所謂遊覧記式の筆致文彩が、少しでも弘く未だ行き到らざりし仙北平鹿等の村々に適用せられんことを期したので、其結果として、今日仮に未完成であらうとも、斯ういふ異色ある大きな地誌が残つたといふことは、自他の本懐とするところであつたらうと存じます。

（「秋田県と菅江真澄」）

秋田県民に行った講演である。昭和五年（一九三〇）九月『秋田考古会々誌』（第二巻第三号）に掲載された。

柳田が「未完成」かもしれぬという「地誌」とは、『雪の出羽路』『月の出羽路』

二〇〇六年三月、秋田県立博物館・菅江真澄資料センター）。

↓『柳田国男の見た菅江真澄』（三弥井書店、二〇一〇年九月）。柳田の真澄評価と民俗学創設との関連が詳しく考察されている。

『勝地臨毫』をさす。秋田藩の関係者が、真澄独特の「遊覧記式の筆致文彩」つまり旅日記をよく知っており、それと同じものを期待した結果、これらが生まれたというのである。真澄は文政五年（一八二二）年に藩主義和（天樹院）に旅日記スタイルの遊覧記を多数献上した。藩主をはじめ藩士たちが読んで感銘を受け、次に仙北郡・平鹿郡（秋田県南部地域）の地誌を書かせたというわけだ。しかも、「我が菅江氏の如き、聊《いささ》か不覊《ふき》独立に過ぎたる調査者に、自由なる改造を委任したといふことは、たしかに雅量であり又欽慕《きんぼ》すべき此藩の学風でもありました」（同右）と述べている。「自由なる改造を委任した」とは、真澄の個性を信頼し、自由な表現をさせた。ゆえに真澄は、これまでの書上文書を引用したような地誌を根本から変革し、新しい地誌を確立した、というのである。

真澄の書くジャンルは、旅日記から地誌へ変化した。しかし表現スタイルは本質的に変化していないと柳田は考えている。真澄の地誌は旅日記を土台に発展したものだという。地理学において一般の地誌として扱われなかったのは、まさにここに原因がある。私的な旅日記の面影がただよう地誌なのだった。

ならば、真澄の地誌は、藩主や秋田藩士の公的意思をまったく反映していない個人的な地誌なのか。かれらの思惑を気にせず、私的な旅日記のスタイルで書き進めたのだろうか。

地誌を書き始めた時期

柳田は、秋田藩の地誌作成に着手した時期を『雪の出羽路・雄勝郡』、『雪の出羽路・平鹿郡』、『月の出羽路・仙北部』（河辺郡も書くはずだったが未完のまま死没）の調査・執筆よりも前、と見ている。一方、柳田の弟子である内田は、文化八年（一八一一）に藩主義和に謁見し、「出羽六郡の地誌作製の内命」をたまわり、雄勝・平鹿・仙北の調査を始めたと考えている。そして文化一〇年までに、『花の出羽路』五巻（「勝手の雄弓」「月のをろちね」「あさ日川」「水のおもかげ」「をもの浦風」）を書き上げたと見ている（全集第五巻「解題」）巻末注（3）。

内田の判断は正しいだろう。なぜなら、「花の出羽路の目《ナ》」（全集第八巻）という短い文書によって推測されるからだ。このタイトルは内田が仮に名づけたもので、三つの記事から成っている(4)。最初の記事は、『花の出羽路』『月の出羽路』『雪の出羽路』の内容紹介をしたもので、末尾は「〜しるしたり」「〜のせたり」と完了形である。これまで書いた三つの地誌の紹介と見てよいだろう。次の記事は、「花の出羽路の目《ナ》」と題されており、『花の出羽路』に収めた五つの巻について簡単に記している。これも末尾が完了形だから、書き上げた巻々の内容紹介と見てよい。「目《ナ》」は書目・目録であり、何を書いてあるか簡単に記したのである。しかし最後の記事は、「花の以伝波路」と題された長文であり、前の二つとかなり異なる。

要約してみよう。「佐竹侯の封《シラ》す六郡」は、出羽国一二郡のうち雄勝・平鹿・仙北・

4、第一の記事は「花の出羽路ハ秋田、山本此二郡の事あり」「月の伊伝波遅ハ　河辺、仙北此二郡の事あり」「雪のいではぢハ　雄勝、平鹿　此二郡の事ありき」の三項目をそれぞれ説明している。郡名は北から南に並べてあり、各地誌の完成順ではない。「雪のいではぢハ」は、「〜事ありき」と過去形だから、その完成後であることが河辺・秋田・山本の六郡である。その中心は秋田郡なので「秋田」と総称されている。「秋田《あきのた》の穂波うちなび」く豊かな国であり、「君のみめぐみの露か丶らぬ」ものはない。よって人々はもちろん、異国からきた自分のような旅人にも「心やすく」「こ丶ろほこりか《誇》」な国である。

そう述べて真澄は地誌作成について語りだす。自分は「君のみめぐみをおもひ」、「つゆばかりも世にたつ事」をしたくて、「此いではなる六つの郡を月雪花になずらへて書き集《ツム》」のである。すなわち、君恩に報いるために「月雪花」の三部に分けて秋田藩領の地誌を書く。これを読む人が、諸国を旅してきた甲斐があったと思ってくれるならば、うれしい。私は「三河の国乙見《オトミ》の里人菅江の真澄」である。末尾に「文化十とせ（一八一三）といふとしの春」と記して終わっている。

右の記事は、『花の以伝波路（出羽路）』が完成したことを述べ、次に書く『雪の出羽路』『月の出羽路』を予告したものと思われる。「月雪花」は、これから書いてゆく順序であろう。「花」はすでに書き上げた。次は「雪」そして「月」を書いてお見せします」というわけだ。事実、「雪」は文化一〇年から一四年あとの文政九年（一八二六）ごろに完成し、「月」は調査・執筆の途中、文政一二年夏に絶筆となっている（内田『新装版　菅江真澄の旅と日記』）。

内田は、右の記事を「これからおのれの才能、筆力をつくして、佐竹藩の地誌を編述しようとする意図を表明し」、藩主に地誌作成の許可を求めた「嘆願書」と見てい

わかる。第二の記事は、「花の出羽路の目《ナ》」であり、収録する「勝手の雄弓」「月のをろちね」「あさ日川」「水のおもかげ」「をもの浦風」の簡単な紹介。第三の記事は「花の以伝波路」と題する長文。いずれも作品の内容紹介であり、その種のものを寄せ集めたものだろう。内田のいうように、三つの記事を書いて藩主に「嘆願書」として提出したものではない。

る。（全集第八巻「解題」）すなわち、「秋田六郎の地誌を編む計画書」であり、「今後このような内容をもった佐竹藩の地誌を執筆してみたいという真澄の嘆願書だった」（全集第五巻「解題」）というのである。だが、間違いだろう。君恩にお返しをしたいと述べており、書かせて欲しいと嘆願していない。そういう表現はどこにもない。藩主に感謝し、諸国遍歴の経験を生かして地誌を書くというのである。文化一〇年に「花」を書き終わって次の「雪」「月」を予告しているわけだから、嘆願書は必要なかったと考えるべきである。

藩主義和は、なにゆえに地誌作成を命じたのか。これまで内田の説が信じられてきた。たどりながら見てゆこう。「江戸幕府の儒官屋代弘賢（一七五八〜一八四一）が文化一〇（一八一三）年前後、『諸国風俗問状』という質問書を全国各藩の同学、知識人に送付して、その地方の伝承文化の報告を求めようとした」（全集第五巻「解題」）。秋田藩はその返書を作成するために菅江真澄を呼び出した。『風俗問状』の内容は、正月元日の行事から各月の行事を列記し、さらに冠婚葬祭などに至るまで、一三一ヵ条の質問が掲載されている木版の小冊子である」（同）。返答書は『秋田風俗問状答』と呼ばれるもので、編集責任者は秋田藩士那珂通博であった。真澄はその協力者に選ばれ、秋田藩士たちの「不得意とする民間習俗の方面だけ」の調査報告を命じられた。内田は「寺社の縁起、祭事に関しては真澄に聞こうというのではなかった」と断言する。秋田藩にとって重要事項だから、他国人の真澄には調査も執筆もさせず、秋田藩士が

†屋代弘賢は、江戸幕府の右筆《ゆうひつ》。文書の収集や書記・書写をした。有職故実、書誌学に詳しく、能書家でもあった。塙保己一の『群書類従』編纂・刊行に関与。諸国に『諸風俗問状』に送り、民俗・習俗の集大成を図った。五万冊の蔵書は「不忍文庫」といわれた。義和は弘賢と面識があった。→一九八頁脚注。

行ったというのである。

先に述べたが柳田は、藩主が真澄に任せて自由に地誌を書かせたという。内田は、藩主が命じたとする点では同じだが、「寺社の縁起、祭事」は調査も執筆もさせなかったという。これも正しくないだろう。「月雪花」のどれにも、「寺社の縁起、祭事」が多量に詳しく記されているからだ。それらの調査・執筆を秋田藩が禁止したとする内田説は成り立たない(5)。幕府から命じられた返書はしかるべき藩士が書くのであり、真澄はその立場になかったと考えるべきである。

内田はこんなことも述べている。真澄が返書に書くことを許されたのは、「久保田の藩士らが下層階級として差別、嫌悪して、あえて近寄ろうとしない芸能者などを訪ねて、記録することだったと考えられる」という。真澄を被差別階級のような者かそれに親近しうる者と考えている。その真偽はわからないが、返書は真澄の協力により順調に完成したというべきだろう。

この仕事を通じて秋田藩士たちとの交流が生まれ、藩主との接点が用意された。そして地誌を作成したいと思い立ち、「嘆願書」を提出したと内田はいう。それが「花の出羽路の目《ナ》」に収められた最後の記事であり、地誌の内容を詳しく書いて許可を願い出た。秋田藩士の強い反対があったが、那珂通博らの推薦があり、藩主の認可がようやく降りて現地調査を始めることができたという。

内田によれば、文化一〇年前後に幕府に命じられた『諸国風俗問状』の返書ができ

5、内田は真澄の書く地誌について次のように述べる。「紀行日記の執筆は許してくれても、他国の旅人に領内の地誌を依頼することはできないという藩士らの強硬な意見にさまたげられ」、最終的に「藩内資料だけに限定し、真澄の考証、他国の見聞はできるだけ避けることなど」を条件に地誌執筆が許された（全集別巻一）。藩主の下命があったのに、藩士が反対できようか。内田説には疑問点が多い。本書Ⅲ一「旅日記から地誌へ」に詳しく述べた。

あがり、そのときの仕事ぶりが認められて、地誌作成の許可が与えられた、ということになる。だが述べたように、『花の出羽路』五巻がすでに完成していたのだから、地誌を書く許可はずっと以前に降りていた、と考えるべきだろう。

　地誌作成は、どのようにして始まったのだろうか。藩主に謁見するころの状況を垣間見てみよう。内田が指摘するように、真澄は文化八年四月初め、男鹿市脇本の神官伊藤大和の家で秋田藩士の茂木知利と会った（『簷迺金棣棠《のきのやまぶき》』）。知利は「江戸の文人との交わりも多く、特に滝沢馬琴と交際が深くて、馬琴の著書にその名前が散見する」ほどで、「幕府の儒官屋代弘賢も知己であった」（全集第五巻「解題」）。それゆえ真澄を呼んで、『諸国風俗問状』への協力を要請したと内田は推測している。

　五月一二日、秋田市金足《かなあし》の奈良喜兵衛家で、知利の紹介により那珂通博・広瀬有利と会い、詩歌を作りながら親しく交わった。八月一〇日、通博に誘われて秋田市郊外の太平村黒沢に行き、勝手明神を拝んだ（『勝手能雄弓《かってのおゆみ》』）。翌九年七月半ば、通博に誘われて秋田市郊外の太平山（一一七〇・四メートル）に登った。同行者には、のちに『秋田風土記』（一八一五）という地誌を書いた淀川盛品や樋口忠一たちがいた（『月迺《つきの》遠呂智泥《おろちね》』）。

　秋田藩士との交流がかなり深まっていたのである。かれらを通して藩主との距離も縮まっていたであろう。だが、「真澄が佐竹義和に初めて会ったのは、いつであったか、確かな記録はみあたらない」と内田はいう。そして、石井忠行《ただつら》（一八一八〜九四）

†『かぜのおちば』の裏書きに、茂木知利（生没年未詳）が旅に出たときの真澄の歌が記されている。「皈《かへ》り来む」の短冊が現存する。

　茂木知利、陸奥に行けるを、

・皈り来む日数かぞへてまつしまや余波(なごり)(雄島)をしまのけふのわかれぢ

文化一一年(一八一四)むつき(睦月)廿

　二日なれば、

・花の浪やがて越えなむたび衣たつはむつきの末のまつ山

の『伊頭園茶話《いずえんさわ》』第七巻に、「天樹院公、明徳館へ真澄ヲ召サレシ時モ黒紬《つむぎ》ノ頭巾ヲ冠リテ出ルト云」という記事があげるが、やはり面会した年月は記されていない。真澄といえば、頭に刀傷をもつ経歴不明の謎の人物、という常識がまかり通っている。寝るときも「頭巾」を被り、隠していたという。だが、「頭巾」を被って謁見したとすれば、藩主がそれを許したと思われるのであって、とりたてて問題になるようなことではなかったかもしれない。真澄研究が「謎の人物」という結論で終わるならばなにも始まらない。

以上、文化八年から一〇年ごろ、秋田藩の文人たちと交遊を深め、そのおかげで九代藩主佐竹義和にお目通りすることができたと思われる。地誌作成の指令を受けたのはそのころだろう。もしもこの推定が少しでも的を擦《かす》っているならば、藩主の意向が真澄の地誌に何らかの形で反映されていると考えてよいだろう。藩士たちの支援協力も大いにあったと思われる。通説では真澄一人が調べて書いたように考えるが、おそらくそうではないだろう。さまざまな協力者があらわれ、作業チームが組まれ、かれらが調査をし資料を収集するという集団的な作業があった可能性があるだろう。

漢詩・和歌に詠める地名へ

真澄の仕事は旅日記から地誌へと移ったが、きっかけは何であったのか。藩主はどんなことを命じたのか、次の記事から推測できる。『布伝能麻迩万珥《ふでのまにまに》』（一八二四年ご

†藩士の支援・協力は、全集第一二巻「書簡」などから窺えるという（松山修氏のご教示）。その一人、高階貞房（一七八四〜一八四七）は「御刀番として、藩主に従って江戸へ往復することが多かった。文化八年（一八一一）の夏、真澄は久保田に来た。そして久保田城内に招じられたが貞房は藩主の側役として真澄と会い、いちはやく親密な交際をむすぶに至った」（全集「解題」）。貞房に宛てた真澄の書簡を見ると、『続日本後紀』『和訓栞』その他の書物購入について相談している。江戸で貞房が購入し真澄に提供し、真澄の博覧強記を支えた。国学者で波宇志別神社の神官、大友直枝（一七八五〜一八二九）は藩校明徳館の教授であり、蔵書閲覧の便宜を図ったであろう。平鹿・雄勝郡の調査では宿舎を提供している。雄勝郡菅生村に住む佐藤太治兵衛も真澄に宿舎を用意し、在地資料の収集に協力している。そのほか秋田藩士、

ろ成立か。全集第一〇巻）は、書きためた随筆を集めたものである。適宜、段落や濁点をつけて引用する。

あさひ川

久保田の一郷《ヒトサト》（秋田市）は、みなこの旭河の流をのみ汲《クミ》ぬ。そを、仁別《ニベツ》川といふ人あり。また泉川などいふ人あり。そのさだかならず。一《ト》せ、公、那珂氏をめして、此河の名付よとのたまへば、那珂博通《（通博）》、かしこまりて仁泉《ジムセン》とまをし奉《アグ》れば、公、そは詩《カラウタ》にはよき名ならむ。和歌《ウタ》にはいかゞあらむとありて止ぬ。

としを経ておのれみなもとを尋ねて、此川は旭河也。そのよしは朝日の嶽より落流《ナガル》る也と、此事を、那珂氏をしてけいし奉れば、公聞給ひて、あないみじ、旭川とは詩にも歌にもよけむ。もともうるはしき名也と、めでくつがへり誉め給ひしも、むかし物語りのごとく、公も博通《（通博）》みな此世におはしまさぬ事こそ、ねたく、くちをしき事なれ。

一とせの春、おのれ泉村にいたりて、田に水まかすとて旭川の流をせき入る。垣ねのもとに、紅梅の枝さし出て、咲たるを見しとき

あさ日川夕日の色もせき入れてくれなゐふかき梅のした水

とよみしを、公伝へ聞給ひて、になうめで給ひしよし、人づてに聞た《（て）》恐《カシコ》まりぬ。

島屋長秋、岩手県奥州市に住む鈴木常雄への書簡がある。なお、全集別巻一「菅江真澄研究」に詳しい。なお、全集第七巻・五二六頁、第八巻・五〇五頁に、内田の詳細な研究がある。

要約しよう。秋田市の郊外に旭川が流れている。飲み水として利用されているが、仁別川、泉川と呼ばれており、一定していなかった。藩主義和が那珂通博を召して「名前を付けよ」と命じられたので、通博は一字ずつとって「仁泉《じんせん》ではどうでしょうか」と申しあげたが、「漢詩にはよいが、和歌にはどうか」と却下された。その後、私は源流を尋ね、「朝日の嶽」から流れてくることを発見した。そこで「旭川ではどうでしょうか」と通博を介して申しあげたところ、「漢詩にも和歌にもよい。しかも、めでたくもある」と満足された。藩主も通博もすでに亡くなった。まことに残念だ。私の詠んだ「旭川」の歌を藩主がたいそう誉めておられたという。人づてに聞いて恐縮したものだった。こう述べている。

ちなみに、太平山の麓の村里を流れるときは仁別川、久保田城下を流れるときは泉川と呼ばれていた。そして雄物川と合流し日本海にそそいでいる。注目すべきは、真澄が源流を探し当てて「旭川」を提案したことだ。字面で考えた「仁泉」ではなく、現場に即した地名だからこそ藩主は満足したのである。「としを経ておのれみなもとを尋ねて」とあるから、命令から一年以上は経っている。二、三年後、あるいは五、六年後のことだろうか。どんな名称にすべきか、通博周辺の藩士たちが話題にしていたのだろう。

秋田市内を流れる旭川。錦鯉の住む清流だ。

真澄は現地調査で応えた。これがさらなる地誌へと発展したのではないか。あるいは、地誌のための調査をふまえて「旭川」を提案したのではないか。右の記事に引き続いて、次のように述べている。その一部を引用してみよう。

『花の出羽路《イデハヂ》』の「朝日川」という巻に、

　藤倉山《ノ》路を経て仁別といふ処になりぬ。横長岑《ヨコナガネ》を踰《（こえ）》れば旭《アサヒ》岐《マタ》川右手《メテ》に、いと早ク流て、うち臨む、日蔭《ヒカゲ》の淵《フチ》、石淵なンどことに深けむ。北方《ウシロ》の山を曲戸渓《マルドサハ》、備斯夜玖渓《ビシヤクサハ》といふ。その麓あたりも過て、路より左《ユミデ》に、高き岡ありて、山祇神《ヤマノカミ》、また、文殊菩薩をおなじさまに原刻《ツク》りて、此ふたばしらをするゐたり。七《ナヽ》曲《マガリ》坂を下リはつれば、右は巽《タツミ》にして、朝日《アサヒ》胯《マタ》川を隔て、水麻沢《ミツサハ》といふ処《トコロ》あり。

（中略）

かゝる事などおもへば、此あたりは、みな蝦夷の住居《スミ》つる処とは、つばらかに知られたり。

此水元《カウチ》は、大平岳の東麓《ヒムガシ》あたりにして、母渓《ムサハ》を、

仁別国民の森を流れる旭川の源流。太平山の山懐だが水量が多く、しかも急流だ。

旭《アサヒ》の谷《サハ》、あるは朝日跨《マタ》川を、親川《オヤカハ》とて、みなぎり流れ、南に、弟子皈《デシカヘ》リの澗《サハ》水《ミツ》ながれ、北には、赤倉が嶽の渓水、また南なる薬研谷《ヤゲムサハ》なンど、渓々《さはく》の水流れ出て、ひとつに落会《オチアヒ》、大雨湾《オホマタ》と成りて流ぬれど、おしなめて、名は旭跨《アサヒマタ》川と云ひ、また、省略《コトバハブキ》もて、朝日川とは云ひける也。

やゝ日も暮なんとて、此仁別ノ村なる、相知れる大嶋多治兵衛といふ人の家《モト》にやどつきたり。けふひねもす空冴えわたり、小雪零《フ》りて、いと〳〵寒ければ、

花はいつ桜のこずゑ梅の苑《ソノ》また夕凝《ユフコ》りの霜のおく山

（後略）

「藤倉山ノ山路」は秋田市の東北の方角にある。地図を見ながらたどってみよう。道路に沿って仁別川が流れている。さらに太平山に向かって歩くと、左の谷から仁別川、右の谷からも川が流れてきて合流する。真澄は右に折れ、太平山の奥へ登って行った。そこで発見したのは「旭の谷」（つまり「朝日ノ嶽」から）から激しい勢いで水が流れてきて、「朝日跨川」または「朝日川」と呼ばれていることだった。

真澄は、藤倉の村里を流れる仁別川の、もう一つの源流が「朝日（旭）川」であることを発見し、提案したのである。

ところで、この調査はいつだったろうか。右の引用文に「空冴えわたり、小雪零《フ》り

て、いと〳〵寒ければ」とあり、もう少しあとに「「月のをろちね」といへる日記にも去年しるしたり」とある。「月のをろちね」は『花の出羽路』第二巻であり、文化九年七月、那珂通博に誘われ太平の村里から太平山に登ったことを書いた旅日記だから、文化一〇年冬のことだった。去年と反対側、藤倉の山里から太平山の山懐に分け入ったのである。

　真澄が右の引用文に転載した「朝日川」は、『花の出羽路』の第三巻にあたる。日にちを書き記し旅日記のスタイルをとっているが、川・谷・山の地勢や自然状況のほかに、かつてアイヌが住んでいたこと、それゆえアイヌ語の地名が残っていること、昔から良材の産地であることなどを詳述記しており、むしろ地誌としての性格が濃い。

　真澄は夕暮れ、知人の大嶋多治兵衛の家に宿をとった。そして、「花はいつ桜のこずゑ梅の苑《ソノ》また夕凝《ユフコ》りの霜のおく山」という歌を詠んだ。「桜」は「桜が咲く」、「おく山」は「霜が置く」の掛詞になっている。「桜はいつになったら咲くのか。梅の園はいつ美しくなるのか。霜の置く奥山よ」。始まったばかりの長い冬なのに、早くも春を待ち焦がれている。このように歌を織り交ぜて旅日記が綴られてゆくのだが、詳細な地誌でもあるというユニークな書き方になっている。

　この表現スタイルから個人的要素を抜き去れば、より純粋な地誌へ発展するだろう。「朝日川」は、前年の「月のおろちね」よりもずっと歌が少ない。書かれている対象も内容も、より地誌に近いものになっている。真澄のスタイルは旅日記から地誌へと発展したが、それを促したのは『諸国風俗問状』の調査・執筆であった。それ以上に強く促したのは、藩主の地名変更であったろう。藩主の意向に応えて領内を調査し、より詳しい客観的な地誌を書くようになったといえるだろう。

藩主義和は、和歌や漢詩の詠める地名に変更したいと考えていたのである。真澄はさらに次のように書いている。

> 元亀、天正の世は、仁別を荷別と字《カキ》、また阿仁山を安荷山、仁鮒も荷舟《フナ》と書《カキ》たるよしをいへり。そをおもへば、迩倍都《ニベツ》も蝦夷辞《エゾコトバ》也。迩《ニ》とは木《キ》を云ひ、倍都《ベツ》とは川をいふ也。むかし、それらが住居《スミツ》るころも、良材《ヨキミヤキ》どもいや生ひたちし山より流《ナガル》るをもて、木河《ニベツ》とはもはら言始《イヒソメ》し名にこそあらめ。木川《ニベツ》は、蝦夷の常《ツネ》につかふ言葉也。

元亀・天正（一五七三〜九二）は佐竹藩の成立する以前であり、安東氏が統治していた。そのころはアイヌ語に漢字をあてて地名を書いていたという。したがって藩主の意図は、アイヌ語の仁別川を和歌にも漢詩にも詠める美しい地名に替えることだったのではないか。信頼する文人藩士に頼んだがうまくゆかず、真澄が見事に応えたというわけだ。仁別川は仁別・山内・添川へ流れてきて、久保田城下で泉川と呼ばれた。もしも仁別の村里から泉川と呼ばれていたのなら、改名せよとはいわれなかったろう。

『百人一首』に、「みかの原わきて流るる泉川いつ見きとてか恋しかるらむ」（中納言兼輔）という歌がある。泉川はだれもが知っている美しい歌語であるからだ。

さて、「旭川」への改名は、真澄にとって忘れられないことだった。『久宝田能《くぼたの》おち穂《ぼ》』（一八二二年成立。雑纂の随筆集。全集第一〇巻）にも、次のように書きとめている。ほとんど同じだが新しいことがわかるので、引用してみよう。

あさ日川

久保田に流るゝ川を、仁別川といふ人あり。また、泉川といふ人もありて、さだまれる名とてもあらねば、君、此川に名付よと、のたまひしかば、那珂通博かしこまりて、仁川《ジムセム》とまをしあぐれば、よき名也、詩《カラウタ》には作りてむ、和歌にはいかゞあらむと、のたまひしよしを、人の伝へて物語にしけり。

おのれ一とせ、此川を沂洄《サカノボ》りて、なほみなもとを極《キハミ》なむと、いたり〳〵て大平《ヲロチ》山《ヤマ》の麓になりぬ。源を水ほしといふ。大渓《オヤザハ》を母沢《ムサハ》と云ふは、いづこもおなじ。杣《ソマ》山賤等《ヤマカツラ》が方言《コトバ》也。水元《ミナモト》は大平嶽《ヲロチネ》の東面《ヒムガシオモテ》にして、そこを朝日の嶽ともいふが、其渓を旭湾《アサヒマタ》といひ、また旭派《アサヒタ》川といふ。此水、滝と落、淵と淀ミ、瀬と漲《ミナギ》りて、仁別の手繦《タスキ》の瀬《セ》にて、仁別川落会て、藤倉、松原、添川、濁川、泉を経て、此久保田を巡りて、百三段《アラヤ》の海近く御膳《オモノ》川に入る。

旭河といいはむにになう、なほ名もよかりきと云へば、那珂通博、此事をけいいし奉れば、君になう愛給《メデ》ひて、旭川は歌にも詩にも川を祝ふこゝろもふかく、あらたに負《ツケ》しにもあらず、旭ノ嶽より落滝つ、流るをもていらへむとて、よろこび給ひたりしとなむ。

おのれ、「旭河」（「朝日川」）といふ一まきかきしは、泉村より仁別の山里までの事をしるしたり。堰埭《ヰセギ》のもとに、よき紅梅のありしかば、くれ近きまであきたらず見つゝしありて、

旭川夕日の色もせき入れて紅ふかき梅のした水

とよみたり。此うたも『百臼図記《モヽスガタノ》』を奉りしとき、ともに奉り《（ママ）》。

先に通博が「仁泉」を提案したとあったが、ここでは「仁川」とある。どちらが本当だったかわからないが、藩主は納得しなかった。「人の伝へて物語にしけり」とあるから、藩主の提案は藩士たちの間に広まっていた。そこで真澄が源流を歩いて調査をし、「旭川ではどうか」と通博に伝え、通博が藩主に奏上したのである。これが真相であった。

そのとき通博は、真澄の書いた旅日記のような地誌「朝日川」を持参し、お見せしたのではなかろうか。同書は『花の出羽路』第三巻にあたるが、たいそうなお褒めにあずかり、また通博をはじめ藩士たちの推薦などもあって、さらに本格的な地誌『雪の出羽路』『月の出羽路』の作成が命じられた、という推測もできるだろう。

さらにわかることがある。藩主は「旭川」には「川を祝ふ心」があり、「旭ノ嶽より落滝つ、流るをもて」名づけたことに満足した。やはり実際の地名であることを知って満足したのであった。さらにもう一つ、わかることがある。だれよりも早く「旭川」を歌に詠んだのは真澄であったことだ。右の「あさ日川」という一節に、「旭川夕日の色もせき入れて紅ふかき梅のした水」という歌がある。この歌は、仁別川から堰き

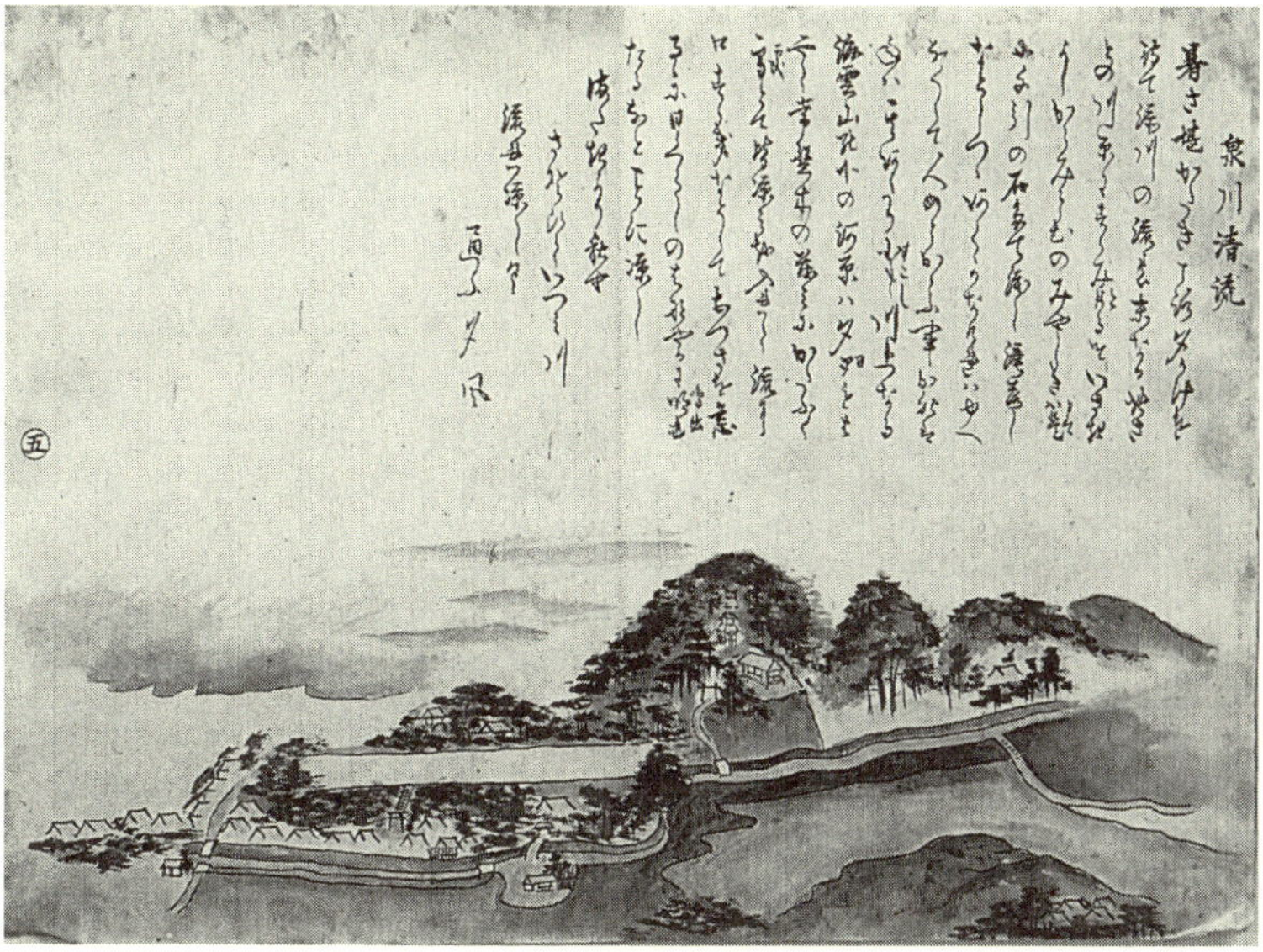

「泉川清流」。『秋田十景之図』（大館市立中央図書館・真崎文庫蔵）から。弘化４年（1847）７月、秋田藩士大越圀信（1817～1863）が田所氏所蔵本を模写（色彩）したもの。江戸初期成立。仁別川は山里を流れるときは添川、街中では泉川と呼ばれた。夏は川原で夕涼みをし夕照をながめるのがよいと記す。「まだきより秋やさそひしいづミ川　流れ涼しく通ふ夕風」。久保田城のまわりを流れるのが泉川。左側に藩主の別荘「如斯亭《じょしてい》」（義和の命名）がある。鷹狩などの休息所に使われた。下部に潟のような地帯が見える。今は住宅地に変わった。

入れた小川のほとりに咲いている紅梅を見て詠んでいる。真澄は仁別川を改称して、いち早く「旭川」を詠んだのだった。文政五年（一八二二）一二月、藩校明徳館に多くの著作とともに『百臼図記』（文化五年〔一八〇八〕成立）を献上したとき、この歌を書き添えたという。藩主が「旭川」の提案を喜んでくれたこと、この歌をたいそう誉めてくださったことを思い出し、感謝の気持ちを込めたのだろう。

藩主の地名変更は、漢詩にも和歌にも詠める美しい地名でなければならなかった。そして、実際の地形や地名に即したものであることが望ましい。これが目安であった。真澄の領内調査はさまざまな目的をもっていたはずだが、藩主の地名変更に応えることもその一つであった。そこから本格的な地誌作成が始まったのではなかろうか。

名所を見立てて報告せよ

藩主義和は、どんなことを真澄に命じたのだろうか。「旭川」の例からほぼ推測できるが、『覚書　多賀茂助筆』（大館市立中央図書館・真崎文庫蔵）にはっきりと記されている。多賀（可）茂助は文化一一年（一八一五）の生まれ、秋田藩御用商人那波祐生（一七七二〜一八三七）の次男で、分家して多賀（可）家を興した。序文に、昔の見聞を思い出して書き綴ったとある(6)。真澄に関する部分を引用しよう。

　岩野人参畑に、常かぶりと俗に被レ申候人有レ之。頭に大疵之有レ之よし故、夫を

6、佐々木榮孝編著『多可茂助の覚書』（私家版、一九九六年三月）に掲載された鷲尾厚の翻刻文を参考にした。生没年の考証

人に見せずとて、いかなる大暑にて、かぶりを取不レ申よし。此人之名、マシミと申候よしなれど、苗字やら名号やら、文字も不レ存。医者ニ候や、人参を勢し（製する）為ニ、岩野へ住居候や。随分もの覚ひ（え）人にや、天樹院様より被二仰付一、御領内之中、名所ら敷候所を見立、又は田舎名目にて、いやしき名立等もあらば、能名に改名為レ致度、廻在見聞可レ申との仰を蒙り候よし。さすれば、御目通江罷出候事も可レ有レ之や。そを中端ニして、天樹院様御逝去ニ付、其事それなり絶エ候や。愚老十三四歳之頃、下やしき梅津の家中伊藤官兵衛の家ニ罷在、同家にて老病之事承り候。□も、終存不レ申候。前名所之名付候文書、何方に有レ之や、一二言承り候ニは、

一　当城を矢止の御城《ミキ》と名付候よし

一　仙北河を御物《おもの》河と名付候よし

一　八龍湖を琴の海と名付候よし

　是、近江の枇杷海の縁《ゆか》りを思ひいでし名にやはべらん。

　四里に七里、曲りくねりなく南北へ一通り見渡りをいふなるべし。

真澄は秋田市郊外の人参畑に住んでいた。人々は秋田弁で「マシミ」と呼んでいたが、名字か雅号か、どう書くのか、わからなかった。博識ぶりが認められ、天樹院様（義和）から「名所といえそうな場所を見つけよ。田舎くさい地名ならば変更せよ。

は佐々木による。なお、全集第五巻にも内田の翻刻があるが、原本および鷲尾の翻刻と対照する必要がある。

領内を調査して報告せよ」と命じられた(7)。だが、藩主が亡くなり、この仕事は中断せざるをえなくなった。未提出の報告書があったが、今はどこにあるのかわからない。聞くところによれば、久保田城を「矢止《やどめ》（留）城」巻末注(8)、仙北河を「御物河《おものがわ》」、八竜湖（八郎潟）を「琴の海」と名づけたのは真澄である。

茂助は一三、四歳のころ、梅津家（秋田藩家老職）の家中伊藤官兵衛家に行き、真澄が「老病」に患っていることを聞いた。茂助の父の伯父にあたる祐重と真澄が親しかったので（『久宝田能おち穂』所収「布の小麻久良《ノヲマクラ》」）、その縁で聞いたのだろう。真澄が亡くなる文化一二年ごろだろうか。とすれば、まだ九歳ごろだから記憶違いである。人参畑に住んでいたのは、漢方薬にする人参の栽培と製法を任せられていたからだった巻末注(9)。

藩主の命令は、先に述べた「旭川」の場合とまったく同じだ。名所といえそうな場所を探し出し、「田舎名目」であるならば和歌・漢詩にふさわしい「能《よ》き名」に替えよ、というのである。気になるのは、真澄が「矢止城」「御物河」「琴の海」と名づけた、というところだ。人々はそう思っていたのだろう。

本当だろうか。真澄自身はどう述べているのか、検証しよう。『布伝能麻迩万珥《ふでのまにまに》』所収の「そでのうら」「似たる名どころ」を、現代語に直して引用する。地誌を書くためにメモしておいたものと思われる。

7、同趣旨のことは真澄の墓碑にも刻まれている。

「（前略）殿（の）命の仰言《（おほせごと）》、いたゞき持て、石上《（いそのかみ）》古き名所まぎあるき、

かけるふみをら、鏡なす明徳館に、

ことく〴〵にさゝげをさめて、

剣太刀名をもいさをも、萬代にきこえあげつる、

はしきやし菅江のをぢ（翁）がをくつき（奥津城）処」。

真澄の最もよき理解者で支援者であった鳥屋長秋《とやのながあき》（?〜一八四一）の長歌である。真崎勇助（酔月。一八四一〜一九一七）の自筆稿本「菅江真翁履歴」（秋田県立公文書館・東山文庫蔵）より引用。秋田市寺内に建つ「菅江真翁墓」の碑文を筆写したものである。藩校明徳館に納入された真澄のほぼ全著作（旅日記・地誌・随筆その他）を、「殿命の仰言」により「古き名所覓(ま)ぎ歩き、書ける文」

そでのうら

「袖の浦」は出羽国（山形県）の吹浦（遊佐町）だという。また、陸奥国に「衣河」があり、その河口を「袖の湊」「袖の渡り」という。同じく石巻の住吉社のあるあたりも「袖の渡り」という。

出羽国吹浦の「袖の浦」は、息長帯比売命《イキナガタラシヒメノミコト》の「袖」と関連がある。象潟（秋田県）の「袖掛の松」もよく知られている。同じく、秋田の土崎港は「御裳《ミモスソ》」になずらえて「裳《モスソ》の浦」とし「御裳浦」とも書く。また、雄物《ヲモノ》川の湊なので「面の川」と書くこともある。

「寒風山」はもと「坂欠山《ハブカケ》」といったが、風流を好む人たちであろう、「寒風山《サムカゼ》」（伊勢国に同名の山がある）と改めて漢詩・和歌に詠むようになってから、みやびな地名になった。

元亀、天正（一五七〇〜九二）のころは、どこでも連歌が流行した。秋田城介実季公の世は和歌・連歌が好まれた。「寒風山」は男鹿の山なので「妻恋山《ツマコヒ》」、八竜湖は男鹿から琴川が注ぐので「琴の海」と名づけた。

「琴の海」は近江国（滋賀県）の琵琶湖を真似て名づけたものだが、湖の形が箏の琴に似ている。武蔵国（東京都）の俳人晩得翁が琵琶湖で「五郎能ク聞け時鳥《ほととぎす》」という句を作った。この句は、「近江国は源五郎鮒、出羽国は八郎鮒」という諺をヒントにして詠んだのだろう。

寒風山（標高715.2メートル）。八郎潟（「琴の海」）から遠望する。

だという。真澄をよく知る人々

「袖」という文字のもつ地名は各地にある。秋田の人々は「外」（そと）を「そで」と発音する。出羽国（山形・秋田県）や陸奥国（福島・宮城・岩手・青森県）には外山（そでやま）・外崎（そとざき）・外沢（そとざわ）といった地名が多い。「袖の浦」「袖の渡り」「袖の湊」も、「外」（そと）を「そで」と発音するところから生まれた地名だろう。筑紫国（福岡県）にも「袖」という地名がある。菅原道真が流されたとき、博多の「袖の湊」で下船したという。これも「外の湊」であったろう。

似たる名どころ

秋田に「阿仁」という銅山がある。中国には「銅仁」という金山がある。『天工開物』に書いてある。秋田の八竜湖の近くに雄琴川がある。「男鹿《（雄）》の琴川」という意味である。今は「琴川」と呼んでいる。琵琶湖のあたりに「雄琴川」がある。『江源武鑑』に、滋賀郡に「雄琴社」があると詳しく書いてある。よく似た地名である。

「袖」に関する地名を集めている。その部分を要約してみよう。「外」（そと）は「そで」と発音されるから、「外の浦」は「袖の浦」に変化した。「袖」をもつ地名は陸奥国・筑紫国にもあるが、みな同じだ。また、吹浦・象潟・秋田・土崎にある「袖」

はそう見ていたのである。名所の調査・報告が真澄に与えられた重要な任務であった。ここにいう「名所」とは景勝地や歌枕をさす。そのほか人物・事件・伝説・産物・地理などにおいて特色のある場所も含むと考えてよいかもしれない。

をもつ地名や「面」をもつ地名は、神功皇后（息長帯比売命）の衣服および顔面に由来している。

山形・秋田の日本海沿岸には、神功皇后の朝鮮出兵を語る伝説が点在しており、たしかに真澄の指摘するような地名が数多く見られる。

「袖の浦」は、よく知られた歌枕であった。「波」「海松布《みるめ》」「藻塩」「海人《あま》」などを縁語にして、「君恋ふる涙のかゝる袖の浦は巖《いはほ》なりとも朽ちぞしぬべき」（拾遺集・恋五・読人不知）のような恋歌が詠まれる。『能因歌枕』『和歌初学抄』は出羽国とするが、正確な場所はわからない。山形県遊佐町とも同酒田市宮野浦ともいう（『歌ことば歌枕大辞典』）。

しかし、地元の農漁民が平安時代の昔から「袖の浦」と書いていたとは思えない。

「外の浦」は「そでのうら」と発音されるので「袖の浦」に替わった。そして、神功皇后伝説と結びついて伝承されてきたと考えるべきだろう。また、「袖の浦」という地名があると聞いて、和歌に詠める、と思った人たちがいたであろう。

問題はここにある。「袖の浦」は伝説を呼び寄せ、さらに和歌に詠まれる地名へと変化した。そして、あの有名な「袖の浦」はここではないか、ということになった。こうして地方は和歌という都の文化体系に組み込まれ、中央とつながった。

都の歌人は、歌枕がどこにあるかを知らなくとも歌は詠める。「袖」「涙」を詠もうと思ったら「袖の浦」をもちだせばよい。陸奥国にあると覚えておくくらいで間に合う。都人にとって歌枕とはそういうものだ。したがって、ここであると主張したのは、時代もかなり下った地元の和歌愛好者であったろう。もちろん都から歌人がやってきて歌に詠んで都の人々に伝えることもあった。やがて有名になり、一般に詠まれるようになった。藤原実方、能因、橘為仲、西行のような旅人は、そういう役割を果たした。

秋田藩主が領内の歌枕・名所に熱い関心を注いだのは、以上のような事情があった。藩主は和歌に詠める美しい風景や場所をたくさん設けようとした。そうすれば、わが領地は和歌の美的体系の中に価値ある位置を獲得することになる。都の人々と同じ普遍的な美意識で見ることができるようになる。藩主は領内を巡覧して歌を詠んだ。藩主とそれを支える文人藩士たちこそ自分たちの住む国の歌枕に熱心だったのである巻末注(10)。

「妻恋《つまこい》山」と「琴の海」

次に「妻恋山」と「琴の海」について考えてみよう。先に引用した「そでのうら」に、風流を好む者たちが「坡欠山《ハブカケ》」を「寒風山《サムカゼ》」に改め、漢詩にも和歌にも詠んだ、と書いてあった。また、元亀・天正（一五七〇〜一五九一）ごろ安東実季《さねすえ》（秋田城介。一五七六〜一六五九）の時代に、和歌・連歌の愛好者たちが「妻恋山《つまこいやま》」と改め、八竜湖を「琴の海」と名づけたとあった。歌人でもあった実季が改名させたと真澄は考えているのだろう。

雄の鹿は、『万葉集』の昔から雌の鹿を求めて山中を鳴きさまようと詠まれてきた。「奥山に紅葉ふみわけ鳴く鹿の声きくときぞ秋は悲しき」（古今集・秋・読人不知）は、『百人一首』に猿丸太夫の歌として入っている。寒風山は男鹿半島にあるので、こうした著名な歌が連想されて「妻恋山」と名づけられたわけだ。

「坂欠山《ハブカケ》」から「寒風山」へ替えたのは、日本海から吹いてくる冬の寒風による。「かんぷうざん」と音読みにすれば男性的で漢詩に向いている。「さむかぜやま」と訓読みにすれば和歌的になる。さらに「妻恋山」といえば、いっそう優美になる。一方、八竜湖は「琴川」の水が流れてくるので「琴の海」と改められた。琵琶湖が思い浮かんできて優美な雰囲気が感じられる。和歌・連歌を詠むのにふさわしい地名に変更されるのである。

注意すべきは、「旭川」「袖の浦」「琴の海」の場合と同じであることだ。藩主義和の命じた地名変更は、秋田藩の成立以前、文人武将の安東実季がすでに行っていた。「田舎名目」の仁別川、外の浦、八竜湖は、すでにみやびな地名に変更されていた。真澄が「琴の海」と名づけたのではないのである。

真澄は、こうした地名変更を何で知ったのだろうか。古い文献と地元の伝承である。「水ノ面影」（全集第一〇巻。上巻のみ。下巻は散逸。『花の出羽路』の第四巻にあたる。文化八年〔一八一一〕ごろ成立か）に、次のようなエピソードを書きとめている。

安東実季は風流を好み、領内の名所を訪ねて歌を詠んだ。高清水（秋田市）の「綾

†真澄は『かたゐ袋』（全集第一〇巻）に、福島・宮城両県を流れて太平洋に淮ぐ阿武隈川について、「しら河の関のほとりの甲子《カッシ》の山よりながれ出て、城の上にながれ行。これを妻恋川とよぶ。下へ流るを逢隈川といへり」と記す。天明三年（一七八三）〜寛政元年（一七八九）の執筆（全集「解題」）。「日光山縁起」に地名の由来譚がある。

小路」は昔から梅の名所で、「梅屋布《ウメヤシキ》」というところがあった。「城ノ介実季朝臣《サネスヱアソミ》、こゝにあそびて梅をめで歌よまれけるところとて、今もしかいひ伝ふるになむ」。実季は、このほかにも領内の名所を巡覧して歌を詠んだであろう。それゆえ、和歌や漢詩を詠むのにふさわしい地名に改めたものと思われる。

　このエピソードは、江戸からきた商人藍川正恭（淙庵。一七三六～一八〇六）の旅日記『雪の不留道《ふるみち》』に書いてある(11)。真澄はこうした文献を渉猟して、実季の風流ぶりを集めたのである。

　先にあげた多賀茂助筆『覚書』に、真澄が久保田城を「矢止（留）城」に替えたとあった。しかし、証拠がなくて確認できない。おそらく仙北河を「雄物河（川）」に替えたのも真澄ではないだろう。真澄は、前に引用した「そでのうら」に、遠い昔、神功皇后の御裳（おんも）に言寄せて「面《おも》の川」（雄物川）と名づけられたと書いていた。報告書にそう書いたので、真澄が名づけたことになったのだろう。報告書は藩主が早世したので未提出に終わった。そのため人々の間に広まったのではなかろうか。

　以上をまとめると、真澄は古い文献を読み、現地を踏査し、また伝説を聞き集めて、地名変更を提案した。その中で、元亀・天正（一五七〇～九一）ころに安東実季たちが名づけた美しい地名を見つけだしたのであった。

　ここで問わねばならないことがある。「琴の海」は実際の地名・地形をふまえた改名だったのだろうか。真澄がどのように書いているか、検証してみよう。

11、真澄は『久宝田能おち穂』に、越前屋政貞が慶安四年（一六五一）に書いた『久保田名所記』をとりあげている。「二本ありと云《イヘ》る人もあれど、おのれいまだ一本も見ず」とあるから、真澄は二本とも読んでいなかった。そして、土屋琴斎が「そのころの風俗《フリ》を見るに足れり」と評したと書いている。現在、秋田県公文書館・東山文庫に一冊が蔵されている。中巻のみの残欠本。末尾に「宝永六巳丑歳」（一七〇九）とあり、慶安四年の作と真澄が記すのと矛盾する。久保田および周辺の寺院・神社・修験を逐一列挙し、由来・本尊・末寺や秋田藩とのかかわりなど

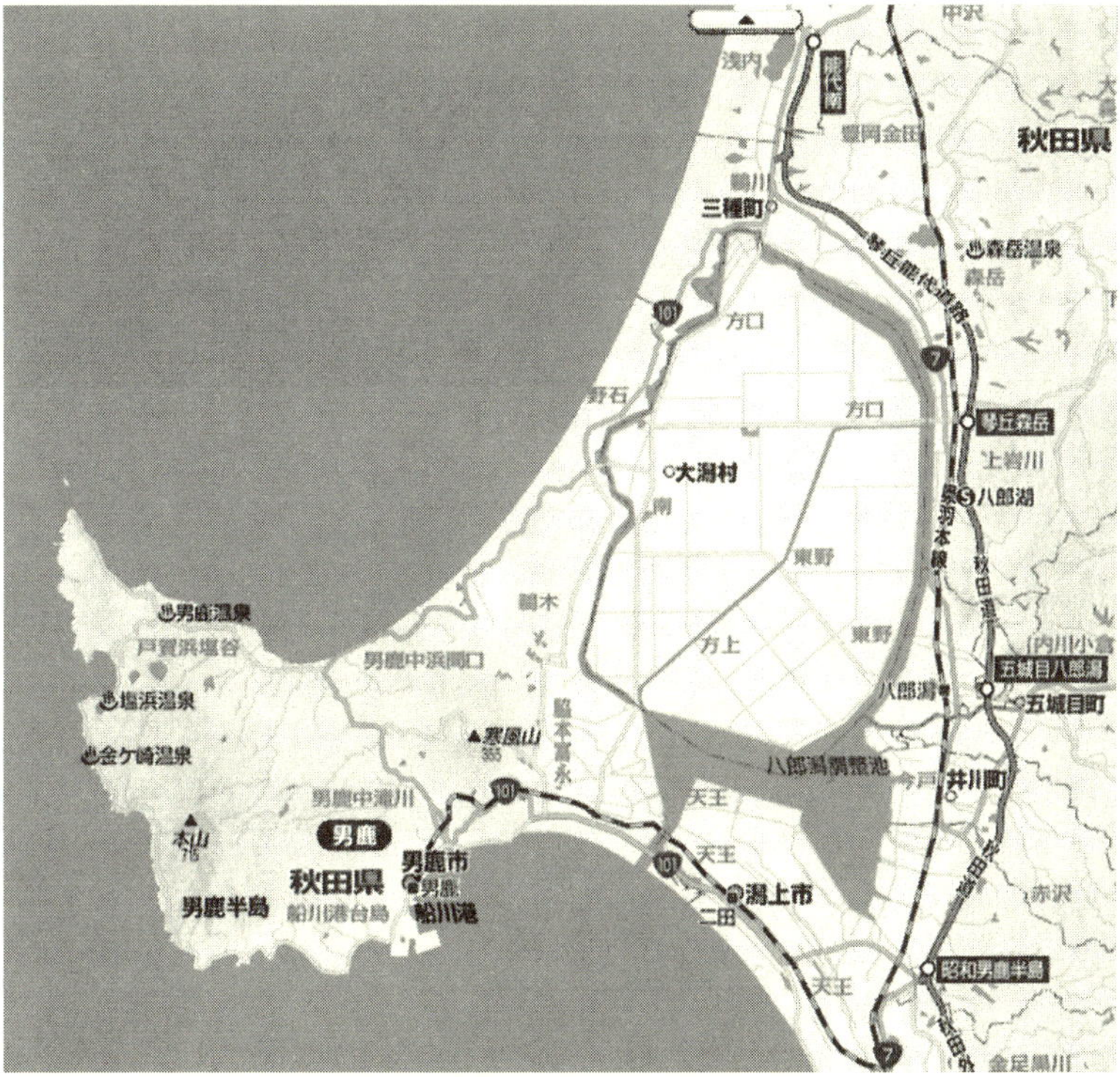

現在の大潟村。昭和32年～39年の干拓事業で大部分が田園地帯になった。周囲の水路が昔の「琴の海」を示す。十三弦の箏の琴、琵琶の形には見えない。ヤフー「地図」より転載。

が比較的詳しく説明されている。「一本あり」とあるから、上巻・中巻だけで下巻は編纂されなかったか。いずれにせよ、真澄以前に「風俗」その他を記す名所記が編まれていたのである。

真澄は、湖の形が「箏」に似ているという（「そでのうら」）。「箏」は十三弦の琴である。「秋田の八竜湖〔琴河の水落入、また湖の形《サマ》もことに似たり、又琵琶ノ湖に対べていへり〕」（「こものうちは、がまうちは」）ともいう。すでに文化元年（一八〇四）の『恩荷奴金風《おがのあきかぜ》』に、「此湖水を、むかし琴の海といひし物話《モノガタリ》あり。あふみの湖の形、琵琶のすがたせりといふにやたぐふらんかし」とあり、琵琶の形をしていると述べていた。また、多賀茂助筆『覚書』にも琵琶湖になずらえたとあり、「四里に七里、曲りくねりなく南北へ一通り見渡りをいふなるべし」とあった。南に約一六キロ、北に約二八キロ、広く見渡せるところも琵琶湖に似ているという。「琴の海」といわれるのは当然だといわんばかりだ(12)。

しかし地図を見ると、四角い形をしており箏の形には見えない。琵琶の形にも似ていない。さらに「八竜湖《ミヅウミ》近く雄《ヲ》琴川〔男鹿の琴のよし也、今琴川といふ〕あり。近江の湖の辺《アタリ》に雄琴山〔滋賀郡に雄琴ノ社あり『江源武鑑』に精ク見えたり〕といふあり。能ク相似たり」（「似たる名どころ」）というが、これも事実と食い違う。

真澄は『江源武鑑』天文一〇年（一五四一）七月二日条の記事を見て右の一文を書いた。「雄琴」が出てくるのは、ここしかないからだ。だが、「志賀郡雄琴里一宮建立。是ハ昔日、成務天皇、景行天皇ノ御禅《ユヅリ》ヲウケ玉ヒ、成務元年辛未正月七日即位アッテ此里ニヲワシ玉フ。彼旧跡ヲ今日改ラレテ如レ此建立ノ義アリ」とあるだけで、「雄琴山」は出てこない。「雄琴ノ社」が「雄琴山」にあると解したのだろうか。真澄は『江源武鑑』を地誌や随筆にしばしば引用している。読み間違いや誤引用をするとは

12、『恩荷奴金風』は、文化元年（一八〇四）八月一四日から九月二一日までを記す。和歌を点綴した抒情性の濃い旅日記。「岸遠う、雁のひとつらよこたふが雲とかゝれど、さすがに月のくまともならで過行など、なさけことにたぐふべきかたやはある」と述べ、「なれもさぞこゝろひかれて琴の海や緒滷（おふみ）の月に鳫《かり》ぞ鳴なる」と詠んでいる。その昔、琵琶湖になぞらえて「琴の海」と名づけたのは、上に述べたように安東実季とその臣下たちであった。

思えない。半ば強引に、意図的に、琵琶湖の近くに「雄琴山」があると書いたのではなかろうか。

決定的なのは、八竜湖に流れてくるという「雄琴川」だ。「男鹿の琴《コト》川末ながれ入る八竜湖を琴の海とせり」（「そでのうら」）、「出羽の八竜湖《ヤツウミ》近く雄琴川〔男鹿の琴のよし也、今琴川といふ〕あり」（「似たる名どころ」）と述べているが、男鹿半島から八竜湖に流れてくる川は一本もない。「雄琴川」「琴川」という名のついた川もない(13)。「雄琴川」は真澄の考案した架空の川といってよいだろう。

真澄はさらにいう。「八竜湖《コトノウミ》〔近江の琵琶湖にならひて琴の湖といふ。水の姿もや、琴のさませり。又あふみの鮒を源五郎、秋田鮒を八郎といふ〕」（「母礼火《もれび》」）。これらはみな『布伝能麻迩万理』にある随筆である。「源五郎鮒」は『西鶴諸国ばなし』（一六八五年刊）などでも知られるが、八竜湖にも「八郎鮒」がいるという（八竜湖は八郎湖ともいう）。

このように、真澄は琵琶湖になぞらえることに熱心だった。これほど強調すれば、琵琶湖に似た名所

幅5メートルほどの流れとなって日本海に注ぐ琴川。琴の海（八竜湖・八郎潟）には注がない。男鹿市五里合《いりあい》。

として定着するだろう。藩主の「領内の名所を調べて報告せよ」に応えることは、このようなことではなかったか。いささか「こじつけ」をしてでも名所に仕立て上げたのである。

真澄は、「雄琴川」(13)（＝「琴川」）が八竜湖に注ぐので「琴の海」と名づけられた、と述べている。男鹿半島の麓に広がる雄大なパノラマを、近江八景の琵琶湖とそっくりだ、といいたいのである。地名変更は地方の武将や藩主の美意識であり、領国讃美であり、全国に向けての誇らかな発信である。真澄は藩主の意向に応えて、安東実季たちの文化的改名を受け継ぎ、さらに補足・拡充・強化に努めたのであった。

美しい地名への変更は室町時代からあった。若き日を京都で過ごした地方の武将たちは京都の文化を運んできて、自分の領国を和歌的情趣で染め上げようとした。京都の政権および京風文化に連なろうとしたのである。それは江戸時代も続いた。

藩主の文化意志

私たちは歌枕・名所をどう考えてきたのだろうか。よく言われるように、都の人々は遠いみちのくにあこがれ、荒々しくも新鮮な世界を幻想して詠んだのであろうか。これまでの考察からいえば、これは単なる常識にすぎない。大きな間違いではないが、重要な観点が抜け落ちている。地方にとって歌枕・名所は何であったか、という観点である。

13、菊地利雄氏の教示によると、昔は男鹿半島から八竜湖（現在は「八郎潟」「八郎湖」という）に注ぐ川が二〇数本あったと伝えられているという。「琴川」は日本海に面した男鹿半島の男鹿市五里合琴川地区に実在する。川幅一メートルほどの小川で、緩やかな斜面に広がる田んぼをうるおして、日本海に注ぐときは川幅五メートルほど。水深は一〇センチほどで水量は少ない（一一月末に観察。→二三五頁写真）。この川が寒風山（標高三四七メートル）を越えて八竜湖に注ぐわけがない。真澄は実在の琴川をヒントにして、文芸的な架空の地名「雄琴川」「琴川」考え出したのである。そう解釈しておくことにする。

真澄は『比《ひ》遠《お》能《の》牟《む》良《ら》君《ぎみ》』（全集第四巻）の挿絵に、真澄は「八龍湖」の俯瞰図を描き、湖歌枕・名所は、地域の人々だけが知っているような場所ではない。遠い昔から和歌に詠まれ全国的に知られている場所だ。歌人ならばそこへ行って、風景を見渡しながら歌を詠んでみたいと思うような魅力を秘めている。そういう場所が領内にあればあるほど全国に誇れる国になる。藩主にとって歌枕・名所とはそういうものだろう。

日本は遠い昔から、和歌に包まれて続いてきたのではないか。歌枕・名所は、そこが日本の中の価値ある場所であることを力強く示すものだった。中央と分断されることなく、価値ある国として保証してくれる。歌枕・名所を歌に詠むことは、歴史ある日本に住む人間としてみずからを保証することになる。和歌は神世からの日本の歴史を象徴するものだ。一国を治める領主・藩主が領地に歌枕・名所を見いだし、あるいは仕立て、さかんに歌に詠んだのはそういうことだったのではないか。

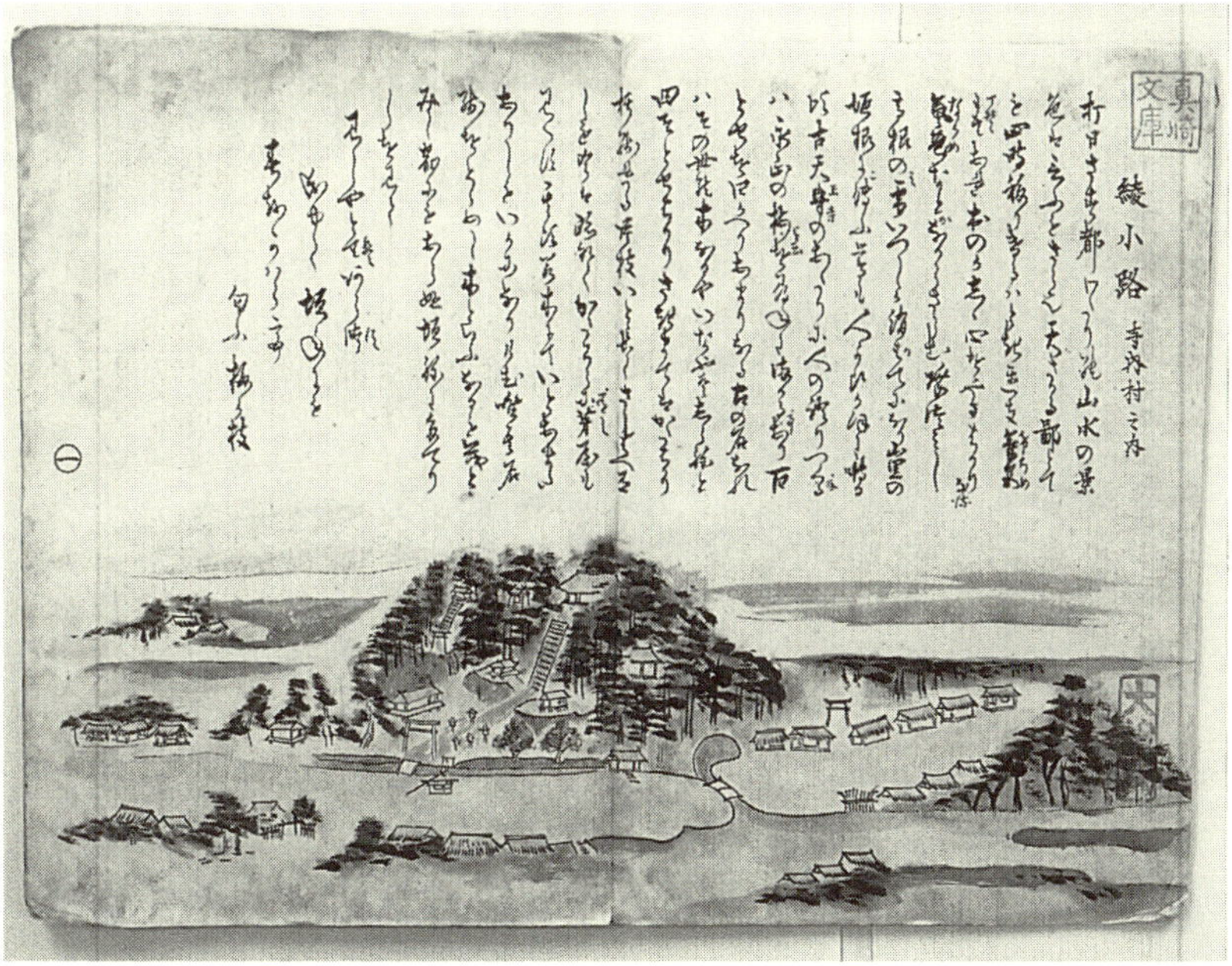

大越園信・模写『秋田十景之図』（大館市立中央図書館・真崎文庫蔵）より「綾小路」（秋田市寺内）。「古天王寺」は「古四王神社」をさす。400年前から咲いていた「永正（1504〜1521）の梅」が4年前に枯れたと記す。原本は江戸初期成立で、その頃の風景とわかる。「綾小路」は中世から梅の名所であった。「見しやど（宿）はあら（荒）く成ゆく垣ねにも春故か（変）ハらで匂ふ梅が枝」。模写は弘化4年（1847）。223頁キャプション参照。

に注ぐ河川の名称を詳細に書き

民俗芸能の観点からも述べておこう。安東実季は、和歌と同じ試みを芸能においても実践したようだ。やはり真澄の『花の出羽路』第四巻の『水ノ面影』に、次のような記事がある。現代語に書き直してみる。

　久保田（秋田市）の郊外に高清水という岡がある。ここに天平時代（七二四〜四九）の古道がかすかに残っている。その上に永徳・応永年間（一三八一〜一四二八）に造られた古道があり、さらに万治年間（一六五八〜六一）に造られた新道が重なっている。昔と違って街は寂れているが、古代からの歴史が実感できる場所だ。その一角に「綾小路」があり、別名「獅子舞小路」と呼ばれている。

真澄は続いて、「皇都《ミサト》にもおなじ名に呼ぶ処なり、ゆゑよしやあらむ。此のあやの小路ぞいにしへざまの道なる」などと述べてきて、次のような由来を書いている。

　出羽国や陸奥国では、人々は獅子頭を被り、笛を吹いて、鼓を打ち、歌をうたい舞い踊り、街中をどよめかして練り歩く。そのとき、「綾の小路から獅子が舞ふてまゐりきた」とうたう。また、「青柳の糸よりかけて梅も桜も春は花さく春は花さく」とうたう。それで「綾小路」とも「獅子舞小路」とも呼ぶようになった。

入れている。だが、その中に「琴川」はない。架空の河川であったことは明白だ。同書は文化七年〔一八一〇〕正月、「琴の湖水《ウミ》のあびき（網引）」を調査したもの。」

京都の「綾小路」と同じ地名が秋田の高清水にある。そこでは「綾小路から獅子が舞ふてまゐりきた」とうたいながら獅子舞（ささら踊り）が行われるという。古代に造られた道があり、その上に中世から近世にかけて新しい道が重ねて造られたとある。

真澄はさらに続ける。すでに引用したが「綾小路」の近くに梅の名所（写真。二三七頁）があり、春になると安東実季がやってきて、梅をみながら和歌を詠んだと伝えられているという。

これは、どういうことを意味しているのだろうか。京都の街中で行われていた芸能を安東実季が習い覚えてきて、この地に広めた、というのではなかろうか。古代からの歴史が確認できる場所で、京都文化の面影がある芸能を行い、みずから和歌を詠む、という趣向であったように思われる。同じような話がもう一つ伝えられている。

真澄は、小野寺輝道（?～一五九八）についても次のように述べている。小野寺氏は鎌倉時代から戦国時代の終わりまで秋田県南部を支配したが、一七代輝道は若いころ室町将軍足利義輝（一五三六～六五）の近習《きんじゅう》となり、一字をたまわって輝道と名乗った。そして「綾小路」で行われていた「獅子舞」を習い覚えてきた。それが今も「沼館八幡宮」（横手市）で演じられているという（『雪の出羽路・平鹿郡一』）。偽装された由来伝承の可能性があるが、もしも事実であったならば、県北の安東氏も県南の小野寺氏も、京都をルーツとする「獅子舞」をしていたことになる。沼館八幡宮は源義家以来の秋田の歴史を証明する神社であり、それは義家→小野寺氏→佐竹氏（秋田藩）へと続く歴史を象徴する神事芸能としての意義が付与されていた（本書Ⅲ二「モノガタリの位置」）。そういう都の芸能を演じることは、都に連なる国、日本の内部であることをみずから示すものであったろう。

京都の人々の興ずる芸能、京都の貴族たちの詠む和歌を自分たちも同じようにたしなむこと、そういう地方の文化意志が日本という共有性を成立させた。この文化意志を江戸時代の地方藩主も積極的に受け継いだ。文化・文政期（一八〇四〜三〇）九代秋田藩主佐竹義和が菅江真澄に命じた地名変更は、そうした文化政策の一つであったと考えるべきである。

藩主の地名変更は、真澄という個性的な人物を必要とし、独特の地誌を生みだした。漢詩や和歌に詠める地名の発見・創出は、藩の地誌を生みだす大きな契機となった。和歌に包まれた日本の内部に価値ある国として存在していることを主張する精神が流れている。その精神は都をルーツとする地方の民俗芸能にも流れている。これらは秋田藩だけでなく、全国の各藩に共通するものであったに違いない。

和歌は、真澄の地誌において必要不可欠なものであった。

第二章　藩主の和歌観――和歌と歴史と神社

第一節　『奥羽観蹟聞老志』（仙台藩）と「出羽旧記」（秋田藩）

歌枕・名所とは何だろうか。真澄の地誌より半世紀以上も前、秋田藩士太田成章（一六七六〜一七五四）の書写した『出羽旧記』（写本。秋田県立図書館・東山文庫蔵）をとりあげて考えてみよう。同書は、幼い藩主たちの教育にあたった成章の経歴からして、そのための参考資料、また教材に使ったものだろうと思われる。さらに、五代仙台藩主伊達吉村（一六八〇〜一七五二）が編纂した各種の《領内名所和歌集》もとりあげて考える。

『出羽旧記』は、三つの作品を合綴している。題簽の剥がれた跡に「出羽旧記」、その下に「男鹿嶋詩歌序　太田成章」「男鹿嶋観察記　今宮義透」を二行に分けて墨書する。縦二四・五×横一七・四センチ。楮紙。袋綴。本文は見返しから始まり、「出羽旧記」二九丁、「男鹿島詩歌序」二丁、「男鹿島観察記」七丁と続く。この二つは序文と本文である。巻末に遊紙一丁がある。

『出羽旧記』の中の「出羽旧記」は、『奥羽観跡聞老志巻之十三』（『仙台叢書』第一六巻）とまったく同一。漢字・仮名もほぼそのままである。成章は出羽国を記した巻一三を書写して「出羽旧記」と名づけたのである。

『聞老志』は、仙台藩の儒学者佐久間義和《よしかず》（容軒、洞巌。一六五三〜一七三六）が四代藩主伊達吉綱（一六五九〜一七一九）の厳命により三〇余年をかけて編纂したもので、全二〇巻の大著。自序に、享保四年（一七一九）七月完成と記す。

成章はいつごろ『出羽旧記』を書写したのだろうか。「出羽旧記」のあとの「男鹿島観察記」は今宮義透《いまみやよしすく》巻末注（1）の紀行文であるが、享保一一年に五代藩主義峰《よしみね》の「厳命」で領内を「巡検」し、翌々年にあたる「今年戊申《つちのえさる》のとし」は山本郡と男鹿半島を見てまわり、これを書いたとある。その序文「男鹿島詩歌序」は太田成章が書いたが、享保一三年（一七二八）九月の執筆とある。よって「出羽旧記」はこれ以前に書写したことになる。『聞老志』の完成から一〇年ほどの間のことだった。

今宮義透は、享保六年から家老職に就き、翌七年に秋田六郡の村々の代官に命じて、村の実状を調査させ報告書を提出させるという企画を立てた。この秋田藩をあげての大事業を指揮するために、義透も村々を見てまわった。その途中、享保一三年四月五日、男鹿半島に立ち寄って「男鹿島観察記」を書き、九月に成章が漢文の序文を寄せ

†題簽が剥がれた跡に「出羽旧記」と記す。原本は別の書名であった可能性がある。

たというわけだ(2)。「出羽旧記」は、これらの二作品の前に綴じられているから、享保一三年四月ないし九月以前に書写されたであろうと考えられる。

一方、『聞老志』は完成後たちまち書写本が出まわり、各地に流布した。それから二百年後、伊勢斎助が二〇余年をかけて『補修編』全一三巻を完成させた（両方とも「仙台叢書」第一六巻に所収）。大正二年（一九一三）一二月のことだった。斎助は、序文のあとに「奥羽観蹟聞老志補修編記念刊行の小言」を載せ、次のように記している。流布本が出まわった理由がよくわかる。

佐久間は画工であったが、職人の格好をせず、大刀・小刀を帯して出歩いていた。まるで武士のようだった。その姿を徒目付《おかちめつけ》に見つけられ、石巻近郷の津上に追放された。そこで子弟を集め、漢学・和学を教えたが糊口を凌ぐには十分ではなかったので、「観蹟聞老志の所望者には謄写して与え、その謝儀を以て衣食の料に充て」たという。全冊を書写させても、わずか「金二分」しか取らなかった。そのため「真筆」も「写本」も、対校・照合をきちんとしないものが流布したという。その後、明治一六年一二月に宮城県が活字本を刊行したが、やはり「校正疎略、誤謬最も多く、其書の後世に伝ふるに足らざるは遺憾」なのだという。

このようなわけで、太田成章が入手した写本も誤写が多かった。それゆえ成章は朱筆でおびただしい数の書き込みをした。『古事記』『日本書紀』『続日本紀』などの原典と対照して誤りを直し、秋田藩領（羽後国）の史実を補っている。『聞老志』の巻

2、「男鹿島観察記」の序文が「男鹿島詩歌序」であるのは、少し矛盾する。通常は「男鹿島観察記序」とあるべき。義透はタイトルのない原稿を成章に贈ったか。表紙の題箋に記す外題と本文冒頭に記す内題の違いかもしれない。いずれにせよ、「男鹿島観察記」の序文であることに間違いない。

†男鹿を訪れた紀行文は、『男鹿文苑』（男鹿史談会、一九六四年七月）、磯村朝次郎・編著『男鹿半島史1』（日本海域文化研究所、二〇〇〇年八月）に翻刻と論考がある。

一三は、秋田藩領の歴史、文学、神社などを知る上で貴重な書物であり、秋田藩の地誌としても活用できるものだったと思われる。

太田成章（翠陰）について簡単に記しておこう。かれは上田藩武頭太田重成の二男。元禄一七年（一七〇四）一九歳で江戸に出て、大学頭林信篤（鳳岡）に学んだ。かれの推薦により元禄一六年二月に秋田藩の家士《けいし》に取り立てられ、四代藩主となる義格《よしただ》（一六九四～一七一五）の師傅《しふ》（守り役）となった。しかし秋田にきて半年もしないうちに三代藩主義処《よしずみ》（一六三七～一七〇三）が逝去し、一〇歳の義格が藩主の座に着いた。その後、義峰、義堅《よしかた》、義真《よしまさ》、義明の幼少期、五代五〇年にわたって藩主になるための帝王教育にあたった（井上隆明監修『秋田人名大事典』）。

さて、「出羽旧記」の構成・内容を詳しく見てみよう。見返しの一面に、「高　拾八万石　置賜郡　二百五十七ヶ村」「同　六万四千三百廿石八斗貳升壱合　秋田郡　二百九十七ヶ村」とあり、その下に「出羽十二郡」の石高《こくだか》と村数が列記されている。これは成章が新たに書き加えたもので、「出羽旧記」の目次のつもりであろう。このうち秋田藩の領地は、秋田・川辺・雄勝・仙北・山本・平鹿の六郡である。全体の石高を合算すると約二七万五千三百石、村数は八百四村にのぼる。そして一丁表より『聞老志』を書き写した本文が始まる。『前代旧事記』や『続日本紀』以降の多数の国家的史書の中から、出羽国に関する記事を抜き出した記事である。それは一面一四行書きで一〇丁にも及ぶ。

続いて、『延喜式』『神名帳』（『延喜式』巻九・一〇の「神名式」をいう）や『和名抄』に記された郡名や神社を抜き出し、各郡ごとに歴史や伝説・伝承などを漢文で記している。これは全部で一九丁におよぶ。「秋田郡」の一部を引用して、具体的に見てみよう。「仙台叢書」に翻刻された『聞老志』と用字や訓読点が少し異なるところがあるが、「出羽旧記」の表記に従う。わかりやすくするため要点を読み下して引用する。

六　秋田郡

●四十五代聖武帝、天平五年十二月巳未、出羽ノ柵ヲ秋田村ノ高清水岡ニ置ク。
又、雄勝村ニ郡ヲ建テ民ヲ居《スマ》ハス。

（中略）

●八十二代後鳥羽帝、文治六年正月、泰衡ガ家臣大河次郎兼任、川北・秋田城ヲ経テ大関山ヲ踰エ、多賀国府ニ赴キ、是ヨリ鎌倉ニ到ラムト欲ス。潜《ひそ》カニ秋田ノ大方ニ出デ、志賀ノ渡ニ臨ムニ、河水急ニ解ケテ溺死スル者五千余人。

秋田山　家集　みちのくの秋田の山は秋霧の立野の駒もちかくきぬらし（一本に、ちかづきぬらし）

「中略」には、光仁、桓武、陽成、光孝帝の世に起こった出羽国に関する出来事が簡略に引用されている。それらはほとんど、俘囚・蝦夷が反乱したので朝廷から安倍家麻呂、藤原保則、小野春風などが派遣されたことや異常気象の記事である。右に引用したのもその類で、地元の武将大河兼任（生没年未詳。平安末期〜鎌倉前期）の反乱を記している。注意すべきは、こうした歴史的事件の直後に、「秋田山」を詠んだ歌をあげていることだ。ちなみに、「家集」「一本に」云々は成章の施した朱注である。

この歌は、『夫木和歌抄』（撰者・藤原長清。延慶三年〔一三一〇〕ごろ未精撰のままで撰定作業を終えた。『和歌大辞典』）から引用している。しかし典拠の『好忠集』には、二句が「ありたのやま」（二三七）とある。かつ「立野の駒」は『後撰和歌集』などの用例から武蔵野国と思われる。「秋田の山」は、誤写が定着したものであろう。

それはともかく、「出羽旧記」の特色は、歴史の記事と並べて歌枕とその例歌をあげていることだ。歴史の記事をあげれば済みそうなところだが、それで終わらず歌枕・例歌も一緒にあげてくる。歴史と歌枕は同列に記すべきものという認識があったといえよう。

「七　仙北郡」でも、それは変わらない。大河兼任が畿内に七千人の兵卒を率いて攻め上ったこと、源義経が出羽国の海浜に駐屯したこと、木曽義仲の長子朝日冠者が仙北郡に滞留していたことなどを記したあと、歌枕「象潟」の詳しい解説が続く。これも歴史と和歌を同列に置く意識だろう。「象潟」は今は秋田県にかほ市（旧・由利郡象潟町）であるが、秋田藩には属さず、庄内藩酒井氏の預かり地になるなど複雑な経緯をたどった。だが、右の記事には往古は仙北（山北）郡であったとあり、もとは秋

† 『恩荷奴金風《おがのあさかぜ》』（文化元年〔一八〇四〕成立）に、「「みちのくの飽田の山は秋霧のたちゝのこまも近づきぬらし」といふ、いにしへ人のながめをかゞなべ思へば、秋田山は杜良《モリヨシ》が岳《タケ》にして」云々とある。この歌は鎌倉期成立の『夫木和歌集』雑二にあり、「秋田、陸奥」と記されている。真澄は陸奥ではなく秋田の森吉山（一四五四・二メートル）と見なした。秋田藩への挨拶か。もとの『好忠集』は、初・二句「みちのくにありたのやまに」、結句「ちかづきぬべし」（『新編国歌大観』）。なお、「あきたやま」（『布伝能麻迩万珥』）に詳細な考察がある。

田藩領の歌枕と解されるような書き方になっている(3)。これは秋田藩にとって都合のよいことであったろう。原文の漢文を訓読して引用してみよう。

> 蚶潟　歌枕。或ヒハ象潟ト作ル。或ヒハ蚶方ト作ル。如今《じょこん》、由利郡ニ在リ。此ノ地、蓋シ古ノ山北ナリ。鳥海山ノ西北ニ在リ。寺有リ、皇宮山蚶満種寺ト曰フ。酒田（遊佐郡ニ在リ）ヲ経テ、女鹿・塩越ノ地、而シテ牟夜牟夜《ムヤムヤ》ノ関山ヲ過ギ、茲ノ地ニ至ル。多景衆美、天下ノ絶境。中ン就ク、鷗島・松島・弁財天島等、尤モ勝地ナリ。凡《スベ》テ九十九島、八十八潟、有リ。春来タレバ白桜花影ヲ涵《うるお》シ、青松翠陰ヲ落トス。佳興殊ニ甚ダシ。鳥海山、截然トシテ東南ニ聳《そび》ヱ、西方ハ大洋ニ向カフ。其ノ好景、東溟ノ松島ト相ヒ表裏ス。

「象潟」の郡名、位置、寺院、道筋、島名をあげてゆき、湖面のようすを「春来タレバ白桜花影ヲ涵《うるほ》シ、青松翠陰ヲ落トス。佳興殊ニ甚ダシ。鳥海山、截然トシテ東南ニ聳ヱ、西方ハ大洋ニ向カフ。其ノ好景、東溟ノ松島ト相ヒ表裏ス」と描写する。大小無数の島が浮かび、東南の方角に鳥海山が聳え、西には日本海が広がる。そして、太平洋側の「松島」と対を為す名所だと讃美している。『おくのほそ道』の「おもかげ松島に通ひて、また異なり。松島は笑ふがごとく、象潟は憾《うら》むがごとし」をふまえている。「青松翠陰（みどりの葉かげ）ヲ落トス」とあるが、もしかしたら太田成章の

3、「村山郡」にも「此地乃古之河辺郡也」と記している。歴史を遡れば河辺郡であり、それゆえに秋田藩にも関連があるというのである。

雅号「翠陰」はここから思いついたのかもしれない。

このあと、「象潟」を詠んだ能因、大江匡房、藤原顕仲、西行、源季広、守覚法親王、小大進の歌を七首あげる。最後に匡房の「きさかたや海士の苫《とま》やのもしほ草うらむることの絶（え）ずも有（る）哉」（『堀河百首』恋）をとりあげ、この歌に使われた「きさかた」「もしほ草」「うらむ」などの語義と掛詞・縁語の用法について述べている。上覚の歌学書『和歌色葉』から引用しただけだが、歌枕「象潟」がどのように詠まれるかを解説したつもりだろう巻末注（4）。

説明はさらに続く。「郷人相伝フ」と切り出し、むかし象潟に住む女が奥州松島に嫁いだという伝説を漢文で記している。女は郷里を懐かしみ、父母を忘れることがなかった。中秋の明月の夜、夫は松島の美景を歌に詠んで女に与えたが喜ばなかった。かえって女は「まつ島や雄島の月もなにならずたゞきさかたの秋の夕暮」と詠み返した。

「鳥海山暮雪」。『秋田十景之図』（大館市立中央図書館・真崎文庫蔵）から。江戸初期成立（223頁キャプション参照）。「川口から見渡」したと記すが実際はかなり異なる。富士山に似せて名所らしく描いたもの。「冬の日も暮をいそがで白妙の雪にはれたる鳥の海やま」。

この歌は『西行法師家集』雑に、「遠く修行し侍りけるに、きさかたと申す所にて」という詞書で見えるから、そもそも『聞老志』の地元である宮城県の伝説ではない。西行の歌を利用して後世、作りあげた話である。そう古い伝説ではあるまい。女は松島の風景よりも象潟のほうが美しいというのだから、おのずと秋田を讃美する話になっている。成章はそこに注目して書写の筆を走らせたであろう。

続いて、「象潟明神」を長い漢文で説明する。冒頭に「夫木集《（ママ）》ノ神部ニ曰ハク、島ノ中ニ神有リ。出羽又筑前」というのは、『夫木和歌抄』に象潟は出羽国（山形・秋田県）もしくは筑前国（福岡県）の歌枕であると記されていることをさす。これは、その典拠である『能因法師集』に、「島中有神、云蚶方」という詞書で、「あめにますとよをか姫にこととはむいくよになりぬきさかたの神」（一一四。傍線筆者）とあるのに拠っている。しかし、この歌の前に有名な、「世の中はかくてもへけり久堅のあまのとまやをわが宿にして」（傍線筆者）に、「いではのくにに、やそしまに行きて」という詞書があるから、能因は出羽国の象潟にきて詠んだのであった。「八十島」は象潟の別名であろうか。さらに『後拾遺和歌集』羇旅では、詞書に「いではのくににまかりて、きさかたといふところにてよめる」とあり、三・四句は「きさかたのあまのとまや」となっているから、やはり出羽国にきて詠んだ歌であることは間違いない。

右の文に続いて、蚶満寺の由来や境内付近の寺院・神社、また湖面に浮かぶ島々が詳しく紹介されている。たとえば蚶満寺の東に「阿弥陀堂」があり、その北側の島に西行が歌に詠んだ桜樹があるという。青く澄んだ湖面に桜の花が映る風景はまことにすばらしい。近くの「石島」には「袖崎神祠」があり、往古の「蚶満明神」だろうなどと記す。そして、このような美しい風景の中心に蚶満寺があると述べ、能因の「あめにます」の歌を記して説明を終えるのである。

以上をまとめると、『聞老志巻之十二』すなわち「出羽旧記」は、全体的に次のような構成になっている。巻頭に「出羽国十二郡」の石高《こくだか》・村数を記し、次に史書から関連記事を抜き出して出羽国全体の歴史を俯瞰する。続いて各郡の説明に移り、同じような書き方で歴史を俯瞰し、さらに「神名帳」から神社とそれに関する歴史を記し、かつ歌枕とその古歌をあげる。大きく出羽国全体の歴史を見わたしてから、各郡の神社と歌枕の説明へ移ってゆくのである。もっと単純化して構成・内容を示すと次のようになる。

一　出羽国国府……西行の歌
二　飽海郡《あくみ》……大物忌神社《おおものいみ》・月山神社《がっさん》／「月の山」を詠んだ古歌。
三　田川郡……三座神社・遠賀神社など／「念珠関《ねずがせき》」「加茂湊」。
四　平鹿郡……塩湯彦神社《しおゆひこ》・波宇志別神社《はうしわけ》／「平鹿の御鷹」を詠んだ古歌と伝説。
五　山本郡……副川神社《そえかわ》

六　秋田郡……歴史／「秋田山」の古歌。
七　仙北郡……歴史／象潟大明神／「象潟」の地誌および古歌と伝説。
八　最上郡……歴史／「最上川」「最上山」「最上瀑布」などの地誌と古歌。
九　遊佐郡……歴史／「酒田湊」の地誌、「恋の山」「袖の浦」「袖の湊」の古歌、「鳥海山」の地誌。
十　村山郡……「宿世《すくせ》山」「阿古耶《あこや》松」の古歌。
十一　雄勝郡……歴史／白盤須波《しらはすわ》神社・酢川神社。「八十島」「夕葉山」「姉戸関」「敦賀浜」「板敷山」「可保湊」「奈曾白橋《なそのしらはし》」「隅深山」の古歌。

……の下に記述内容を略記した。「歴史」は、『続日本紀』などの史書から関連記事を引載していることを示す。「大物忌神社」などは『神名帳』に記された神社である。「月の山」「念珠関」などは歌枕・名所であり、それを詠んだ古歌を列挙している。

巻頭に「一　出羽国国府」をもってきて、西行『山家集』雑下の「たぐひなき思ひいではの桜かな薄紅の花のにほひは」を引いている。詞書は引用していないが、『山家集』に「またの年の三月に、出羽《いでは》の国に越えて、滝の山と申す山寺に侍りけるに、桜の常よりも薄紅《うすくれなゐ》の色濃き花にて、並《な》み立てりけるを、寺の人々も見興じければ」（新潮日本古典集成本）とある。『聞老志』の著者である佐久間義和は、西行が訪れた「滝の山と申す山寺」（現・山形市本沢）を出羽国の国府と見立てたのだろう。または、佐久間が集めた原資料にそう書いてあったのだろう。しかし実際は、最上川下流の酒田市城輪にあったと考えられている（城輪柵）。

これらの歌枕・名所は『夫木和歌抄』と『歌枕名寄』から引用しているが、典拠が見いだせないものもある。なお、秋田藩の領地として平鹿・山本・秋田・仙北・雄勝の五郡をあげており、川辺郡を秋田郡に、阿仁郡を山本郡に入れている。

このように『聞老志』が各郡の説明のために取りあげているのは、歌枕・名所であり、歴史、神社であった。この三つでもって出羽国六郡の説明をしている。これは注目すべきことだろう。

歌枕・名所は、『続日本紀』などに記された古く長い歴史、『延喜式』巻九・一〇の「神名帳」に記された遠い昔から鎮座する神社、これらと同等であって、並べて記されるべきものなのである。歌枕・名所は、歴史や神社と同じく遠い昔から存続しているもの、という認識があったと思われる。『聞老志』を編纂した佐久間義和《よしかず》はもちろん、それを書写して熱心に読んだ太田成章も、この三つを国・郡を知るための重要なものと見なしている。いや、国・郡の最も大切なものと考えている。考察をさらに深めてみよう。

『聞老志』は地誌の一種と見なすことができる。これを丸ごと書写して「出羽旧記」とした太田成章は、先に述べたように幼い秋田藩主の教育に五〇年も奉仕した重臣であった。「出羽旧記」はそのために熟読し、講義に用いたのであろうか。藩主となる人に読んでもらおうと思って書写したのかもしれない。父の藩主に頼まれて書写したことも考えられるだろう。

いずれにせよ、自分一人の知的関心からのみ書写したのではあるまい。藩主になる者ならば知っておくべき、領内に関する基本的な知識・教養が豊富に記されている。出羽国とはいかなる国なのか、秋田藩の領地にいかなる郡があるのか。それらを知るために最も大切なものは、古代からの歴史であり、土地に鎮座する古い神々であり、古くから和歌に詠まれてきた歌枕・名所なのだった。足りないのは村数、石高であり、それは別に書き足したというわけだ。秋田藩を統治する君主にとって、きわめて基本的な知識・教養であったと考えてよい。

それは『聞老志』を編纂・執筆した佐久間義和の企図したところであったろう。四代仙台藩主の伊達綱村も同じように考えたから編纂を命じたに違いない。綱村は『聞老志』の完成を知ることなく、一ヶ月前に没した。よって五代吉村に献上されたが、藩主たる者はもとより、それを支える藩士たちにも必要不可欠な知識・教養であったろう。太田成章が仙台藩の地誌である『聞老志巻之十三』を丸ごと書写して「出羽旧記」の名を与え、熱心に校訂作業をしたのは、述べたような思想が全国の諸藩に浸透していたことを示唆する。成章はそういう観点から幼い藩主の教育にあたったと思われる。

第二節　藩士の紀行文に見る和歌と歴史（秋田藩）

次に、『出羽旧記』に合綴された「男鹿島詩歌序」「男鹿島観察記」の内容について考えてみよう。ここにも歌枕・名所の本質を読み解く鍵が潜んでいる。前述したように、家老の今宮義透が藩主の命令により封内巡検の旅に出たのは享保一一年であった。村々の地誌や生活を調査し「六郡総村附」という報告書に結実したが、巡検の途中、享保一三年四月五～六日、鹿渡村（現・男鹿市）から舟に乗って男鹿の島々を眺め、上陸して村々を歩いた。男鹿半島は遠くから眺めると大きな島のように見える。そのときの見聞を「男鹿島観察記」にまとめたのである。

義透は本文の冒頭に、「道々の名所のうち、目にとゞまり心にう《（浮）》かみけるがまゝに、口ずさびぬるつたなき言の葉艸」を書き記したと述べる。男鹿の美しい風景や旧跡を見てまわり、和歌三〇首と漢詩三首を詠んだのであった。成章は、その序文である「男鹿島詩歌序」に、「（藩主の）厳命を奉じて頻年、封内を観察し、今年の夏、偶々此の島に至り憩息の間、詩歌若干首を題す」（原文漢文）と書いている。藩主の命令で村々の生活状況を調査して歩く巡検の旅は、歌枕・名所を見て和歌・漢詩を詠むという旅と並行していたのである。二つの行為は矛盾するものではなかった。

これは半世紀あとの菅江真澄の場合とよく似ている。かれもまた村々の実態を見て歩いて地誌を書いて藩に提出し、その中に領内の歌枕・名所を数多く書き記したのであった。私たちは、藩内の地誌的調査と和歌の記事が矛盾なく同居するのはなにゆえか、その理由を問わなければならない。

　何を見たのか、あげてみよう。「帆懸島」「竜頭」「大滝」「御弊島」「小虎島」「孔雀岩」「鳥海山」「鴎島」「舞台島」「蝙蝠が窟」「からしやくが窟」「さんきよ（山橋）」「白糸滝」「亀の壇」「赤神山」「水島」「浜野塩屋村」「寒風山」「真山」……。なかでも「赤神山」の神社には、漢の武帝が渡来したという伝説、坂上田村麻呂が夷賊の長を征伐したという伝説があること、「舞台島」には、この島に住む神々が舞楽をしたという伝説があることなどを紹介している。男鹿は神話・伝説に満ちた神秘の島であり、その中で特に風景の美しい場所を選んで和歌と漢詩を詠んだのであった。

いくつか和歌と漢詩をとりあげてみよう。

　亀の壇

君が国亀の岩尾のあるならバなを《（ほ）》万代の末もうご《（動）》かじ

同（四）月六日、本山にと《（ママ）》ふ《（通）》りしに、男鹿赤

男鹿の海岸。ごんご崎付近。

秋田藩最後の藩主12代佐竹義堯《よしたか》の「下筋御巡覧」に随行し、戸賀湾（男鹿市）の風景を写生する絵師の武田永球。武田家は江戸初期より代々、永球の名を嗣いだ。「下筋」は領内の北部方面をいう。荻津勝章（1821～1915）『似顔絵草紙』（秋田市立佐竹史料館蔵）の一葉。

「義尭公下筋御巡覧之図」。明治３年、真崎勇助の模写。大館市立中央図書館・真崎文庫蔵。義尭は文久元年（1881） ２日、久保田城を出発し、八郎潟、男鹿半島をまわって29日に帰城した。日にち、昼食、休憩、宿泊の場所、駕籠の使用などを記す。

神山の社は漢の武帝、此島に渡り給ふを鎮め祭（る）のよし。種々の由縁を聞（き）侍りて、

日の本のひかりあふぎて跡垂れしむかしハとをき《（ほ）》神の御やしろ

題男鹿赤神山

蓬莱島上五雲辺　殿閣垂羅幾百年

誰識漢王停法駕　禽茎承露学神仙

此（の）ち《（地）》、鹿（の）深山なり。世にいふ、千頭に白鹿一ツと。予がしばし回りし間にも白き鹿三ツ四ツ侍る

妻か《（恋）》ふるうさ《（憂）》もあらじな嶺つゞきとも《（友）》うちむれてあそぶをしか《（雄鹿）》ハ

中世期、この地を支配した安東実季とその風流愛好者たちが、男鹿半島の「坂欠山《ハブカケ》」を「寒風山《サムカゼ》」に替え、さらに「妻恋山」に替えた。九代藩主佐竹義和がそれを踏襲し、歌枕・名所の見立てを進めたことは、本書Ⅳ一「藩主の地名変更—歌枕・名所へ」に述べた。右にあげた「男鹿島観察記」はそれより半世紀以上も前のものである。

これを読むと、男鹿では千頭に一頭、白鹿がまじっているのであった。義透も道中、三、四頭見ている。また、「亀の壇」の歌からもわかるように、古い伝説のある遺跡や神社をめぐることは、秋田藩と日本の歴史と繁栄を讃えることに結びついている。

「亀の壇」の歌にいう「君が国…なを《(ほ)》万代の末もうごかじ《(動)》」は、秋田藩および日本をさすだろう。また、男鹿の赤神神社を拝んで、ここに神が垂迹したという古い歴史を語る伝説があるのを知り、「日の本のひかりあふぎて跡垂れしむかし」を思っている。著者の今宮義透は村々を調査して歩き、藩主に報告書を提出することになっていた。この紀行文は、そういう巡検の旅をしながら秋田藩と日本に思いを致すところに特色がある。

往昔、此島にて田村将軍、夷賊の長を征伐し給ふと語り伝ふ処はいづくと尋(ね)しかバ、小磯のゐぞが島ハ是也。此故に、その蝦夷どもが骨なり迚《(とて)》今猶、掘(り)出しぬる事ありと。実《(まこと)》や、寺内山の古四王権現の由来などを思(ひ)合はせ、ありぬべきと覚(え)ければ、

あふぐぞよゐぞのちしまのまづひろしむかしがたりの跡をたづねて

秋田市寺内の古四王神社は、「聖徳太子の開基」、「延暦年中、田村将軍東夷征伐して後、勅願に依て再興」（淀川盛品『秋田風土記』。一八一五年成立）したという古社である。義透は、今も蝦夷の人骨が出てくるという話を案内人から聞いた。坂上田村麿に征伐された者たちの人骨というのだろうか。そして、寺内の古四王神社を思い出し、あらためて蝦夷人の住んでいた地域の広さに感嘆している。

これより少し前、「蝙蝠が窟」に、「往古、漢武帝、此処に渡り給ふの時、五色の蝙蝠《かはぼり》随へ来りと社説等に伝へたり。此故に、此窟《いはや》に此鳥沢山なりと云」とある。田村麿伝説のある場所をめぐり歩いているのである。

もう一つ、あげておこう。

からしやくが窟

本山の海岸に岩洞の深幽なるあり。船に乗りながら是に臨む。遂に其限り知るものなし。島人曾て云ふ。此山の神につかふまつる鬼の爰《ここ》に住（め）る名なり。誓（ひ）の由ありて爰に人物を悩（ま）す事なしと云（ふ）。蓋（し）、往古、金を掘（り）し跡なるにや。

鬼の歩む程ハいづくとしら波のふかきいはやの見るもこ（漕）ぎまし

男鹿の真山神社に伝わる鬼の話を書いている。義透は、風光明媚な島々や遺跡をめぐり、伝説や歴史に思いを馳せ、秋田藩領そして日本を確認する旅をしたのだった。「男鹿島観察記」に流れているのは、このような国土意識である。

ふりかえれば、『奥羽観蹟聞老志巻之十三』もそうだった。太田成章の書写した「出羽旧記」は、『古事記』『続日本紀』などの日本の古代史を書いた国書から出羽国に関する記録を拾い、それとともに『万葉集』『古今和歌集』などに詠まれている歌枕・名所を並べて例歌をあげていた。日本の中における出羽国の位置と特色を、神話の時代を含む日本の古い歴史と、それと同じく神世から伝えられてきたという和歌によって確認しているのである。『聞老志』すなわち「出羽旧記」は地誌であるが、藩主が命じて編纂させた地誌というものは、歴史と和歌によって自国を確認・賞揚する意図をもつといえよう。あとでとりあげる弘前藩の『津軽一統志』もそうであった。そして、秋田藩主の意向を受けて作成されたと思われる菅江真澄の『雪の出羽路・平鹿郡』などの地誌にも明瞭にうかがえる。歴史と和歌こそ日本の中における自国を確認する根本なのであった。

以上、太田成章の編纂した『出羽旧記』は、『聞老志』を書写した「出羽旧記」、みずから執筆した序文の「男鹿島詩歌序」、その本文である秋田藩家老で風雅の友である今宮義透の書いた「男鹿島観察記」を合綴したものである。これこそ歴史と和歌でもって秋田藩領の男鹿島を確認・賞揚するものであった。歴史書と和歌・漢詩の紀行文とを合綴したのは決して矛盾ではなく、述べたような理由によるのである。

ところで、「男鹿島観察記」には二つの跋文が添付されている。初めの跋文は秋田藩士の茂木《もてぎ》知亮《ともあき》（一六八六～一七五三。是好斎）が書いている。息男の知賢、孫の知教の和歌を集めた『茂木氏家集』が大館市立中央図書館・秋田県立図書館などに蔵されている。知賢・知教は冷泉為泰（等覚。一七三六～一八一六）の門弟で、知教は藩主佐竹義和の和歌の師であった（井上隆明監修『秋田人名大事典』）。知亮の跋文は、「此地や、

† 「男鹿島詩歌序」「男鹿島観察記」を合綴した一本が秋田県立図書館に蔵されている。書写年時は本稿にとりあげた『出羽旧記』（同館蔵）とほぼ同じ。江戸後期。

元来、風景無双なれど、かつて西上人（西行をさす）の詠《なが》め残りたれ（「ども」欠か）、能因法師の哥枕にもれしかば、雲の上にも聞へあげず」と始まり、「浦づたへ（ひ）ひろい（ひ）し玉の言の葉やそのしま〴〵を見るがごとくに」という歌で終わる。「予に見せ給ふかたじけなさに…書附侍りぬ」とあるから、義透から「男鹿島観察記」を贈られたので跋文を書いたのである。

次の跋文は、本居宣長の和歌の師匠であった京都在住の藤原（森河）章尹《あきただ》（一六七〇～一七六二）(5)が書いている。かれは京都五条大路にある新玉津島神社の宮司であった。跋文の冒頭に、「羽州秋田大屋形の執事源義透は、主君の仰（せ）を蒙り御国巡検の折柄、哥枕にもれし処々を前書して大和歌三十首、詩三韻を賦し」とあり、「哥枕もれしあづまのをちかたを見るこゝちする玉の言の葉」という歌で終わっている。「知亮へ見せらるゝを写しとり、予に亦送（り）けるを見」たとあるから、知亮が義透から贈られた「男鹿島観察記」を書写して章尹に贈ったのである。

今宮義透、茂木知亮、藤原章尹の三人は共通の知人であった。かれらの親密な交遊を示す数多くの書翰や歌集が大館市立中央図書館の真崎文庫に蔵されている。とりわけ知亮は終生、章尹・章信父子の添削を受けた。

たとえば宝暦四年（一七五四）二月の「伊勢宮奉納百首」の終わりに、次のように記している。「京師章尹・章信父子へ添削を求めしに只、三首、手尓波《てには》などの斧削ありて此儘、奉納すべきよし返答あり」（秋田県立図書館蔵『伊勢宮奉納百首・名所百首』。

5、『在京日記』宝暦二年九月二二日条に、「今日為新玉津島社司森河津島守藤原章尹之門弟、学和歌、之彼宅対面于子息主馬章信矣、章尹者他出、故不見而還、遇章尹於途中矣」とある。『本居宣長全集』第一六巻所収。北村季吟の門下の歌人。京都の新玉津島神社の神主であった。寛延元年（一七四八）、対馬守。

写本）。章尹・章信は、知亮の百首の三首を少し手直しただけで、このまま伊勢神宮に奉納せよ、と伝えてきた。合綴された「名所百首」は「定家卿名所百首」の名所題を詠んでいる。知亮が入手して手本としたのは、「順徳院御製、定家卿、家隆卿の三百首御詠」を記した「禁裏名所御百首」であった。ちなみに、「定家卿名所百首」は各藩において広く尊重された（赤瀬知子『院政期以後の歌学書と歌枕』清文堂、二〇〇六年一〇月）。しかし、単なる美的趣味で好まれたのではないだろう。全国の歌枕・名所を連ねた百首は、天地開闢以来という歴史をもつ和歌とともに続いてきた日本の国土を象徴するものになっている。それゆえに、伊勢神宮への奉納百首と合綴されているのである。知亮はこの二つの百首歌に、二条良基の『愚問賢注』を引いて自分の歌論を述べた文章をも加えて一冊とし、石井家の養子に行った子息の知勇に贈っている。

さて、今宮義透の『男鹿島観察記』に跋文を寄せた茂木知亮と藤原章尹は、西行上人も詠まず『能因歌枕』にも記されていない東国の歌枕を和歌・漢詩に詠んだ紀行文、と受けとめている。これを読んで、まだ世に知られていない東国の歌枕・名所を詳しく知ったというわけだ。「そのしま〴〵を見るがごとくに」（知亮）、「あづまのをちかたを見るこゝちする」（章尹）とあるから、現地に行って風景を見るような感興を覚えたのである。

義透に命じられた仕事は、村々の状況を調べて記録することであったが、それと併行して歌枕・名所を見てまわった。風雅のたしなみとはいえ、これもまた藩士の心得

†知亮は享保一一年（一七二六）二月、章尹から『手尓遠波口訣《てにおはくけつ》』を伝授され、同年五月には上京して口授を受けた。大館市立中央図書館・真崎文庫蔵本の識語によれば、同書は北村季吟家伝わる一本を章尹が懇望して書写したもの。今宮義透を加えた三人の師弟・交友関係を示す和歌懐紙などが同文庫に蔵されている。

であったろう。先に述べたように、歌枕・名所は秋田藩および日本の歴史と繁栄を象徴する聖地であったから、それを報告するのも調査者の任務の一つといえるだろう。

なお、茂木知亮も元文二年（一七三六）四月に、藩主に暇を願い出て男鹿を見てまわり、『男鹿巡島日記』（四月二五日〜五月五日）を書いた。同書は、『男鹿文苑』（男鹿史談会、一九六四年七月）に翻刻されている。やはり歌枕・名所をめぐる旅をしており、義透の紀行文とくらべると風趣が深くて文章が美しい。義透から『男鹿島観察記』を贈られてからすで八年が経過していた。風雅の友であるからだろう、今度は義透が跋文を寄せている。「茂木氏知亮近きころ男鹿嶋遊覧の日記を送れり。是を見れば、ことば婉に文つゞまか（＝簡潔）にして同社村里山水嶋々のありさまいとあざやかなり。爰に往事を思へば予が巡見せしはもはや十とせの先なりけらし。今再びその風景を見るがごとく思ひ出ければ、彼（の）一冊を返し遣すとて色紙に書付侍る。／源　義透／むかし見しその嶋々をうつし絵の／筆もをよばぬ今のことの葉」とある。

地方歌人、茂木知亮の歌論

長くなるが、茂木知亮の歌論を引用し紹介しておこう。江戸時代の地方歌人が何を考えていたか、よくわかる。京都の歌人の指導を受けて、同じような和歌の思想が全国に行き渡っていたであろう。もちろん、知亮独自の考えを加えて述べている。次に引用するのは、秋田県立図書館蔵『茂木是好翁之詠　伊勢宮奉納百首　名所百首』の末尾に記された「知亮謹惟《（つつしんでおもふ）》二」から始まる一節である。

……我も人も真実の魂を弁《（わきま）》へずして、多分ハ詞の花の目に見やすきを面白しと好むほどに、無声無臭の心体を忘れて、詞の花をさかせんと迷ひゆけば、第一の魂なき歌を詠（む）人多し。故に、道の明達、是をなげきて世の惑（ひ）を引（き）返し矯《（た）》（め）んが為に実を守《（ママ）》にせよ〳〵と教戒せらるゝ事也。

二（つ）ながら得がたくは先（づ）心を取（る）べしと云（ふ）ハ、心は万《（よろづ）》ノ道の根本なれば魂さへあらバ生（き）て居（る）ほどに、元来、好む花さく時にも逢（ふ）べし。魂なきハ死亡の者なれば空（し）く花を散りぬべし。然らば、何を種として又、蘇生の期もあらんやと也。

抑（も）和歌の花実といふこと、予が如きものゝ誠に及びなき事なれども、暫く喩へを以（て）云はゞ、人生五尺の身体、眼・耳・鼻・舌・身をそなへ、さま〴〵の用をなし、公私の用を成シ給ひ、四季折〳〵の衣服を着し、二時の食物・酒茶をのミ、起居・動静・応対等に至（る）まで、一日の作用、都《すべ》て現前と見ゆる処ハ花のごとし。

扨《さて》、其（の）体の作用をなさしむるものは、同（じ）にも見えず、耳にも聞（こ）えぬ一身の中に備（わ）る所の心胞胳とて方寸の空中に理気合一の霊ありて、目は見ることを司どり、耳ハ聞（く）ことをつかさどりて、彼（の）霊に返すれば、善人は善に達し、悪人は悪に達す。己がさま〴〵所こそかハれ、思ふに叶ふを悦び、不叶を嫌ふ。是を一身の主人公といふ。

此（の）魂は元来、天地魂神の根本にして、天地もこれよりひらけ、人物も是より生じて人生（ま）るれば、則（ち）方寸空中の霊所にやどれり。此（の）身体気数極（ま）りぬれば、則（ち）天地の根元にかへつて、此（の）身死すれバ耳・目・口・鼻ハありながら、見・聞・言・臭の用なく、四肢ハあれども、とりやり歩行の用なくなれり。

扨、その霊所に霊魂といふものあるか、とて話（し）たる人の胸を裂（き）て、心胞胳の方寸を見ても兎毛微塵の一物もなし。然れども、生（ま）る（ゝ）人、彼（の）霊所を拡むれば、六合の外にわたり、とりおさむれば、彼（の）方寸の空中に隠る。其（の）微（か）なることをいへば、是より少（な）きものなく、是を広大にをしひろむれば、是より大なるものなし。

和歌三十一字のうちに入れバ、一字二字の中にも籠（も）り、或（ひ）ハ一句二、三字の中にも、又は二句十余字をからみて、其（の）中の四、五文字にもかくるべし。

其（の）外、三十一字の艶言は、皆優美文飾の花やもみぢや月雪の色〳〵をなすものなり。

扨、和歌の花実とは何ぞといふに、心の思（ひ）入（るゝ）所を実といひ、詞の艶容を花といふ所、或（ひ）は三十一字をすべくゝりて皆行（き）わたる歌もあり。或（ひ）は一字一句の間にこもりて三十一字を照（ら）す歌もあるべし。此（の）実なくして詞ばかり錦たりとも、亡者に錦繍をきせたるに同じかるべし。又、いかなる歌も一（つ）の趣向は有（る）べし。趣向あれバ実はあるに似たれども、詞の花の艶美なければ、是も又、五体ふぐ（不具）の人を見るが如し。是にて花実備（は）らざれバ誠の歌にハあらざる事を識得すべし。

又云（く）、詞を先にして趣向を尋（ぬ）るハ、良材を集（め）て而後《しかるのち》、家の住居を案ずるがごとし。労する事多かるべし。題の心をよく見定（め）て思（ひ）入（り）たる趣向を本とし、扨、其（の）趣向を文飾する詞を連続するは身分相応の住（ま）ゐを定めて、絵図を計《か》き、扨、其（の）用に叶ふ。良材を集（む）るは労せずして成就すべし。是、案じ方の労いかんと知（る）べし。

花実兼備の歌を詠め、と教えている。朱子学的な理気説と融合させた歌論である。特に注目されるのは、次のような考え方だ。人間の胸部を切り裂いてもそこに霊魂は見えないが、体内の霊所に籠もっているのである。だからこそ人間は生命体として生きている。和歌も同様であって、霊魂が籠もっている。霊魂の籠もるべき場所に霊魂を籠めるのが和歌の正しい詠み方であり、花よりも実を大切にしなければならない。天地の霊魂と合体するところに正しい人生があり、その人生から和歌が発動してくるというのである。

知亮は、和歌はおのれの霊魂の働きを表現するものだと考えている。人間として心を働かせ、美を感じ、より良く生きることが和歌を詠むことなのである。

こうした考え方は、神に向かっておのれの生き方を真率に表現し訴える奉納和歌の精神に通じるであろう。日本の国土の歌枕・名所を詠んだ百首を詠むこと、また、四季・恋・雑の百首歌を神仏に奉納するのは、天・地・人の合一するところに和歌が位置づけられていたからであった。美的趣味の範囲を超える思想があったのである。江戸時代の和歌はこうした観点からも読み解くべきだろう。

第三節　藩主の《領内名所和歌集》編纂と和歌観（仙台藩・津軽藩）

視点を変えて、五代仙台藩主伊達吉村（一六八〇～一七五一）の場合を詳しく検討してみよう。吉村は、領内の歌枕・名所をみずから選抜して、有名な冷泉為綱（一六六四～一七二二）に歌題を依頼し、都の公家たちに詠んでもらった。それらの和歌は、正徳二年（一七一二）五月に「仙台領地名所和歌」（二〇首）、同四年二月に「鹽松八景和歌」（八首）となり、両者は合冊され巻末に作者名を記して版行された（「仙台叢書」第六巻）。写本としても流布した。

吉村の家集『隣松集』『続隣松集』（後者は「仙台叢書」第一一巻）は膨大なもので、その中には旅に出て詠んだ歌が非常に多い巻末注(6)。江戸へ向かう途中、帰国の道す

†真澄は『かたゐ袋』（全集第一〇巻）に、「松嶋八景」の一つを

がら、また松島をはじめ数多くの領内巡覧において吉村はさかんに歌を詠み、和文の紀行文を書いた。江戸との往還は藩主の任務だが、いつも歌を詠みながら紀行文を書く吉村の姿は、和歌にかける情熱が並のものではなかったことを示している。天下の名勝、白河関を通るときは必ず歌を詠み、臣下たちと歌会を催している。領内の歌枕に対しても大いに興味・関心をもったことはいうまでもない。

吉村は、元禄一六年（一七〇三）八月、二三歳で仙台藩主となった。翌年の宝永元年（一七〇四）一〇月には「塩竈松島之記」、翌二年八月には「むさしより領国へかへる道之記」（『隣松集』和文上）を書いている。ともに和歌を織り込んで綴った和文の旅日記である。同じく宝永二年には「領内名所和歌屏風」を製作させ、自分も「塩竈浦」を詠んでいる。さらに宝永七年六月には松島から石巻へ旅をし、正徳三年一二月にも松島に出かけて歌を詠んだ。こうした領内巡覧記が『隣松集』に数多く収録されている。また、翌年の正徳四年五月には「領内名所和歌」をみずから詠んだが、一つの作品集としては残っていない。

そこで『隣松集』に付された注記を見て拾うと、「塩竈浦」「小黒崎」「玉造江」「十綱橋」「袖渡」「憚関《はばかりのせき》」「朽木橋」「田子浦島」を詠んだことがわかる。ほかは不明だが、あとに述べる二年前の「仙台領地名所和歌」（二〇首）に詠まれたものとほとんど重ならない。吉村は領内の歌枕・名所を数多くとりあげて、みずから和歌を詠み、また人々にも詠ませたのである。そうした吉村の歌はこのほかにもたくさんある。

詠んだ冷泉為綱の「麓なる海よりくれてとみ山のよそめかゞやく雪のしろたへ」をあげている。天明六年（一七八六）八月、松島の明月を見に行った。三二歳。

「仙台領地名所和歌」の跋文を見よう。

予、嘗テ封内ノ陳跡・勝地、其ノ名ノ尤モ著シキ者ヲ撰（ママ）ンデ、冷泉為綱卿ニ請フ。出題ヲ以テ、和歌ヲ公家ノ諸君ニ需《もと》メ、各一首ヲ詠ズ。自筆ノ短冊ヲ輯《あつ》メテ一帖ト為スト云フ。（宮城県図書館蔵。原文漢文）

すでに正徳二年以前から、領内の名所を選んで「公家ノ諸君」に詠んでもらう試みが始まっていたのである。このときの歌人は二〇人、各人一首ずつ計二〇首。「陸奥山」「末松山」、「磐手山」「宮城野」、「真野萱原」「奈古曾関」、「緒絶橋」「玉造江」、「名取川」「玉河」、「衣河」「阿武隈河」、「奥海」「十府浦」、「塩竈浦」「松島」、「美豆小島」「松賀浦島」、「袖渡」「武隈松」であった。かなり大まかな捉え方をすれば、遠方の名所と仙台近辺の名所、または遠方の名所どうしを番《つが》わせ、歌合のような形式にしているようだ。山と野、原と関、橋と江、海と浦など、対照の妙を考えたのだろう。

次の「鹽松八景和歌」の跋文は、右の跋文と内容が重なるが、より具体的に詳しく書かれている。版本

吉村「自画像」（「左中将藤原吉村自画之」。部分）。仙台市博物館蔵。『お殿様の遊芸』（板橋区立美術館）より転載。「うつしをくわがおもかげも世ゝ経てはたれかあはれむみづくきのあと」（画賛）。左手に筆、右手に懐紙。自画像を描く姿。

（宮城県図書館蔵）の訓点をもとに読み下してみよう。

塩竈・松島ハ扶桑ノ名区、奥陽ノ勝境ナリ。人口ノ膾炙スル所、野老・市童モ聞キテ之ヲ知ル。然レドモ、其ノ地ハ京ヲ去ルコト甚ダ遠ク、公卿・縉紳ノ遊覧、高車ノ轍ヲ視ルコト無シ。古《いにしへ》ヨリ其ノ和歌有リト雖モ、頗《すこぶ》ル其ノ景ヲ猶画図ニ見、其ノ勝ヲ伝聞ニ知ルノミ。未ダ旁《あま》ネク其ノ景ヲ称シ、尽《ことごと》ク其ノ勝ヲ記スモノヲ見ザルハ、遺恨ナラザラムヤ。予、之ヲ思ヒテ□（不明）カズ。両地ノ美景ト称スベキモノ八ツヲ撰ビテ題ト為シ、出題ヲ冷泉黄門為綱卿ニ請ヒ、詠歌ヲ公家ノ俊輩八人ニ需《モト》ム。各一首ノ和歌ヲ詠ジテ已ニ成ル。今手自《てづ》カラ書写シテ以テ之ヲ鹽松両所ニ蔵《おさ》ム。殆ド好事ニ似ルト雖モ、和歌ニ因リテ以テ名勝ノ実ヲ著ハシ、且ツ後来ノ珍玩ト為スコトモ亦タ可ナラザラムヤ。

于時正徳四甲午年（一七一四）仲春季八

要約してみよう。「塩竈・松島は全国に知られた勝地である。しかし都から遠いので訪れる人はいない。昔から数多くの和歌が詠まれ、絵画や伝聞でも広く知られているが、その美景をあまねく見て、詳しく記した書物はない。そこで私（吉村）は、八つの美景を選んで冷泉為綱卿に歌題を依頼し、公家の歌人たちに一首ずつ詠んでもらった。そして、塩竈と松島に納めた（塩竈神社と瑞巌寺に奉納した、の意）。私は風流韻事に耽る好事家みたいなことをしたわけだが、都の公家歌人たちが詠んでこそ勝地といえよう。これらの和歌は後世に残るだろう」。歌題は「塩竈浦松」「雄島旅雁」、「月見崎月」「蕭寺晩鐘」、「籬島夕照」「浮島翠松」、「海浜漁火」「冨山暮雪」。有名な近江八景をふまえたのである。この場合も塩竈と松島の美景を二首ずつ対比し、歌合に似た形式になっている。これは屏風に歌を書いた色紙を押したときの向き合う二面を意識した構成でもある。

歌人は順に、従二位武者小路実陰、正三位久世通夏、正五位上蔵人左少弁烏丸光栄、従二位権中納言日野輝光、従三位冷泉為久、従一位前内大臣久我通誠、正二位前権大納言中院通躬、従二位権中納言冷泉為綱の八人である。このうち久我通誠は、吉村の夫人となった久我貞子すなわち冬姫の養父である（実父は久我通名）。武者小路実陰、中院通躬は、吉村が以前から和歌の指導・添削を受けてきた歌人。交誼の深い公家歌人に詠んでもらったのである。かれらはいずれも先の「仙台領地名所和歌」の歌人であった。

吉村の領内の歌枕・名所に対する熱い思いは、これで終わらなかった。享保二年（一七一七）五月には、自分の歌でもって「詠名所和歌」（三〇首）をまとめた。「塩竈」「衣川」「山榴岡《つつじがおか》」「磐手」「雄島」「小黒崎」「衣関」「武隈松」「姉歯松」「末松山」（以上、春）、「奈古曽関」「玉造江」「名取川」「美豆小島」「都島」（以上、夏）、「宮城野」「玉田横野」「稲葉渡」「真野萱原」「阿武隈川」「籬島」「栗駒山」「面和久山」「松浦島」

「袖渡」（以上、秋）、「野田玉河」「十府浦」「浮島」「戸絶橋」「陸奥山」（以上、冬）、「不忘山」「名取御湯」「緒絶橋」「奥海」「壺碑」「奥井」「多湖浦島」「賀島」「小鶴池」「松島」（雑）である。これらのなかには「奈古曾関」のように仙台藩内とは思えないものも入っている。白河藩の「勿来関」が有名であるが、仙台藩にもあるというのだろう。「玉田横野」「稲葉渡」「賀島」などのような知名度の高くないものもとりあげている巻末注(7)。

吉村が自分の歌で編んだ「詠名所和歌」の跋文にも、右の二つの跋文と同じことが記されている。吉村が自国の歌枕・名所を長年どのように考えてきたのか、どうしようと思っていたのか、よくわかる。これも読み下して引用する（国会図書館蔵『隣松集』）。

右三十首ノ名区ハ我ガ領国ノ勝境ナリ。然レドモ、此ノ地、京ヲ去ルコト甚ダ遠ク、公卿・縉紳ノ遊覧、高車ノ轍《わだち》ヲ視ルコト無シ。古《いにしへ》ヨリ其ノ歌有ルト雖モ、頗《すこぶ》ル其ノ景ヲ画図ニ見、其ノ勝ヲ伝聞ニ知ルノミ。未ダ旁《あまね》ク其ノ景ヲ称シ、尽《ことごと》ク其ノ勝ヲ記スモノ見ザルハ、豈《あ》ニ遺恨ナラザランヤ。之ヲ思ヒテ過グル年、詠歌ヲ公武ノ席ニ需《もと》ム。予、独吟ヲ重ネテ之ヲ詠ミ、添削ヲ武者小路実陰卿ニ請ヒ、今一巻ト為シテ揮毛ヲ染メテ書《しる》ス。

享保二年（一七一七）五月中旬　　虎賁中郎吉村

三つの跋文に共通することがある。領内の歌枕・名所を選んで都の貴族に詠んでもらい、自分も詠み、さらに臣下の武士たちにも詠ませた、ということだ。吉村はこのような《領内名所和歌集》の編纂・作成にまことに意欲的だった。三種類のそれを編み、二つは版本にして刊行させた。その理由は何か。跋文に記すように「領内の景勝地をすべて見尽くして、詳しく記したものがない。それが残念である」からだ。

それならば、なによりも先に「旁《あま》ネク其ノ景ヲ称シ、尽《ことごと》ク其ノ勝ヲ記」した地誌を編むべきだったのではないか。地理・由来・伝説を詳しく記し、歌枕・名所を詠んだ古歌も多量に引用して地誌を書くのがよかろう。《領内名所和歌集》の編纂はその後でもよかったのではあるまいか。だが、吉村はそのような地誌を編もうとはしていない。なぜだろうか。

歌枕・名所を説明した地誌を編まなかった理由を考えてみよう。裏返すとそれは《領内名所和歌集》を編んだ理由を考えることになる。吉村は跋文に、領内の景勝地をすべて見尽くして、詳しく記した書物がない、と嘆いていた。だがこれは優れた地誌がないという意味ではあるまい。領内の歌枕・名所を詠んだり書いたりした古歌・絵画も伝聞も豊富にあるが、それを詠んだ我らの時代の歌集がない、という意味にほかならない。地誌ではなくて、現代の歌集がないことを嘆いている。

吉村はなぜ嘆くのか。おそらく、今も歌に詠まれてこそ歌枕・名所であると考える

†理由はもう一つ書いてある。仙台藩領は和歌に詠まれた名勝地が多いが、京から遠いので訪ねてくる人が少ない。ゆえに、京の貴族と仙台藩の武士が歌を詠んで名所歌集を編み、宣伝に努めたい。これは、大正四年秋、天皇の東北行幸に際し旧・弘前藩家老が編纂・献上した『津軽名所詠歌帖』と同一だ。歌枕・名所に対する認識は近代になっても変化しなかった。鎌倉・室町期も同じだったのではなかろうか。

からだろう。詠まれなくなったとき歌枕・名所は存在価値を失う、と思っているようだ。前に述べたように、「仙台領地名所和歌」「鹽松八景和歌」は都の公家歌人に詠んでもらい、「詠名所和歌」は吉村自身が詠んだ。「鹽松八景和歌」の跋文に「詠歌ヲ公武ノ席ニ需《もと》ム」とあるから、家臣の武士たちにも詠ませたわけで、領内の歌枕・名所は都の貴族と地元の武士の両方が詠んだのである。吉村がほぼ同じ跋文をもつ三つの《領内名所和歌集》を編んだのは、そうあってこそ現代に生きる歌枕・名所であり全国に誇れると考えたからに違いない。吉村には、《領内名所和歌集》を編むことが仙台藩主の任務のごとく思われたことだろう。

もしも歌枕・名所が古い歌集のなかにのみ存するものであるならば、過去の遺物というべきだ。知識人の教養・研究の対象にはなりえても、現代的な意義を失っている。歌枕・名所は遠い昔と同じように今も詠まれてこそ本当の価値がある、そうあらねばならない、と考えたのではあるまいか。歌枕・名所は和歌の長い歴史を凝集し、今も感動を与えるものとして存在すべきだ。吉村は自分の編んだ《領内名所和歌集》は後代に残るはずだと述べている。いつの世にも歌に詠まれ未来へと存続してゆくべき場所であり、そうあらねばならないと考えていた。だから領内の歌枕・名所をみずから選び、都の公家と地元の武士に詠ませ、自分もまた詠んで歌集を編んだのであった。

以下、おのずと結論が見えてくる。仙台藩内の歌枕・名所は、藩主の吉村によって選抜され、数が増やされ、都の貴族たちと地元の武士（文人藩士）たちの両方によっ

伊達吉村「六所玉河和歌御手鑑」。仙台市博物館蔵。『お殿様の遊芸』（板橋区立美術館）より転載。吉村は絵も歌も優れていた。「駒留ていざ水かはむ山吹の花の露そふ井出のたま川」は、『新古今和歌集』春下の藤原俊成の歌。二句「なほ水かはむ」。異同は『歌枕名寄』（版本が流布）から引用したため。真澄も同書から引用している。

て詠まれた。少なくとも三種の《領内名所和歌集》が吉村の手によって編纂されたことは縷々述べたとおりである。こうして仙台藩の歌枕・名所は、万葉・平安の昔さながらに今も人々に感動を与え続け、歌を詠む場所として全国に知られて存在することになった。そして、未来へ存続してゆくものとなった。吉村の意図したのはそういうことだろう。仙台藩という東国の一地域は、国土のすべてを覆い包んでいる和歌の広大な宇宙の内部に、確固たる位置を占めて存在することになった。その中に位置づけられてこそ仙台藩は日本の一員なのである。歌枕・名所とはそういう内的な機能・効能を秘めるものであったと思われる。

和歌の〈歴史性〉〈領土性〉〈万民性〉

吉村がこうした考えに至ったのは、どういう理由からだろうか。『古今和歌集』仮名序の和歌思想を強く意識したのではなかろうか。

仮名序によれば、和歌は「天地《あめつち》の開《ひら》けはじまりける世」に発生し、「ちはやぶる神世」では文字数が定まっていなかったが、「人の世」には三十一文字の和歌となって広まり、良き帝に出会って盛んになった。そして未来へと続いてゆくものである。末尾に「たとひ、時移り事去り、楽しび哀《かな》しびゆきかふとも、この歌の文字あるをや」と述べており、仮名序は和歌の永遠性をまったく疑っていない。和歌は滅びることなく永遠の歴史を生き続ける、というように、いわば所与的に認識している。永遠に続く和歌の存在は日本の歴史そのものを象徴するものだといえよう。

少し注解を加えれば、仮名序の執筆者は紀貫之と思われる。貫之は和歌をそのようものとして記述しているが、当時の人々は必ずしもそのように考えてはいなかったかもしれない。とはいえ、『歌経標式』などにも記された、万葉時代から生成されてきた和歌思想を十分にふまえて書いたことは疑いないだろう。

さらに、仮名序の文章には畿内・東国その他の歌枕が織り込まれており⑻、東国の女の詠んだ「安積山影さへ見ゆる山の井の浅き心をわが思はなくに」にまつわる説話もとりあげられている。この歌は『万葉集』巻一六にあり、左註に「風流《みや》びたる娘子《をとめ》」である「前の采女《うねめ》」がこの歌を詠んで、都から陸奥国に派遣されてきた葛城王の憤怒を慰めたとある。女はかつて都で采女をしていたのだった。また仮名序には、醍醐天皇の「あまねき御慈《おほんうつく》しみの波、八洲《やしま》のほかまで流れ、ひろき御恵《おほんめぐ》みのかげ、筑波山の麓よりもしげくおはしまし」たとある。天皇の支配権が確立・拡張するにつれて天皇の宰領する和歌は日本という国土の隅々にまで流布・浸透したことになろう。そういう聖帝が『古今和歌集』の編纂を命じた醍醐天皇以前にもいたと仮名序は述べており、東国に住む采女の歌はそのことを示す一例といえるだろう。

以上をまとめれば、仮名序が言わんとしているのは、和歌は神世から今日へ、さらに未来へ続いてゆくという永遠の〈歴史性〉を有し、天皇の支配権が及ぶ国土の隅々に浸透しているという意味で〈領土性〉を有している、ということだ⑼。その二つの

8、仮名序においては、「筑波《つくば》山にかけて、君をねがひ」、「富士の煙《けぶり》によそへて人を恋ひ」、「長《なが》柄《ら》の橋も造るなり」というように、地名は文章の内部に和歌的文飾として埋め込まれている。「筑波山」は君徳、「富士の煙」は恋心をあらわす象徴的記号であり和歌に詠まれる地名、歌枕である。すなわち土地・場所・地域は原則的に和歌の内部に存在する（させられている）のであり、それらは歴史性・伝統性を有する和歌的世界から切り離れて、いわば無関係に独自に存在するものではない。仮名序はそのように考えている。あとに述べる和歌の〈領土性〉である。

軸によって日本の姿が具現するのであり、和歌はそのことを象徴するものなのである。かつ、天皇も宮廷の人々も、東国に派遣された王もそこで出会った女も和歌を詠むのだから、和歌は日本のどこにおいてもすべての人が詠むものだという意味で〈万民性〉を有していることになる。ちなみに、仮名序冒頭の「生きとし生けるもの、いづれか歌をよまざりける」は、人間以外の生物もすべて歌を詠むと述べている。「言霊の幸《さき》はふ国」（『万葉集』巻一三・三二九五）、「石《いは》ね・木立《こだち》・清水沫《あをみなわ》も事問《ことと》ひて」（『出雲国造神賀詞《いづものくにのみやつこのかむよごと》』）、「くさきみなものいふ」（『日本紀竟宴和歌』八）もそれと似たものだろう。

　このことは、平安後期になると『俊頼髄脳』の、次のような言説となって流布してゆく。「やまと御言《みこと》の歌は、わが秋津洲《あきつしま》の国のたはぶれあそびなれば、神代よりはじまりて、けふ今に絶ゆることなし。おほやまとの国に生れなむ人は、男にても女にても、貴《たか》きも卑しきも、好み習ふべけれ」（小学館・新編日本古典文学全集『歌論集』）云々。同じような言説は慈円の私家集『拾玉集』やそのほかにも数多くも見られ、和歌の基本思想の一つといってよいだろう。たとえば、藤原清輔『袋草紙』上巻の末尾に「稀代の和歌」という一節があり、神仏や天人から幼児・乞食・亡者の歌まであらゆる階層の歌が集められている。すべての存在が歌を詠むというのである。藤原俊成の編纂した『千載和歌集』の序文にも、その冒頭に「やまと御言《みこと》の歌《うた》は、ちはやぶる神世にはじまりて、楢《なら》の葉の名《な》を《(お)》ふ宮にひろまれり。（中略）おほよそこのことわざ我《わ》が

9、この用語は敵対的・占領的な意味合いが感じられ、必ずしも適切な用語であるとは思われない。しかし、仮名序やそれ以降の歌論などに、和歌の浸透するところ＝わが国土、という観念があったことが認められるようだ。〈自国〉として認定し確保するという意味で〈領土性〉を使うことにする。〈王土性〉のほうが適切かもしれない。すなわち仮名序は、古代聖帝による国家は歴史的な時間軸と地理的な空間軸によって形成されており、そのことを具体的に表象するものが和歌である、と述べているように考えられる。

世の風俗として、これをこのみもてあそべば名を世ゝにのこし、これを学《まな》びたづさはらざるは面《おもて》を垣《かき》にしてたてらんがごとし。かゝりければ、この世《よ》に生《むま》れと生《むま》れ、我《わ》が国《くに》に来《き》たりと来《き》たる人は、高《たか》きも下《くだ》れるも、この歌《うた》をよまざるは少《すく》なし」とある。やはりすべての人々が歌を詠むというのである。和歌を学び詠まぬ人は物事を認識できず無益な生き方をしているのと同じで（上條彰次の解釈による）、人に非ずというわけだ。俊成は『古今和歌集』仮名序に記された和歌の始まりを引用し、『俊頼髄脳』などもふまえて和歌の〈万民性〉を述べたのである。

こうした、あらゆる人々が歌を詠むという考え方は、立場や階級を超えて人は歌で心を通わしあうことを意味する。これもまた仮名序に淵源を見いだすことができる。「力をも入れずして天地《あめつち》を動かし、目に見えぬ鬼神をもあはれと思はせ、男女《をとこ》のなかをもやはらげ、猛《たけ》き武士《もののふ》の心をもなぐさむるは、歌なり」。男と女はいうに及ばず、天地も鬼神も武士も、歌を詠みかけられて感応するのだから歌心をもっていることになる。これは、すべてのものが歌を詠む、あるいは理解するという思想を導くだろう。和歌はわが国の歴史とともに形成された「風俗」（文化的慣習）であり、すべてのものが和歌でもって心を通わしあう。和歌にはそれを可能にする呪力のようなものがあると考えられていたのである。

仙台藩主の和歌観

仙台藩主の吉村は、右に述べた『古今和歌集』仮名序を引用して、おのれの和歌観をいくども述べている。たとえば、みずから編纂した家集『隣松集《りんしょうしゅう》』（部類歌・組題歌）に、次のような跋文を書き記している（宮城県図書館・伊達文庫蔵本による）。冒頭部を引用しよう（原文の漢文を読み下した）。

夫レ和歌ハ扶桑不朽ノ盛事ニシテ、人心感物ノ詞葉《ことば》ナリ。天橋遘合ノ浩唱ヲ濫觴トシ、出雲清地ノ神詠ヲ権輿トス。ソレヨリ以テコノカタ、本邦ノ風俗トナル。王侯士庶、之ヲ諷ジ之ヲ吟ジ、以テ其ノ志ヲ言《の》ブ。（以下、略）

享保三年（一七一八）二月、三八歳のときであった。このあとに幼いころから歌作をたしなんできたとあるが、右の冒頭部は『古今和歌集』仮名序にいう和歌の〈歴史性〉と〈万民性〉をふまえて書いている。正確にいえば平安時代の中頃に藤原公任が書き入れたと考えられている古註なのだが、吉村は公任の注とは思っていなかっただろう。記紀神話のイザナキ・イザナミの男女神が「天の浮橋のした」で互いに呼びかけた求愛の〈声〉を吉村も和歌の始まりと見ている。「天橋遘合ノ浩唱ヲ濫觴トシ」というのがそれであり、「出雲清地ノ神詠ヲ権輿トス」は、仮名序にスサノヲが「女（め）と住みたまはむとて、出雲の国に宮造りしたまふ時に、その処に八色（やいろ）

†伊達吉村は、中世歌論の根幹の一つ、和歌＝「狂言綺語」説を知悉していた。四代藩主綱村の逝去を悼む「夢のたゞぢ」（享保四年一月一〇日。『続隣松集』。「仙台叢書」第一一巻）の末尾に、「けふは手向と、手づから金剛波羅密教一巻書写して、大年寺につかはすとて、この経の終の四句偈の六字題して、六くさの和歌をつゞり、奥に書つけぬ。誠に狂言綺語のあやまりとなるべきなれども、ねがはくは愚癡哀悲のおもひをたすけて是をひるがへし菩提の善縁ともなり、又は予が塵労悪趣をもわすれむとおもふばかりこそ」と書き

の雲のたつを見て」詠んだ「や雲立つ出雲八重垣妻ごめに八重垣作るその八重垣を」（以上、岩波文庫本による）から、「人の世」に三十一文字の短歌形式が普及するようになったとあることを示す。

　吉村は、こうした仮名序をはじめとする言説をふまえて、やがて「王侯」から「士庶」までが和歌を諷吟し「志」を表現するようになり、今日までわが国の「風俗」として続いていると受けとめている。「志」は中国的な観念だが、吉村は物事に対する感動とか思想・心情というほどの意味を込めていると思われる。「本邦ノ風俗」となり「王侯士庶」まで詠むようになったというのは、直接には俊頼・慈円・俊成らの言説に学んだと思われるが、その淵源をたどれば仮名序にたどりつく。和歌は神世以来の歴史をもち、国土の隅々にまで浸透し、すべての人々が詠む。わが国はそういう「風俗」をもって長く存続してきたと吉宗は考えている(10)。

　『古今和歌集』仮名序をふまえた吉村の文章は、もう二つ見いだせる。一つは『隣松集』の「和文」に収められた「藤原宗房詠歌集序」であり、冒頭に「日の本のこと葉、神世よりはじまり、もろこしの歌はかしこきむかしの御代におこりて、今にいたるまで世にたえず。高きもいやしきも、この国のならひとして歌といへる事知（ら）ざるものなし」とある。二代藩主伊達忠宗（一五九九～一六五八）の末子で、三九歳の若さで亡くなった宗房（一六四六～八六）の遺稿集に付した序文である。

　宗房は宮床城主（宮城県黒川郡大和町）で、仙台藩祖伊達政宗の曾孫にあたる。いう

付け、夢・幻・泡・影・露・電の六首の歌を詠んでいる。和歌史・歌論史に通暁していたのである。ほかの文人藩主たちも同じに違いない。

　弘前藩四代藩主津軽信政の和歌観については、阿部泰郎編『日本における宗教テクストの諸位と統辞法』（名古屋大学、二〇〇八年七月）および阿部泰郎・錦仁編『聖なる声』（三弥井書店、近刊）所収の拙論に述べた。→七五頁脚注。

10、拙論「和歌の思想――俳句を考えるために」（『俳句の詩学・美学』第二巻、角川書店、二〇〇九年一一月）に述べた。

までもなく吉村の父である。長男の吉村は宮床で生まれて成人した。父は和歌の師匠をもたなかったが日々の感懐を歌に詠み箱に納めてあった。それを京都の「竹内二位惟庸《これつね》卿」に送って添削してもらい、吉村が序文を書いて家集としてまとめたのである。

もう一つは、『続隣松集』（「仙台叢書」第一一巻）に収められた「圭璋集序」である。これは、涌谷城主伊達村興《むらおき》（一六八三〜一七六七）の長男で三九歳で逝った村胤《むらたね》（一七二一〜五九）の詠草に、序文を付して家集にまとめたもの。村興は吉村の実兄だから村胤は甥である。やはり冒頭に「やまと歌は神世よりはじまり、しきしまの国のことわざとなりて、世の人これをもてあそびしより、このかた風・賦・比・興・雅・頌の六くさをわかち、長・短・旋頭・混本のさま〴〵なるすがたをあらはし、ことばの花いろをあらそひ、をもひ《（思）》の露ひかりをそふ」とある。仮名序をふまえて和歌の始まりを述べ、やがてわが国の「もてあそび」すなわち「風俗」になったと述べるのは前と同じである。

さらに続けて、「春の山辺は花をめで、夏のゆふべは岩井の水をむすび、秋のはやしに紅葉をたき、冬のあしたに駒なべ《（並）》てはるかなる野の雪をながめ、四つのときあらたまりかはるにつけても、あるは道のさかえに君をいはひ、身のおとろふるに世中をうらみ、はかなき恋路にこゝろをまよはし、神をいのり仏をたのむのみにあらず。やまともろこしの人伝《（ひとづたへ）》の世がたりまでも、そのしな《（品）》心にうごき、ことばにあらはれずといふことなし」というのも、仮名序をふまえて和歌が詠まれるときの種々相を述べた

†竹内惟庸（一六四〇〜一七〇四）。従二位・非参議。竹内家は養子縁組で冷泉派の歌の家となった。吉村は、近衛基熙、中院通茂、清水谷実業、中院通躬、武者小路実陰、竹内惟庸から和歌の指導を受けた。惟庸は、島津藩（薩摩）の日高為一などにも指導をしており、全国に門弟が多かった。その娘おいよの君は、仙台藩の支藩である一関藩二代藩主、田村誠顕《のぶあき》の側室。

ものだが、おのずと村胤の遺した詠草を四季・恋・雑の部立に分類して編纂したことを示唆している。

これらは家集につけた形式的な序文であり、内容は薄いということもできる。しかし、無視すべきものではないだろう。吉村の和歌観が率直に述べられていると見るべきだ。

吉村の和歌観には『古今和歌集』仮名序があった。仮名序をふまえて、和歌は神世に始まり、すべての階層の人々が和歌を詠んで心を表現するようになり、わが国の「風俗」「ことわざ」となって今日へと存続している、と何度も述べている。王侯はもちろん、武士階級から庶民にいたるまですべての人が和歌を詠むと吉村は考えている。そこにわが国の特色があり、藩主の自分も、そうした「風俗」「ことわざ」をたしなむ一人であるという自覚をもっていた。和歌は万民が詠むものゆえ自分もまた詠む、と考えていたように思われる。

いつの時代であれ、庶民が和歌を詠んで楽しんでいたとは思われない。吉村が述べているのは理想としての民衆論である。和歌の前にすべての人間が同等である、という理想論といってよい。だが、こうした和歌思想は平安初期の仮名序から江戸時代へと継承されてきたものだった。日本人による日本論の土台とされてきたもので、藩主にとっては領地・領民を治めるために実践しなければならぬ理想であった。

仮名序に記された和歌思想は、藩主としての自覚を支え、保証するものであった。

一国を治める君主の心得である。藩主と領民は、理念的に和歌の前に同等もしくは水平の関係にあり、それぞれが和歌で心を表現するのだから、和歌を通して互いに理解しあえる、という認識が成立しているのである(11)。理想的な藩主像、理想的な領民像が浮かんでくる。現実にはありえないことなのだが、理想的な国のありかたとして、そういう考えが吉村の心内にあったといえよう。

和歌の神は子孫繁栄の神

吉村の考え方は、ほかの資料からでも確認できる。そして、神々も同じような考えを表明（＝「御神託」。後掲）していたことがわかる。吉村の思想は神々の思想である。たとえば吉村は、享保八年（一七二三）二月五日、弟君の村興（涌谷城主）を連れて岩手県一関市千厩《せんまや》町の八幡神社を訪ねた（「海浜歴覧記」。『続隣松集』「仙台叢書」第一一巻）。ここはもと父宗房の治めたところで、八幡社は父が勧請したのだった。吉村は服装を改め、真剣一振、和歌一〇首とともに、次のような祝詞を捧げた。全文を掲げよう。

享保八癸卯歳二月瑞日良辰。従四位上行左近衛権中将兼陸奥守藤原朝臣吉宗、再拝再拝。御太刀家定一振、祭田並続歌十首、於二磐井郡東山一大原仁坐須、八幡大神社乃広前爾捧計寄之奉利天、祝詞於告天白（ママ）久。我本親伊達宗房、嘗天当社於尊崇米、先考二綱村朝臣乃寿寧一、国中乃平安於祈利及二自己一。弄障乃慶於得牟事於

11、これに通じる考え方は、関白藤原忠実（一〇七八～一一六二）の言談を中原師元が筆録した『中外抄』の、久安六年八月九日と見られる記事が注目される。忠実は「和歌の事は我より上臈に逢ひて、驕慢の自讃するもあしからず」と述べ、その実例として「故堀川右府（＝藤原頼宗）は、宇治殿（＝藤原頼通）に逢ひ奉りて、「これは殿はえ知らせたまはじ。頼宗こそ知りて候へ」とて、板敷を叩たかれけり。しかれば、宇治殿は咲《わら》はせ給ひけり」をあげている。和歌は上下の身分差を超えて、自由な言動や意思の疎通を成り立たせるものであったといえるだろう。拙論「和歌の展開―一一世紀」（『岩波講座 日本文学史』第三巻、一九九六年）参照。

冀比、願文於捧計、屢奉弊乃誠於致世利。神徳不レ測霊験維新奈利。吉村忝久伊達乃正統於承続天、国乃政於身仁任須。仰幾願久波身健爾民寧久、子孫繁栄乃擁護於垂給辺登、恐美惶美敬弥謹天祝比祭留。

三代藩主の父宗房がこの地に八幡社を勧請し、四代藩主の綱村が自分の幸福よりも「国中の平安」を優先して祈ったと述べ、五代藩主である自分は国政を任されたわが身の健康と領民の安寧、そして両者の子孫繁栄を祈るという。吉村は二代藩主忠宗の次男であるが、四代藩主綱村の子息が夭折したため、その跡を継いだのである。

平凡な祝詞だ。しかし、藩主の自分と領民とを同等の立場にあると捉え、ともに力を合わせて一国の繁栄を築こうとする姿勢がうかがえる。先に見た和歌の〈万民性〉に通じる考え方を認めてよいだろう。注意すべきは、これと同じ考えを神もまた語っていることだ。それは『奥鹽《おうえん》地《ち》名《めい》集《しゅう》』に採録された陸奥国一宮塩竈三社大明神の「神託」に明らかだ。神は次のように語っている。

御神託　もろ人のまづしきを恵み、己まづしきをたのしみ、常に其心の天地にひとしきものあれば、我常に行て神力を加へ、宗廟に告げまるらせて、我日の本の一のかんたから（＝神宝）とするものなり。

（著者不詳。嘉永七年〔一八五四〕写。「仙台叢書」第六巻）

塩竈三社大明神は「もろ人のまづしき」に「恵み」を与え、みずからは「まづしきをたのし」む。神の心は「天地にひとしきもの」であり、万民に恵みを与える。この神の誓いは、綱村や吉村の自覚すなわち藩主としての祈りと何ら変わらない。神と同様に、おのれのことはさておいて、人々の「貧」を思いやっている。

同じく『奥鹽地名集』に採録された、「江尻山」（塩竈市）に鎮座する「天神社」が人々に示したという「御遺訓」にも通じるものがある。要約してみよう。

この世は父・母によってもたらされたものだ。自分の幸福を神仏に祈ってはならない。父・母の起源にはイザナキ・イザナミの二神があり、釈迦・弥陀の二仏がおられる。この身を天照大神・不転肉身の仏と思って祈るならば、神仏も理解してくれるだろう。父母の御恩に感謝し孝道の志をもつ者を神仏は助ける。この身があるのは父母のおかげであることを忘れてはいけない。

エゴイズムを否定し他者への感謝・奉仕を説いており、前にあげた二つの言説と共通する。これも月並みな託宣であるが、イザナキ・イザナミの男女二神を父・母の起源とすることは注目されてよいだろう。『古今和歌集』仮名序に、和歌の歴史はイザナキ・イザナミがお互いに声をかけあった恋歌から始まったとあった。これらの言説

†同じ考え方は、鎌倉後期の『古今和歌集』注釈書に頻出する。また、近世の「筑波山流記」という縁起書などにも。和歌は、男女二神の国産み神話をもとに、和合と

を合わせれば、イザナキ・イザナミの男女神は和歌の神であり、同時に、子孫繁栄の神である、ということになる。これは矛盾しない。今も和歌が栄えているのは神代の昔から日本が栄えていることと同一だ。和歌の歴史は日本の歴史を示す。それは男女の生殖によってこの国が子孫繁栄して今日に至ったことをあらわしている。和歌を創始した男女神は、日本の歴史・繁栄を創り築いた神々である。仙台藩主の吉村が和歌を尊ぶのは、こういう観点に立っていたからだろう。

吉村は、先に引用したように自分の家集『隣松集《りんしょうしゅう》』の「部類歌・組題歌」の末尾に、『古今和歌集』仮名序をふまえて自分の和歌観を述べたのであった。なにゆえにおのれは和歌を詠むのか、を示したのである。都を遠く離れたこの地を治めて家集を編むことは、和歌が盛んな土地であることをみずから証明するものである。和歌は神世から続いてきた日本の国民的慣習であり、いかなる階層の人も和歌を詠む。今もそれは変わらずに続いており、この地においても和歌は盛んであり、藩主の自分も臣下の武士たちも詠む。そして、《領内名所和歌集》に見たように、都の貴族歌人もこの地の歌枕を詠む、というわけだ。和歌の〈歴史性〉〈領土性〉〈万民性〉はここにもしっかりと生きている。

和歌に包まれた日本

最後に、この点を補強する資料をあげて閉じることにしよう。大正四年（一九一五）

生産をもたらすものとして伝承された。拙論「中世歌学―歴史認識から世界構想へ」（『解釈と鑑賞』二〇一〇年一一月）参照。

一〇月に編まれた『津軽名所詠歌帖』という二〇ページの小冊子だ。「陸軍特別大演習」を視察するために、天皇が弘前に来訪した。そのとき「就将吟社」を率いる正七位大道寺繁禎《しげよし》が社中の人々に呼びかけて作ったものである。最初のページに、青森県知事の小濱《こはま》松次郎（薩摩国出身）に宛てた、この『詠歌帖』を天皇陛下にお渡し願う旨の「伝献願」があり、続いて「由来書」が記されている。句読点などをつけて引用してみよう。

津軽五郡中ノ山野・河沼・神社等ノ勝地、当社員ノ詠歌献納ノ義ハ、当地方ハ東奥ノ僻地ナルガ故、名勝ノ地モ埋没シテ世ニ知ラレズ遺憾ニ不レ堪所、今般、幸ニ　御駐輦ノ好期ヲ得候間、恐多クモ乙夜《いつや》ノ　天覧ヲ蒙リ、此勝地ヲシテ世々長ク其栄ヲ保タシメ度、撰定ノ上、詠歌為致候モノニ御座候

　大正四年十月四日

一、大正四年十月十四日、伝献願許可相成

津軽五郡の中から名勝地を選んで、結社の歌人が歌を詠み、天皇陛下に献納する。その理由は、津軽は僻地ゆえ名勝地があるのに世に知られていない。そこで天皇にご覧いただき、「世々長ク其栄ヲ」を保ちたい、という。選ばれた名所は、「岩木山」「八耕田山」「白神山」「十三湖」「十和田湖」「外が浜」「錦浜」「青森港」「三厩港」

†大道寺繁禎（一八四四～一九一九）は津軽（弘前）藩最後の家老。県議会議長、中南津軽部長、弘前図書館長などを歴任。青森銀行（第五十九国立銀行）を創始し、小売業「角弘」を興した。歌人。昭和六一年（一九八六）二月、『大道寺繁禎歌集』が刊行された。

†「乙夜」は、今の午後の一〇時ごろ。その前後約二時間をさす。ここでは、夜のお暇な折りにでも、というほどの意味。

「岩木川」「阿弥陀川」「嶽温泉」「合浦《がっぽ》公園」「蝦夷館」「弘前市」「岩木山神社」「善知鳥神社」「猿賀神社」「高照神社」などである。

跋文にも、同じことを記している。「都に遠き津軽の名所」だから、「世に埋れて地方の人」にも知られていない。前から「ひろくあつめて世に公になさむ」と思っていたが、陛下が来られるので、「林春之進」と名所を選び、歌人にふりわけ詠んでもらい、一〇日あまりで『詠歌帖』を作った。編者の大道寺繁禎がそう書いている。

大正四年に《津軽歌枕・名所歌集》が編まれた背景には、その前の明治天皇の東北巡行が影響しているだろう。随行した国学者近藤芳樹（一八〇一～一八八〇）の『十符《とふ》の菅薦《すがこも》』（明治九年。「明治神宮叢書」第一一巻）を読むと、書名からしてそうであるが、行く先々で歌枕・名所を見てまわっている。天皇の巡行には、そういう類の随行記が望まれたのだろう。仙台藩主や秋田藩主もそうであったが、地方の歌枕・名所を訪ね歩くというスタイルを保持したのである。

歌枕・名所は、平安時代の昔から、和歌に詠まれ続けてこそ価値あるものだった。寝殿造りの庭園は全国各地の歌枕・名所を寄せ集めるという趣向で造るのであるが、「名所をまねバんにハ、その名をえたらん里（＝有名な歌枕・名所）、荒廃したらば、某所をまなぶべからず。荒れたる所を家の前にうつしとゞめん事、ハゞかりあるべきゆへなり」（日本思想大系本）と述べている。昔は有名だった歌枕・名所でも、荒れ果ててしまったら庭園の中に写し取ってはならないという。貴族の庭園は住む人々の繁栄

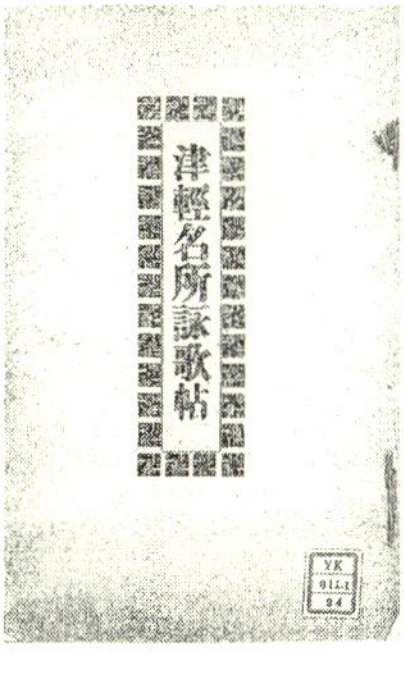

弘前市立図書館蔵

を祈願して造られるから、そういうものは排除されるのである。

歌枕・名所に関するこうした考え方は、江戸時代にも、そして近代に入ってからも続いていたと見るべきだ。仙台藩主が、領内のそれを大切に整備・保存し、めぐり歩いて歌を詠み、家来の武士たちに詠ませ、都の堂上歌人たちに詠んでもらい、《領内名所和歌集》を編纂し刊行・流布させたのは、そのことを雄弁にものがたっている。こうすれば、歌枕・名所は永遠の時間を生き抜く歴史的生命体として領内に現前することになる。仙台藩は価値ある文化圏として高い地位を確保することになる。地方の価値・地位は和歌によって決まる。日本は和歌に包まれた国であり、和歌とのかかわりを明確にすることが肝要なことだった。

『津軽名所詠歌帖』は、仙台藩主の編んだ《領内名所和歌集》と同じではないが、共通の精神が流れている。地元の歌枕・名所を歌に詠み、天皇に御覧いただき、それによって全国的に知られるものにしようとしている。天皇に見ていただくか、都の貴族歌人に詠んでもらうかの違いであり、本質的な違いではないだろう。地方は、天皇および都の歌人に認知されたとき、その存在性を獲得するのである。歌枕・名所として全国的に認証されるわけだ。

＊

歌枕・名所の利点は、日本という広く大きな普遍的世界の中に、各地の特殊な場所が価値あるものとして認定されることだ。歌枕・名所を和歌に詠み、それが天皇の叡覧を得れば、たちまちに全国的な意味が生じてしまう。日本は、古来、和歌に包まれた国であった。都であれ、鄙であれ、中央であれ、地方であれ、特に鄙・地方は歌枕・名所をもつことによって、和歌の国の一員たる価値・資格を有することになる。

私たちは、和歌について考えるとき、平安時代から江戸時代まで、あるいは明治・大正まで、気の遠くなるような長い時間を見通す視点と研究法を用意する必要がある。

第三章　真澄を求めて――まとめ

柳田・内田の定説を疑う

まだ述べていないことも加えて、本書のまとめを書いてみよう。

菅江真澄に対する基本的な認識、つまり今日の通説・定説は、主に柳田國男とその後継者である内田武志・宮本常一によって作られ、私たちはそれに導かれてきた。かれらの功績があったからこそ、私たちは真澄を深く理解することができる。それは自明のことだ。しかし、かれらの作り上げた通説・定説がどのようなものであるのか、私たちは真澄をどんなふうに考えているのか、真澄の本質にそれはどれだけ迫るものなのか、冷静に捉え直してみるべきだ。

さらに言おう。菅江真澄の研究は、柳田・内田・宮本などが敷いてくれた路線を歩むだけでよいのか。民俗学的な考察ですべてが解決するのか。もちろん、そうではあるまい。今や真澄は、民俗学はもとより日本史学、考古学、植物学、鉱物学など、さまざまな分野から、さまざまな視点・方法によって研究されるようになった。真澄はそれらを受け入れ、それぞれに応じて新しい世界をあらわしてくれる大きな宇宙である。ならば、国文学的な観点からも参入し果敢に研究を試みるべきだろう。このことを私たちは怠ってきた。

　これまでと異なる観点から真澄を捉え直してみたい。細《ほそ》めの望遠鏡ではあるが、和歌という観点から見た真澄は、どんな姿をあらわすのか。本書はそのための試行錯誤をしてきたのであった。いかなる研究も過去を見直し、新しい世界に向かって進んでゆく。本当の真澄、新しい真澄を求め続ける営みを忘れてはなるまい。

　さて、柳田國男は昭和三年から五年ころにかけて、真澄について斬新な発言をさかんに行った。それらは昭和一七年三月に『菅江真澄』（創元社）という本にまとめられた。出版されるまでの一〇年あまりの間にかれの真澄観は少し変化したが、土台までは変化していない。一言でいえば、真澄は常民の生活を百年後の常民のために書き残してくれた、と考えている。くりかえしになるが引用してみよう。

　私の見た所では様式こそちがへ、「花の出羽路」はこの遊覧記の十幾編によつて、とくの昔に殆と完成して居るのであります。翁の足跡の及ばなかつた区域は仕方が無いが、この大河の流の末、潟を取囲んだ浜辺山辺の村々の生活は、寧ろ情趣

†柳田の発言は大正九年（一九二〇）一一月、「東京朝日新聞」に発表した「還らざりし人」（全集第六巻）の短文から始まる。続いて昭和二年一月発行の『民族』に掲載した「菅江真澄の故郷」（全集第二七巻）。その直後、昭和二年（一九二七）五～六月、男鹿半島を旅し、秋田における講演やエッセイの執筆が増える。赤坂憲雄『漂泊の精神史―柳田国男の発生』（小学館、一九九四年一一月。↓

に富んだ花月雪若葉の四時折々の背景の中に、是以上如実には描き出せぬと思ふ程度に、活き〳〵と現はれて居るのであります。通例埋没して些かの痕跡を留めないもの丶生活が、特に彼等を愛した人の親切なる観察によつて、今も其後裔の為に百年の後まで保存せられて居るのであります。（『柳田國男全集』第二一巻）

昭和三年九月二三日、「秋田考古会菅江翁百年記念会」での講演である。『秋田考古会々誌』第二巻第三号（昭和五年九月）に「秋田県と菅江真澄」というタイトルで掲載された。

真澄は「通例埋没して些《いさ》かの痕跡を留めないもの丶生活」を、「是以上如実には描き出せぬと思ふ程度に、活き〳〵と」書いた。膨大な記録が「百年の後まで保存せられて居る」が、真澄の方針は最初から最後まで一貫している。津軽から秋田に移り住み、地誌三部作の最初の作品である『花の出羽路』を書いたころからそれは始まり、歴史資料に残らない、名も無く貧しい農民を深く愛し、その暮らしぶりを書き続けた、という。膨大な著作は真澄が私たちの先祖を愛した証拠である。柳田の真澄観がここに集約されている。

こんなふうにも書いている。

真澄翁の著作は文学として決して上乗のもので無く、又本来の対社会的使命とい

小学館ライブラリー）の「第九章　菅江真澄の旅」に発表年譜があり、柳田民俗学の出発とその問題が掘り下げられている。

石井正己『柳田国男の見た菅江真澄』（三弥井書店、二〇一〇年九月）は、柳田が真澄に関心を抱き、やがて離れてゆく経緯を明らかにしており、注目される。

うべきものも無い、至つて自由なる吟詠の旅ではありましたが、元来多感の性が更に孤独によつて尖鋭となつて居たに加へて、言はゞ知識を唯一の情欲とし、描写を専門の技術として、久しい間この小天地に埋没の生を営んで居たのでありま す。仮に之を漫遊者の漫筆として軽々に付し去らうとなされても、事実今昔を一貫して羽後人の日常の艱苦、諸君の父祖が曾て経験した退屈と興奮とを、是ほど微細に且つ明確に、世に伝へた記録は他には無いのであります。

真澄の著作は「文学」として価値が低い。真澄は「社会的使命」感などもっていなかった。かれはただ「自由なる吟詠の旅」をしたのであり、「漫遊者の漫筆」を書いたにすぎない。このように低く評価したあと、急に反転して、これほど「微細に且つ明確」に「羽後人の日常の艱苦、諸君の父祖が曾て経験した退屈と興奮」を「世に伝へた記録は他には無い」と絶賛する。

柳田は真澄を評価する一方で、批判する。社会的な観点がなく、優れた文学を書こうとする意志がないからこそ庶民の生活を細やかに書くことができた、と。農民の苦しい生活を伝えよう、訴えようとしたわけではない。「漫遊者」として気楽に旅をし、その目で農民たちを見つめ、かれらの生活を書き綴った。その結果おのずと、歴史に例を見ない「忠実なる記述」を残すことになった。偶然の産物だ、というわけだ。

また、こんなふうに書いている。

風景の描写は歌文の末技と共に、寧ろ此旅客の漂遊を円滑ならしむべき一箇の手段に過ぎなかつたことは、心ある読者の直ちに看取し得る所である。そんなら彼としての特長は何に存するかといへば、第一には世に顕はれざる生活の観察である。あらゆる新らしい社会事物に対する不断の知識欲と驚くべき記憶である。遊歴文芸家の稍おどけたる仮面を被らなかつたならば、或は局に当る者の忌み遮ぎる所となつたかも知れぬほどの、小さき百姓たちへの接近である。

「信州と菅江真澄――「来目路の橋」活字本の端に、昭和四年七月――」と題するエッセイである。「世に顕はれざる生活」は、先ほどの「通例埋没して些かの痕跡を留めないもの、生活」のことだ。真澄のほかにこれほど詳細に農民の「生活」を書いた者はいない。真澄の偉さは「小さき百姓」を間近に見て、細やかに書き記したことだというのである。

なぜ書き残すことができたのか。農民たちを愛し、かれらの生活を優しいまなざしで見つめたからだ。そう結論づけながら、やはり穿った視線を投げかける。真澄は「遊歴文芸家の稍《やや》おどけたる仮面」を被っていたから書けたのだ、と。気楽な旅人でございます。ただ書くのが好きなのでございます、という「おどけた仮面」を被っていたので為政者たちは安心した。秋田藩の役人は「小さき百姓たち」の生活を「微細に且つ明確」に書き記していることに気づかなかった。監視の目が光っていたなら、他国から流れてきた旅人にそこまで「自由」を許すことはなかった。旅を禁じ、書くのを禁じたであろう。真澄の「遊覧記」は、支配者の見落としが生んだ偶然の産物である。こうした真澄観は愛《まな》弟子《でし》の内田武志に引き継がれ、発展されてゆくことになる。

柳田は、為政者と真澄を対立させて捉えている。常民の側に立つ真澄と常民を支配する為政者、という対立である。柳田・内田は、為政者側の残した史・資料をもとに〈歴史〉を考えることを嫌った。日本史学のそうした傾向を横目で見ながら、常民の「生活」を描いた真澄を評価したわけだ。それが民俗学の創立を導いたといえようが、内田はさらに発展させて真澄を下層社会の出身者のごとく位置づけていった。それゆえに故郷を捨てて、各地を「遊覧」するほかなかった、と考えた。

ならば、どうして真澄の著作が秋田藩の求めによって藩主の文庫である明徳館に収納されたのか。そのあたりを内田は無理な説明でカバーしているのではないか。

一例をあげよう。内田は「真澄遊覧記」の「遊覧」を蔑称という観点から見ている。絵入りの旅日記は女や子どもの読み物にすぎないから、秋田藩士がこのような蔑称をつけて召し上げた（全集第九・一〇「解説」）とか、「物見遊山の栞として格好だから、「遊覧記」とよぶのが適当であろう」（同別巻一）と述べている。内田真澄学の土台ともいうべき観点だが、これはあまりに明白な間違いである。

五代仙台藩主伊達吉村（一六八〇～一七五二）に、「宮城野遊覧記」（宝永元年〔一七〇四〕）という紀行文がある。みずから自分の歌文を編んだ『隣松集』（宮城県図書館・国

†内田の真澄観は、「真澄が全生涯をかけて追究した問題は、氏素性の差別を越えた人間の生き方、在り方だったと思われる。低階層民に注ぐ愛情深い視線は、生まれた環境によって最初から上下の差別を設ける封建社会への抵抗の精神からであろう」。「人間に貴賤差別の観念があってよいのか」（全集別巻一「第十一章　如是観」）に集約されている。真澄をいかなる人間として捉えているか明瞭である。

会図書館蔵・写本）に入っている。また、秋田藩の公的記録である『佐竹家譜』も、九代藩主佐竹義和（一七七五〜一八一五）の領内巡覧を「遊覧」と記している。「遊覧」に蔑称の意味はまったくない。内田によれば、真澄は「白井太夫」の子孫であることを、義和を看取った御典医の渡辺春庵基孝に語ったという（全集別巻一）。語ったことは事実であろうが、内田はそれをもとに、真澄の先祖である「白井太夫」（菅原道真の家臣という）なる人物を下層社会に親近する人物という観点から見ている。ならば、藩主の身近にいた御典医に自分はそういう階級の子孫だと告白しないだろう。たちまち藩主に伝わり、藩内に広まる。内田が引用した原文にあたって引用してみよう。

二八　菅江氏家方

鵜羽軒百歳翁伝来浪花薬十二方之内
　寿生散　一名　寿星散
上祖白井太夫より七代ノ孫白井秀菊翁、産婦に良薬をあたへて民村に草庵を造り、鵜羽軒といふ。又寿星散を制《つく》りて人にあたふに、その里に難産のなき事をあやしミて、秀菊翁は神仙ならむといへり。此翁の寿を問へバ、八旬余りの頃より百歳なりといへり。其玄孫五十歳なるをバ自ラの年をもて翁の寿《トシ》を算《かぞ》ふれバ翁ハ百卅余歳斗ならむとて大和路にいにきとのミ云伝ふ。
　其片

吉羅良　伎摩度　百零　能都智八十零　丹砂一泉零

文政六年夏五　　菅江真澄

渡邉公

産後

サフラム　當皈　川芎　桂枝　白伏苓　芍薬　甘草少

（真崎勇助『酔月堂漫録』巻一五。大館市立中央図書館・真崎文庫蔵）

御殿医の渡辺春庵に語ったのだろうか。「渡邉公」とあるが、春庵その人なのか確証が見いだせない。松山修氏のご教示によれば、「渡邉」は「渡辺」の異体字であるから、『佐竹家譜』の藩主義和を看取った場面に出てくる「渡辺春庵」と見なしてよいだろうという。妥当な見解である。真澄は、「鵜羽軒百歳翁」すなわち「白井秀菊」が発明した妊婦薬の処方箋を、文政五年（一八二二）五月、春庵に書き送ったのであった。右の一節は、その手紙の写しということになる。注意すべきは、先祖をもその発明した薬をもたいそう誇りにしていることだ。

「白井太夫」より七代目の「秀菊」は民衆とともに村に住み、自分の製した「寿生（星）散」を産婦たちに与えた。そのため村には難産がなかったので、人々は「神仙（仙人）」であろうと噂した。年齢は百歳を超えていた。どこを見ても、先祖の「白井太夫」「白井秀菊」は下層階級の世話をする人物・家筋だとは書いていない。村人のために尽くした良医であると誇っている。だから真澄は、由来が正しく効き目も著しい妊婦薬の産前・産後の処方箋を、先祖のことにもふれて詳しく書いて送ったのである。

この文章から、どうして真澄の先祖は特殊な階層であるという見方が生まれるのだろうか。そのための参考資料になるのだろうか。また内田は、「白井太夫」と「白太夫」を同じものと見ているが、確たる根拠を示しておらず、やはり再検討しなければならない。

内田は、真澄は先祖以来、生まれながらにして社会的地位が低い、と捉えているのではないか。支配される農民側に近い存在だから農民の心がわかり、かれらの「生活」を正確に記録することができた、と考えているのではないか。今日の定説というべきこうした真澄観は、もしかしたら正しいのかもしれないが、再検討を試みるべきだろう。秋田以外の土地を歩いていた時分はともかく、秋田に定住するようになってからの真澄については、新しい視座に立って見直さなければならない。

以上、柳田・内田の真澄観を見てきたが、どうだろうか。一言でいえば、真澄は庶民の味方である、ということだ。こうした捉え方はすべて正しいのか、訂正の必要はまったくないのか。私は、まず次のような角度から見直すべきであると思う。

名所の見立て

真澄の地誌には、風流に関する記事がよく出てくる。『雪の出羽路・平鹿郡三』の

「大森邑」の記事をもう一度、見直してみよう。

○大森八景
○剣花山秋月　○大慈寺晩鐘　○水門ノ夜雨　○柴橋晴嵐　○鏡田落雁　○真山ノ暮雪　○本郷皈帆　○天下橋ノ夕照

大森町（現・横手市）に「大森八景」があるという。近江八景を真似た名所である。そのもとは中国の「瀟湘八景」であり、鎌倉時代に日本にもたらされ、室町時代を経て江戸時代になると、風流好みの藩主や文人藩士たちが領内に八景を設け、漢詩や和歌を詠んだり絵画に描いたりした。こうした名所は各藩の地誌に記された。そして庶民をも対象とした絵入りの名所案内記が刊行され、国内外から旅人が見にくる観光名所となった。

名所や風流韻事の記事は、柳田のいう「小さき百姓たち」の「生活」に必要なものだろうか。文化・文政期（一八〇四～三〇）になると、たしかに地方の農民たちも観光名所への旅をするようになった。かれらの中には和歌や発句を詠む者がいたであろう。とはいえ、この記事は村でいえば俳句などをたしなむ知的富裕層が読むというべきだろう。農民生活に直結するという意味で書いたのではあるまい。

真澄は、「大森八景」より少し前に「剣花山八幡宮」の神主・照井家の系譜を紹介

†幕末～明治の旅する国学者、堀秀成（一八一九～七七）は「八景」を設け地元の文人たちと交流した。たとえば嘉永二年（一八四九）八月、静岡市江尻町では「江尻浦八景」を設けた。「三保夕照」「清水帰帆」「浜田落雁」「清見寺晩鐘」「不尽暮雪」「伊豆山秋月」「船松夜雨」。歌題を決めて複数の人々で詠み合うのは、和歌はまだ「座の文学」であったからだ。歌題は人々を繋ぐ役割を果たす。歌枕・名所を支えたものも、そういう和歌の共有性・集団性である。やがて歌題が不要になり和歌は個人の

している。先祖は古代の佐伯氏の流れを汲み、今の岩手県から移住して小野寺氏の家臣となり、慶長年間に小野寺氏から養子をもらった。寛延二年（一七四九）には角館城主で「大旦那」の佐竹義秀から釣り鐘を寄附されたとある巻末注(1)。特に七代目の神主・照井吉道は「最上ノ羽長坊の門弟」であり夏吹《かすい》と号する俳人であった。

羽長坊は、山形県金山町の豪商、西田李英《りえい》（一七二四〜一八〇二）である。美濃派の俳人で、羽前・羽後の両国に多くの門弟を抱えていた。人格も優れ、たいそう慕われ、旧・大森町の大慈寺境内に、地元の弟子たちの建てた石碑がある(2)。

夏吹（照井吉道）の四句をあげてみよう。

麗《うるはし》や峯くもらせて桜かな
涼風のゆり盈《こぼ》したり蓮の露
置わたす露いろ〳〵や草の花
きり〳〵す星のふる夜の寒さかな

いずれも地元の情景が浮かんでくる。数多く残された句から真澄が選んだのだろう。こうした地元の俳人などは「大森八景」に興味を示すだろうが、多くの農民には関心外のことではないか。夏吹は「剣花山八幡宮」の神主であった。「剣花山秋月」に関心を示すのは当然だ。「大森八景」はかれらが定めたのではなかったか。羽長坊の門

文学・近代文学になったといえる。

2、栗田弥太郎「俳人羽長坊」（『金山町史』、一九八八年三月）。

弟たちは序文によれば天明八年（一七八八）一〇月に『仙北旧跡記』（藤原弘編『秋田俳書大系　近世中期篇』所収）を編纂したが、その中に「剣花山」「天下橋」「大慈寺」の三景がとりあげられている。夏吹も「大森桂月亭」の一人として「大森古城」を紹介する俳文・発句を書いている。真澄は、かれらの定めた八景を書き継いだと思われる。

くりかえしになるが、さらに一例あげよう。真澄の名所を見立てる方法がよくわかるからだ。結論をいうなら、かなり強引なやり方で名所に仕上げている。

○東里村　　　　　　　　　　里長　市左衛門

此邑西に造山あり、東に樽見内あり、南に木下《キシタ》、北に砂子田、その村々を四ツの近隣《チカトナリ》とせり。○枝郷あり○新屋村、家数（古三軒今一戸）○北沢村（古二軒今四戸）本郷ノ一里南に在る村也○柄内《カラウチ》（古十一軒今八戸）本郷の南に在り○釘貫《クギヌキ》田（古七軒今十五戸）むかし中嶋とも云ひし地《トコロ》に在り○東槻《トウツキ》（古十四軒今十五戸）本郷より四五町西に在り○廻リ館《マハダテ》（古十五軒今六戸）○水里（古廿七軒今廿八戸）この水里は今云ふ東里にして、水里と同郷別名のごとし。また古《ムカシ》は東里の字《モジ》ならねど、遠きといふ字《コヱ》を忌《キラ》ひて、今しか湯桶《ユトウ》よみに東里とはせりけるにこそあらめ。遠里は名処にもあり、浪速《ナニハ》八景の内に、遠里落雁　近くともながれはつきず名には似ぬとほざと小野におつるかりがね。能〻もこゝにかなへり。

『雪の出羽路・平鹿郡二』の記事である。真澄は「東里」（横手市雄物川町）を囲む四方の村々をあげて、戸数の増減を記している。岡見知愛（一七〇一〜四九）の『郡邑記』を引用して昔の状況を示し、現在の戸数を書き入れ、村ごとの変化・盛衰がわかるように記録したのである巻末注（3）。

ここまでは正確な地誌だ。しかし、次の説明はどうか。「水里」は今の「東里」である。もとは「遠里」と書いたが、「遠い」を忌み嫌って「東里」に変更したのだろうという。本当だろうか。真澄は証拠をあげていない。理由はこうだ。西に「造山」、東に「樽見内」、南に「木下」、北に「砂子田」がある。その中央に「東里」があるのはおかしい。だから昔は「遠里」と書いたであろうと考えている。

真澄の説明は明らかに変だ。「東里」を東の方角に置いて、西・南・北の村々をあげれば「東里」でよいわけだ。なんとか「遠里」であったと言いたいのである。真澄はほかでも無理な理屈をこねている（後述の「琴の海」）。

「東里」はもとは「遠里」なのだから「浪速《なにわ》八景」の「遠里落雁」に通じる。「近くとも流れは尽きず名には（浪速、をかける）似ぬ遠里小野に落つる雁がね」の情景がここでも見られる。秋田版「遠里落雁」の名所であるというわけだ。

だが、この歌はわかりにくい。「近くの里なのに遠里という。ここは昔から知られた浪速の名所だ。雁が野原に降りてくる」という意味だろうか。当時の歌集などにこの歌は見いだせない（4）。真澄が作ったのだろうか。藩主の「名所らしく候ふ所を見

4、江戸時代の「浪速八景」を記

立よ」という命令を（本書Ⅳ一「藩主の地名変更―歌枕・名所へ―」）、その没後も実践し続けたのである。漢詩・和歌・発句が詠めて絵を描くのによい名所を見立て、地誌の中に記したのだった。こうした新名所は、真澄の地誌や随筆にいくつも記されている。

風流韻事が散見することは重要だ。それらは農民の生活にさして必要なものではあるまい。柳田國男は「風景」よりも農民の「生活に力を入れて」書いたというが、この説は成り立たない。真澄の地誌が純粋にそのために書かれたとはとても思えない。私たちは柳田・内田の真澄観に導かれているうちに、本当の真澄をどこか見失っているのではないか。

それでは、真澄が見立てた美しい風景とは何だろうか。一口でいえば、『万葉集』をはじめ『古今和歌集』以降の勅撰集など、つまり昔から和歌によく詠まれて知られている歌枕のことだ。そのほか自国の名所も入る。全国に知られた自国の歌枕を顕彰すること、文芸・絵画の対象となる名所をもつこと、それが各藩の文化を示す指標となった。藩主と文人藩士はそれを見て和歌や漢詩を詠み、京都の有力な貴族歌人たちに詠んでもらい、添削指導を受けて自国の名所和歌集を編んだのである。政治には文化的な営みが尊重された。それが蓄積されて美しい国が完成する。和歌を柱とする文化によって政治は完成する。文治政治とはそういうものだといっても過言ではあるまい。

す文献を博捜した飛田範夫の論文によれば、真澄があげた「遠里落雁」という地名・歌題、また「近くともながれはつきず名には似ぬとほざと小野におつるかりがね」という歌を記す歌集や名所記などは見当たらない。さらなる文献探査が必要であるが、真澄の創作であった可能性も考えてよいかもしれない。飛田範夫「大阪府下の八景の特性」（『ランドスケープ研究』VOL.65 №5 二〇〇五年五月）。

秋田藩主の名所づくり

九代藩主佐竹義和は名所づくりにとりわけ熱心だった。真澄も深く関与した。

この話に入る前に、各藩に真澄のような人物が召し抱えられていたことについて簡単にふれておこう。たとえば米沢藩には佐藤中陵（成裕《しげひろ》。一七六二～一八四八）という本草学者がいた。かれは先に薩摩藩で大きな功績をあげ、その後、白河藩、会津藩、米沢藩、水戸藩に仕え、全国を薬草を探して歩いたので、各地の植生や地誌に非常に詳しかった。もちろん鉱物にも詳しい。和歌は詠まなかったようだが、絵の腕前はプロ並みだった。そして地誌のような、旅日記のような、随筆のような作品をたくさん書いた。どの藩もこういう人物を必要としていた。

中陵と真澄はたしかに似ている。しかし決定的に違う。和歌を詠みながら旅をし、観察し、書き記したことだ。事実だけに囚われず、想像力を働かせて書いたところも異なっている。

『中陵漫録』（一八二六序）に、次のような記事がある（傍線筆者）。

古名を解すべからず。後に字を当て書きし事多し。うのまの国は琉球なり。蝦夷なり。肥後の名所に風流島《たあれ》あり。尾張の地名に鐘乳《かなち》あり。山城の名所に鹿背山あり。備中に岩鎮《とこなへ》、浅海《あすみ》、甲弩《こうぬ》、老迫《おいさこ》、長地《おさち》、蚊家《かうのいえ》。

（『日本随筆大成』第三期第三巻）

漢字はあとで当てたのだから、もとからそう書いたわけではない。だから漢字から地名の由来を考えてはならない。至極もっともなことだ。だが、真澄はそうではなかった。「東里」は「遠里」であったという主張に見たとおり、かなり無理をしてまで名所に仕立ててしまう。学者の中陵は客観の人である。真澄も同じだが、ときに自由な想像を加えて物を言う。和歌にも深い教養がある。そこが決定的に異なる。藩主から名所を見立てよと命じられたことも異なる。

さて真澄は、秋田藩といつから、どのような理由で関係をもったのだろうか。諸説あるのだが、藩主が提起した名所の設定・地名の変更という文化事業がそのきっかけだったと思われる。多賀（可）茂助筆『覚書』をふりかえってみよう（本書Ⅳ一「藩主の地名変更―歌枕・名所へ」）。真澄は、「領内を見て歩いて、名所らしきところを見立てて報告せよ。そこが田舎くさい地名であるならば変更せよ」と命じられたという。そして「そのときの調査報告書があったはずだ。「矢止（留）城」および「仙北河」を「雄物川」へ、「八竜湖」を「琴の海」へ改名したのは真澄である」とあった。

しかし、「琴の海」と改名したのは真澄ではなかった。秋田藩が成立する前、戦国末期この地を支配した秋田城介《じょうのすけ》（安東）実季《さねすえ》（一五七六〜一六五九）たちであった。真澄自身が随筆『布伝能麻迩万珥《ふでのまにまに》』に書いているから間違いない（本書Ⅳ一「藩主の地名変更―歌枕・名所へ」）。実季たちは「坡欠山《ハブカケ》」を「寒風山《サムカゼ》」へ、そして「妻恋山《ツマコヒ》」へと

†真澄は寒風山を見て、「山の形《スガタ》は、近江の伊吹山の面影あり」「麓は淡海《ミツウミ》潮海《シホミ》の水めぐりて、胆吹の岳に登り（中略）見渡したん

改め、和歌や連歌を詠むのにふさわしい地名に変更したのである。同じように、琵琶湖に倣って「八竜湖」を「琴の海」へ改めたのであった。

安東愛季《ちかすえ》・実季親子の和歌や書翰などが東北大学附属図書館に蔵されている。それらを見ると、まことに達筆であり風趣に富んだ内容である、この親子は並の風流人ではなかった。真澄は『雄鹿の春風』『布伝能麻迩万珥《ふでのまにまに》』『水ノ面影』『久宝田能おち穂《くぼたのおちぼ》』などに、かれらの風流韻事を断片的ながら記している。戦国時代とはいえ、戦いにのみ明け暮れていたわけではない。漢詩・和歌・連歌こそ精神生活を支えるものであった。安東一族の文化の高さを後世に書き伝えたのは実は真澄なのである。

話を戻せば、「寒風山」よりも「妻恋山」のほうが和歌らしい情趣が感じられる。雄鹿《おじか》は、『万葉集』の昔から雌の鹿を求めて山中を鳴きながらさまよう、と詠まれてきた。『古今和歌集』秋上の「奥山に紅葉ふみわけ鳴く鹿のこゑきく時ぞ秋はかなしき」（読人不知）はよく知られている。『百人一首』には猿丸太夫の歌として選ばれているが、『古今和歌集』では萩の歌が並んでいるところにあるので、「紅葉」は色づいた萩の葉なのだという（契沖説。島津忠男『百人一首』角川ソフィア文庫）。実季たちは、男鹿という地名からこうした歌を思い浮かべ、「妻恋山」と名づけたわけだ。「坡欠山《ハブカケ》」という地元の地名を「みやび」なものに改め、和歌や連歌が詠めるようにしたのである。

一方、「琴の海」は、琵琶湖になずらえて改名されたのだが、理由が少し複雑である。真澄は、男鹿の山から「琴川」が流れてくる、そして湖の姿が箏の琴もしくは琵琶がごと」（『恩荷奴金風』）と述べている。文化元年（一八〇四）の旅日記。「此寒風山を妻恋山ともいひ、又羽吹風《ハブカセ》山とも名をいひしものがたりあり」とも。そういう言い伝えを聞いたのである。

同書に、「此湖水を、むかし琴の海といひし物話《ものがたり》あり」とあるから、やはり「琴の海」は真澄が名づけたのではないことが明らかだ。

琶に似ているから「琴の海」と名づけられた、と書いている。ところが、地図で見ると十三弦の箏のような長方形ではなく、楕円形に近い琵琶の形にも似ていない。むしろ四角形に近いし、実際の琵琶湖とくらべても形が異なる。決定的なのは、真澄は男鹿の山から「琴川」が流れて注ぐというが、事実に反することだ。「琴川」はあるにはあるが、寒風山の向こう側を流れて日本海に注ぐ。しかも、細い川であって湖を満たすほどの水量はない。

真澄は昔は「雄琴川」であったが、今は「琴川」と呼ばれているという。そして、琵琶湖のほとりに「雄琴山」があり、雄琴神社があるのとよく似ているというのだろうか。『江源武鑑』に書いてあるでいるというのだが、どこを見ても「雄琴山」も「雄琴川」も出てこない。真澄はこの書物を書写して持っており、地誌や随筆に何度も引用している。熟読していたことは間違いない(5)。なのに、書いていないことをでっ

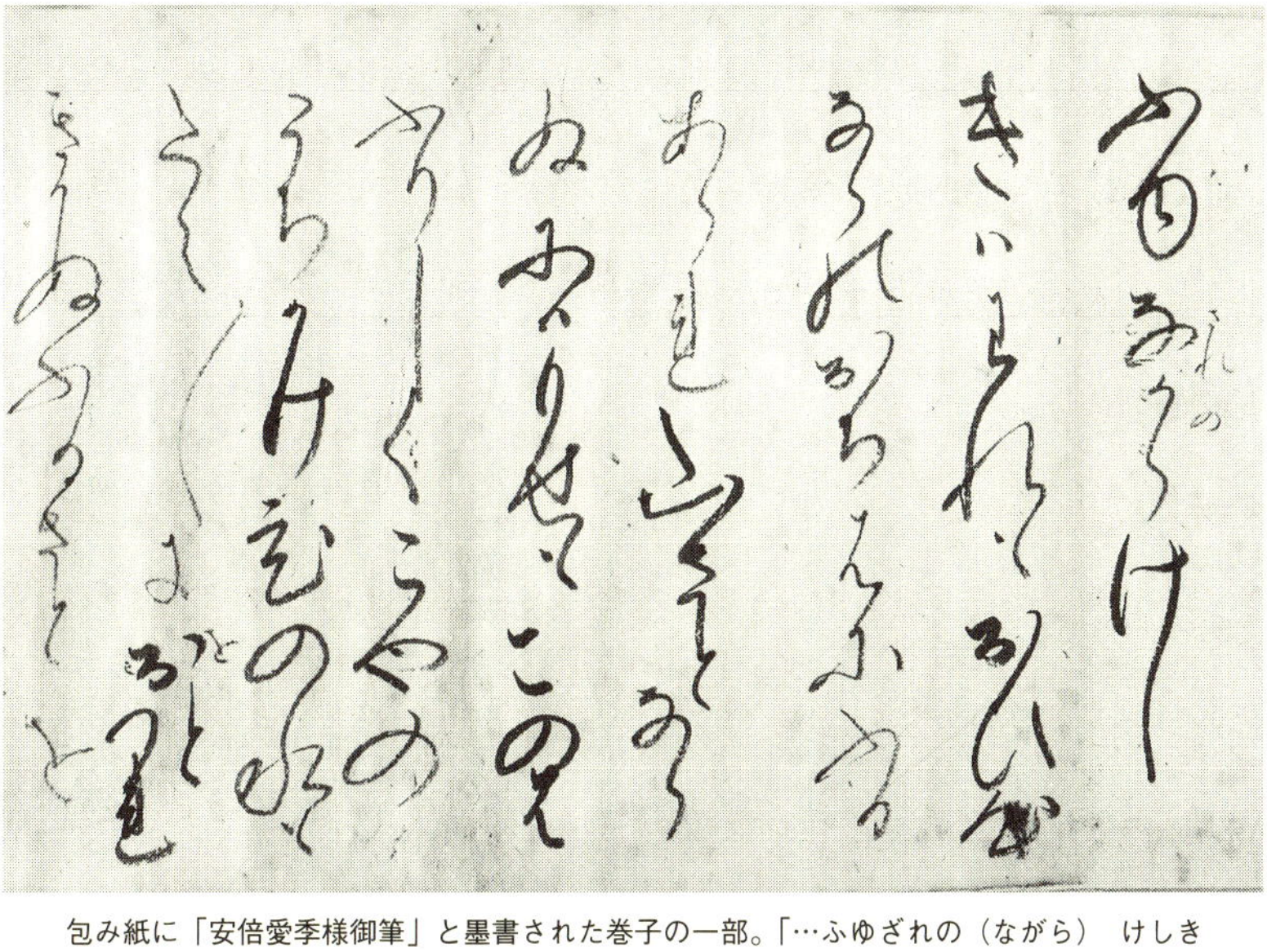

包み紙に「安倍愛季様御筆」と墨書された巻子の一部。「…ふゆざれの（ながら）　けしきハわれも　お（老）ひ心　ならのおちばに　ふるあられ　山ざとならぬ　にハもせも　このはふりしく　こやのうち　かけひの水も　たえだえに　を（お）とづれきかぬ　ふるさとを…」。長歌の冬のところ。流麗な筆跡。東北大学附属図書館蔵。

ちあげた。小さなウソだが、今ならば大問題だろう。地元の人に聞けば、「琴川」が湖に注いでいないことなどすぐわかる。

真澄は、琵琶湖に比すべき名所があることを主張したかったに違いない。その昔、秋田城介実季たちが「琴の海」と名づけて和歌や連歌を詠んだ。それを踏襲し、資料にないことまで書き加えて名所に仕立てた。全国に名高い琵琶湖とよく似た風景となれば心が勇んだであろう。領内に名所を設ける藩主の熱意に応えたのである。

真澄は、現地にきて調べたり聞いたりする人はいるまい、と思ったのではないか。ということは、現地にくるはずのない人々、つまり国外の人々に向けた全国発信だったと考えられる。藩主をはじめ領内の風流人を意識したことはいうまでもないが地元の農民たちのために行った地名変更ではないのである。

5、『縮刷　江原武鑑　全一巻』（弘文堂書店、一九八二年六月）が刊行されている。真澄の筆写本は全集第一二巻に翻刻されているが、抄出本である。なお、現在は「雄琴川」が存在する。

和歌にも漢詩にも詠める地名

美しい国づくりは、九代藩主佐竹義和の意図するところであった。真澄は『布伝能麻迩万珥』と『久宝田のおち穂』に、ほとんど同文で義和の名所づくりについて書いている。生涯、忘れることのできない思い出であったようだ。ふりかえってみよう。真澄はこんなふうに書いていた。

久保田城下を流れる川は、上流は「仁別川」、下流は「泉川」と呼ばれている。そこで藩主は、那珂通博《なかみちひろ》に「良い名前をつけよ」と命じた。通博は一字ずつ採って、

「仁泉」（『久宝田のおち穂』では「仁川」）を提案したが、藩主は「漢詩を詠むにはよいが、和歌を詠むにはどうか」と満足しなかった。数年後、真澄は源流を探して歩いた。そして、太平山の「朝日嶽」から流れてくることを発見し、「旭川」ではどうか、と通博を介して伝えた。藩主は「漢詩にも和歌にも詠める。祝意もこもっている」とよろこんだ。藩主も通博もすでに亡くなった。云々。

藩主は、漢詩にも和歌にも詠める美しい地名を求めていた。その期待に応えたのが真澄であった。那珂通博の提案した「仁泉」は頭で考えた地名である。真澄は源流を探し求め、地名を調べて「旭川」を提案した。それが藩主を満足させた。多賀（可）茂助筆『覚書』に「領内を見てまわって名所を見立てよ。田舎くさい地名は変更せよ」とあったが、真澄はこの任務を見事に果たしたのであった。現地を歩く、和歌を詠む、風景を描く、旅日記を書く。これまで真澄がしてきたことのすべてが活かされる。真澄を必要とする公的な舞台がここに本格的に用意されたといえよう。

源流への旅は、文人藩士たちとの交流が始まった文化八年ごろと思われるが、正確にはいつだろうか。新しい知見を加えて述べてみよう。

文化九年七月に書かれた『花の出羽路・月のをろちね』には、「湯沢といふ村を左に見なして、仁別《ニベツ》河を渡りて吹切野《フキキリノ》といふを行（く）」（七月一六日）とある。寺内から八田へ向かう途中、真澄は今の秋田温泉に近い添川橋を渡ったと思われる。現在の地図には「旭川」と記されているが、このころは「仁別川」と呼ばれていたのである。

†『月のをろちね』（全集第四巻）の同行者は秋田藩の著名文人、鎌田正家《まさやか》、那珂通博、淀川盛品《もりただ》、樋口忠一《ただかず》、岩谷貞雅《さだのり》。文化九年（一八一二）七月、和歌・発句を詠み合い談笑しながら太平山（一一七〇・四メートル）に登った。目的の月は雲に隠れて見えなかった。

翌一〇年（一八一六）三月に書かれた『花の出羽路・朝日川』（『久宝田のおち穂』所収）は、「旭川」と「仁別川」を区別している。「旭川」は朝日股から流れてきて八幡神社の付近まで、「仁別川」は北東の砥沢から流れてきて、「旭川」と八幡神社付近で合流し、市内へ流れてくる。市内では「泉川」と呼ばれているとある。したがって、「旭川」に統一されたのは、文化一〇年四月よりあとのことだった。

結論は、文化一〇年四月から義和が亡くなる文化一二年七月八日まで、その二年ほどの間に「旭川」に統一・変更されたのである。義和三八歳から四〇歳のことだった。

ところで、真澄の旅日記はこの時期に向かって急速に変化してくる。これは注目してよいだろう。旅日記に見られた感情表現が抑えられ、地元の歴史・伝承・地勢などに関する記述が詳しくなり、地誌に近づいてくる。文化元年の『恩荷奴金風《おがのあきかぜ》』に始まり、文化七年になると『雄鹿の春風』『小鹿の鈴風』『牡鹿の嶋風』『牡鹿の寒かぜ』というように、男鹿ものを集中的に書いた。いずれも和歌をちりばめた抒情性の濃い旅日記であるが、男鹿の歌枕・名所や独特な風土・歴史についての言及が多く、地誌への傾斜が強まったと見てよい。観察の対象を男鹿に定め、そうした記事をも含む秋田の地誌が書けることをアピールしたのではなかろうか。那珂通博らの秋田藩文人グループと出会い、親交を深めるきっかけをみずから用意したと思われる。そして、藩主から名所の見立てを命じられるに至ったと考えられる。

真澄は同等の立場で旅を楽しんでいる。知識、教養、和歌、品性、どの面においても信頼され、心地よい交わりをしている。

†『花の出羽路・朝日川』は、所収の「あさひ川」（『布伝能麻迩万珥』）に引載されているものを示す。同じ地域を書いた『花のいではぢ　松陰日記』（全集第八巻）は、文政五年（一八二二）三月以後の執筆という（全集「解題」）。前者は日付を入れた旅日記、和歌をちりばめ擬古文・美文調。後者は日付がなく、村ごとに記事を書いており、和歌も少なく本格的な地誌に近づいている。前者から後者への発展が認められる。

歌枕・名所の意義

戦国末期の秋田城介実季は、なにゆえに歌枕・名所を必要としたのだろうか。九代藩主佐竹義和も、なにゆえに領内に歌枕・名所を設けようとしたのか。田舎くさい地名を優美に替えて、和歌や漢詩が詠めればそれでよかったというわけではないだろう。地方支配者の貴族趣味という次元を超えた大きな意義があったに違いない。

享保一二年（一七二七）、五代弘前藩主津軽信寿《のぶとし》（一七六二～一八四二）が編纂を命じた『津軽一統誌《いっとうし》』もそうであった。同書は信寿が「為信公御国怓復之事及び、功臣之家記伝の編輯を、当時藩内第一の名望家であり、学者であつた喜多村校尉に命じ作らしめたものである」（『津軽一統志』「解題」。「青森県叢書」第六巻）。喜多村校尉は山鹿素行の孫であるが、編纂途中に死没し、事業を引き継いだ桜庭半兵衛ら三人によって享保一六年に完成した。首巻・本巻・附巻、併せて全一四巻であるが、注目すべきは首巻である。名所、古跡、産貢、神社、仏閣を数多くあげ、地元の資料を引用して詳しく書いている。続く本巻は「津軽家の先祖光信公」の築城に始まり、盛信、政信を経て、為信に至って津軽を統一して津軽家の基礎を築いたこと、その後、信牧、信義、信政の事跡を記し、編纂を命じた「信寿の誕生」で終わっている。そして附巻は、地元に残されていた古文書を収集し、最後に津軽家の系図を載せている。

こうした津軽および津軽家の歴史を記した本巻・附巻こそ『津軽一統志』の根幹であるはずだが、その前に首巻を用意し、名所・古跡をはじめ産物・神社・仏閣を詳しく書き記している。「首巻目録」を引用してみよう。

一、陸奥国濫觴並郡分

一、津軽郡　邑里之号于附巻出焉

日本広邑　三十　日本二崎

岩木山　山中古跡

名所

十府菅薦《トフノスガゴモ》　野田ノ玉川　外ノ浜　有多宇末井梯《ウタウマキカケハシ》　烏頭安潟　津軽野

古跡

三馬屋　達比崎《タツビサキ》　十三湊《トサノ》　小泊崎　唐糸ノ前

産貢

今別石　舎利石 並　土淵石　兼平石　饅頭石　赫土　紫　紅華　蕨薇《ワラビ》　雉子

鮭魚　鱈魚　串海鼠《クシコ》　蠟　熊　五穀　雑穀　金　銀　銅　鐵　鉛　硫黄炭　薪

油　漆　塩　絹布　蠶蚕　材木　鳥　獣　貝　魚　海藻　野菜　馬　鷹

温泉　神社　仏閣

最初に「日本二崎」という「広崎」（弘前）をあげ、「岩木山」「十府の菅薦」「野田の玉川」「外の浜」「烏頭安潟」といった歌枕・名所をあげる。和歌や謡曲などで全国に知られている場所だ。そして「古跡」には、源義経伝説地の「三馬屋」（三厩）、北条時頼伝説地の「唐糸ノ前」といった地元特有の聖域をあげている。

津軽藩の歴史を書いた本巻の前に、歌枕・名所を数多くあげて解説する首巻を置いたのは、どんな理由なのか。私たちの常識をいえば、歴史や由来を書くことから始めるべきではないのか。おそらく、こういうことだろう。歌枕・名所は、自国の歴史や文化を象徴し代弁する重要なものだった（本書Ⅳ二一「藩主の和歌観―和歌と歴史と神社」）。神代以来の国霊《くにたま》の籠もる場所として、また全国に誇ることのできる場所として、江戸時代においてもなお重視されていたのである。

歌枕は、神世以来の日本の歴史を体現しているという暗黙の了解があった。これも簡単に述べるが、『古今和歌集』の仮名序に、和歌は「天地《あめつち》の開《ひら》けはじまりける時より」あり、「神世」を経て「人の世」へと伝えられてきたと書いてある。神たちはウタでもって心を表現しあい、やがてスサノヲノミコトから三十一文字の和歌が始まり、それが人間たちに伝えられた。そのあと、和歌は皇室を中心に栄えて、貴族はもちろん、僧侶も武士も、乞食でさえも和歌を詠むようになった。神も仏も和歌を詠み、みちのくの女も大和からやってきた皇子の憤懣を歌を詠みかけて慰めた、と書いてある。

和歌の道は神世の昔から綿々と続いており、日本の隅々に浸透している。仮名序を言い直せば、こういうことになるだろう。人々は遠い昔からどこにおいても和歌で心を表現してきた。和歌のあるところすなわち日本、というわけだ。こうした思想が平安時代から江戸時代へ続いてきた。日本の歴史は和歌の歴史と表裏・象徴の関係にあり、本質的に一体なのである。

和歌は、日本の歴史性（神世から歴史がある）、領土性（どこにも和歌がある）、万民性（すべての人が歌を詠む）を象徴しているといえるだろう。嬉しいとか悲しいとかの感情表現の道具ではあるけれど、その一方で、述べたような思想を秘めて続いてきた。したがって、次のようにいえるだろう。

都から遠く離れたところに歌枕があるなら、そこは紛れもなく神世からの歴史を誇る日本の内部にほかならない。歌枕の存在はそのことを証明するものだ、と。各藩が歌枕の誘致合戦、遺跡造りに熱心に取り組んだのは、自藩の文化・風流のためであったが、そういう思想が意識されていたと思われる。文芸の背後に治世の思想が込められている。

たとえば、今見たように弘前藩では「野田の玉川」を自国の歌枕であると主張している。だが、仙台藩でも南部藩でもそう認知しており、それぞれ領内に場所を特定し顕彰している。『新古今和歌集』の冬部に、能因法師の「夕されば汐風越してみちのくの野田の玉川ちどり鳴くなり」という歌がある。詞書に「みちのくに罷《まか》りける時、よみ侍りける」とあるから、この歌は「陸奥国《むつのくに》」のどこでもいい、青森・岩手・宮城・福島各県の川岸であるならば、ここにきて詠んだはずだ、ということができる。歌枕の誘致合戦である。

†青森県の例は、本書Ⅱ一「和歌の帝国」、宮城県の例は、Ⅳ二「藩主の和歌観―和歌と歴史と神社」参照。

「野田」という地名があり千鳥の群がるような川が見つかれば、そこを「野田の玉川」と認定することができるだろう。その昔、歌人や連歌師あるいは旅の俳人がやってきて詠んだという作品がもし見つかれば、それをもとに歌枕に仕立てることもできるだろう。こんなふうにして各地に歌枕が生まれ遺跡が造られてゆく。歌枕と認定し、さらに遺跡を造ってしまえば、多くの人々が能因はここにきて詠んだ、と信じるようになるだろう。たとえ確信することはなくとも、もしかしたらそうかも知れぬ、そんな気がする、と思うだろう。やがて絵入りの旅の案内記や名所記などに記されるようになると、それを目指して遠くから旅人がやってくる。観光名所が成立するわけだ(6)。

同じように「十符の菅薦」(「十符の浦」とも歌に詠まれる)も弘前藩の歌枕というのだが、宮城県仙台市の利府《りふ》であるといわれてきた。芭蕉『おくのほそ道』には、「おくの細道の山際に十符の菅あり。今も年々十符の菅菰を調《ととの》へて国守に献ず」とある。四代藩主伊達綱村の歌枕復興政策で、当地の農家高森氏に五〇貫扶持が与えられたという(講談社文庫による)。平安後期の歌学書『俊頼髄脳』『綺語抄』『和歌童蒙抄』『袖中抄』に、作者不明の「みちのくのとふのすがごも七《なな》ふには君を寝さして三《み》ふに我寝む」があり、この歌枕を詠んだ歌では最も古いだろうという(片桐洋一『歌枕歌ことば辞典・増訂版』)。

能因には「ゆふされば潮風越してみちのくの野田の玉川ちどり鳴くなり」(新古今集・

6、こうした名所づくりは、史実とのかかわりで大きな問題をはらむことがある。たとえば、山形市近郊に近年、江戸時代の伝承文書(史的事実を記したものではない)を証拠として西行の歌碑を建てたところがある。たかが伝説とはいえ、一種の歴史の捏造といわれてもやむをえないだろう。以後、西行がここにきてこの歌を詠んだことになるかもしれない。また、史実に即していないから、それを糊塗す冬）という歌がある。「野田の玉川」は利府の近くといわれており、能因と同じころの道円は、「みちのくの野田の菅薦《すがごも》かたしきて仮寝さびしき十符の浦風」（夫木抄・雑）と詠んでいる。同じく和泉式部には、「たまさかに十符の菅薦かりにのみ来れば夜殿に敷くものもなし」（続集）がある。「夜殿」は「淀野」（山城国か）を掛けたと思われるから、必ずしも陸奥国を意識した歌ではないというべきだが、「十符の菅薦」は陸奥国《みちのく》の歌枕であり、「野田の玉川」に近いところにあると思われていたのであろう。仙台藩が領内の歌枕と見なす理由は十分にあったのである。

さらに橘為仲（?～一〇八五）は、「見し人も十布《とふ》の浦風おとせぬにつれなく澄める秋の夜の月」（新古今集・羈旅）と詠んでいる。「十符」は「問ふ」を掛ける。親しくした人は、「問う」という地名のところに私がいるのに、「十符の浦」を吹く風の音が聞こえぬように、お便りをくださらない。私の悲しみも知らぬ顔に月が冷たく澄み切っているだけだ。為仲は、越後守、陸奥守を歴任したから、この歌をもとに「十布（十府）の浦」は弘前藩のここだ、仙台藩のここだ、ということができるだろう。事実、詞書に「八月十五日夜、京を思ひいでて、大宮女房の御なかに、十首がうち」とあるから都を遠く離れた越後国か陸奥国で詠んだ歌なのである。したがって、越後国（新潟県）の歌枕であると主張する藩があってもよかったのだが、すでに陸奥国の歌枕というのが一般常識になっていた。そのため越後国には熱心な藩があらわれなかったようだ。

るため周囲の地名を新しい伝説に合わせて変更することも生じるだろう。伝説はこんなふうにして作られるのである。昔もそうであったろう。「伝説は史実になりたがる物語である」というが、史実にしたくて作った話にすぎないことがある。伝説には作る側の意図が潜んでいる。そこに注目しなければならない。横尾秀一『滝の山』（PFKコーポレーション、二〇〇六年四月）参照。なお、仙台藩などの名所・遺跡づくりについては、金沢規雄『歌枕への理解』（おうふう、一九九五年一〇月）に明察がある。参照されたい。

また、「黄金山」といえば宮城県涌谷町が有名だが、宮城県牡鹿町の海に浮かぶ金華山のことだとも、津軽の「八耕田山」（八甲田山）のことだともいわれていた（真澄『布伝能麻迩万珥』）。また、「壷の碑」は宮城県にも青森県などにもある。こういうことを述べてゆけば切りがない。

歌枕は、都の貴族や歌人たちにはもちろん、それ以上に地方の藩主や文人たちに必要なものであった。ここに歌枕がある、遺跡が残っている、という主張をしたのはかれらである。歌枕は、長い歴史を誇る日本の内部であることを示す確たる証拠であり、一国を治めるために必要なアイデンティティを与えてくれる。だから各藩は、歌枕の誘致合戦、遺跡づくりに励んだのであった。日本は和歌に包まれた国、といってよいのではなかろうか。

最後のまとめをしよう。こうして見てくると、九代藩主佐竹義和にとって、和歌とは何であったのか、なにゆえに地名変更を行ったのか、少しずつわかってくる。あわせて真澄の関与・役割もわかってくる。

美しい地名への変更、それは美しい国づくりの一環であった。和歌に包まれた日本の内部であることを示す藩主としての文化的実践であり、真澄はそういう意向に応えるために、領内を見て歩き、実際の地形・地名をふまえて新しい地名を提案した。その仕事がやがて『雪の出羽路』のような本格的な地誌へと発展していった。また、その中に実践と提案例をいくつも書き記した。和歌や漢詩に詠める地名や場所の発見、みやびな地名への変更が真澄の地誌に散見するのはそのためである。

したがって、今日の定説となっている柳田國男に始まる真澄観は見直す必要がある。歴史資料に記されることのなかった農民たちの生活を観察し百年後、二百年後の私たちに書き残したという把握は、そういう面もたしかにあるけれど、全面的にそうであるわけではない。藩主からすれば農民たちは大切な「国の本」であり(7)、そういう観点から真澄は農民たちの生活を細やかに描いたということができる。真澄の地誌は秋田藩のすべてを書き記すのであって、農民はもとより、あらゆる「民」のあらゆるありさまを包含している大きな宇宙のようなものだといえるだろう。

これまで私たちは、真澄の地誌を民俗学の文献という目で読んできたのではないだろうか。もちろんそれは正しい。しかし、常民・農民の生活を記した部分を集めて読むから、おのずとそうなってしまうのではないか。その傾向はなきにしもあらずなのではないか。

真澄はありとあらゆる物事に関心を持ち続け、書き続けた。「風物、歴史、民俗、伝統、民具、考古遺物、石造物、建造物、草木、物産、人物、人情、薬草、医術、食物、衣、社会、度量、鉱物、交通、交易、文学、行事、俚謡、書、画、骨董、地質、諸職、芸能、宗教、信仰、自然景勝など、ほとんど分類できないぐらい広範囲で、雑然とはしているものの、異なる地方で育った真澄の耳目に触れたものを、ほぼ細大もらさず記録していったといってよい」（斉藤壽胤の整理による。→本書「はじめに」）。引

7、秋田藩主佐竹義和は、領内巡覧の旅を綴った『千町田の記』（文化八年七月二九日～八月一二日。仙北・雄勝・平鹿・河辺郡の旅）の冒頭に、

民は国の本也といへば、先の年、秋田・山本のふた郡を見巡り、こたびは仙北・平鹿・雄勝・川辺の四郡を巡覧し、農事の勤・懈《おこた》り、村々の盛衰をも考へ、その業をつとめ、父母に孝なるを賞して民を善に勧め、将《はた》八十に余る老農は男女となく村々に沙汰して、ほど近き道の傍らに出し、筵《むしろ》を敷きならべ、座せしめて物を取らせ、老を養ふ心を知らしのんと思ひ立ち、駅々の労

用している書籍は『古事記』『日本書紀』『続日本紀』、『万葉集』『新古今和歌集』『歌枕名寄』、『今昔物語集』『源平盛衰記』『太平記』、『漢書』『史記』、『江家次第』『江源武鑑』、『球陽』『中山世鑑』、地方資料では『奥羽永慶軍記』『享保群邑記』……、あげれば切りがない。自分の眼による観察と考察のほかに、無数の古典籍・地元資料をふまえた幅広い関心と詳細な記録。これらが複雑に、有機的に、同居・共存するのが菅江真澄の内面であり、その著作は、そういう希有なる内面をもつ人間の築き上げた世界である。なかでも和歌に関する関心は、強く大きなものがあった。これを無視したり過小に評価してはならない。本書を通して述べてきたように、和歌および藩主の文化意思という観点から真澄を読み直すと、新しい世界が見えてくる。真澄のおもしろさも、地方そして秋田の奥深さもいっそう見えてくる。それだけでなく、日本の隅々に和歌が生きていること、和歌をもとに藩主や文人藩士が文化の栄える良き国を創ろうとしていたことがわかる。『古今和歌集』仮名序の和歌の思想は、九百年を隔てた江戸時代においても、東北地方の藩政の中にしっかりと活かされていたのである。いや、それは日本中どの藩でも同じことであったろう。

　最後に、一つだけ補足しておこう。真澄の『雪の出羽路・平鹿郡』を巻一から読んでゆくと、坂上田村麿、源義家、小野寺氏、そして佐竹氏へ、という歴史継承を示す記述がいかに多いことか。とりわけ小野寺氏から佐竹氏に至る歴史継承に関する記述がていねいに、詳しく記されていることに気づかされる。これは真澄が秋田藩の治世

をいとひ、相従ふ従者をも省
　きて（後略）

出立したと記している。右は、秋田県公文書館蔵の写本三本を照合して翻刻した。「農事」「村々の盛衰」等々は、真澄もまた『雪の出羽路・平鹿郡』に書き記している。藩主の領内巡覧記と真澄の地誌は明らかに通底している。

　なお、「民は国の本」は、朱子学者の佐藤直方（一六五〇～一七一九）の講義録『韞蔵録《うんぞうろく》』に見られる。五代将軍徳川綱吉（一六四六～一七〇九）の治世方針であるという。若尾政希「幕藩制の成立と民衆の政治意識」（『新しい近世史⑤　民衆世界と正統』新創社、一九九六年二月）。義和は、幕藩体制の根幹ともいうべき治世方針を秋田において実践したといえよう。

方針を語り込めたとしか思えない。農民の生活は実はあまり書かれていない。こうした観点からの研究は本書に述べたとおりだが、最近、志立正知氏の『〈歴史〉を創った秋田藩―モノガタリが生まれるメカニズム』(笠間書院、二〇〇九年一月)が刊行されて、一段と強い解明の光があてられた。

私たちはこれまで、真澄の書き留めた民俗記事に特に注目してきたようだ。しかし私たちは、たとえば『雪の出羽路・平鹿郡』という書物を〈ある意図を込めて綴られた有機的な構造体〉、すなわち一箇の作品として読むことをいささか怠ってきた。その中の民俗記事に着目して真澄を論じることは、民俗学の一級資料を残した偉大な人物、という観点からサーチライトをあてるものだ。その重要性はいうまでもないが、それと併行して、向きを変えた幾種類ものサーチライトをあてるべきだろう。

和歌は真澄の中において不純物であり夾雑物だ、というのがこれまでの定説であった。真澄の著作から和歌を取り除いたものが、真澄の個性であり本質であるという。だが、実は違う。和歌があってこそ藩主とのつながりが生まれ、奥羽山脈のごとく雄大で豊かな旅日記・地誌が書かれたのである。私たちは和歌の研究、国文学方面からの追究を怠ってきたのである。

真澄は、いくら多種多様な試みをしても汲み尽くせない大きな清水であり、どこまで奥深い宇宙だ。一部の研究者を除き、真澄を研究の対象に入れようとしなかった従来の国文学を批判しなければならない。その先に、さまざまな研究方法を共存的に総合的に試みる道が見えてくるだろう。そのとき真澄をも和歌をもより包括的に、より本質的に捉えることができるはずだ。

おわりに

民俗学の祖、菅江真澄は、なぜ和歌を好み、和歌を詠んだのか。

和歌を詠みながら綴った旅日記はいうまでもない。庶民の生活を記録したという地誌にも意外なほど和歌の記事が多い。和歌への関心と庶民生活の記録は、真澄の内面に同居・共存するものであった。矛盾・対立している、という見方があるが、実はそうではない。

江戸時代の〈地誌〉とは何か。多くの地誌に、歌枕・名所が記されている。それを見ている旅人たちの絵が入っている地誌もある。神社・仏閣の由来が記され、産物や人々の生活が記されている。真澄の地誌は基本的に、そうした江戸期の地誌の中で捉えるべきものだろう。和歌の記事があるのは、それほど不思議なことではない。

和歌は、都を中心とする巨大な価値体系である。価値なきものを排除し、価値あるものを認容するシステムである。平安人の美意識には「みやび」と「ひなび」の対立があった。「宮（雅）」と「鄙」である。文化構造上やむをえないのだが、優劣を決めつける差別があった。それがいつまでも続いている。消えたかと思うと、また眠りから眼を覚ます。

真澄は北国の「ひなび」た世界を観察し、膨大な記録を残した。だから民俗学の祖なのだが、和歌を捨ててはいない。なぜなのか。

この問題を解決するには、真澄を江戸時代にもどす必要がある。秋田藩の文人たちと交際し、生活の世話をしてもらい、愛され親しまれ、藩主と接見し、領内の名所調査を依頼された。その著書は藩主の命によって藩校に収納された。藩主・藩士とつながりをもつ真澄の書いたものであることを忘れてはならない。

また、日本文化の根底を流れる和歌の思想と見較べて、なぜ真澄は和歌の記事を書き入れたのか、その意味を考えてみる必要がある。江戸期の旅日記・地誌を考えるには、これがどうしても必要だ。

和歌は、都に絶対的な価値を置く巨大な美の体系である。地方を格付けしつつ、取り込んでしまう。歌枕・名所は地方の誇る固有の価値であるが、その誇りは、和歌という巨大な美の体系の内部に存するゆえに保証される。地方の価値は、和歌の普遍的世界に登録されて確保される。そういうシステムを和歌はもっている。政治でいえば、領国と日本との関係も同じである。地方藩主が貴族的な文化を身に付け、領内の歌枕・名所を重視したのは、そういう理由によるものだろう。

もう一つ述べておきたい。真澄は、そういう〈普遍化〉と上からの押しつけに、どのような抵抗をしたのであろうか。真澄は、そのために「古老《オユ》」の語り伝える村の「モノガタリ」を収集し、農民たちの生活を事細かに記録した、とこれまで考えられてきた。こうした見方もなりたつと思われるが、はたしてそうか、と新しい眼で追究してみたのである。

和歌の研究は、何を資料として、何を見つめ、何を追及すべきなのだろうか。どんな研究も多種多様であっていい。そうあらねばならない。いわゆる民俗資料といわれるものも、和歌研究の資料・対象となる。

全国各地で行われている獅子踊り（秋田県では「ささら踊り」）などの由来を書いた縁起書に、『古今和歌集』仮名序の和歌思想が引かれているものがある。そういうものの根源にひそむものを見つめることも和歌の研究ではないか。

＊

本書を刊行するにあたって、さまざまな方面にお世話になった。秋田県立博物館・菅江真澄資料センターと学芸員の松山修さん。高橋正さん、秋田県立図書館・公文書館と専門委員の菊地利雄さん、秋田市立佐竹史料館、大館市立中央図書館、宮城県図書館と館員の皆さん。真澄の歩いた道を一緒に調査してまわった年来の友人、齊藤壽胤さん、秋田大学の志立正知さん。いつも風流高雅な清談に導いてくださる井上隆明先生。

このほかにも、多くの方々からご指導をいただいた。心より感謝したい。

笠間書院の編集長、橋本孝さんにも。

平成二一年　一〇月

錦　仁

〔付記〕

「初出誌一覧」にあげたが、本書には科学研究費補助金（萌芽研究）による研究成果、国際日本文化研究センターの共同研究による研究成果も収録した。

初出誌一覧

本書に収録するにあたって、いずれも改稿した。

Ⅰ

原題・民俗学は国文学の救世主たりうるか
――『ＧＹＲＯＳ』③　勉誠出版　二〇〇四年六月

Ⅱ

第一章　原題・和歌の帝国――菅江真澄から
――『國文學』八月号　學燈社　二〇〇一年八月

第二章　原題・菅江真澄――旅と風土
――『解釈と鑑賞』一一月号　至文堂　二〇〇四年一一月

第三章　原題・諸国巡礼――菅江真澄「真澄遊覧記」
――『解釈と鑑賞』八月号　至文堂　二〇〇六年八月

Ⅲ

第一章　原題　菅江真澄におけるモノガタリ――「旅日記」から「地誌」へ真澄は変化したか
――『「偽書」の生成――中世的思考と表現』　森話社　二〇〇三年一一月

第二章　原題　講演　菅江真澄の地誌――地域学のための資料学
――群馬学連続シンポジウム『群馬学の確立にむけて』3　編集・群馬県立女子大学　上毛新聞社出版メディア局　二〇〇九年一月

第三章　原題　菅江真澄の地誌――和歌を詠みながら領内を巡覧する藩主
――『真澄学』四号　東北芸術工科大学東北文化研究センター　二〇〇八年一二月

Ⅳ

第一章　原題　地誌を生みだす和歌――藩主の地名変更をめぐって
――『文学』五・六月号　岩波書店　二〇〇八年五月

第二章　原題　歌枕・名所とは何か――歴史・神社と同等という認識
――『和歌の思想・言説と東北地方における芸能文書との影響・交流についての研究――和歌における〈外部〉とは何か』平成一七～一九年度科学研究費補助金（萌芽研究）研究成果報告書　二〇〇八年三月

第三章　原題　講演記録　ほんとうの真澄へ――藩主と歌枕と地誌
――菅江真澄資料センター『真澄研究』一三号　秋田県立博物館　二〇〇九年三月

※　本書の内容に関して、口頭発表したものを次にあげる。

「菅江真澄の地誌作成法―だれのための地誌か―」
二〇〇三年一一月一五日　於・国際日本文化研究センター
共同研究《旅の「情報」と「表現」―交流と孤立から見た日本文化史の再検討―》

「地誌を生みだす和歌―都と地方を結ぶもの―」
二〇〇七年九月一五日　於・国際日本文化研究センター
共同研究《都市文化とは何か？　―ユーラシア大陸における都市文化の比較史的研究―》

［巻末注］

II

第一章

P49・2、同じく『楚堵賀浜風』の八月一九日に、同じような記事がある。場所は旧・森田村ではなくて、青森市内から「有《う》多宇末井《とうまい》の梯」（浅虫温泉の西南海岸。善知鳥崎）を見に行こうとしたとき、「鍋かまおひ、あらゆるうつはをたずさへ、をさなき子をか、へて、男女みちもさりあへず来る」のに出会った。「じにげ」（地逃げ）の一行である。「此ものらのいふをきけば」として、次のように記す。現代語に直して引用する。

先般の「けかち」（飢渇）のときは、松前に渡って人に助けられたが、今度の飢渇ではどこに行って命をとりとめられようか。生業の良いところに行きたいものだ。その日、真澄は浪岡に引き返し、昨夜の宿に泊まった。

そこで「けふ見しうへ（飢え）人のこと」を語ると、宿の女主《あるじ》だろうか、「さやうそふらふ」（そうなんですよ）と口を切って語り始めた。今年も暮までなんとかもつだろうか。去年、一昨年まで、この村では馬を食って飢えを凌いだ。家数は八〇軒余りだが、馬の肉を食わなかったのはわが家を入れて七、八軒くらいだろう。雪の上に死んだ馬を捨てると、髪を振り乱した女たちが集まり、手ごとに菜刀、魚切包丁をなどをもち、争いながら切り取り、血の流れる肉を腕に抱えて帰って行ったものだ。また、路上に倒れ臥し、あるいは死んでしまった人に、犬が肉に顔を突っ込んで食っている。血に染まった顔で吼えまわる恐ろしさは、とても言葉にならない。去年よりもひどくなれば、食う馬も牛もすでにない。すでに蕨、葛の根も掘り尽きたから、今はアザミの葉、オミナエシを摘んで蒸して食べるのだ。

泣きながら、こう語った。なるほど、まな板の上にさまざまな雑草を載せてある。それを包丁で叩く音は、砧の音にも勝る悲しさで、私まで袖を濡らして夜を明かしてしまった。

これを八月一〇日の記事とくらべると、あまりに似通っている。ただし、わが子や親族兄弟を殺して食った記事などは書かれていない。一〇日の記事よりも具体的であり、もっと恐ろしいともいえる。津軽地方のあちこちに惨憺たる状況があった。

真澄はこうした出来事に遭遇し、村人から直接に聞いた。そして日記に書いたに相違ないが、右の記事を見ると、「地逃げ」の一行の話を聞き、飢えてはならじと「有多宇末井の梯」に行くのを止めて、昨夜泊まった浪岡に引き返している。とすれば、真澄は飢饉を直接体験しなかった。飢饉体験者の話を、飢饉を体験しない真澄が聞いて記録した、という構造になっている。

そこに〈文芸〉的な場面構成を工夫する余地が生じたといえよう。体験者の語った出来事であるが、日記に書き記すとき、実際に存在しなかった人物を仕立てて叙述する、というように。読む者に臨場感を与え、出来事の恐ろしさ・すさまじさをより正確に伝える方法である。虚構が交っているが、書かれている内容は事実だから、実録者である真澄は何ら恥じなかったはずだ。私たちはそこに真澄の二段構えの場面構成法、執筆・表現法を見いだすべきだろう。

　右の記事のすぐあと、二一日にも飢饉の記事がある。「本村、永嶺（峰）、九十九森、唐牛《カラウシ》（以上大鰐町）などむら〳〵を来るに、けふも、すむ家を捨て、ふるさとしぞく（退く）民、その数をしらず過ぬ」。村を捨て、逃れてゆく人々である。

　二三日にも、「わけ来る路のかたはらに在る無縁車とて、卒堵婆にかな輪さしたるをまはすは、飢人の死かばね埋しをとぶらふならん」から始まる長い記事がある。「わけ来る路」は、旧・森田村の惨状を描いた一〇日の「卯之木、床前といふ村のこみちわけ来れば」と符合する。意図的な符合だろうか。

　以下、要約する。「かたゐ」（乞食・浮浪者）が涙を流して、「一族・仲間はみんな飢え死にしてしまった」と独り言をいう。近づいてわけを聞くと、「自分たちは馬を食い、人を食って生き延びたが、今年は冷たい風が吹いて稲穂が実らず、乞食になってしまった」という。「馬、人を食ったのは本当か」と聞くと、「人も食ったが、耳・鼻はうまかった。馬を搗《つ》いて餅にしたのは、とてもうまかった。だが、食べてはならない物だから、秘密にして誰にも語らない。我らを下男・下女に使ってくださる方もいないので、みな秘密にしている。神社・寺院などに参詣する旅人、また出家した人には、告白して改悔・懺悔をすれば滅罪されるかと思って、事実をそのまま話しました」という。秋田へ向かうというので、真澄は「銭をとらせて別」れた、とある。

　真澄はこれらにおいて、日記に書いた惨状の出処を明らかにしているのである。津軽の各地でほぼ同じ惨状を聞いたことになる。また、「こみちわけ来れば」と「わけ来る路」の符合に着目すれば、真澄の後ろを歩いていた「しりなる人」（一〇日）は、「かたゐ」（二三日）となった村人であろう。

　それにしても、両者がともに馬・人を食って生き延びたことなど同じ話をするのは、どういうことだろうか。真澄は、複数の村人から聞いた話を、聞いたその日の出来事として記し、かつそれらをふまえて、日記のあちこちに点綴させているのではないか、とも考えられる。ともかく飢饉の記事には、一連のまとまった流れがあることが指摘できる。あとでかなり整合させて書き直したという印象が強いが、どうだろうか。

P52・3、「うなゐ子」を詠んだ古歌は、『率土《そと》が浜《はま》つたひ』七月一〇日にも記されている。

　平舘《タヒラダテ》に来けり。石崎の浦をへて転々《コロ〳〵》川（頃々川）といふ浦やかたあり。「うなひ子が氷の上をうちならすいしなつぶてのころ〳〵の里」とおもひあはせたる歌あれば、うち戯れ、うちずんじて、小石ながるゝ小河のへたに休らひて、ときもいまかじか鳴（く）らしころ〳〵と名にたててゆ

く秋の川波

「うなひ（ゐ）子が」の歌は、鎌倉期成立の『歌枕名寄』「未勘国下」に、『古今和歌六帖』の歌とある。しかし、通行の『古今和歌六帖』には見られない。

真澄は古典和歌に通じていた。この古い歌を想起して「転々川」を眺めて歌を詠んだのである。真澄の歌は、古典和歌をふまえて地元の地名・固有の風景を詠む、という構造になっているものが多い。

Ⅲ

第一章

P108・3、太宰治が幼いころに見た故郷の雲祥寺の「地獄極楽の御絵掛地」にも見られる。拙著『東北の地獄絵―死と再生―』（三弥井書店、二〇〇二年七月）参照。範囲

第二章

P285・4、真澄の旅日記・地誌から「フミ」と読ませた用例をあげてみる。「ミフミ」＝「続紀」「後紀」「実録」「書記」など。「フミ」＝「文」「古録」「古記」「書」「記」「田文《タブミ》」「家譜《イヘノフミ》」「《雪のみちのく雪の出羽路》といふふみ」「ものがたりのいくさぶみ」など。また、「戦記《イクサブミ》」「戦録《イクサフミ》」「書《モノ》」「古書《フルキモノ》」「古言《フルコト》」という用例もある。

これらは、古い出来事を書いた権威のある文書として存在しているものである。歴史を顧みるとき根拠とすべき文書であり、史書という意味で用いている。「由来《ツタヘ》」は、「ユヱヨシ」ではなく「モノガタリ」という意味である。「古録《ツタヘ》」は史書とはいえない文書をさすと見られる。「ものがたりのいくさぶみは、太平記とは大同小異せり」にいう「ものがたりのいくさぶみ」もそうであろう。「口話《クチツタヘ》」は「モノガタリ」である。あとで述べるが、「モノガタリ」は里人・古老が語る伝説や物語の類であり、文書としての形のないものをいう。文書と対比されている。「ユヱヨシ」と読ませる用例には「由意」「由縁」がある。これは文書として残っている場合と、文書はないが種々証拠があって由来が明確であるものをさす。「フミ」「ユヱヨシ」「モノガタリ」の区分・区別は、『雪の出羽路』『月の出羽路』になって、しだいに厳密化していった。

第三章

P155・1、全集第五巻「解題」に詳しい。文化八年三月から五月にかけて、秋田に住み始めた真澄は秋田藩士の茂木知利、那珂通博、広瀬有利、淀川盛品、高階貞房などの著名な人々と会っている。そのようすは、『簷廼金棣棠《のきのやまぶき》』『月廼遠呂智泥《つきのおろちね》』（全集第四巻）などに詳しい。内田の「解題」から摘記する。

折りしも秋田藩では幕府から出された「諸国風俗問状」一

三一箇条に対する報告書を書かねばならない時期にあり、そのために真澄を召して調査を命じた。

「真澄が『秋田風俗問状答』のうち、執筆を受け持った部分を明確にいうと、久保田の藩士らが下層階級として差別、嫌悪して、あえて近寄ろうとしない芸能者などを訪ねて、記録することだったたと考えられる」。

「秋田万歳の唱え詞をはじめ、正月の物語座頭など」がそれにあたる云々。

真澄の地誌の調査・執筆はこの仕事をきっかけに始まったという。内田は真澄をある種の社会的下層民に親近する生業の家に生まれたと見ており、右の摘記にもそういう真澄観がうかがえる。だが、内田の見解は推測で述べていることが多い。決定的証拠が不足しているように思われ、事実であるか確認できないことがある。また全集の「解題」は、巻が替わると前の巻に推測であると断って書いたことを言い換えて、事実であると断定することが多い。

真澄の生家に関する見解は検討を要するだろう。真澄は藩主義和の側医であった渡辺春庵に、先祖は「白井太夫より七代ノ孫白井秀菊翁、産婦に良薬を与へて民草の草庵を造り、鶁羽軒といふ」云々と告げたと解釈している（真崎勇助『酔月堂漫録』巻一五）。

これは事実であったと思われる。しかし、この事実をもとにしながら内田は想像を込めて真澄が身に背負っていた宿命を考えているように見える。真澄は自分の先祖を誇りに思っているのであって、恥じても隠してもいない。

千葉徳爾は、真澄の生家は「回国の旅人たちに宿を提供して」おり、「宿泊する客は旅芸人、下級の神仏布教者、また業病をせおって諸国を漂泊する巡礼、乞食、浮浪者などであり、社会底辺層の人たちであった」という。この解釈も確たる根拠に乏しいが、内田はこれらにもとづき、真澄が社会の底辺層の人々に目を向けて記録したのは、「白太夫の家すじに生を受けた自己の生き方を漂泊の生涯であると決意し」（全集別巻一）、それゆえに各地を旅をして歩き、そういう人々の生活を記録したという。こうした真澄像および真澄の自己認識はほぼ定説となっているが、そっくり信じてよいのだろうか。

渡辺春庵に生家の秘密を告げた先の文面を見るかぎり、生家を恥じているようすはない。逆に、村人のために全力を尽くした医家であることを、藩主義和の側医である春庵に誇らしげに書き伝えたと見るべきである。このあとの文面にもそれは横溢しており、それによって「漂泊の生涯」をするほかないと覚悟して旅に出たとするほどの事由は見いだせない。春庵は義和の最期を看取った医師であった。生家の秘密を語れば藩主および人々の間に広まることが予想される。真澄はそれを怖れなかったのだろうか。また「白井太夫」は、真澄の『笹ノ屋日記』に「菅原大臣ならびに白井太夫御神が掲載されて」おり、「明らかに真澄が祖神として祀っていたものと考えられる」という。菅原道真を祖神と仰ぐ家筋がなにゆえに下層民に親近する家筋なのか、何を意味するのか、明確な理由・証拠が示されていない。また、「白井太夫」を謡曲『歌占』の「越路の白山」で歌占を生業とする白髪の男のような人間だという見解も、証拠資料として不十分なものであり実証性が薄い。内田は、真澄を一種の下層民に親近する家筋ないし下層民に近い階級として位置づけようとしているのではないか。

その裏には、真澄を権力者・為政者・富裕層などに対し、その反対側に位置する人間として捉えようとしていると思われる。それゆえに権力側の人間たちが見ようともしない一般民衆や差別民たちの暮らしぶりがよく見える、よくわかる観察者・旅人が誕生したと考えている。

だが、そういう人間が、複数の有力な秋田藩士たちから親身の世話を受け、藩主義和への地誌作成の斡旋をしてもらい、藩主の許可をもらって藩内を自由に見てまわり、大部の地誌を何冊も著すことができたのはなぜなのか。納得できるほどの説明をしてはいない。

藩主義和は真澄の旅日記を読みたいと所望したという。真澄の書簡に次のように記されている。

（前略）サテ今度小子認候日記之内、御上様逐一御覧被成度よし被仰渡候。それゆゑ久保田宿許ニ差置候日記之内、今度御学館へ差出し候如左ノ、秋田の刈寝、ひろめかり、率土《ソト》が浜風、奥の手ぶり、けふのせば布、牧の朝露、小町ノ寒泉《シミツ》、凡国異器、わがこゝろ、牧の冬がれ、蝦夷喧辞《エミシノサヘギ》など取合、都合廿六冊呈尊覧候。急用と申参候。残リ候も差上可申由、御叮寧なる仰ニ御座候。当　館様ノ御覧ニ御座候哉、若又京都近衛様などより申参候而、公方様など御上覧被遊候にや。くわしくも無申参候。小子下賤之身ニにとりていづれニも大悦身にあまり候。これに付急々久保田へも可参候。永々御厚情なし被下候間一段一寸申上候。委曲面上、草々貴酬迄。

頓首敬白

十月廿日　朝　　菅江真澄

佐藤太治兵衛様

（全集第一二巻）

と、宿の世話をしてくれた佐藤太治兵衛に宛てて書いている。文化一一年一〇月二〇日の手紙であるという。真澄は自分の著作を藩主義和が「逐一御覧なられたき由、仰せ渡され候」ゆえ、久保田（秋田市）の寓居にある日記の中で、「御学館」（藩校明徳館）に「差し出し候」もの二六冊を書き留めている。「尊覧に呈し候」日記である。そのほかの著作も差し出すよう「御丁寧なる仰せ」があったとも書いている。それに対し真澄は「館様」すなわち藩主義和がご覧になるのだろうか、京都の近衛様などから差し出すよう指示があり、公方すなわち朝廷の方々などが御覧になるのだろうか、と歓喜している。「小子下賤之身」とあるように身分は低いというのだが、藩士の身分でもないおのれを意識し、恐縮していると見てよいだろう。

藩主からの命令は偶然であったとしても、真澄は自分の日記の類を秋田藩内だけでなく、全国に通用するもの、しかも身分の高い人々の読覧に堪えうるものである、という自信をのぞかせている。

内田によれば、藩士たちは真澄を嫌悪し、地誌の作成を認めようとせず、認めてからもさまざまな制限を押しつけて書かせたという。ありえないことではあるまい。しかし、そういう人間の書いた著作がなぜ藩校の明徳館に納入されたのか。なぜ藩主の義和が召し上げたのか。藩士たちに読まれるだろうし、真澄は藩主だけでなく京の貴族も読むかもしれないと喜んでいる。藩主の意向に反して藩士が真澄をひどく嫌悪したとは考えられない。

この例に限らず、内田の見解には論証の仕方も含めて疑問を感じさせるものがある。真澄の地誌がなぜ藩主にとって必要だったのか、その点を解明しなければならない。

以上を整理すれば、真澄は、「白太夫の子孫」であることについて、遠い昔はそうであった、と語ったのだろうか。それとも、「白太夫」の宿命は今もなお続いており、だから自分は放浪の旅をしている、と語りたかったのだろうか。

内田は、真澄は差別を受ける深刻な傷か病を身体に背負っており、それゆえに藩主に接見したときも、死ぬ段に及んでも「常被り」を続けたと推測している。また、資料をふまえて書いた黒川典秋の小説『還らざる人』（近代文藝社、一九九二年一二月）は、津軽藩の依頼により薬草の採取に携わったが、その直後、八甲田山・下北半島へ旅したことに嫌疑がかけられ、額に「十文字の入れ墨」をされて領外に追放されたと物語る。「十文字の入れ墨」は刑罰に処された証拠であり、それゆえに頭布を被っていたという。

「白太夫」に関する民俗学からのアプローチは、谷川健一『賤民の異神と芸能―山人《やまびと》・浮浪人《うかれびと》・否人』（河出書房新社、二〇〇九年六月）が参考になるが、さらに詳しく知りたいところだ。

内田の「真澄白太夫説」は仮説ながら流布している。真澄の本質を考えるうえでヒントを与えてくれそうなところもあり、赤坂憲雄『漂泊の精神史―柳田国男の発生』（小学館、一九九四年一一月）がその問題を考えている。『異界幻想―種村季弘対談集』（青土社、二〇〇二年二月）の小松和彦との対談の中でも、やはりふれられている。「白太夫の家に生まれたんだそうですね」。辻惟雄の『日本美術の表情―「をこ絵」から北斎まで―』（角川書店、一九八六年四月）を引き、真澄の描く絵は「絵解きとか御伽草子系の画法」、つまり通常と異なる「遠近法」で描いているとも。真澄は「説教師の家に生まれて、その修行を受けて」絵解きをした人、「白山信仰系の説教集団」の一人ではないか、と述べる。やはり内田説をふまえている。

しかし、最近刊行された白井永二の『菅江真澄の新研究』（おうふう、二〇〇六年一二月）は、内田の使った全資料を再検討し、何よりも内田の論述に見られる数多い論理的矛盾を洗い出し、「真澄白太夫説」を批判・否定している。

P157・2、「浪速八景」を調査・考察したものに、飛田範夫「大阪府下の八景の特性」（『ランドスケープ研究』第六五巻第五号、二〇〇二年三月）がある。飛田は江戸前期から現代までのさまざまな文献を精査しているが、その中に「遠里落雁」を記したものはない。もしかしたら真澄の創作か。近江八景に「堅田落雁」があり、それを真似たとも思われる。近江八景は琵琶湖の南部にあり、中国の瀟湘八景に擬して定められた。「比良暮雪」「八橋帰帆」「石山秋月」「瀬田夕照」「三井晩鐘」「堅田落雁」「粟津晴嵐」「唐崎夜雨」の八景である。

ちなみに、佐竹義和『道の記』（文化六年九月の領内巡覧記）に、秋田市土崎港を少し北へ行ったところで、「しばし乗り物かきすゑさせ見渡せば、いつしか、わせ穂、奥手も刈り積みたる田づらに、先だち漁る友に誘はれ、空行くも下るなど古歌のさまなるを、白雲にかきつらね来し雁がねの文字もみだれて落つるみなと田」と詠んでいる。

このように遠田・遠里の「落雁」は和歌の素材として好まれ、秋田藩主も詠んだのである。ところで、「近江八景歌」は室町後期から江戸初期に成立し、それに併行して八景が絵画に描かれるようになった（有吉保「中世文学に及ぼした中国文学の影響—瀟湘八景詩の場合」〈『日本文化の原点の総合的研究1』日本大学総合科学研究所編、日本評論社、一九八四年一二月〉。堀川貴司『瀟湘八景—詩歌と絵画に見る日本文化の様相—』臨川書店、二〇〇二年五月）。江戸期になると、それを模倣して日本各地に八景が設けられ、和歌・漢詩・絵画の題材となった。その享受・制作者は主に各藩の藩主や文人たちであり、各藩の文化体制がそれを必要とした。横浜歴史博物館の「収集・収蔵品の紹介」（一八）は、「多様な景観を複合的に構成している「八景」の景観は、単なる八つの風景の集合体ではなく、和歌や漢詩といった言葉＝音声を媒介として伝えられるその土地の歴史性を基層にふくみ込みながら、さまざまな自然現象を総合的に存在させる箱庭的宇宙として一体性をもつ」と解説している（「金沢・近江八景図屏風」〔作者不明〕の解説）。八景を構成する意識には、風景を全体性・一体性のある空間として美的に把握する視点が内在されており、それは領土を治める藩主の視点にも通じるだろう。自分の治める領土を美しく捉え、その風景を和歌や漢詩に詠むことはその地を治める藩主の任務であり、それをサポートする教養のある藩士の任務と考えられたようだ。本書Ⅳ一「藩主の地名変更—歌枕・名所へ」に詳しく述べた。

なお、「遠里小野」は『万葉集』からの歌枕。大阪府住吉区と堺市にまたがる地域という。遠里小野《おりおの》町がある。「住吉《すみのゑ》の遠里小野《とほさとをの》のま榛《はり》もち」（万葉集・巻七・一一五六）、この「榛」は「萩」という説がある。中世には、「君が代は遠里小野の秋萩も散らさぬほどの風ぞふきける」（藤原俊成・長秋詠藻）のように「萩」との取り合わせで詠まれるようになった（『歌ことば歌枕辞典』、解説・柴佳世乃）。「遠里落雁」は、「瀟湘八景」の「平沙落雁」、近江八景の「堅田落雁」をもとに新しく創ったもの。

P158・3、多賀茂助筆『覚書』に藩主に命じられて領内の地名変更に精を出したことが記されている。本書Ⅳ一「藩主の地名変更―歌枕・名所へ」に詳述した。市井の一老人たる茂助も、真澄が藩主の命によって、名所らしい場所を見立てること、田舎くさい地名を良い地名に替える仕事をしたが、義和が逝去したので中止されたことを知っていたのである。〈名所を見立てる〉とは、本稿に記す「東里」を「遠里落雁」の名所と認定すること、「大森八景」を選定すること、「横手の五泉」を推賞することなどを意味する。これらは真澄の発意というよりも、藩主の意向に沿って行われたと見るべきだろう。また古い地名を新しくすることも同じだろう。

P161・6、『月の出羽路・仙北郡一七』の「照井家由来」に、「剣花山八幡宮」の神主である照井氏と同族の別の照井氏について詳しく記す。梅津家の給人照井治部安政の上祖は照井太郎武久。陸奥国平泉落城後、同国和賀郡に潜んでいたが、弘治元年（一五五五）頃に出羽国山本郡に移り、さらに仙北郡金沢（横手市）西根邑に土着して新田を拓いた。横手の城主小野寺遠江守義道の代に、最上義光の軍勢を防ぐため小野寺氏に加勢して役内（湯沢市）に出張した。落城したとき旧記・家系譜の類を焼き捨てた。慶長四年（一五九九）常陸と改名し、政吉と続き今日に至っている。その後、平鹿郡横手川の岸辺の天部《アマベ》に堰を掘り田地を開墾し「辛労免高三拾石」を拝領し、延宝五年（一六七七）梅津与左ヱ衛門の給人となったと記す。「剣花山八幡宮」の照井氏がそうであったように、照井一族は陸奥国から羽後国（秋田県）に移住・土着し小野寺氏の家臣となったのである。その後、秋田藩家老職梅津家の給人となり開拓事業に尽くした。真澄はこのあと梅津家の給人渋江喜右ヱ門にも同様のことを記す。上祖は小野寺義道の家臣であるが、その没落後、金沢西根邑（横手市）に居住し開墾に従事、肝煎を長く務めて享保一一年（一七二六）に梅津家の給人となった。

真澄は、小野寺氏の旧臣たちが秋田藩に仕え平鹿の村作りに尽くしたことを称揚して、このような記事を載せたと思われる。これも小野寺氏から佐竹氏への領土・歴史の継承を意味する。真澄の地誌に内在する大きなテーマであった。

P168・9、柳田の「常民」という概念を検討・批判した論文は枚挙にいとまがない。柳田自身も意味・概念を少しずつ変えて使うようになった。竹田聴洲「常民」（『講座日本の民俗Ⅰ』有精堂出版、一九七八年一一月）が要領よくまとめ、問題点を指摘している。福田アジオ『柳田國男の民俗学』吉川弘文館、一九九二年三月）は、昭和九年（一九三四）をピークに「平民」「我々平民」から「常民」へ用語が変化したことを指摘し、柳田は『民間伝承論』（共立社、一九三四年八月）に「インテリではない人々に民俗は担われている」と述べ、同時に「インテリもまた民俗の担い手になる」とも述べているという。柳田は「民俗」を狭義と広義の意味概念に時に区別し、時に包含させて使っているが、鳥越皓之『柳田民俗学のフィロソフィー』（東京大学出版会、一九九二年三月）の「上層の人たちと区別した意味での（また、下層と見られやすい特別の職業人と区別した上での）普通の人びと、すなわち庶民をさしている」という説明が最もわかりやすい。柳田は荒正人との対談で「常民には畏れおおい話ですが皇室の方々も入っておいでになる」（『近代文学』一九五七年一月号）と述べており、「文化概念としての常民」という意味合いが濃くなったと一般にいわれるが、本稿に引用した『菅江真澄』の「常民」に関する言説には、そういう意味合いでは使われていないと思われる。歴史・資料に名を残すことのない、日々の労働に明け暮れる一般の農民・庶民、という意味合いで使われているというべきだろう。

全国的に見れば、地誌は寛文年間（一六六一～七三）頃から各藩において編纂されるようになった。はたして真澄は真澄独自の表現ジャンルおよびスタイルを創りあげて、そういう「常民」の生活を書こうとしたのか、実際に書いたのか、やはり検討を要する。東北に目を向ければ、「地志之儀者国務有用之品」であるゆえに編纂された『会津風土記』（一六六六）、仙台藩の『奥羽観蹟聞老誌』（一七一九）、白河藩主の松平定信の命を受けて儒者廣瀬典が編纂した『白河風土記』（一八〇七）などと比較すべきだろう。成立の理由・目的・過程における共通性を把握したうえで、真澄の地誌の個性を捉えるべきだ。

とりわけ真澄の地誌には、秋田藩成立以前の小野寺氏の旧臣たちが数多く記録され、その生活が具体的に描かれている。かれらはそもそも武士階級であり、その誇りをもって農業に従事し、肝煎を務め、原野を開墾し、村作りをし、あるいは小野寺氏以来の神社の神官を務めるなど、村の創設者・指導者というべき人々が多い。柳田の『菅江真澄』における言説は、そういう出自をもつ村社会の上層部に位置する人々を認識しているのか、そうではなく一般的な農民を認識しているのか、検討すべきだろう。もしも私たちが論文・著書に柳田のような曖昧な概念規定で用語を使ったならば、どんなに批判されることか。そういうことを考えれば、柳田の「常民」説を必要以上に信奉すべきではない。かえって振り回されてしまう。

さらに考えるべきは、真澄一人で大部の地誌を次から次へと編纂・執筆したのか、ということだ。松山修氏の教示によれば、作業チームによる成果だった可能性が高いという。そこには秋田藩士も入っていると思われ、そうすれば当然のこと、藩主および秋田藩の意向が真澄の地誌に反映されていることになる。

P177・13、小野寺氏に関しては、遠藤巌「京都御扶持衆小野寺氏」（『日本歴史』一〇月号、一九八八年一〇月）などの一連の考察が詳しい。「雄勝郡地頭小野寺重道は、室町幕府が遠国における京都御扶持衆設置策をうち出した初発期に、早くもその一員に指名され」、「京都屋地ないし京都近辺での一定所領をもち、その見返りに「通常的な奥羽状勢通報と貢馬等」を行っていた。阿波守護細川成之や幕府奉公衆三上周道と同等の待遇を受け、「守護や将軍家奉公衆と相通ずる性格」を与えられた。その子息家道は「御扶持衆」と同様に「屋形」号を許されていた。稙道はその孫、輝道は曾孫である。小野寺氏は、室町幕府の奥州支配システムを強化・補佐する重要な役割を果たした武士団であった。

なお、小野寺氏の系図は一〇数種類が流布している。深沢多一『小野寺盛衰記』（横手郷土編纂会、一九五九四年七月）、小野寺武志『小野寺氏の源流と興亡史』（東洋書院、一九八七年一月）、『湯沢城』（湯沢市教育委員会、一九八六年三月）などに収録されており、真澄も『雪の出羽路・平鹿郡一三』に収録している。

P178・15、小野寺氏に仕えた武士たちに関する記事は数え切れないが、『雪の出羽路』から一例をあげると、「里長佐藤氏系譜」（「平鹿郡一一」）に、初代から詳しく記してきて「六代昭信」に「……慶長五（庚子）年小野寺氏罪有て石州へ放流領地悉く没収せらるに因て、宇行田に居住して平鹿吉田荘副吏となりて彼民戸を司る。（中略）嘗て小野寺家滅亡の後一旦ン武ノ業を廃スと云共、先祖よりの由緒及び新田開墾の功に仍て下樋口村に屋敷を賜り、苗字帯刀居下除地永恩免せらる」云々とある。小野寺氏の滅亡・放流後、その由緒と新田開墾の功績により秋田藩より土地・屋敷および苗字帯刀を許され、農業に従事しているというのである。こういう秋田藩の給人となった一族が真澄の地誌には多数記されているが、これらも単純に「常民」という概念で括ってよいのか、いささか疑問がある。

P185・17、平鹿郡は雄物川があり清水の湧出が多い。真澄が記録した清水は、『雪の出羽路・平鹿郡』の挿絵を見ると、飲み水に供するような小規模な湧水から大きな溜池のようなものまで多種多様である。大きな清水は灌漑・開墾の原動力となり、周辺に集落ができた。「清水町村」（横手市）に、「郡邑記に、明暦（一六五五～五八）年中、最上ノ浪人出雲といふもの、忠進開ノ地」といへり。また「ある伝へに、万治、寛文（一六五八～七三）のころならむ、下鍋倉村の久右ヱ門といふもの忠進開発したりといへり」とある。「忠進開き」は秋田藩の新田開発の手法。家臣のほかに農民にも開墾が許され、二つの方法があった。一つは開墾可能な土地を注進（申請・報告）して行う、もう一つは開墾経費を負担して行う。前者には五パーセント、後者には三分の一の土地を辛労免（注進者への報酬）が与えられた。以上、『図説秋田県の歴史』（田口勝一郎責任編集、河出書房新社、一九八七年七月）。清水の近くに江戸との往復や領内を巡覧する藩主の「御憩所」が建てられることがあり、「御憩寒泉《オヤスミシミツ》」といわれたものがあった（『雪の出羽路・平鹿郡六』）。義家が刀で掘り当てたという「菅原清水」などもあった（『月の出羽路・仙北郡七』）。このような役割や意味をもつ清水が、以下に述べる「横手の五泉」のように真澄によって歌枕的な名所にされたのである。生活次元の清水であると同時に文化的・歴史的意味をもつ清水へ昇格したことがわかる。また『雪の出羽路・平鹿郡一一』に、「手枕沼」「鴡鳩《ミサゴ》ノ清水」「江津《エツ》が庭梅《ニハウメ》」を「名どころ」として掲げている。歌に詠める名所、というつもりだろう。「たまくら」「みさご」「うめ」は『万葉集』から使われている歌語である。

P192・20、仙台藩五代藩主伊達吉村の旅日記『鷹狩の記』（享保二年一月二〇日～二月二日。『隣松集　和文下』所収。国会

図書館蔵）の冒頭は次のように始まる。その内容・テーマは秋田藩主の佐竹義和の書いた四つの旅日記（領内巡覧記）と非常によく似ている。

睦月廿日、春の祝もことはてければ、かゝるいとまに領国のはし〴〵いまだ見ぬ所〴〵もおほければ、春の猟のつゐでながら、いざや見めぐりなむとて、わがすむかたを出侍りけるに、道のほどものどかに、輿にて行〳〵並木の柳あり。これなんそのかみ中納言政宗卿、此国にうつり給ひし比ほひ、諸木おほく植させ給ひしなかに、わきて柳ハはやく生のぼる木なり、民のちからにもとて、国の堺、なべて道のかたはらに、植させ給ひしと聞にも、いとゞ民を恵みの御こゝろざし、ふかき事を思ひて、

朽のこるふる木のやなぎいまもその
　うへし世しのぶはる風ぞふく

未刻すぐるほど、俄に空さえわたりて、雪みぞれふりくらしぬ。かくて奥山氏常有が館に入て、その夜はとゞまりぬ。山風のはげしきに雪さへちりてさむく、春の梢どもの雪にむもるゝも、身にしみてながめられぬ。

うぐひすもまださそはれぬ此里の
　梅のたちえは春としもなき

廿一日、けふは日も静なれば、狩のよそほひして、夜ふかく出侍るに、明がたちかき山端に、雪のつもりたるを見て、

横雲のゆきのさかりに埋れて
　しのゝめわかぬをちの山のは

一部を引用したが、和歌を詠みながら領内を巡覧する優美な旅日記の中に、勇壮な鷹狩が矛盾なく溶け合っている。行く先々で初代藩主政宗の威徳をしのび、領民に対する慈悲深さを仰慕するところも似ている。佐竹義和の鷹狩（巡覧）もこれと同じであった。伊達吉村も佐竹義和も、ともに〈和歌を詠みながら領内を巡覧する藩主〉を振る舞ったのであり、同じような思想・心情から旅日記をいくつも書いたのである。旅日記の執筆は、みずから理想の君主を振る舞い、それを実際に演出・表現する行為であったといえるだろう。

こうした大名の紀行文に関しては渡部憲司の先駆的研究『近世大名文芸圏研究』（八木書店、一九九七年二月）があるが、創作的観点から見た表現上の特色への言及が多く、〈和歌を詠み歩く藩主〉という視点からの考察はされていない。

P197・22、藩主およびその代行者としての資格の有する者が領内で鷹狩に事寄せた領内巡覧をし、その間に村内の老人たちと接見するのは、仙台藩でも同じであった。某年七月二三日～八月一二日、仙台藩主七代の伊達重村（一七四二～九六）が現在の宮城県北部から岩手県にかけて大がかりな巡覧を行った。随行した弟君の村由（のち近江国堅田藩主、下野国佐野藩主となった堀田正敦。仙台藩主伊達宗村の八男。幼名、藤八郎村由。一七五八～一八三二）が歌を詠みつつ綴る旅日記

『かり場の記』(『仙台叢書』第一一巻)を残している。

それによれば、村由は兄重村の許可を得て単独で巡覧し、駒ケ岳に登山し、『伊勢物語』に出てくる名所・旧跡や著名な歌枕、そして由緒のある神社・仏閣などを見てまわった。また、各地で数多くの村人と接見し、親孝行な者や貞節な者と親しく言葉を交わし、身の上話を聞いたり、和歌を詠み与え、物品を取らせたりした。これは、秋田藩九代藩主の佐竹義和の場合とまったく同一である。各所で詠んだ歌を織りまぜて綴る旅日記の形式も同一である。

村由は、江戸幕府大老の松平定信に認められて若老となり、四〇年間にわたって恪勤した(『仙台叢書』第一一巻「解説」)。また、佐竹義和もその名君ぶりが定信によく認められ、親交があった。思うに、こうした鷹狩を伴う巡覧とその旅日記は、地方藩主および君主のあるべき姿を表現したものであって、幕府内部からの有言無言による公認・推奨があったのだろう。

P199・25、『千町田の記』は四つの旅日記(巡覧記)のうち最大のものである。その中から一例ずつ引用してみる。義家伝承に関する記事=「昔、八幡太郎義家公、乗りたる馬の鞍を所の神前に納めて武運を祈りしかば、村の名もかく呼べり、など聞きて休らふうち空晴れわたり」(横手市平鹿町)。小野寺氏に関する記事=「総て此のわたりは往昔《そのかみ》、小野寺遠江守領せし所とて、上樋ノ口の村長に与へし慶長の年月ある文など取り出し、今宵は旅の憂さを慰め夜も更けゆく」(横手市増田町)。「小貫・高畑に至り憩ふ。あるじの家は天文の初め営みしより祝融(=火事)の禍もなく、おのれと煤びたるは実に珍しく持ち伝へし家系など取り出しつ、見侍りて」(美郷町。旧・千畑町)。佐竹氏入部以前の主君戸沢氏に仕えていたときからの家系図であろう。代々の藩主に関する記事=「むかし、徳雲公(三代義処)御入りありし例也とて、塩引てふ鱖魚《サケ》をそのままあぶりて一村の捧げものとす」(羽後町)。また、「こたび里々より人さはに出て道を拓き、平らげ、馬、肩輿の行きかひまで容易くなれるは、みな民の労苦おしはかられて、あはれ深し」(仙北市田沢湖)は、領民を思ふ慈悲深い名君であることを示す。

このように藩主の領内巡覧は、義家の事績・伝承を見聞して古代の歴史を確認し、次の時代を創った小野寺氏・戸沢氏のそれを尊重し、続いて初代藩主からの事績をしのび、そして領民に慈悲を施すという旅になっている。管見では義和の旅日記しか残されていないが、ほかの歴代藩主たちの巡覧も同じであったろう。注意すべきは、義和が巡覧中に関心を示した事象・対象に真澄もまた強い関心を示して地誌に詳述していることだ。義家と小野寺氏に関する事柄は真澄が最も力を入れて記録したものであり、右にあげた「馬鞍村」の由来は『雪の出羽路・平鹿郡一一』に、地元の史書『奥羽永慶軍記』『作山峯之嵐』を引用して長々と詳述している。

歴代藩主に関する事例を一つあげれば、次のような記事がある。二代藩主義隆の鷹と知らず、木に留まっている鷹の目を、そこに住む浮浪人が妻の裁縫針を投げて貫ぬいてしまった。浮浪人は藩主の鷹と知って妻を連れて逃げたが、藩主はその練達ぶりに感心し探しだして任用しようとした。「世にありがたき御仁《コヽロ》と人みなまをしつたふ」（同「平鹿郡八」）とある。藩主の仁徳を示す事績である。真澄の地誌は、領内を巡覧する藩主に供奉しながら義家・小野寺氏・代々藩主などに関する事績や和歌・俳諧等にかかわる名所を案内しつつ詳しく説明するかのような構想によって書かれているといえよう。

Ⅳ

第一章

P209・3、「勝手の雄弓」「月のをろちね」の二冊は現存する。「水のおもかげ」は上巻の草稿が現存し、「あさ日川」はその一部を真澄自身が『布伝能麻迩万珥』に転載している。全集第八巻に収録された『花のいではぢ　松藤日記』は「松原」「藤倉」「田中」「搦田」「濁川」「添河（川）」を書いた地誌であり、『布伝能麻迩万珥』に転載する「あさひ川」とコースが重なるので、どちらが先か判別がむずかしい。くらべると『松藤日記』は感情表現が抑えられており歌が少なく、より客観的な地誌の性格が強い。また、「藤倉権現社は旭川のあなたにいにしへありて、そこにまうづる人みな、此旭川の桜淵の石の上にて身をきよまはりて、うち群れ登りたりといへり」と書いており、仁別川を「旭川」と呼んでいるので「あさひ川」を書いた文化一〇年（一八一三）の冬よりもあとの作品と見て間違いない。内田は、文政五年（一八二二）三月以降の執筆と推測する。あるいは、執筆時期の異なる記事を寄せ集めたものか。なお、「をもの浦風」は現存しない（全集第八巻「解題」）による。

ワンセットなので「花雪月」という名称をつけたわけだが、このように「花」は完本が残っていない。内田は「水のおもかげ」以下の三冊を文政五年ごろ真澄が「破棄したと推測される」という。「雪」「月」とくらべて地誌としての完成度が低かったので破棄したのだろうか。いずれにせよ、完本として残す意思がなかったらしい。反対に、県南部を書いた「雪」「月」は、秋田藩の地誌として完成度が高く後世に残すべきものだった。真澄の地誌は「花」から「雪」「月」へ質的変貌を遂げ高度化したが、真澄自身の内的成長のほかに秋田藩の地誌作成に関する藩内事情を反映するものだった思われる。

P226・8、慶長七年（一六〇二）五月、常陸国から遷封された秋田藩初代佐竹義宣は、最初、安東実季の居城だった土崎（秋田市）の湊城に入った。翌年、土地狭隘のため現在地に築城。秋田城と称し城下を久保田（初め「窪田」）と名づけた。『佐竹義和公頌徳集』（秋田市役所内天樹頌徳集編纂会、一九二一年二月）の「総説」による。

P226・9、真澄は「金花香湯」という膏薬を考案・製造し、貝詰めにして販売した。眼病にも効いた。真澄の仙北・平鹿方面（秋田県南部）の巡村は、薬草の採取、施薬、診療を目的とするものだったという。全集第五巻「解題」に詳しい。

P230・10、金沢規雄は『歌枕への理解』（おうふう、一九九五年一〇月）の中で、仙台藩における歌枕・名所の遺跡造りの実態を明らかにしている。それによれば、これまでの研究は歌枕の地理的位置を特定することに情熱を傾けてきたが、そういう研究は誤りであり無意味であるという。金沢は、新資料を数多く発掘しその緻密な検証から、仙台藩内の歌枕が一七世紀に特定されたものがほとんどであることを明らかにしている。

　東北のみならず全国の各藩では、領内の特定の場所を古歌に詠まれた歌枕・名所であると主張し、かつ遺跡を造って保存した。そして、藩内の文人たちが和歌・漢詩に詠み、また都の堂上歌人たちにも詠んでもらった。平安後期の庭造りの伝書である『作庭記』に、「名所をまねバんにハ、その名をえたらん里、荒廃したらば、其所をまなぶべからず。荒たる所を家の前にうつしとゞめん事、はゞかりあるべきゆへなり」とある。人々のよく詠む名所を庭に写しとれ、荒廃した名所は憚りがある、という。室町期・江戸期の武将・藩主が領内の歌枕・名所を大切に保存し和歌を詠んだのと通じる。和歌に詠まれなくなれば、都人の認知する和歌的視界から消えてしまう。それは領国の評価を劣すし不吉であるから、都人よりも地元の人々こそ熱心に領内の歌枕・名所の賞揚・保存に努めたのである。

　真澄は、各藩による歌枕・名所の誘致競争の過剰ぶりを、「みちのくの秋田の山は秋霧の立野の牧も近づきぬらし」（『夫木和歌抄』雑二。秋四には「あはたの山」。『好忠集』には「ありたの山」と異同がある）をあげて、「此みちのくの秋田とあるをもて、そこにや、こにやと、みちのく人は、わがかたにのみせまく、立野は、滝野の牧ならむと、津軽の滝の沢をいふ。滝野、立野の、いさゝか似たれど、滝野は近き馬《ウマ》柵《キ》也。立野は、今云ふ北野、下苅《タリ》野のあたりは、大牧なりしよし、いと〳〵ふるき事ながら、近きころまでも野馬ありしよし、これを云ふならむ」（『久宝田能おち穂』「たちのゝまき」）と述べている。この一節も、藩主義和に命じられた名所探しの報告であったろう。

　なお、真澄は文化一一年（一八〇四）の旅日記『恩荷奴金風』の中で、秋田市土崎湊を「むかし人はこゝを麻《ヲ》裳《モ》ノ浦《ウラ》、面の湊ともいひたるよしを話《(カタ)》る〔天註―貢を御物成といひける辞あり。そのくにつものをつみもてくだる舟多ければ、おもの成川ちふ事をはぶきて御物川とやいふらん。さりければ海を御物の浦、面港などもいふものか。逆田（酒田）の浦を袖の浦、袖の湊といふにたぐえて御裳の浦（の）名もありけるものか〕」と述べている。「雄物川」は、貢ぎ物を運ぶ川の意であるという。その一方で、酒田港が「袖の浦」「袖の湊」といわれるので、それに合わせて「御裳の浦」と名づけたか、と考えている。真澄は、酒田から男鹿への日本海沿いに神功皇后伝説が分布しているのを知り、神功皇后の衣服の「袖」「裳」に関連する地名として理解するようになったと考えることもできよう。

第二章

P242・1、今宮義透。雅号は清々斎。五代藩主佐竹義峰に仕えた家老。以下、柴田次雄編『校訂 解題久保田領郡邑記』（無明舎出版、二〇〇四年三月）巻末附載の論文「近代秋田の地誌・考察（一）」より一部を要約する。享保七年三月、義透は城中で「郡境並びに郷村御調べ御用」に関する会合をもち、「物頭・境目奉行」三人、「副役」一人、そのほか「検地役」「物書」「絵師」など六人を決めた。そして、六郡村々の代官に命じて調査の報告書を提出させることにした。「十八世紀初頭の村々の変貌の実態を、秋田藩の全域にわたって調べよ、その結果として、現在（「只今」）、村が何処に、どう在るのかを調査報告せよ」と命じた。そうして集められた個々の報告書は「著書としての形式の不十分な地誌的資料文書であった」。「六郡総村附」というのはそれをさすが、「享保郡邑記」「六郡郡邑記」などさまざまな名称がつけられて流布した。従来、「六郡郡邑記」は岡見知愛（一七〇一～四九）の著作とされてきたが、誤りである。知愛は「秋田六郡の各地方代官からの調査報告公文書」である「御代官帳」から「職務上必要と考えた記事を選び出し、転写して、資料冊子（境目奉行参考資料集）に編集したのであろう」という。

従来の諸説をくつがえす新説で、十分に首肯できる。秋田藩における享保改革の一環として、九年間に及ぶこの大事業をみずから提唱し実行に移したのが家老の義透であった。かれ自身も村々を歩いて指揮を執った。紀行文の「男鹿島観察記」はそのときの副産物で、冒頭に「享保十一年丙午のとしより仰せを奉りて、さばかり広き御邦内を巡検し、今年戌申のとしは山本郡と男鹿島とをめぐりし」云々と記す。今宮家は佐竹氏から常陸時代に分家した名門。初代は一代義舜《よしきよ》（一四七〇～一五一七）の息男永義《ながよし》である。なお、同書は真澄研究にとっても価値ある研究書である。

P248・4、ただし誤記が多い。「匡房」を「通房」、藤原顕仲の歌の初句「さすらふる」を「さすらふか」、二句「我が身にあれば」を「我にしあれば」、西行の作という歌の二句「桜は波に」を「さくらも浪に」、「源季広」を「源季信」、その歌の三句「さぬる夜は」を「きぬる夜は」、「小大進」を「国大君」、その歌の三句「あけがたに」を「あけがたき」と書写する。「出羽旧記」は、間違いや誤写の多い『聞老志巻之十三』をそのまま写したのである。

なお、西行の「きさかたはさくらも浪にうづもれて花のうへこぐ海士のつり舟」は、宗祇編といわれる『名所方角抄』に見える。ただし、二句は「桜か波に」または「桜は波に」（野中春水「対校『名所方角抄』上」、『武庫川国文』第二九号、一九八七年三月）。西行の真作ではなく、伝承歌というべき。『名所方角抄』には、当該箇所には匡房の歌も並んで記されている。『聞老志巻之十三』は、それから引用したと思われる。匡房の歌について「色葉集」から引用したとあるが、上覚の『和歌色葉』をさす（『和歌色葉集』ともいう）。これにも少し誤写がある。さらに、源季広の歌に「正治百首」と記すが、次の守覚法親王の歌に記すべきところを間違ったもの。このように間違いや誤写が多いのは、成章の書写した『聞老志巻之十三』が誤写・誤記の多い不完全なものだったからである。

P267・6、『隣松集』『続隣松集』の写本は、宮城県図書館、仙台市博物館、宮城教育大学附属図書館、斎藤報恩会、国会図書館の内閣文庫などに蔵されている。『隣松集』上・中・下の三冊は四季・恋・雑・雑・物名・祝に分類した〈部類歌〉、「隣松集　組題」上・下の二冊は百首歌・五十首歌などを集めた〈組題歌〉、「隣松集　和文」上・下の二冊は、紀行文（旅日記）や序文・随筆などを集めている。自分の詠草・文藻を三つのジャンルに整理して収録したものである。みずから編纂したと思われる。紀行文の一部は「仙台叢書」に翻刻されている。

なお、『隣松集』は、元禄八年（一六九五）の一五歳から享保三年（一七一八）の三八歳までの作品である。二四年間の和歌は総計四五九五首、平均すれば一年に約一九〇首の割合で詠んだことになる。吉村は「当世公卿歌林秀達之家」に送って指導を仰いだ。巻頭に、

紫点　近衛前関白基凞公
黒　中院前内大臣通茂公
朱　清水谷前大納言実業卿
浅黄　中院前大納言通躬卿
黄　武者小路前中納言実陰卿
萌黄　竹内二位惟庸卿

と記し、本文には五種類（五色）の合点が付されている。圧倒的に多いのは武者小路実陰の黄点であり、実質的な和歌の師匠は実陰といってよいだろう。

その後、享保一一年ころまでに詠んだ和歌・和文を集めた『続隣松集』も同じ構成であるが、四季・恋・雑の七冊に二四五五首、組題歌の一冊に六五九首、紀行文・随筆の三冊に五〇五首あり、合計三六一九首にのぼる。そのほか「別軸」に四六首あるから、吉村の歌数は計八二六〇首ということになる。重複する歌や他人の歌が少しあるにしても、相当な数である。伝本・成立などを調査・考察した、高橋金三郎「伊達吉村家集『隣松集』及び『続隣松集』について」（『参考資料研究』第一九号、一九八〇年二月）は必見の論文である。

P272・7、仙台藩の領地は、岩手県南五郡（東磐井・西磐井・胆沢・江刺・気仙）、宮城県一六郡（亘理・伊具・刈田・柴田・名取・宮城・黒川・賀美・玉造・栗原・志田・遠田・登米・牡鹿・桃生・本吉）、福島県一郡（宇多）である。ただし、現在の「勿来関」の位置とその遺跡はいわき市にあるが、仙台藩内にもあると吉村は主張しているようだ。「名取御湯」は『大和物語』第五八段、安達原の黒塚伝説に出てくる。現在の秋保温泉（仙台市）であるという。

これらの《領内名所和歌集》のほかに、「仙台十景和歌」（宮城教育大学附属図書館蔵。宮城県図書館蔵『心月詞花帖』所載）がある。歌題は「青葉崎霞」「名取川花」「高松郭公」「多湖浦涼風」「宮城野萩」「恋路山月」「阿武隈川千鳥」「松賀浦島雪」「広瀬川遊魚」「亀岡瑞籬」。各二首ずつ二〇人の歌を載せる。通誠、実陰、惟通、通躬、豊忠、為綱、輝光、

通夏は「仙台領地名所和歌」「鹽松八景和歌」の歌人でもあるが、正敦、昌成、季文、静山、雄興、公福、義行などが新しく加わっている。「仙台十景和歌」も吉村の編纂であろう。ただし宮教大本には文久元年（一八六一）一〇月と記されている。

なお、仙台藩と山形藩との境にある笹谷峠は「有耶無耶関《うやむやのせき》」と呼ばれたが、山形県と秋田県の境にある三崎峠も「有耶無耶関」と呼ばれた。「袖の渡」は庄内藩にもあり仙台藩にもあった。こうした場所は『万葉集』や『古今和歌集』以降の勅撰集などに東国およびその歌枕として詠まれているものであり、それを各藩がわが藩にこそ実在すると主張し、さかんに遺跡造りをした。一七世紀以降、各藩が競って行った文化政策の一環であり、平安時代から実在している遺跡（現実に存在する遺跡としての歌枕・名所）というわけではない。その意味で、各藩の藩主や文人の詠んだ和歌は、平安時代から実在し継承されてきた遺跡（事実）を見て詠んだわけではなく、古典和歌から遺跡を造りだし、それを見て詠んだのである。事実と文学の関係が逆転している。

こうした歌枕・名所は仙台藩においては四代伊達綱村（一六五九〜一七一九）のときに整備された。詳しくは、金沢規雄『歌枕への理解』（おうふう、一九九五年一〇月）。それをもとに各種の《領内名所和歌集》を編纂したのが五代吉村ということになる。

第三章

P302・1、『雪の出羽路・平鹿郡三』の「大森邑」に、

○剣花山八幡宮　此御神を此つるぎがはなの峯に斎奉《イツキマツ》りしは、七十三代の御世堀河ノ院ノ寛治六年壬申のとしといへり。（中略）其世は小野寺孫五郎康道［義道ノ舎弟也］の氏神とて城中斎祀《イハヒ》レり、今は東ノ殿《ヒムガシ》〔佐竹山城主とまをす〕の鎮守ノ御神として、神田《ミトシロ》五斛を元和四年戊午の秋より寄附《ヨセ》給ふよしをいへり。（中略）○剣花山ノ八幡宮　本社向ニ東ノ方ニ○洪鐘銘「大旦那佐竹義秀公　寛延二己巳三月十五日　照井采女佐藤原吉政」と彫《ヱリ》たり。

とある。「剣花山八幡宮」は、寛治六年（一〇九二）に小野寺孫五郎康道（生没年未詳）の氏神としてここに祀られ、その後、元和四年（一六一八）に角館城主の佐竹氏より「神田五斛」を受け、寛延二年（一七四九）に同城主・佐竹義秀（一六四六〜一七二一）より「洪鐘」を寄附された。つまり、小野寺氏から佐竹氏へと継承されてきた、由緒正しい歴史をもつ神社というわけである。真澄は、その七代神主であるゆえに照井吉道（夏吹）を顕彰したのである。

真澄の地誌には、坂上田村麿→八幡太郎義家→小野寺氏→佐竹氏、という歴史継承を織り込みながら地誌を記す意識と方法が明確にうかがえる。古代から途切れることなく営まれてきた秋田の歴史を尊重し継承する者がこの土地を治める、と考えて

いる。常陸国より転封されてきた、いわば異邦人の佐竹氏ではあるが、その家系上（佐竹家は源義光の直系なのに源義家の直系であると標榜している）内的資格を十分にもち、その務めを十分に果たしてきた、というメッセージが込められている。

「地方の芸能文書から和歌を考える」（伝承文学研究会・シンポジウム、二〇〇五年九月三日、於・学習院女子大学）、「菅江真澄の表現―地誌と〈歴史〉の再構築―（全国大学国語国文学会講演会兼群馬学連続シンポジウム、二〇〇六年一二月二日）で発表した。本書Ⅲ二「モノガタリの位置」参照。その後、志立正知『〈歴史〉を創った秋田藩―モノガタリが生まれるメカニズム―』（笠間書院、二〇〇九年一月）が発展的に解明した。

P304・3、『雪の出羽路・平鹿郡一』の序文に、

○巻中に郡邑記とあるは、岡見氏、青竜堂老人《ノオキナ》の編集也。そはみな享保の時世にて、そのむかしとは聊事かはれる処々あり。また此記に文《フミ》字《モジ》、仮名《カナ》のたがひふし〴〵あれば、なめげなる事ながら是《コ》を糺し、古名をさぐりもて書《キ》そふものから、ざ《(オ)》え短く、筆《フミデ》のおよびがたきすぢ〴〵甚《イト》多からむ。こを見る人、こゝろして見ゆるし給へ。

とある。享保年間（一七一六～三六）に記された『郡邑記』を批判・訂正しながら引用したというのである。「古名をさぐりもて書《キ》そふ」は、「水里」は今の「東里」であり、もとは「遠里」であったろう、と真澄が推定したことを思わせる。ただし、『郡邑記』の作者を岡見知愛とするのは正しくない。その編纂・成立の経緯については、柴田次雄編『校訂解題　久保田領郡記』（無明舎出版、二〇〇四年三月）に明察がある。参照されたい。

錦　仁（にしき　ひとし）
昭和22年（1947）、山形県生まれ
東北大学文学部文学研究科博士課程中途退学
秋田大学教育学部教授を経て、新潟大学現代社会文化研究科教授
博士（文学）

主な著書
『中世和歌の研究』（桜楓社）、『在地伝承の世界【東日本】』（三弥井書店。徳田和夫・菊地仁）、『秋田県の民俗芸能』（秋田県教育委員会。井上隆明・齋藤壽胤ほか）、『浮遊する小野小町』（笠間書院）、『東北の地獄絵』（三弥井書店）、『小町伝説の誕生』（角川書店）、『金葉集／詞花集』（明治書院）など

なぜ和歌《うた》を詠《よ》むのか——菅江真澄《すがえますみ》の旅と地誌

2011（平成23年）年３月15日　初版第１刷発行

著　者　錦　仁

装　幀　笠間書院装幀室

発行者　池田つや子

発行所　有限会社　笠間書院
〒101-0064　東京都千代田区猿楽町2-2-3
☎03-3295-1331㈹　FAX 03-3294-0996
振替00110-1-56002

NDC分類：380.1

ISBN978-4-305-70518-1
印刷／製本：モリモト印刷
（本文用紙：中性紙使用）

本書は「国文学は何を知るための学問か」という趣旨のもと刊行するシリーズの第二冊である。

シリーズ企画は、小峯和明・錦　仁による。

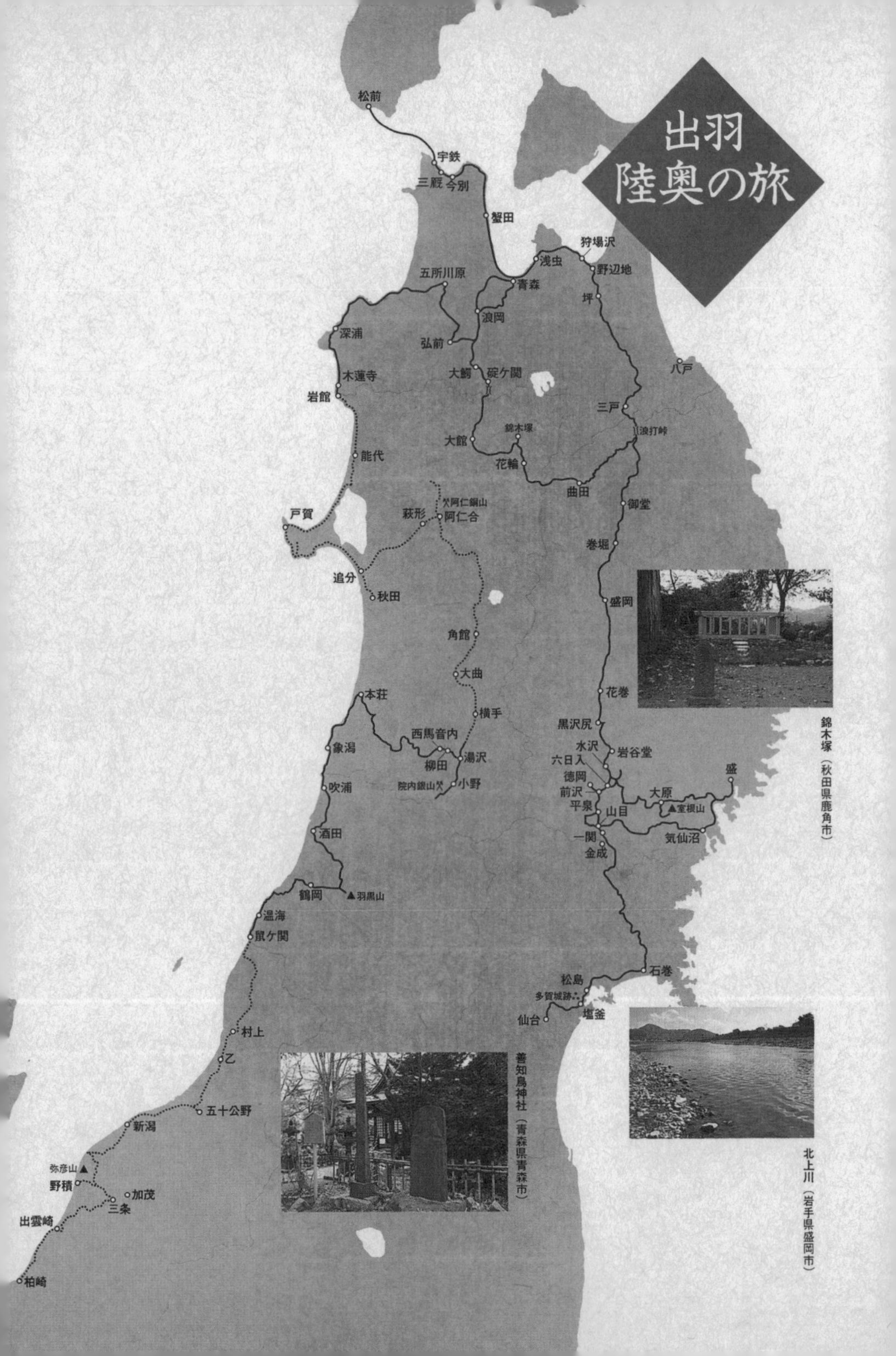

錦木塚（秋田県鹿角市）

善知鳥神社（青森県青森市）

北上川（岩手県盛岡市）